朔州春秋

右玉精神
面面观

王德功 著

山西出版传媒集团　三晋出版社

图书在版编目（CIP）数据

绿洲春秋：右玉精神面面观/王德功著.--太原：
三晋出版社，2024.7.--ISBN 978-7-5457-2973-3

Ⅰ.I25

中国国家版本馆CIP数据核字第2024VL8227号

绿洲春秋：右玉精神面面观

著　　者：	王德功
责任编辑：	落馥香
出 版 者：	山西出版传媒集团·三晋出版社
地　　址：	太原市建设南路 21号
邮　　编：	030012
电　　话：	0351-4956036（总编室）
	0351-4922203（印制部）
网　　址：	http://www.sjcbs.cn
经 销 者：	新华书店
承 印 者：	山西铭视速珑印刷有限公司
开　　本：	145mm×210mm　1/32
印　　张：	17
字　　数：	360 千字
版　　次：	2024年7月　第1版
印　　次：	2024年7月　第1次印刷
书　　号：	ISBN 978-7-5457-2973-3
定　　价：	88.00元

如有印装质量问题，请与本社发行部联系　电话:0351—4922268

讲好右玉故事　弘扬右玉精神(代序)

李玉明

右玉地处山西北部边缘,历史上是中原与草原,农耕文明与游牧文明的交汇处、衔接部。赵武灵王"胡服骑射",在此筑善无城,设雁门郡,秦汉沿袭。东汉时雁门郡南迁,定襄郡来治。北魏时先设善无县,后为善无郡,筑"塞上畿围",也即京畿重地。明代属大同镇右卫,为西路重镇,"扼三关而控五原"。清时设朔平府。历史文化底蕴十分丰厚。

在抗日战争、解放战争时期,右玉既是晋绥边根据地的重要组成部分,又是党中央、中共中央晋绥分局联系大清山根据地的重要枢纽,具有十分重要的战略地位。

历史上的边关重镇,戍边将士的守土为责、众志成城的传承,抗日战争、解放战争时期的红色基因,对右玉精神的形成有着重要的影响。

新中国成立后,历任县委、历届县政府带领全县人民坚持不懈、艰苦奋斗,把一个过去人称"不毛之地"的右玉,变为"塞上绿洲",进而成为"生态园林",变化之大难以想象,每天都有说不尽的故事,历史的故事、社会的故事、个人的故事,震撼人心,跌宕曲折,精彩纷呈,形成了时代特点鲜明的右玉精神。

王德功同志,是一个地道的右玉人,他亲历了右玉的发展变化,退休之后,担任右玉县三晋文化研究会会长,立足本土,挖掘地方文化。他历尽艰辛撰写的《绿洲春秋》,可谓谈天说地话右玉,也就是从右玉的历史、地理、人文、习俗以及故事传说,研究右玉人的生活习俗对右玉精神形成的作用,重点讲述那些在右玉精神形成过程中的人和事,真是可歌可泣。

文学是民族的心灵,文化是一个人、一个民族永不泯灭的灵魂。我相信《绿洲春秋》的出版发行,定会让右玉的青山绿水更加熠熠生辉。

目 录

报告文学　散文

右玉故事

国学经典与右玉精神

报告文学 散文

持续了四十年的一场接力赛

塞上高原,雁门关外。从地图上看,右玉像一片榆树叶,系在弯弯曲曲的万里长城上。

"雁门关外野人家,不植桑蚕不种麻。百里竟无梨枣树,三春那得桃杏花。六月雨过山头雪,狂风遍地起黄沙。说与江南人不信,早穿皮袄午穿纱。"有点夸张吗?一点都没有。在我童年的记忆里,这里的确是一块干涸的沙漠,我不知道这么多黄沙来自何方,我也没有看见过这块沙漠的尽头。

40多个春秋,这块干涸了的黄土地,吮吸了多少馨香的汗,浸润了多少辛酸的泪,县领导一任传一任,人民一代接一代,在这块荒漠上耕耘,培育着"绿"的幼芽,终于用这一片一片的绿叶,编织出了绿的山,绣出了绿的海,使不毛之地,变成了远近闻名的"塞上绿洲"。

历史的记载

唐宋时期这里曾经是山青水绿,古木参天,景色秀丽,气候宜人的地方。500年前右玉城兴建的宝宁寺,清代建的清真寺大殿,那合围粗的檩柁就产于本县威远一带。"文化大革命"破"四旧"拆除清真寺,不是在大梁上夹着一张麻纸白纸黑字清清楚楚写着产地,人们谁也不会相信,在这黄沙堆上会长出这合抱之木。

千百年来,封建王朝几经更替,这块边远的古战场,烽烟四起,兵燹连年,大自然赐予的山川灵秀之气,被人为地毁坏。成片的森林不见了,代之而起的是三里一台,五里一堡,生态平衡不断遭到严重破坏, 这一带渐渐变成了贫瘠多灾,风沙肆虐的不毛之地。世世代代,人们不得不忍受着大自然的无情报复和严厉的惩罚。没有文字可考的就无从追索,仅清末民初的《朔平府志》中就触目皆是:

朔郡(右玉当时为朔平府所在之地)当边塞之中,向日金戈铁马之所驰骤,白骨嶙嶙之所沉埋。

右玉向系边卫,土田大半军屯,且地多荒碛浮沙,种迟霜早,天时地利两无……

元世祖至元元年六月,云中陨霜……

元仁宗皇庆二年八月大同路雨雹大饥……

明世宗嘉靖八年正月朔,右卫大风霾,昼晦如夜……二十八年秋八月,大风拔木,坏屋伤牛羊……二十九年三月二十二日辰刻,黑风自西来,昼晦如夜,人物咫尺不辨,房屋多摧,人畜亦伤。三十一年,大荒,百姓死者众。

穆宗隆庆三年,大旱人多饿死。

神宗万历三年秋七月大雨四十日,坏城屋庐舍千余……四十七年二月二十二日巳午间,风沙忽作,日色渐昏,少顷黄霾从西南方起,遂四塞蔽天,晦暝若暮,停霾结天色转红,微落细雨,着衣皆泥……

怀宗崇祯元年,大旱,自春徂秋,涓滴不雨,禾苗不能播种……人相食……

清康熙八年,三月一日,狂风大作,白昼张灯……

明,270多年,有记载的特殊灾年就有50多个年头。清,200多年,有记载的特大灾年就有30多个,可怕的沙漠越过长城,以"黄沙压城城欲摧"之势,紧迫右玉城。明洪武九年修筑的右玉城,3丈6尺高的城墙,已深深埋在黄沙之中。

风助沙威,沙仗风势。原来是好好的耕地,一场风过后,遍地黄沙。

"一年一场风,从春刮到冬。"风啊何时才能住?!旧社会人们在东门外的风神台上,筑台盖庙,祈祷哀求,然而老天不睁眼,风沙不住,多少人走上了"吾哥走西口,妹妹也难留"的悲惨道路……

人要在这里生存,就得先让树在这里扎根

1950 年,中华人民共和国成立后的第一个春天。刚刚从防空掩体里走出来的人们,用手捧起一掬黄黄沙土,默默地祈祷着上天保佑:我们有了自己的土地,就让我们安然地在这里活下去吧!

刚刚担任右玉县委书记的张荣怀这个 30 出头的青年,心急如焚。过去我们冒着枪林弹雨,出生入死,为贫苦人争天下。今天这块土地终于到了我们手里,成了这里的主人,人称父母官。这 4 万多人口要生存,要生活,该怎么安排呀?上级讲,要尽快治愈战争的创伤,让人们好好休养生息。可是在这块光秃秃的土地上,人们该怎样休养生息呀?偶然有一两棵榆树,前几年闹灾荒,被剥得赤条条,白花花。尽管已是立夏时节,遍地没有一丝绿气。他登上残缺的城墙,徒步察看:

城墙的西北角,被像高粱面糊糊一样的苍头河水冲开了一个很大的缺口。北城外的沙丘像一群奔腾的骆驼向南涌过来。脚下滚烫的油沙沾满鞋帮。城东的风神台,这里曾是恒阳(右玉过去亦称恒阳)十景之一,人称风台览胜。现在这里能览什么胜呀!台上残碉破堡,台下黄沙上浮着横七竖八的死人骨骸。真是"出门无所见,白骨蔽平原"。

回到曾是天主教教堂的县委办公室,老张心思重重地把实业科科长白连旺叫到跟前语重心长地说:"老白,你是实业

科科长,当前最大的问题是吃饭,贸易局换回的两千石粮食可济无米之炊,往后的生活要及早安排。一手抓生活,一手抓生产。实业科就是要为人民实实在在干点事业,你想过了没有,咱们该办点什么实业呢?"

老白嘴里叼着的旱烟袋,吧嗒吧嗒地冒出缕缕青烟。

"老白,据说唐朝时,咱这里还是一片茂密的森林,后来是战争把森林给毁了。战争呀战争,给人们带来了多少灾难呀!"

老白这个念过几天高小的"秀才"听书记这么一提,也文绉绉吟起了贺知章的《咏柳》:

> 碧玉妆成一树高,万条垂下绿丝绦。
>
> 不知细叶谁裁出,二月春风似剪刀。

安史之乱爆发后,诗人杜甫到成都,在西郊浣花溪边,修建一座草堂,诗人向人觅求树苗,"奉乞桃栽一百根,春前为送浣花村"。白居易贬为江州司马,不辞辛劳从庐山移植一棵桂花树栽到司马厅前,后调任忠州刺史,在《春葺新居》一诗中说:

> 江州司马日,忠州刺史时,
>
> 栽松满后院,种柳荫前墀。

老白讲得津津有味,老张听得入迷。老张激动地说:"我不会写诗,但是我也和诗人一样,从小就爱树。"

老张在梁家油房、上下堡搞土改时,就对群众说:"右玉要想富,就得多植树。想要家家富,每人十棵树。"他走到哪里,讲到哪里。他带领县级机关干部带头完成每人10株树的任务。40年过去了,老张忆起发动群众植树,风趣地说:"打土豪我们凭的是小米加步枪,搞建设我们凭的是小米加铁锹。就这样,我们在黄沙滩这张'白纸'上,植下了绿色的种子……"

狂风吹折院中柳

1952年,王矩坤担任右玉县委书记。赴任时,他一路走来,越走越荒凉。真是黄沙漫漫,心思茫茫。清朝著名将领左宗棠在陕甘任总督时,东起潼关,西到新疆,沿途种植树木。炎热的夏天,人们在干旱的沙漠中西行,望见这"左公柳",就像看到了生的希望,因此有人写诗赞道:"大将筹边尚未还,湖湘子弟满天山。新栽杨柳三千里,引得春风度玉关"。可是这右玉大地空荡荡的,什么老虎坪、杀场洼、黄沙洼,多么可怕的名字呀。

在县城朔平府的衙门大堂里,正召开县人民代表大会。早晨,还天晴气爽,瞬时天昏地暗,在狂风的鼓噪声中,会场倒显得十分宁静。突然,咔嚓一声,院子里碗口粗的大柳树被吹断了,人们心里疑惑着,这是不是不祥之兆呢?

王矩坤的讲话打破了宁静的会场。"同志们,老天爷向我们人民代表宣战了。你们说该怎么办?"

地球陆地面积为1.49亿平方公里,其中约有三分之一,属于像右玉一样干旱半干旱地带。现在全世界平均每分钟就有 150 亩土地变成沙漠。每年因土地沙漠化要失去 600 万公顷的农田和牧场。我们正北面的沙漠已向南推移了 100 多公里,毛乌素沙漠已越过长城南下。在大西北有 20 座有文字可考的历史名城,如楼兰、尼雅、居延、统万等,被沙漠吃掉了。

这一年上级为救灾给了右玉 80 万斤玉米。俗话说坐吃山空,怎么办?代表们想出了好办法。以工代赈,生产自救,谁植树给谁,植树一亩,给玉米 17 斤。

这还不是好事,植树能挣回玉米为什么不干! 一乡看一乡,一村传一村,在右玉的山山洼洼,人们种上了树。从黄沙土中,挖出了金灿灿的玉米,人们看到了效益,树还没有开花,人们便吃到了"丰收的果实"。

延安的春风

1936 年,从西北黄土高原上刮起了红色革命风暴。

20 年后又从延安刮起一股绿色的风暴。1956 年春天,黄河上游的陕、甘、宁、晋、内蒙古五省区的青年造林大会,提出以延安精神绿化西北黄土高原。不但造林,而且要育苗。不但植树,而且要水保。会议确定 4 月 1 日为青年造林日。

右玉县城的动员会,像庆祝节日一样,敲锣打鼓,那个热闹劲儿就别说了,人们聚集东街老爷庙的台子前听着新来的县委书记马禄元(当时刚刚 20 岁出头)那风趣幽默的讲话,听着满、回、蒙古族的代表和工、农、兵、学、商各界代表的发言。会后,再层层动员,学校老师为了让学生加深印象还安排每人写一篇作文,老师说:地球虽然 46 亿岁了,但在宇宙的众多星体中,她却是一个年轻的女郎。她重达 658 800 亿吨,还拥有 5100 万亿吨空气,32 600 万立方英里的水。她养育着 5 亿种生命,我们人类则是地球妈妈的骄子。

地球妈妈是美丽的,她有秀美的毛发,这就是植被和森林,她有丰腴润泽的皮肤,这就是肥沃富饶的土壤。但是人类并不懂爱护自己的母亲。过去在战乱中烧林砍林毁林,造成泥沙滚滚,水土流失。据科学测量,黄河每年要冲入东海 60 亿吨泥沙,黄水一石,泥沙数斗,它流的是黄土高原的财富,是中华民族的血液,是大动脉出血。

动员会后,县城各界在右玉北门外的黄沙洼像开誓师会一样,学生们更是列队荷锹,银光闪烁,红旗招展,锣鼓喧天。县委书记马禄元、县长解润先埋下两棵"奠基树",一阵鞭炮鼓乐之后,人们在四十里黄沙洼摆开了战场。

完小的学生们,用树植成"六一"字样,植下少年林。在团县委的组织下青年植了"五四"字样的青年林。妇女们当然是"三八"林了。

这情这景确实是有点:烽台不再瞭胡马,箭楼依旧看锁龙。

誓师仅仅是个开头,今后的戏怎么唱,马禄元心中有个谱。

没有技术员，他从桑干河林场请来了青年造林队。

缺树苗，从桑干河林场调运。

毛主席号召全国学习大泉山，马禄元带人到离县城50多里的盘石岭，搞起封沟育林、乔灌混交的试点。这个村以后就是靠树发了财，有几个青年靠卖酸溜溜籽娶过了媳妇，人们叫"酸溜溜媳妇"。

在一无技术，二无资料的情况下，老马带了几个"笔杆子"，土洋结合，详细地考察了全县的地质、地形、地貌、土壤、水源，做出了水文分析，设计了水利、植保工程，为科学造林提供了必要的条件。

"山山和尚头，洪水遍地流，沟壑无其数，谁见谁发愁。"童山秃岭，就给它打扮打扮。老马风趣地总结了他的方法：就叫作"穿鞋、戴帽、扎腰带，贴封条"。"穿鞋"，就是在马营河、苍头河等流域营造雁翅形护岸林，防止风沙移动，防止水土流失。"戴帽"是在流动的沙丘上网状开沟，树苗结绳压条，固定风沙。"扎腰带"，是在半坡环造防风林带。"贴封条"是在侵蚀沟边，培埂压条密植造林。他亲手在山高坡陡的前窑子村搞出样板。这个30多户的小村子造林1700亩，价值6万多元，家家发了"树财"。

在瓦砾乱石堆上扎根

火红的年代,火红的太阳。

1957 年的夏天,燥热的右玉城像个烤月饼的大烤箱。

新来的县委书记庞汉杰,望着赤条条的大街百思不解。

"为什么不能在大街两旁栽几棵树?"

"右玉城从古至今栽不活树。"

是不能植,还是方法不对头?老庞组织机关干部用铁锨、尖镐探索着这块神秘的土地,问题在锨下找到了答案。右玉城几经战乱,石头瓦砾积了 3 尺多厚,难怪树在这里扎不下根。他带领人们把瓦砾石头挖走,换上新的沃土,在大街两旁植上整齐的两行杨。第二年,嫩绿的杨树迎风展翠,右玉城内栽不活树的定论被打破了。

"大跃进"的年代,造林也要大跃进。全县工人、农民、学生、干部、商人统统都是军事化组织,铁锨就是武器,沙滩就是战场。入党、入团先要看植树中表现是不是过得硬。劳卫制体育达标活动,也在植树现场上测试。植树休息,运动会开始。跳高跳远有的是沙坑,树行就是跑道。人们啃干馒头、窝窝头,不知从哪里来的那么大的劲头。

竖起绿色的旗帜

1964 年冬薛珊调到右玉任县长并代理县委书记。在深入基层调查后,发现前几年植树面积大标准不高。怎样才能使右玉的造林稳中求快?

"有办法,抓典型。"刚到任的县委副书记卢功勋满怀信心地说:"手上有典型,胸中有全局。咱们县委、县政府几个主要领导一个人蹲下去抓他一两个典型。"

领导们下去了,典型出来了。

老薛在青杨沟搞出了绿化荒山的典型;

老卢在北岭梁上的盆儿洼搞出了林草间作的典型。

他们派人从宁夏买回了适合干旱地生长的草木樨籽。不几年,盆儿洼的农民靠卖草籽,购置了农业机械。他们的草籽远销全国 17 个省市,人们把草木樨称为"灵芝草"。人们也就是靠着"灵芝草",拴起了"金马驹",养起了"黑财神",林草业的发展,有力地促进了畜牧业的发展。

远离县城的刘贵窑、残虎堡,过去吃山药蛋都得节省着,现在他们家家都可以吃到自家树结出来的大红苹果,出门走亲家都得带上一篮子鲜果当礼品。

"文化大革命"中,在全国开展大批判的浪潮中,右玉也有人批判"薛、马、卢",当时造反派怎么也不能理解,被批者走到哪里群众都给吃鸡肉油糕,而批判者往往被冷落。

多少年过去了,培育这些绿色旗帜的人有的调走,有的离休,然而他们带领群众种起来的树,深深扎根于右玉的泥土之中。

缚住苍龙

洪水进城了!

1972年秋天的一个下午,一阵雷鸣闪电之后,不知从哪里传来的一声惊喊:"洪水进城了! 洪水进城了!"霎时轰动了整个右玉城。

身材魁梧的县委书记兼人武部政委杨爱云带领人们登上城头一望,城东城南是一片汪洋大海。南门外1953年修起的大木桥,像一条滚动的龙在洪水中翻腾了几下,便顺流而下,不见了踪影。

很快下游又传来消息,黑洲湾两个小孩为捞洪水中的木头被洪水冲走。

房倒,桥断,人亡……

杨爱云雨后考察了泥龙的踪迹,凡是采取生物工程与土石工程结合的地方,工程破坏就小,凡是纯粹的土石工程都遭到毁灭性的破坏。

"非得治住这条苍龙不行!"于是在全县提出了"十大流域摆战场,四大盆地做文章"的口号,"林草上山,粮下滩湾"两条腿走路。采取植树种草与农田基本建设相结合;生物措施与工程措施相结合,铺开了"十面埋伏缚苍龙"的战略行动。战幕拉开后,机关办公到工地,领导指挥到工地,后勤服务到工地。

8 个冬春,全县水土保持面积达 103 万亩,地表径流比以前减少百分之六十至百分之八十,修造良田 20 多万亩。自此,苍头河上游的大小流域,杨柳展翠,沙棘含娇,清清的小溪,在柳荫花溪下静静地流淌,真如县志上描述的那样:山川焕其光,草木发其华。

绿的追求

人,活着,总要有追求。有的人追求享受,有的人追求刺激,有的人追求安逸,有的人追求虚荣,有的人追求奉献。

有的人躺在舒适的沙发上,成天悲叹"洛阳三月花似锦,偏我来时不遇春"。有的人自怨自艾:"徒有雄风在,无处伸长志。"

1975 年,正当大雁南飞的季节,常禄来到右玉担任县委书记。

他为了认识右玉、改造右玉,跑遍了右玉山川。一天,他来到小蒲洲营,黄风四起,遮天蔽日。可是到了相邻的老虎坪,却风也住了,"黄龙"也不见了。树的海洋,林的纽带,像大海滚滚的波涛,巍然屹立的长城,出现在面前,他不禁心旷神怡:"太好了,有这么多树。"经了解,右玉 20 多年,人工绿化荒山荒坡 40 多万亩,未绿化的荒山荒坡还有 80 多万亩。

80 万亩支离破碎的穷山荒坡,令人望而生畏。在常禄眼里,它却是一张被冷落了的"白纸",能画出最新最美的画图。

正当常禄用只有继续植树造林,才能从根本上改变右玉面貌的道理教育干部群众的时候,一些亲朋好友却好心地打劝他说:这些年粮食上去戴红花,其他上去没人夸。前人植树,后人乘凉。植树周期长,见效慢,你何必要舍近求远……

老常心里想:咱们共产党的干部,就是要为群众办点实事好,哪能光图自己戴红花。

在事业的道路上,有强劲的顶头风,也有揽人心思的霍乱风,还有温柔的枕边风,这些风没能感动老常。在事业的道路上,他遇到了更多的知音、同路人。

一次,他下乡到曹村,村干部介绍了曹国权老汉坚持植树造林几十年的事迹。他专门拜访了这位老人。年过花甲的曹国权,从一解放,就在自己的房前院后栽树,年复一年,坚持不懈,栽杏树60多株,杨树3000多株。"文革"期间,树归集体,任人砍伐,老曹还是照样栽树不止。亲朋好友劝他:"你栽人家砍,还栽那干啥?"他说:"他砍我栽,长大还是东西。"发放林权证后,他栽的树全部归己,他的劲头更大。老伴常对他说:"老头子,人常说'前人栽树,后人乘凉',咱们少子没孙,你给谁栽哩?"老曹说:"曹村家有后代,植树造林造福后代。"

老曹一席话,书记感慨深。老常就用老曹的事迹为活教材,走到哪里宣传到哪里。

植树,先从育苗抓起。

1976年,全县机关干部职工利用业余时间,在机关院内普遍办起了小苗圃,育出优种树229亩,为县城四旁绿化提供树苗6万多株,支援乡村50多万株,还为机关造大片林提供树苗20万株。过去,这个贫困县每年要花四五万元从外地购买苗木,现在这笔钱节省下了。

县城机关办起了苗圃。乡、村、学校、场矿也得办! 那时,机关、乡村的苗圃成了"花园"。

木秀于林,风必摧之。正当常禄带领全县人民大搞植树造林取得了一些成绩时,社会上却出现了这样的议论:"植树造林影响了粮油生产,植树挤了草坡,畜牧业难发展了。"甚至有的牛羊倌甩了鞭子不干了。

老常到议论声最大、问题最多的地方"查风源,解疙瘩"。制定了"远抓林,近抓牧,当年抓住油、糖、副,粮食自给不能丢"的方略,逐步调整农林牧生产结构,缓减林牧矛盾。1982年,全县粮食总产4610万公斤,人均550公斤。油料777万公斤,人均86公斤。大牲畜24300头,羊13万只,人均收入达到250元。同十一届三中全会以前的1978年相比,粮食增长65.8%,油料增长2.3倍,大牲畜增长11%,羊增长50%,人均收入增长4.1倍。

常禄爱树、植树,更护树,人们说他是"惜树如命,爱树如子"。一次,他在县城看见一辆卡车撞断一棵云杉树,这个司机不以为然地掉头就走,老常上去拦住,对司机说:"你开车要爱车,更要爱树。我们这里规定毁树要赔款。"司机翻了脸:"不小心撞断一棵小树,还赔什么款!"说着便要开车走,他万万没想到这位"护林员"是赫赫有名的县委书记,狠狠地挨了一顿批之后,乖乖地赔了款。

事后,常禄亲自起草,县政府发布了护林布告。一个人人爱树、护树的社会风尚很快在全县形成。因此,当时流传着这样一句话,男人不要砍树,女人不要有肚(指超计划生育)。

8 年过去了。这个仅有 9 万多人口,2 万多劳动力的小县,平均每年植树十几万亩。1983 年常禄知道自己即将离任,春季一季造林 20 多万亩,使造林面积由 1974 年的 42 万亩,猛增到 143 万亩,占土地面积的 48%,提前完成了"三北"防护林建设第一期工程规划的任务,成为山西人工造林最多的一个县。

1981 年 6 月 18 日,在山西林业建设模范单位、模范个人授奖大会上,常禄领到了山西林业模范证书和奖章。

他没有打算戴红花,可他却戴上了。

在绿荫下,他们反弹琵琶唱新歌

80 年代,推进历史前进的两个轮子,一是改革,一是科学。

改革,也使右玉——人称"塞上绿洲"——焕发了青春的异彩。

1983 年 10 月,机构改革时,大学毕业的袁浩基担任了右玉县委书记,曾出国担任过援建坦桑尼亚专家团团长的姚焕斗担任了右玉县县长。

他俩漫步在右玉的林荫道上，奔驰在绿色的林海之中，探讨着如何使右玉这个绿洲，更加璀璨夺目。他们请来了专家高手。

1984年7月16日，北京大学地理系教授王乃梁，中国人民大学副教授严瑞珍，中国科学院综合考察委员会考察队副队长、副研究员李凯明，中国社会科学院数量技术经济研究所主任、副研究员刘天福，中国农科院作物品种资源研究所副研究员陆炜，助理研究员陆明奇，中国沙漠研究所所长秘书杨泰运，以及山西省林业厅、农村发展研究中心、农牧厅的70多名专家、教授，欢聚右玉，畅所欲言，各抒己见，从眼前到长远，从策略到战策，从效益到管理，从布局到结构得出的结论是：种草种树，发展畜牧促进农副，尽快致富。

全县把万亩荒山划分给农民，统一规划，综合治理，林权归己，收益归己。农民是头牛，有了地，就把他们牢牢地吸引到地皮上了。几年间全县涌现出林业"两户"4000多户，占全县总户数的25%。

1985年底，全县乔、灌草面积达151万亩，人均16亩。零星树266万株，人均28株。万亩以上林地6处，面积11.1万亩；大型防风林带13条，全长286.5公里，面积12.34万亩，形成了乔、灌、草混交，片、带、网结合的防护林体系。

人们说一分耕耘，一分收获。贫瘠多灾的右玉人民却是十分耕耘，一分收获。

1984 年,甜香醇美的沙棘汁问世。1985 年 1 月 28 日,右玉人民用自己栽培出的果实——山药蛋,用汗水浇灌的果汁——沙棘汁招待了来右玉视察的中央领导同志。

右玉人心中甜、脸上笑,笑得那样美,那样舒畅。

(全国林业文学工作者协会 1990 年建国四十周年"绿叶奖"获奖作品)

我心中的"四个长城"

2015 年 4 月 5 日,清明节,首届长城保护和建设研讨会在山西右玉县玉龙国际大酒店成功举行,有来自全国各地十多个省市的 200 多名大学生志愿者前来参加了会议。我作为山西长城保护协会右玉分会的会长,应邀参加了会议并发表了演讲。以下是演讲内容。

各位老师,各位年轻的朋友们:

下午好!作为右玉人,首先我代表右玉人民欢迎各位年轻的朋友!

各位来到右玉,显得我年轻了,把我的岁数减了五十岁。今天我想了三句话:第一,我为长城而骄傲;第二,我为长城而忧思;第三,我为各位年轻的朋友感动!

既然大家来到右玉,我就先从右玉说起。毛主席说:"不到长城非好汉",你们老师说:"不建长城非英雄"。今天我要给大家交代的是我们现在的地理坐标,——来到右玉就要清楚右玉的地理坐标。明代的万里长城横亘东西,这是它的纬度,清代的西口古道纵贯南北,这是它的经度。两个万里——万里的茶马古道、万里的长城——在右玉杀虎口长城交汇交叉,谱写了右玉的历史文明。

2006年咱们右玉被中国民间艺术之乡评审委员会评为"中国古堡之乡"。在这里除了能看到遍地的森林,还有古堡连环,烽台林立,这是右玉的历史文化。右玉的古城堡是长城的组成部分,我们研究长城文化,就该从古城堡和烽火台研究起,因为每一个城堡和每一烽火台都是历史文化的铭记。

各位年轻的同学们在我们老师的带领下,组织各个大学的同学徒步考察长城,我为大家感动!大家徒步长城五千多公里,风餐露宿,相当辛苦!考察中华民族的脊梁——长城,能看到它的现状确实堪忧,大自然的风残雨剥,沿线村民的无知破坏,更有甚者,借发展经济之名,挖沙取石,严重危胁着长城,所以我为长城而忧思。

我忧思我们的长城,我也忧我们当代的青年,"杞人无事忧天倾"嘛。忧从何来?前几年我去了一趟北京,那是我从小向往的圣地,向往天安门的高大。去了北京我对司机说:"我们看看北京的美丽",结果是走又走不了,停又没处停。坐在车上就为神圣的北京想了四句话：车流喧嚣，彩灯闪耀；诱惑重重，心浮气躁。看到在多重诱惑下的年轻人，我又忧思起了我们的未来。我觉得这个时代信息多了，信念少了；经济多了，理想少了。每个人不是看手机，就是看电脑，根本目中无人。北京的现状让我担忧，年轻的一代更让我担忧，这么大的国家，我们究竟向何处去？我们的年轻人应该怎样？

去年东方青年未来发展中心组织徒步考察长城，来到右玉，让我感动，让我看到了希望，看到了我们年轻人是有志气的一代。毛主席在长征中说过，长征是宣言书，长征是宣传队。我觉得徒步长城同样具有划时代的意义，就像当年的长征。大家徒步考察长城，就是在长城沿线做了一次深入的宣传，是民族的觉醒，青年的觉醒。长城是中华民族的脊梁，青年是时代的脊梁，我们的这个脊梁很有希望。

长城是中华民族的脊梁，但长城的崛起，却以牺牲长城沿线的自然生态为代价的。无论是秦始皇，还是汉武帝，还是明代洪武年间到明朝末期，都是以牺牲长城沿线的自然生态为代价修筑长城。大量砍伐树木，推毁森林。明王朝还采取了一条惨绝人寰的政策——放火烧荒，长城沿线内外二百里，驻守军队一百六十万，有仗打仗，没有仗就放火烧荒，因为游牧民族逐水草而居，为了防止游牧民族的南侵，所以就在长城内外二百里放火烧荒，从明洪武年间一直烧到崇祯年间，二百九十七年连年不断地烧荒，导致这里的自然生态遭到严重的破坏，甚至还断送了大明王朝。

据有关专家考证,大明王朝亡于鼠疫,为什么亡于鼠疫呢?因为大量的烧荒,自然生态失去平衡,食物链失去平衡,鼠疫蔓延,瘟疫流行,戍边的将士纷纷染病,以至于明代的很多村庄没有兵丁。所以说自然生态的破坏导致了大明王朝的覆亡。

这是一个历史教训,我们的老祖宗讲:"天人合一,敬天畏地。""国之大事,在祀与戎。"就是要敬天敬地,过去认为这是迷信,现在思量实际上不是迷信是科学,人作为自然界的成员之一,就要尊重自然。老子《道德经》讲两个字——道和德,道就是大自然的发展规律,德就是人与人的关系,人与自然的关系。这次东青中心组织的徒步考察长城,是我们民族的觉醒,祖国的希望。

作为一个长城脚下的老人,作为一个右玉人,我一直对外宣讲右玉精神,右玉人六十多年坚持不懈把一个不毛之地,变成了塞上绿洲,如果说万里长城是中华民族的项链,右玉就是这条项链上的翡翠吊坠,这个吊坠来之不易,是右玉人六十年的坚持的成果,但这对于万里长城来说仅仅是一点点。

作为一个右玉人,我深深地感受到家乡的贫穷,我深深地知道精神的发展需要经济的支撑,但在这里精神的高尚和经济的贫穷形成了明显的反差,而这不仅在右玉,整个长城沿线都是这样的。

长城是我们的脊梁,但它是个瘦骨嶙峋的脊梁,它的经济贫穷落后,它缺文化,缺经济,缺人才。几十年来,它就是瘦骨嶙峋的挺立在这里,东青中心组织有志青年徒步考察长城发现了这个问题,让我看到了希望之光,看到了春天的到来。

长城作为中华民族之魂,对中华民族作出了不可估量的贡献。翻开中国革命史,晋察冀的中心就在右玉。1937年七七事变之后,八路军东渡黄河之后就以右玉为中心建立了抗日根据地,革命的烽火在这里燃烧了起来。毛主席在晋绥边区的讲话,"西边有陕甘宁,我现在这个地方是晋察冀,再往东有晋冀鲁豫"。这块地是革命老区,红色革命根据地,为新中国诞生作出了很大的贡献。但是为了新中国诞生作出贡献的父老乡亲们,依然在那个地方,住着土打窑,过着基本上是贫穷的生活。

六十年代毛主席说,农村有广阔的天地,在那里可以大有作为。我觉得今天我们的东青中心看到了长城沿线是一个待开发的宝地,集结了大量的精英人才,来到了我们右玉,让我看到了不止有一个长城,而是四个长城。不是那个瘦骨伶仃的土长城,而是生态的长城、文化的长城、经济的长城、人才的长城。

人才在哪里?就在在座的各位当中。看到你们,就看到了希望。这次大会我没有别的礼物,我给大家带了一些沙棘种子。沙棘耐寒耐旱,如果长城沿线都长满了沙棘,那就是生态长城的建成之日,就是我们中华民族脱贫之日、致富之日,在世界民族之林中崛起之日! 所以不管咋样,我一定要来和大家年轻的朋友一起见个面。尽管我已老朽之年,但看到大家我青春焕发,在今后的日子里,为了我们共同的目标,为了我们的生态长城、文化长城、经济长城、人才长城的崛起,我愿意与大家共同奋斗!

另外我还写了一幅字——"众志成城",希望大家联合起来,万众一心,众志成城,弘扬民族文化,共建生态长城,同筑民族精神。让古老长城变成生态长城、文化长城、经济长城、人才长城!

本篇讲述的是抗日战争时期,发生在右玉抗日根据地的真实故事。共产党八路军一二○师与当地人民群众,面临国仇家恨,右玉县抗日民主政府县长苗树森带领群众浴血奋战。苗树森负伤后,党组织安排苗县长到西山的兴旺庄张二家中养伤,一天日寇围剿兴旺庄,让群众交出八路军干部,不然要血洗全村,这时张二突然站出来说,八路军干部是我送走的,与他们无关。日寇严刑拷打让张二交出八路军干部,张二守口如瓶,后被日军杀害,光荣献身。之后,为了苗县长的安全,党组织将苗县长从西山转移到东山老梁山下的夏家窑谷金娥家中养伤,谷金娥为苗县长烧水做饭洗伤口,并让三个儿子轮流放哨。后日寇经密探侦查,闻讯包剿夏家窑,此前苗县长已安全转移,日寇恼羞成怒将段成孩活活打死。

中华人民共和国成立后, 苗县长担任国家建设部副部长,不忘右玉父老的养育之恩,将两家子弟接到北京如贵宾款待。1986 年苗县长去世后遗嘱将骨灰埋葬在夏家窑,不忘

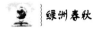

当年的再生之恩。

落红不是无情物
——记抗日民主县长苗树森

青年有信念,民族有希望;

人民有信仰,国家有力量;

实现强国梦历史不能忘!

八十年前,卢沟炮火,民族危亡,

一个民族的心灵圣火,

沸腾了黄河、长江。

奋斗、牺牲、救亡……

长城挺起了雄浑的脊梁!

中华民族优秀的子女儿郎,

奔向了抗日的最前方!

在右玉的东南西北高高的山岗,

革命志士用生命和鲜血,架起了晋绥桥梁。

浩荡离愁白日斜,吟鞭东指即天涯,

落红不是无情物,化作春泥更护花。

1941年9月以后,大同日军为了扩大蒙疆地区的"安全圈",竭力开展"施政跃进"运动,对各抗日根据地进行军事、政治、经济、文化、特务一体的"总体战"。雁北和右玉、右南抗日根据地进入最困难的时期。

1942年春,大同日军最高指挥官集中了数千名日伪军,对右南抗日根据地进行了连续性的"大扫荡"。

1942年右玉县一区区委书记刘文因经不起困难的考验投敌叛变,紧接着原山阴县代理书记李易山叛变,在右玉南山诱捕六十多名共产党员和基层干部,使党组织遭到严重破坏。

1942年5月右南县委书记宇洪被叛徒告密光荣牺牲。

1943年3月,苗树森接任右玉县抗日民主政府县长。

苗树森,河北霸县人,原本是八路军一二〇师的一名政工干部。1943年3月,也就是抗日战争处于极度困难时期,地方党组织遭到严重破坏的时期,他受命于危难之际,担任右玉县抗日民主政府县长。

1943年4月初的一天,雁北支队骑兵大队在回到后方经过一段时间的整修后,再次回到右玉。从右玉南山行进到庞家堡村休息时,突然遭到左云、增子坊、右卫、上堡等据点的日伪军的围击。突围时,一名班长牺牲,两名战士负伤,二十多匹战马在交战中跑失。跑失的战马被余官屯、上堡伪青年团捉住后交给了上堡据点的日伪军。骑兵大队突围后转移到东部山区的裴家窑村,县委书记凤城、县长苗树森亲临驻地慰问部队。

凤城与苗树森决定县政府秘书兼三区区长郭如泰与指

导员周鸿福到余官屯处理丢失战马,由余官屯伪青年团按价赔偿,对余官屯伪大村长处以枪决。

1943年7月初,苗树森在战斗中左腿负伤,中共右玉县委决定让其到西山四区的兴旺庄张二家中养伤。7月22日,中共右平县委书记兼县长高明在后庄窝村召开有七十多名县区干部和游击队员参加的会议,中午伪蒙疆骑兵三十多人突然包围了后庄窝村,县委书记兼县长高明被俘,八名指战员英勇牺牲。后庄窝高明被俘的这个村距兴旺庄只数十里之遥。为了苗树森的安全,组织决定让苗树森转移到东山养伤。就在苗树森转移后的第一天,右卫城百余名日伪军包围了兴旺庄村,把全村的老百姓集中在一起,扬言:八路军的县长就在该村,若不交出,要血洗全村。

这时,张二突然站出来说:"八路军的干部是我送走的,与他们无关!"于是,日本人逼着张二说出八路军县长的下落,张二在日伪军的严刑拷打下,守口如瓶,拒不交代,后被日伪军杀害,光荣牺牲。

7月下旬,苗树森从右平县的四区兴旺庄转到右玉县的三区夏家窑村谷金娥家中养伤。谷金娥(丈夫姓王)全家无微不至地关怀照顾,让三个儿子为苗县长轮流站岗放哨。他们为苗县长烧水洗伤,做饭。

一天两个密探来到夏家窑,向谷金娥打探苗县长的下落,谷金娥心平气和应对如流,毫无破绽。经过半个多月的疗养苗县长伤口痊愈。中共雁北工委派曹效彬、侦察参谋袁武斌把苗接回根据地。

苗县长走后,汉奸李玉得知消息,带领右卫城日伪军来到夏家窑,将谷金娥毒打一顿,并将护送苗县长的段成孩杀害。

中华人民共和国成立后,苗树森担任国家建设部副部长,十分感激当年舍生忘死救护过他的那些乡亲,曾邀请两家子弟去北京,到他家做客,给予热情款待,并领着在北京游览风景名胜。

1986 年 2 月苗树森因病去世,留下遗嘱将自己的骨灰埋到右玉夏家窑的后山上。

2017 年在夏家窑村民陈志仁、陈志义(二人父亲是苗的好友)建议为苗树森墓竖碑,经县民政局郝旭日的协调,以村民的名义为苗树森立碑以示纪念。

苗树森遗嘱把骨灰埋葬于右玉大地,可见一个曾经与右玉人民一道浴血奋战、同生死共命运的革命干部的赤诚之心。诚如清代诗人龚自珍所言:落红不是无情物,化作春泥更护花。

宋克仁为苗树森题诗二首。

夏家窑村

昔日挥戈在塞上,今朝忠魂回山村。

男女老少迎村头,敬慕忠骨恋旧情。

五龙山坡

五龙山坡植青松,革命自有后来人。

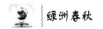

苗翁静卧睡黄土,坐山看水美如虹。

昔日挥戈在塞上,今朝忠魂回山村。

苗公灵魂酬旧情,放眼山前万顷松。

右玉县委书记们的政绩观

什么是政绩观?所谓政绩观,就是对领导者履行职责所取得的成绩和贡献的总看法。

在付治平著《领导者36观》一书中,付说:"政绩是政绩观的表现形式,是政绩观的物质体现。"此提法值得商榷。我认为政绩观不仅是物质的体现,还应有非物质的诸如文化、精神等的体现。

我认为政绩观,所谓"观",就是从某一角度、立场出发形成对事物的看法。因此,政绩观也有上、下、前、后之分。所谓上,即上级的政绩观;下,即人民群众的政绩观;前,即当时的认识;后,即后世的评说。所谓政绩,一定要经得起群众的检验,时间的、实践的检验,经得起历史的检验。具体到右玉,再具体到右玉的县委书记们,时间跨度大,各个时期的国情不同,而个人的评述也难以一一评价,如何综述,难度比较大。因而只能是分阶段地概述。

名臣曾国藩曾有诗曰:

左列钟铭右谤书,人间随处有乘除。

低头一拜屠羊说,万事浮云过太虚。

曾国藩的政绩观有点消沉,为此我也和诗一首:

风云跌宕有沉浮,晴天明鉴地当书。

汗沃黄沙成沃土,沙漠何以成绿洲?

县委书记个人素质,关系党的形象,关系干部队伍的素质,工作作风。他的思路,关系人民的出路。右玉的县委书记们为了人民,为了子孙,不求收获,耕耘耕耘。

《国学经典》《经解第二十六》孔子曰:"入其国 ,其教可知也。其为人也,温柔敦厚,《诗》教也;疏通知远,《书》教也;广博易良,《乐》教也;法静精微,《易》教也;恭俭庄敬,《礼》教也;属辞此事,《春秋》教也。"

古人所说的教化,教即教育,化即潜移默化,化民为俗。

政者,正也。君为正,则百姓从政矣。君之所为,百姓之所从也。"故人情者,圣王之田也,修礼以耕之,陈义以种之,讲学以耨之,本仁以聚义,播乐以安之。"

2010年刘云山同志视察右玉后,在《右玉感怀》诗中,首句就开宗明义:"为政何不解民忧,当官堪消百姓愁"。这就明确地回答了当官应确立什么样的政绩观。其中有一句:"终见善无变善有"。善无是什么意思? 说的是战国时期,赵武灵王"胡服骑射"变法图强,建四达之国,打通代道,在右玉筑善无城,设雁门郡。善无,就是赵武灵王采纳老子"为无为,则无不治"的治理观念,无为而治,这就是善无标明的哲学理念。

在岁月的尘烟中,善无城已融入了瓦砾尘埃之中,但善无体现的无为而治的哲学理念依然焕发着历史的光芒,也为我们探讨右玉县委书记们的政绩观,找到了历史文化的渊源。

右玉人六十多年的绿色追求,右玉的县委书记们六十多年的绿色接力,绝不是一帆风顺,既有如山的重重困难,也有难以诉说的辛酸。

诚如《易经·渐》象辞曰:山上有木,渐;君子以居贤德,善俗。

这就是说,山上的树木,渐渐成长,这里的领导渐渐蓄积贤德,这里的民风也渐渐纯朴。

再说什么是文化,著名学者余秋雨先生说:文化是精神价值和生活方式的共同体。文化的灵魂是精神价值。

一个地方的文化,指的是这个地方的集体人格,也就是生活形态上的共同体,在价值判断上的共同体。

右玉人在共同的奋斗中形成了共同的人格,这就是勤劳朴实,不斤斤计较;乐于奉献,互助共济。

也就是这些领导人,以他们执着的信仰,体现了对事业忠诚,以他们对人民的赤诚,感化了右玉人。领导的人格,赢得了民众的信赖。从而凝聚了人心,转化为持之以恒、百折不挠的生产力,诠释了什么叫"人定胜天"。人定就是人心归一,右玉的领导者,以他们的"心绩",诚信待人,诚如古人所言:三人合一心,黄土变成金。在右玉可谓是上下合一心,黄土变绿荫。至于"胜天",首先是知天、顺天,因为天地自然的根本规律就是和谐。和谐是大自然的精髓,人要胜天就应顺应自然规律,也就是老子《道德经》中说的:"人法地,地法天,天法自然。"老子的"无为"就是顺应自然,"无为"不是无所作为,而是自强不息。

在毛乌素沙漠边沿上,右玉 1969 平方公里的贫瘠的土地上,年平均气温三点六摄氏度,年降雨三百六十毫米,无霜期不足一百天,土地沙化面积达百分之七十六,水土流失面积达百分之七十三的条件下,在六十多年的绿色追求中,县领导呕心沥血描绘蓝图,右玉的人民靠一张铁锹两只手,汗沃黄沙成绿荫,植树一百五十多万亩,绿化面积达百分之五十三。印在右玉大地的山水画,就是一座丰碑。生长其间的杨、柳、松、柏就是碑文上的文字,它们的年轮铭记着往昔的岁月,它们的绿荫告诉今天的人们,什么叫久久为功,什么叫功成不必在我任。这诠释了一个理论问题,什么是理论家探寻的政绩观,什么是人民需要的政绩。

一、人民忧患心中记,不为名利,为民利

主题词:把广大农民群众翻身得解放而产生的纯朴的感恩之情,通过耐心的思想教育,转化为对共产党所领导的事业的信仰,因势利导,化信仰为力量,凝心聚力,防风治沙,老虎坪、杨村梁两条防风林带具雏形。

新中国成立后,之前曾与人民群众一同为抗击日寇侵略者浴血奋战,经历了解放战争、土地改革,走上县委书记岗位的张荣怀、王矩坤,怀着对共产党的感激之情,因为他们之前也是穷苦人民的一员。走上领导岗位后,他们满怀对人民群众的赤诚之心,胸前佩戴着"为人民服务"的佩章,牢记人民群众的甘苦,先群众之忧而忧。全县四万五千口人的吃饭问题,让他们深感自己的责任大于天。如何解决四万五千人的吃饭问题,他们昼思夜想。当时的他们真是舍小家为大家,个人的名利置之度外。他们的子女在县城周边的村庄找"奶娘",托给别人抚养,他们全身心投入为人民服务的工作之中。

他们奔走于群众之中,住在农家,吃在农家,与农民群众共谋发展大计。右玉有句民谚:"十山九无头,洪水往北流,富贵无三代,清官不到头。"张荣怀说:"我们是共产党的县委书记,带领人民奔富路,不仅要清廉,还要艰苦奋斗。"正是缘于此,张荣怀才确立了"右玉要想富,就得风沙住;要想风沙住,必须多植树"的思路。于是开启了右玉人植树的序幕,提出"带领人民植树,党员干部先带头"。

1952年王矩坤担任右玉县委书记,一到任,在县人民代表大会上提出:不向老天低头,人民代表先带头,植树造林锁住风沙。为了调动群众多植树造林的积极性,实行"以工代赈,生产自救",把国家拨给右玉救灾的八十万斤玉米,谁植树给谁。植一亩树给十七斤玉米。既解决了群众的吃粮问题,又促进了植树造林。农民高兴地说:"种下杨柳树,领回'金皇后'。"

他们为了右玉人民,为了右玉的工作结识了许多的农民穷朋友,而他们自己的孩子由于长期寄托给农村奶娘而不认识他们。他们的言行可谓是共产党的形象代表:领导种德,人民种树。

张荣怀,王矩坤,他们在右玉人民极度艰难时期,与右玉人民同甘共苦,体现了他们——

一是坚定的信仰与忠诚的信念。

二是他们对共产党始终怀有感恩的心,"精忠报国"。

三是用他们纯朴的阶级情感教育干部,教育人民。

四是他们廉洁奉公,平易近人的公仆形象,受到了人民的尊重。

五是扶贫济困,爱憎分明,敢于担当,敢于奉献的吃苦耐劳精神。

二、领导全心全意,群众才能齐心合力

主题词:相信群众、发动群众、组织群众的群众路线,宁愿饿肚皮,也要绿化地皮,艰苦奋斗抓作风,强化干部队伍,建设一支真抓实干的干部队伍。尊重知识,重用人才,积极探索,科技兴林;外学先进,内树典型的工作方法。六个万亩林区,十三条防风带成规模。

马禄元、庞汉杰是二十世纪五十年代后期担任右玉县委书记的。

马禄元 1956 年 4 月担任右玉县委书记。1957 年 7 月，上级又安排庞汉杰担任右玉县委第一书记。

马禄元任县委书记本来干得好好的，这上级又安排来了第一书记。

马禄元没有向组织提出，既然来了第一书记，我这个县委书记是不是调到其他地方，而是说，谁第一、谁第二无所谓，职务高低有分工，负责奉献不分先后，为人民服务不分第一第二，多一个人就多一分力量。他在晚年把自己人生的感悟整理出《锦言集萃》一书，他说："名利淡如水，事业重如山"，"民为衣食父母，官是人民公仆"，"清正公德勤为官，温良恭俭让处世"，"好事理应相让，错事不推责任"，"靠山吃山要养山，荒山变成金不换"，这就是他们的政绩观。靠山吃山更要养山，不能坐吃山空，养山才能使荒山变成金山银山。

庞汉杰，祖籍沁源。1960 年正是我国三年困难时期。一次他老伴孙淑凯回去探亲，临走时哥嫂给她带了红枣、核桃好让孩子们度过饥荒，但是孙淑凯不带这些，要带松树籽，哥嫂不解地问为什么，她说："右玉的荒地太多太多，如果松树能成活，那就太好了，让右玉大地遍地长满松树多美呀！"哥嫂就给她带了些好的松树籽。回到右玉，她就让公公种试验田，试着培育松树苗。庞汉杰，一人在右玉任县委书记，真是全家人为右玉操心。

庞汉杰，为右玉日夜操劳，积劳成疾，患上了肠胃炎。考虑到他身体的原因，上级决定给他调一个条件好一点的县担任县委书记。谈话后，庞汉杰考虑再三，说："与其还在基层工作，我还是在右玉为好。右玉虽说条件差，困难大，但那里的人民太好了，那里还有我未竟的事业。"庞书记不走了，马书记更是真诚挽留，两人紧紧握着手，在县委民主生活会上坦诚交心。之后带领县委一班人，骑自行车到高墙框西坪种下了"同心林"。

在县委一班人全心全意为人民服务精神感召下，那个年代，右玉人种植了长城防风林带，绿化了马营河流域，在黄沙洼、辛堡梁、杨村梁、李洪河、增子坊种起了几个万亩林区。

1958年，为了加快扩大右玉的林草面积，马禄元去甘肃天水学习，并带回草木樨在右玉试种。雁北行署和空军部队联系，安二飞机进行牧草飞播。飞机飞播安全系数不高，风险大。马禄元自告奋勇登上飞机，为右玉播种牧草。后来马禄元说起此事，风趣地说："古有神话'天女散花'，我给他搞了一次'天公播草'。只要右玉人能尽快富裕，咱担点风险怕什么！"

1963年10月，全国水土流失重点地区水土保持工作会上，右玉县作了《坚持不懈植树造林，矢志不渝锁风固沙》的典型发言，谭震林副总理表扬了右玉。会议简报中说：全国所有县都应该像右玉的县委书记、县长那样，不畏艰难，持续不断地植树种草，绿化河山，把全国水土保持工作推向新的阶段。

古人说，修身种德，事业之基。在右玉，种树就是种德。政绩不在报告里，而是树立在右玉广袤大地上的条条林带。那一株株挺拔的小老树，就是雄辩的证言。县委领导化民为俗，使右玉人的生命价值转化为生态价值，升华为精神价值。

马禄元、庞汉杰，还有县长解润，他们志同道合，在履行自己的职责中，坚持以人为本，相信群众、依靠群众、发动群众的群众路线；坚持不断探索科学发展，总结出了"穿鞋、戴帽、扎腰带"的综合治理经验；尊重知识，尊重人才，坚持大胆起用人才的干部路线，使一些科技人才脱颖而出；坚持典型示范，手中有典型，胸中有全局，亲自培育出盘石岭、北辛窑等一批先进典型；他们以自己的行为诠释了职位不能是索取的筹码，职位体现的是担当。比如在粮食紧张的困难时期，用山药蔓、荞麦叶、荞麦加工的代食品，领导们先尝试过，然后在群众中推广。"六二压"先压缩自己的亲属，下乡徒步走，每项工作他们自己先进行试验，然后全县推广。

坚持廉洁奉公、以身作则，营造出一个说实话、干实事的政治生态和一支敢打硬拼的干部队伍，还有好的作风。

三、肩担道义需忘我，心有群众树常绿

**主题词：以敢于担当的负责精神，舍小家为大家，谋事创业，进入"三北"，使右玉的林业升温造势，咬定青山不放松，

十大流域治理,八十万亩荒山荒坡步步为营。

1971 年 5 月杨爱云担任县委书记。军人出身的杨爱云,干事雷厉风行。他有句口头禅:"掏老话,当干部就要干工作,当领导就要敢担当。"就是对群众要说老实话,说了算,定了干。事关人民群众的事,就是我们的大事。他上任伊始,提出"十大流域摆战场,四大盆地做文章"治理右玉大地的综合方案。"大种大养",让农民尽快富起来。县委常委包流域,坐镇指挥到工地。水是一条龙,先从头上行。为了治理苍头河,决定修常门铺水库。水库建成可以扩大水浇地 13 万亩,水库开工,杨爱云带领县委领导一班人,一起参加拉土垫坝的劳动,一干就是十几天。为了工作上的方便,发挥县城对周边经济的带动作用,杨爱云征得上级部门的批准,决定把县城从右卫镇搬迁到现在的新城镇。这在当时一个贫困县谈何容易!杨爱云说:"当领导就得敢担当,对人民有利的事,千难万难也要干。这也怕,那也怕,说到底就是怕掉了自己的'乌纱帽'。"为人民群众干事业就得豁出去。很快,一个新县城建起来了,同时还保住了一个历史文化古城。全县形成了人人植树,家家养兔,出以公心、一往无前调整种植结构,摸索出"林草上山,粮下滩湾"的两条腿走路的方针,在山西全省推广。

1975 年 11 月,常禄担任右玉县委书记。到右玉转了一圈,常禄盘算了几天:右玉尽管植了这么多年树,但还有八十万亩荒山荒坡。他暗下决心:"啃骨头",绿化荒山!

打铁先得自身硬,常禄对干部们说:咱们飞鸽牌的干部,要干永久牌的事！前几年植树把容易成活的地植了,那叫吃肉,现在肉吃完了,就剩下骨头了,啃骨头,就得下硬功夫。永久牌的干部,要干久久牌的事。为了培养技术人员,他决定县办林校;为了宣传鼓动群众,他决定县里成立林业文艺宣传队;为了带动群众,他决定县级机关干部春、秋两季义务植树;为了解决苗木困难,他决定全县大办苗圃。县办,公社办,农村办,学校办,企事业单位有条件的都要办苗圃;为了带动机关干部,他带领自己的妻子、子女上植树工地。中午带干粮与群众一样吃在工地、劳动在工地。他留给右玉人的形象就是在荒山野郊植树的工地上挥锹劳动,这就是右玉人民心目中的丰碑。

1978 年,右玉被列入国家"三北防护林"工程重点县。为此,常禄兴奋得几个夜晚难以入睡,他说,上级的支持,是对我们过去工作的肯定,但更多的是鼓励和鞭策。我们更应奋力争赶。1982 年 7 月,《山西日报》头版刊登了长篇通讯《心有群众树常绿》的报道。

二十世纪八十年代后期,周边地区的煤窑遍地开花,经济指标迅速增长,植树造林不在主要考核指标之列,因此当时流行着"农业上去戴红花,其他上去没人夸"的说法。常禄既是安慰自己,也是安抚自己这一班人,说:"咱不求戴花不戴花,也不谋有人夸没人夸,咱对得起人民群众心里就踏实了。"此时,右玉也有人动摇了,眼看着周边地区靠挖煤,一家家的"万元户",一幢幢的楼房拔地起,右玉一味植树,怎么不换换"脑子"？经过几番大辩论,认为换"脑子"也要因地制宜,"换脑子"也不能急功就利,"换脑子"也不能竭泽而渔。由于过度操劳,积劳成疾,常禄病逝于工作岗位上,病重时嘱托右玉干部说:"树是右玉人的命根子,说给人们要保护树木。"古人说,树是有灵气的,我说树是有灵魂的。灵魂是什么？这就是右玉人的生活方式和精神价值。

四、自加压力须奋起,创新目标猛冲刺

主题词:锁定目标,自加压力,负重前进,向"绿化达标"里程碑奋进。"党政军民学,东西南北中""全党动员,全民动手"经典工程靓起来。

1989 年 1 月,山西省委、省政府将右玉列入了 1992 年首批实现基本绿化县之一。全县在 3 年内完成大片造林十点五四万亩,"四旁"植树八十万株,高标准绿化村庄、园区五十个,率先在全省实现基本绿化。有压力吗？有。压力大不大？很大。县委书记、县长向省委、省政府立下了"军令状",完不成任务自动降职降级。

经几天的大讨论,县委、县政府提出"全党动员、全民动手,拼死拼活,背水一战,保证按期实现绿化达标"的口号。

全县召开党员干部动员大会,分解任务。县委、县政府竖起倒计时责任牌。各级定期召开生活会,查进度,查质量。

全县实行"五个一",即:

一、正局级以上领导,每人负责一块造林基地,保质保量限期完成。

二、县政府对各乡镇、县直各大口,签订造林责任状。

三、县直机关干部、职工每人抵押一个月工资作为所种苗木成活率抵押金。

四、为各大口领导建立责任碑。

五、对完不成造林任务的实行"一票否决"。不评模,不调资,不提级。全县干部、职工开展义务植树劳动竞赛,建立植树考勤表,同时全县开展树典型、评功臣,全县评选出百名林业功臣。决定县领导不入选功臣名录。县领导不能自封功臣。领导不参加评功臣,但完不成任务的要担当责任,那就是"绿票定音,黄牌警告"。年终检查,实地实树,实地实数,质量不能含糊,数量不能马虎,评为后进的"黄牌警告",乡镇定为黄牌警告的,首先问责包乡的县领导,县领导要在党组织生活会上做检讨。

1992年7月,经上级部门检查验收,右玉实现基本绿化。全国二十八个省市林业局长在右玉召开现场会,全国林业改革座谈会也在右玉召开。山西省人民政府授予右玉"山西省基本绿化县"光荣称号,并树为全省林业战线十面红旗之一。

但右玉并没有在荣誉簿上停步不前,而是再接再厉,在全线铺开了"绿色通道工程"。

1992年,为了增加林业经济效益,县里决定成立压板厂。1994 年引进日资与日本新和通商株式会合资加速发展林业经济。木材需求量的增大,诱发了私砍滥伐林木的毁林事件。大量地砍伐,十几年种起的树木就会毁于一旦,权衡利弊,最后还是痛下决心,关闭压板厂,诚可谓是割腕疗疾。

五、坚持实事求是,体现的是党性原则, 反映的是对民负责

主题词:实事求是,说起来容易,做到难。坚持实事求是体现的是对人民负责和党性原则一致性。

右玉人六十多年的绿色接力,既有轰轰烈烈的挥汗拼搏,也有冷静坦诚的反思。坦诚对上对下,敢于坚持实事求是,也是对县委主要领导政绩观的考验。

右玉是"靠天吃饭"农业,1984 年,风调雨顺,全县农业取得了较好的收成,全县人均产粮五百多公斤,油料五十多公斤,人均收入由上年的一百三十三元,增加到了三百七十多元。右玉曝出了好消息,粮食收入翻一番,贫困的右玉脱贫了。

1985 年、1986 年右玉遭受了严重的干旱,粮、油收入严重减产,出现了"倒翻番"。

《人民日报》发表了题为《天变收入变,右玉农民收入大减,大起大落传统农业必须改革》的署名文章,指出"人均收入大幅度减少,经济发展出现了'倒翻番'的现象"。

同时还配发《值得深思的教训》的短评,右玉的教训,应

引起我们的警惕。本着对上负责,对下承担,敢于担当的精神,右玉县委经过慎重的反思,坚持实事求是的原则,1986年右玉县向省委、省政府坦诚地说明了"倒翻番"的原因,并请求把右玉再次列入贫困县。1986年12月30日,国务院正式下文,右玉被列入全国三百个贴息贷款扶持的贫困县之一,并给予贴息贷款扶持。

1999年,右玉县又不甘落后,年初又向上级送去了右玉实现脱贫的报告。结果天公不作美,这一年右玉遇到严重的自然灾害,刚刚脱贫的农民又出现了返贫。

脱贫与返贫,一字之差,但一字千金,对县委领导来说是党性、民心的权衡与考验。

实践证明,实事求是说起来容易做起来难。

六、思路决定出路,政绩源于担当

主题词:穷则思变,三大战略:移民搬迁,人退林进;砥砺前行,绿色通道,生态发展可持续,百村万人大移民,生态旅游提上议程。

世纪之交,高厚担任右玉县委书记,赵向东担任县长。

通过对右玉五十多年绿色接力的反思,认识到传承不能墨守成规,创新才有出路,创新就得敢担当。经过反复的讨论,提出实施"三大战略"的发展思路,人退(即移民搬迁)林进,还林还草,开通"百里绿化通道"。2003年大干一百天,率先在全省实现"村村通",即村村通水泥路。有了目标就有了路。

政治路线确定之后,干部就是决定的因素。要想实施"三大战略",就得全体党员干部振作精神。于是县委做出了《改进干部作风的决定》,明确任务,明确职责,层层压担子。高厚的说法是:要干部廉洁,就得严管理,要干部勤政,就是压担子。

为了加强林木管护,县委出台了《关于加强生态环境保护的决定》,高厚还响亮地提出:"谁砍树的头,我砍谁的头。"

这里的"头",不是人头的"头",而是要在谁的头上问责,严惩。

人退林进,退出了大片的青山绿水,"百里绿色通道"开通了山区秀美风光。

2004年赵向东接任县委书记,没有改弦更张,而是继续完善高厚在任时提出的"三大战略",坚持不懈抓生态,走着"生态农业,生态工业,生态旅游"的科学的可持续发展之路。

高厚、赵向东离开右玉多少年了,每当人们行走在乡村的绿色通道,或是行走于移民村的街道上,在人们谈及"走出大山,走出贫困,走向富裕,走向文明"的言语中,高厚、赵向东是他们最怀念的人。

真是:金杯银杯,不如群众的口碑,金奖银奖,不如群众的夸奖。

七、作风感化成民风，民风升华铸精神

右玉人多年的绿化追梦，在右玉形成了一个共识：树是右玉人的生存之根，生命之树。

右玉的领导为了生命之树常青，奉献了他们的忠诚。他们以为人民为根本宗旨，以树为中心，为绿增彩添色。他们廉洁奉公，形成了无声的感召力。有人说：播下一种观念，收获一种行为，播下一种行为，收获一种习惯，播下一种习惯，收获一种性格，播下一种性格，收获一种命运。种瓜得瓜，这是传统的价值观。前人植树，后人乘凉，这也正是右玉领导、右玉人的政绩观。厚德载物，造福社会，造福子孙，只求耕耘，不问收获。实践证明：思路决定出路，作风决定成败。俗话说：十年树木，百年树人。在右玉县，树木中树人，树人中树木。领导干部的无私奉献，化民为俗，形成了攻坚克难的凝聚力。人民是历史的创造者，人心齐泰山移。在右玉多年来形成了党风正，民风纯，上下一心干事业的良好的政治生态，作用于改造山河的建设上，营造出良好的自然生态，右玉的大地就是一座座丰碑，铭记着为它奉献的人们的政绩。

树立正确的政绩观，就要走出政绩观的误区。

政绩不政绩，主要看关系：下边使力气，不如上边找关系；

政绩不政绩，权钱做交易：你对上级没贡献，政绩再多难

表现;

政绩不政绩,宁愿不出事:怕出问题,不敢担当,炒上豆子大家吃,砸了锅自己赔。

政绩不政绩,群众算老几:形象工程,耍花架子,宁愿不为群众办事,也不能坏了自己的事。

政绩不政绩,数字搞游戏:在统计上费心思,不在落实上下力气。

政绩不政绩,稳坐待任期:开会念讲稿,开会就是落实。

还有的说:官场如戏台,功夫在讲台,形象在电台,政绩在后台,世态炎凉,人走茶凉,前人植树后人乘凉,乘凉人谁管谁栽树。

还有的就是心浮气躁、急功近利、急于求成。

政绩观体现的是一个领导者的人生观、价值观、诚信观,折射出的是群众观、执政观、事业观、权力观、地位观、责任观。

时代呼唤右玉精神,伟大的历史使命,需要高素质的领导人才。信佛要求"参禅",信道需要"悟道",理论学习则需要净化心灵,提高理论素养,从而提高我们的执政能力。

当然,随着社会的发展,交通极大方便了人们的生活,也使领导与群众直接面对面的交流机会减少,如何密切与群众的关系,为民解忧,为民排难,仍然是一个重要课程。诸如子女就学就业,看病就医,解决他们生活中的困难,仍需付出极大努力。

右玉精神的哲学思考

在《中国哲学的精神》一书中,李慎之教授说:中国哲学是寻根之学,是安身立命之学。他认为中国哲学最大的成就,在于通过哲学的传习与远思,找到个人自己在宇宙中的正确位置,得以从容处理环境与命运给予的各种遭遇和挑战,不论穷通祸福都能做出正确的反应,保持心理上的安静和平。中国哲学的目的,最后在于精神人格、道德人格的自我树立与自我完成,这可以说是中国哲学与外国哲学归结点之"异",即中国哲学的特点。所谓"安身立命"就是由思想上的寻根究底,求得做人处事的正道,达到心理上的安定和愉悦,不论顺遂与否都能完成天所赋予的使命。中国人对哲学意义的理解,实际上也正好就是中国哲学的精神所在。

从寻根究底、安身立命的哲学精神,分析右玉精神产生的根底,分析右玉精神产生的价值观和文化的背景。

善无寄托的治理理念的地理密码

《山西历史地名录》记载:"雁门郡,战国时赵武灵王置,秦时治所在善无。"

赵武灵王是战国时期著名的政治家、军事家,虚心好学,具有远见卓识和雄心壮志,为了图强称霸,他实施胡服骑射的伟大改革。

周赧王八年(前307)赵攻中山,扩地北至燕、代,西至云中(今内蒙古自治区托克托东北)、九原(今内蒙古自治区包头西),在今天的右卫镇筑善无城,设雁门郡,代道大通。

设雁门郡筑善无城,这是赵武灵王与胡服骑射一体的改革措施。善无的命名当然也不是随意而名的。善无,也就把赵武灵王的治国理念寓于其中。他听从老子的忠告:"为无为,则无不治。""人法地,地法天,天法道,道法自然。""道常无为,而无不为。""上德无为而无以为。""我无为,而民自化。""慎终如始,则无败事。"

善无是赵武灵王治国理政的地理密码。

从塞翁看古人安身生立命的乐观豁达人生观,老子在《道德经》五十八章说:"祸兮,福之所倚;福兮,祸之所伏。"

这是老子的人生观辩证法,说明事物内部包含着否定本身的因素,表相的祸,幸福倚傍在它的里侧,表相的幸福,里面藏伏着灾祸的因素。

老子是公元前五百多年的人,对老子《道德经》领悟最深的是右玉的"塞翁"先民。

汉代的刘安根据老子的观点,当然还有战汉时期的民间传说,创作了塞翁的故事。

据《山西历史地名录》记载:左云县,春秋时代白羊地,战国时期武塞地,《辽史·地理志》"西京道"记载:"赵惠王置武州塞。"据《左云地名录》记载:武州塞是赵国西北边陲内线上的重要防御地带,东北起今大同北的武州山东麓,中经左云,西南至洪涛山之西首骆山,塞内筑三城,南塞城位于首骆山下,即偏关北百里的太罗城(今西家堡),中塞城在洪涛山中大峪山之西(今左云东古城),北塞城在大同西(今云岗堡一带),秦时有紫塞,西汉《千字文》有"玄兔紫塞"一词,玄兔即兔毛河(苍头河),紫塞大体也就在这一地区。

西汉刘安招募宾客方术之士数千人编写了《淮南子》一书,在"人间训"中有"塞翁失马"的故事:塞上之翁,马无故亡入胡,人吊之。翁曰:"安知非福!"其子带胡骏而归,人贺之,翁曰:"安知非祸"!其子乘之,坐折臂,人又吊之,翁又曰:"安知非福!"胡兵后大战,丁壮者多死,其子折臂仅存。固知祸福相倚而生也。这则故事为什么会发生在塞地?塞地又在哪里?

古人言:靠山者憨,近水者智。可见地理对人的性格的影响。也就是人生价值观的形成受一定的地理因素的影响。

抗日烽火,致命遂志,凝心聚力。

中国的哲学是安身立命。日本侵略者的烧杀抢掠,唤醒了中华民族的精神血性,《易经》困卦说:"君子以致命遂志。"

1937年10月,八路军120师东渡黄河,挥师北上来到右玉,在右玉的南山、西山、东山建起了三块抗日根据地。120师的指战员在这三块根据地上以心映心,以心传心,组织劳动人民开展抗日战争,斗争中有许多人牺牲,他们中有经过二万五千里长征的张云峰,120师三五八旅独立营副营长等。这其中四位就是右玉县委书记。也正是八路军 120 师的指战员用生命和鲜血教育唤醒人民,使人民认识到八路军共产党是真诚地为人民的,从而不惜一切牺牲,支援抗战,不惜生命保护八路军,形成生死与共的钢铁长城。

他们用心灵的圣火点燃抗日烽火浇铸的红色长城,生死与共的情谊,是新中国成立后,右玉人绿色追梦的动力的情感之基。

绿色基因为右玉的绿色发展固本培元。

用信仰点燃信念,信念支撑毅力。

右玉要发展,百姓要生存,就得树扎根,体现的是"以人为本"时代特色。

老子《道德经》四十九章曰:"圣人无常心,以百姓心为心。"

新中国成立后,面对着百废待兴、民不聊生的局面,该怎么办? 结论是:"要想让人生存,就先让树扎根。"

确立了"以人为本"的思路,诚如习近平总书记所说的:"右玉精神体现了全心全意为人民服务。"在如何实施"以人为本"的思路上,那就是我们党的一贯传统,相信群众,依靠群众,组织群众的群众路线。

这个时期在领导与群众层面,体现出两个鲜明的特色,那就是"感恩"。

登上领导岗位的人,怀着赤诚的感恩之心。那就是抗日战争、解放战争,没有人民的支持就不会有革命的胜利,而广大人民群众,是感谢毛主席、感谢共产党,使自己翻身得解放。两个感恩拧成一股绳,体现到植树造林改变家乡面貌的生产劳动中。

人民翻身得解放的主人翁精神,焕发了人民群众的主观能动性,人的尊严,主人翁的光荣感、责任感,凝成一股改天换地、改变自己命运的强大力量,植树造林、防风固沙。一些人过去当牛做马,当长工的人当选村长,面对群众的推举,痛哭流涕,带领群众植树造林,浑身是劲。

以人为本,以人民的事业为重,全心全意为人民服务。

马禄元,1956年任右玉县委书记,1957年上级又派来庞汉杰为县委第一书记,二人不论职位上的第一、第二,而是同心协力,为了右玉的发展,为了右玉人民,咱们同甘共苦。

1975年任右玉县委书记的常禄,生命垂危之际,临终遗嘱还挂念右玉的树。

树体现了他们的执政理念,执政为民,植树达成了共识,共识达到了统一。

自强不息、艰苦奋斗,成为安身立命之基。面对艰苦的环境,右玉不怨天尤人,不向命运低头,一张铁锹两只手,耕耘于天地间。

历史上作为中华民族人生准则的教科书《易经》,宗旨就是以天地为准则,确立人生规范,以宇宙恒久无穷而又秩序井然的精神,劝勉人生应当自强不息造福社会。

火车跑得快,全靠车头带。各级党组织的中流砥柱作用,形成了坚强的核心，一级带着一级干。

1976年任威远大队党支部书记的毛永党，两次放弃外出工作的机会，以威远人民的脱贫为己任，积劳成疾终结了自己的生命，年仅二十八岁。

北辛村村党支部书记伊小秃，甘耐清贫，带领全村人学习大泉山、学习大寨，奋斗在风口浪尖，直到九十多岁，还守望着自己种下的树，守望着自己的家园。

在不毛之地上，有人用心血，有人用汗水，坚持不懈地耕耘，只求耕耘不计收获。他们用坚毅的信念播下了希望的种子。二十世纪五十年代，多数人没有口粮，县委书记提出"以工代粮"、种树吃玉米，种树本地没有树苗，到一百里外的桑干河边买树苗。

山上种树没有水，从二十里外拉水浇树苗，干石山上没有土，把山上的石头挖出，从山下拉土种树。从外地买树苗没有钱，干部职工捐出工资买树苗，一直坚持了十几年。至诚不息，一以贯之。

《中庸》二十六章讲："至诚无息，不息则久，久则征，征则悠远，悠久则博厚，博厚则高明。博厚所以载物也，高明所以覆物也，悠久所以成物也。"《论语·里仁》曰："吾道一以贯之。"

习近平总书记讲："奋斗是艰辛的，艰难困苦，玉汝于成，没有艰辛就不是真正的奋斗，我们要勇于在艰苦奋斗中净化灵魂、磨砺意志、坚定信念。"

右玉人七十年的绿色追梦,七十年的努力,咬定青山不放松,诚如我们一位老县委书记讲的飞鸽牌的干部一代接一代干着永久牌的事。

1958年南京林业大学毕业的张沁文,在右玉一干就是十八年。

1963年雁同地区的二百多知识青年,在右玉军事化组织,军事化行动,治理荒山荒沟。

1968年大同矿务局的三百多名知识青年,分布在右玉的二十八个农村,与右玉人一道用汗水浇灌荒漠。

右玉人,七十年凝心聚力,含辛茹苦,坚持不懈,百折不挠的精神就是一个大课堂,就是一个大熔炉,在七十年的艰苦奋斗中升华出精神人格、道德人格,就是右玉精神,在人与人的和谐、团结奋斗中,形成了人与自然的和谐。

关怀老区,发扬传统

抗日战争时期,右玉是晋绥枢纽,右玉人民与120师指战员风雨同舟,生死与共。解放战争,右玉人民为察绥包战役,支前参战作出更大贡献。新中国成立后,党中央、毛主席十分关怀革命老区。

1951年8月,中央老区访问团晋冀分团在雁北专署副专员张鹏举的陪同下到右玉西山老区访问。访问团在右玉西山先后召开了群众大会,传达了党中央和毛主席对老区人民的关怀,还把毛主席的题词以及纪念章、慰问信赠送烈军属、老党员和老模范等人,之后专署还拨专款修建了胡彩沟学校,在乡所在地建了医疗所。

毛主席的题词是:"发扬革命传统,争取更大光荣。"

同年11月1日,察哈尔省团省委书记林中、雁北专区副专员张鹏举带领中央察绥内蒙古受灾区慰问团慰问察哈尔省分团来右玉慰问,为灾区发放了救灾粮、救助款,还有六千套棉衣。

11月18日县委、县政府召开全县劳动模范大会,传达了中央慰问团带来的慰问信和毛主席的题词,与会人员受到了极大鼓舞:党中央、毛主席没有忘记老区,毛主席没有忘记老区,没有忘记老区人民,要我们发扬传统,争取更大光荣。县政府发出了生产自救动员,劳动模范向全县发出了开展劳动竞争的倡议。

1952年3月18日,县委、县政府还专门召开了老根据地代表会,县委书记王矩坤主持并传达了党中央、毛主席的慰问信,传达了省老区会的精神。会议专门研究了如何发挥老区优势,因地制宜发展老区生产,加快步伐,确定了老区的建设的方向,就是组织起来,植树造林防风固沙,修梯田、打河坝,防止防治水土流失,发展农、林、牧业生产。

老区人民在上级的关怀下,发扬艰苦创业精神,老区面貌发生了很大变化。

1984 年 10 月 9 日至 11 日，原北京军区政治部主任张宗文一行八人，在雁北军分区政委李保云及有关人员的陪同下走访了右玉老区。抗日战争、解放战争时期张宗文主任曾先后在右玉县及西雁北各县战斗过十个春秋。这次他来到老区，深入了解老区人民的生产、生活情况。当张将军看到右玉满山遍野的林海时，高兴地说："过去这里到处是童山秃岭，现在到处是绿树林荫，真是了不起！"他们专程赴右玉城凭吊了为解放右玉壮烈牺牲的烈士。

1985 年 7 月 20 日，中国人民解放军某基地原副司令员刘苏少将一行来右玉视察。

1986 年 7 月 3 日，中顾委委员、原警备六团政委、第二炮兵司令员张达志中将一行九人来右玉老区进行访问。张将军向县委党史研究室的同志介绍了警备六团在右玉境内与日军进行的几次重要战争经过以及贺伟、白兴元、王金相等烈士的生平事迹，并题词："重游右玉，面貌改观，植树造林，造福人类。"

1986 年 7 月 20 日，原北京军区司令员郑维山将军在原山西省军区司令员张广有的陪同下来右玉考察，郑司令参观了右玉林业，看见右玉翻天覆地的变化，赞扬右玉人民不愧是革命老区的人民，老区人民发扬革命传统，烈士的鲜血没白流，艰苦奋斗为右玉争光。

写在大地上的誓言

右玉县人拙嘴笨舌，能舞文弄墨、咬文嚼字者，更是稀之少之。右玉人有一个共同的特长，那就是沉默少言、勤勤恳恳、耕耘劳作。

右玉从一个人称"不毛之地"的贫瘠山区，经七十年的坚持不懈的艰苦奋斗，成为"塞上绿洲"的伟大实践，就是雄辩的证明。

新中国成立了。

右玉大地，黄沙漫漫，右玉人怎样在这"不毛之地"上生存生活？

县委、县政府于1949年10月9日，召开干部大会，发出号召：发扬革命传统，向荒山进军，人要在这里生存，先让树在这里扎根！

党员干部先带头，每人十棵树，北部右卫城的西大河，南部下堡河湾，开启了植树造林的序幕。到1950年夏天，全县营造大片林1124.5亩，育苗366亩，种植零星树995667株。

抗美援朝战争中，如何以实际行动支援志愿军？右玉人的回答是："努力生产，多种树，多打粮，多交公粮当模范。"

1952年，中央老区访问团晋察冀分团在雁北专区副专员张鹏举的陪同下来右玉访问，上级给右玉拨来以工贷赈粮款 37524 万元,粮款 47577 万元,贷粮贷款 347649 万元。右玉县委、县政府认为不能"坐吃山空",我们不能白吃国家救济粮、白花国家救济款,实行生产自救、以工代粮,植树造林,绿化大地,造大片林 22759 亩,控制水土流失 41 平方公里。修防洪工程 15 处,开渠 1170 道。

1956 年,团中央在革命圣地延安召开五省区造林大会。延安是革命圣地,重视发扬革命传统,植树造林,绿化祖国大地。右玉县委组织社会各界,在县城北门外的荒沙滩上立下了自己的誓言:植树造林,绿化大地。

右玉中学的师生吹响了向黄沙洼进军的号角。

没有多少豪言壮语,也没有多少标语口号,印在大地上的印记是:

这一年全县掀起植树造林的高潮,营造大片林 32700 亩,封山育林 8037 亩,打鱼鳞坑 24 万个,零星植树 42 万株。

1958 年,那是一个"大跃进"的年代,具体提法是:鼓足干劲,力争上游,多快好省地建设社会主义。

就在这一年,开春之际,右玉县启动了马营河流域治理工程。

马营河是县城北面的一条较大的河流,直接影响着县城的环境。

县委书记处书记担任流域治理总指挥,他率先带领全县的科技人员考察规划,然后组织附近 6 个乡,21 个农业社的劳动力投入战斗,全流域开渠 22 道,砌石坝 35 道,种植大片林 1.5 万亩,扩大水浇地 2.9 万亩,控制水土流失 3.6 万亩。

马营河流域这里曾是北魏拓跋鲜卑练兵的演武场,清初八旗劲旅的阅兵地,朔平府选定的恒阳十景之"绿圃柔茵"与"兔渚回汶"景区,如今又成为旅游胜地。

1958 年 11 月 9 日,右玉并入左云县。

1960 年在"全党全民总动员,一春实现三化"的口号声中,全县掀起了声势浩大的春季植树造林运动,确定了长城、右同公路、苍头河、七里河与马营河造林工程,总计 12 万亩。

4 月 12 日,国营凤凰台牧场成立,在老虎坪、红土堡、双泥河下设三个分场,原左云县县长尹士声接收从省城分配的大中专学生 200 多人,开荒 10 万亩,养猪 44000 口,羊 2000 只,奶牛 20 头,鸡、兔近万只。

1961 年 4 月 20 日,恢复右玉县,王俊担任农牧场场长。

1964 年全县树立白塘子等 10 个生产大队为绿化先进单位。

1965 年《山西日报》发表《晋西北三件宝》(柠条、酸柳、宝贝草即草木樨)和《晋西北之歌》的文章,介绍右玉县植树造林改变自然生态环境的情况。

1966 年,历史进入了所谓的"文化大革命"时期,就在这时,右玉县提出了"林草上山、粮下滩湾,大抓沟、湾、滩,赖坡地还林还草,好坡地大搞水平梯田"。

1967 年 10 月 29 日,县委、县人委决定治理欧家村流域。

12 月重新治理马营河流域。

全县发展水利的行动口号是:村前屋后种榆树,沟壑滩弯栽杨柳,梯田地埂种柠条,滩湾地埂种杞柳,沟坡崖边吊木瓜,阳坡暖湾花果树,渠道河岸乔混灌,道路两旁高秆树,山坡梁头还林草,防护林带处处有,每年造林 10 万亩。

1971 年杨爱云担任右玉县委书记,他经过调查,弄清了右玉发展农林牧业最缺的是水,他 1 月上任,8 月就决定常门铺水库二次上马(第一次是 1959 年上马,1961 年困难时期下马),全县集中 400 名基干民兵,组建专业队,同时提出在全县"十大流域作战场,四大盆地做文章",大种大养,林地面积达到 60 万亩。

1975 年常禄担任右玉县委书记,上任伊始,他坐着 212 吉普车在右玉的东南西北转了个遍,他把目光盯在了右玉的荒山荒坡上。右玉种了这么多年的树, 还有荒山荒坡 80 万亩。这 80 万亩荒山荒坡就是常禄这一份答卷的白纸。

1977 年夏天,常禄从宁武林地调回了落叶松小苗,组织机关干部职工开展贾家窑山村雨季造林,造出了今天的松涛园。那一年全县造林 18.8 万亩。

1980 年 3 月 1 日在林业部、解放军总政治部、共青团中央等 5 部委联合召开的植树造林动员大会上,中共中央书记处书记、国务院副总理王任重表扬右玉说:"山西省右玉县过去被称为'不毛之地',现在变成了'塞上绿洲'。这个县只有 8 万人,经过了 30 年坚韧不拔植树造林,使森林面积从原来的 8000 亩,发展到 76 万亩,每人平均近 10 亩,森林覆盖率从 0.3% 提高到 27.6%。右玉前后换了几任县委书记,但全县抓林业的指导思想不变,终于把'不毛之地'变成了'塞上绿洲'。"

这一时期,右玉县各级大力发展苗圃,各公社的苗圃成了右玉的一道风景,县级机关的大楼就是生态园林。

1983 年 12 月,右玉完成了"三北"防护林体系第一期工程,共营造大片林 143.9 万亩,占总土地面积的 48.89%。

1986 年,雁北行署科委在右玉县召开沙棘研讨会,决定与北京林学院联手,在右玉县建立沙棘中心试验场,在威远南建起了沙棘基地。

1978 年至 1985 年,全县共营造大片林 96 万亩。

右玉县被"三北"防护林建设体系评为先进集体。

随后,专门为右玉的林业召开了县委常委会,进一步统一思想,分析思路,确定右玉今后林业发展的思想就是乔、灌、草三个层次一起上,造、管、护三个环节一起抓,生态、经济、社会三个效益一起要。

1990 年 9 月 12 日,国务委员陈俊生为右玉绿化题词"塞上绿洲"。

同年 12 月,右玉县进行冬季植树。柳沟山种植樟子松5000 亩。

1991 年,右玉县委书记姚焕斗、县长师发向山西省委和省政府立下军令状,1992 年右玉率先实现基本绿化。

号召全党动员,全民动手,拼死拼活,背水一战,尽快实现基本绿化。

全县出动了 3 万劳力,机动车 2000 多辆,完成工程造林 2.7 万亩,一般造林 4.1 万亩,预整地 1.2 万亩,绿化道路 117 公里。

苍头河干流综合治理工程开启。

同年 8 月 13 日至 15 日全国林业宣传工作会参会人员到右玉参观,参观了柳沟山、大南山两个万亩工程,辛堡梁 8 万亩连片杨树林带。

全国绿化委员会、林业部、人事部授予右玉县"全国治沙先进县"称号。

1992 年 3 月,全县实现基本绿化誓师会召开,3 月 20 日全县 2 万劳力,195 辆机动车,开展造林大会战,经过 50 多天奋战,完成大片林 55 万亩,全县 32 个村庄、27 个机关厂矿、92 所学校实现绿化达标。

7 月 27 日,右玉县"绿色之光"宣传队在雁北礼堂为林业部部长高德占、副省长王文学以及全国林业部改革参会人员汇报演出。

同年 9 月 17 日,在山西省林业工作会议上,省政府宣布右玉县为基本绿化县,全省林业建设红旗单位。

全县共有林地面积 91.83 万亩,占全县总土地 294.78 万亩的 32%,其中人工造林 83.9 万亩,占宜林面积 85.61 万亩的 87.2%,四旁植树 218.18 万株,农田林网面积 17100 亩。

1995 年 10 月 14 日至 17 日,全国沙棘工作会议在右玉召开,林业部和全国 18 个省(自治区、直辖市)和部分大专院校、科研单位、林产品企业的 148 名代表出席。张建龙为会议作总结,对右玉 40 年来坚持不懈加快山区绿化,大力发展、开发与利用沙棘资源的做法给予了充分的肯定。

1996 年 5 月 14 日,全县"绿色通道"第一期工程重点绿化任务完成,县城至右卫 23 公里,栽新疆杨 1.6 万株,樟子松 9.5 万株,沙棘、丁香、玫瑰、仁用杏等各种花卉灌木 5 万株。

1997 年 4 月 15 日, 县政府机关干部职工 1000 多人开始建设小南山森林公园。

1998 年右玉县被山西省委、省政府树为 12 个生态建设红旗县之一。

2000 年,是新世纪开局之年,也是右玉绿化发展转型之年,县委书记高厚上任开始,在右玉县实施三大战略,百村万人大移民,决定五年内退耕 30 万亩,还林 8 万亩,还草 22 万亩,对 30 户以下,世居山区,交通不便的山村,举村搬迁,全县选择 10 个条件好的地方建移民新村。

2002 年 7 月 29 日全省扶贫现场会在右玉召开,会议参观了退耕还林还草工程,参观了威东、东街、南街、右卫镇移民新村。

艰难的探寻

关于自然生态,早在两千五百多年前老子《道德经》中就告诉我们:"人法地,地法天,天法道,道法自然。"人类应该效法大自然。历朝的统治者主张"天人感应",然而在人类的发展进程中,往往忽略自然生态对人的"反感",一味强调人对自然的征服、攫取。竭泽而渔,过度的采伐,破坏性的开采,致使物种灭绝,环境污染,臭氧空洞,气候变异,水土流失。

如20世纪之初,原本树木稀疏的右玉,好多人为了生存,剥食仅剩的榆树皮生活。

20世纪60年代,为了解决牲畜饲草,生产队组织青壮年劳力刨草根。这在当时是无奈之举。

就在世纪之交,一些人不顾自然生态,在山上采石采矿攫取资源,以图暴富。

习近平总书记在《关于〈中共中央关于全面深化改革若干重大问题的决定〉的说明》中明确提出:"山水林田湖是一个生命共同体。"正如马克思所说:"自然就是人类的无机身体。"告知我们:要树立尊重自然、顺应自然、保护自然的理念。

历史上人们往往认为一个地方的贫困或发达取决于风水,其实风水与人是互为因果的。

历史上右玉风沙肆虐,洪涝灾害相互交替。右玉人从新中国成立之初就坚持防风固沙,认为水是一条龙,先从头上行,那就是在水的源头、在河的两岸先种树。在两岸种树,光靠砌石坝还不行,而是土石坝与生物工程即种植灌木结合,这样逐渐扩展,河道治理了,洪水灾害就小了,洪水少了,即使有风,也不会扬沙了,风沙源治理了水土流失也得到治理。

其次就是乔、灌、草结合,因地制宜,宜林则林,宜灌则灌,宜草则草,探索出一条可持续的发展之路,把林、粮、牧有机协调发展。当然这条探索之路,右玉人是在解决了一个又一个矛盾,如吃粮与种树的矛盾、林牧矛盾,克服了一个又一个困难,如树种的缺乏、口粮的缺乏,经济上的贫困等等,才走下来的。

就是在这解决了一个又一个的矛盾,克服了一个又一个的困难的过程中,右玉人形成了一种思维习惯,那就是人哄地皮,地哄肚皮,右玉人要想富起来,就得让大地绿起来,要让大地绿起来就要坚持山、水、田、林、路综合治理,形成一个共识,就是风、水、人互为因果。于是世纪之初实施人退(即移民)林进、草进的战略大转移,进而达到人与自然的和谐。

绿色文化生态文化协调发展形成可持续发展文化。

从"参合"到"沙塞"看自然生态的变迁

《山西历史地名录》记载,杀虎口,在右玉县北,古称参合陉,《水经注》:"参合陉,北俗谓之仓鹤陉,道出其中,亦谓之参合口。"张相文《塞北纪行》称:"古树颓水(今清水河),其水源流颇长,南自洪涛山以北,东自武州塞以西,诸山之水皆会归焉。而杀虎口内外,实为数水交汇之处,故其地绾毂南北,自古倚为要塞,即《水经注》之参合陉也。"

数水交汇的"参合"要塞,到清康熙年间是怎样变为"沙塞的"? 我们沿着历史的踪迹,试图窥其端倪。

杀虎口之所以称古道要塞,《水经注》所说的"道出其中",最早可追溯到公元前 900 多年,《穆天子传》载:西周时,周穆王北伐犬戎,西行会王母,就是走这条路。

据刘志尧主编的《左云地名录》"雁门古道"记载:"周穆王一行人向西,绝渝之关隥,即出雁门关坡(今右玉的杀虎口)。"

公元前 307 年,赵武灵王实施"胡服骑射"的变革,北破林胡、楼烦,筑武州塞于杀虎口之南,在杀虎口南 20 里筑善无城,设雁门郡,派李牧镇守雁门郡,李牧镇守雁门的制胜法宝就是"纵牧","胡服骑射"的骑射大本营就在离杀虎口不足百里的原阳,可见这一带当时是水草丰美之地。

秦统一六国后，为了加强北部边防，从咸阳到九原修了直道，从咸阳东渡黄河一路北上，修了驰道，驰道就是从杀虎口出塞通往漠南地区。

先秦时期，在"参合"以北的荤粥、鬼方、土方、猃狁、戎狄等民族融合为匈奴，匈奴的崛起，成了秦、赵、燕北部边境的严重威胁。

秦统一后为了加强北方边境安全，将楚令尹后代班壹迁到杀虎口地区以南的楼烦地区，利用这里自然地理优势的条件大搞畜牧业，牧牛、马、羊数千群，为了显示自己的实力，放牧时鼓乐相伴，威镇雄关。

西汉建立后，北部匈奴的势力也强大起来。

汉王朝与匈奴从立国之初就发生了"白登之围"的冲突，汉武帝时又爆发了"马邑之谋"。

其时有郅都、卫青、李广、霍去病三次大破匈奴的战事，匈奴被迫远遁漠北。东汉时，匈奴西去乌桓东来。乌桓势弱，鲜卑崛起。

代建国三十四年（371年）参合陉（杀虎口北）诞生了一位鲜卑骄子拓跋珪，东晋太和十一年（386年）即代王位，四月改国号为魏，定都盛乐。天兴元年（398年），鲜卑拓跋迁都平城（大同）。

其所辖范围东至代郡（河北的蔚县），西及善无（右玉），南至阴馆（朔州），北尽参合（今内蒙古丰镇兴和一带）。

参合成为鲜卑的龙兴之地，《魏书》云"今国家万世相承，启基云代"，登国十年(395年)后燕与北魏"参合陂大战"，留下了骸骨如山。

隋在大青山后积蓄力量，挺进中原，大业三年四月(607年)隋炀帝巡大利。

隋唐时期，突厥崛起，李渊夺取政权曾借用突厥的力量，唐初突厥成为北部最大的威胁。因突厥是狼图腾，杀虎口更名为白狼关。

贞观八年，突厥竟然入寇进入太原，唐太宗命李靖出兵突袭杀虎口北的定襄，并留下了《饮马长城窟行》"寒沙连骑迹，朔吹断边声"，"绝漠干戈戢，车徒振原隰"的诗句。

唐天宝四年(745年)，王忠嗣在善无城的遗址上筑静边军城，天宝十四年(755年)安史之乱爆发，叛将高秀岩部周万顷驻守静边城，唐肃宗命郭子仪率军平叛，郭子仪率联军与静边军副使王卓山及其儿子王液(清塞军副使)与郭子仪大军会合，联军从杀虎口入塞与叛军激战，杀死叛军7000多人，史称"静边大捷"。

宋及夏时期，杀虎口处于三角地带，这里是宋与契丹角逐对峙的历史舞台，杀虎口更名为"白狼关"。

朱明王朝推翻元人的统治，元残余势力及其后裔以杀虎口为前沿阵地与明王朝开展了旷日持久的角逐。

清光绪《山西通志》记载："长城以外，蒙古诸藩，部落数百，种分为四十九族，而杀虎口乃北之要冲也，其地在云中云西，扼三关而控五原，自古称为险塞。"

杀虎口外的蒙元势力"求贡市而已,累请不许,愤焉,蹂边者三十余年",自东胜丰州不守,云川、玉林内迁,陲边尽为虏窟,防御入侵,次第修诸边墙堡。为防御入侵每到秋冬放火烧荒。

嘉靖年间,双方矛盾冲突达到巅峰,明廷为了削弱鞑靼势力,禁止盐茶出边,甚至连生活日用品,也禁止出边,边外鞑靼于嘉靖年一年就冲击边地 30 余次,搞得"边患无虚日",从嘉靖三十六年,围攻右卫城,这次围攻,从嘉靖三十六年九月到次年四月,长达 8 个月之久。

在烽火狼烟的冲突中,在放火烧荒的防御中,杀虎口内外不得安宁。

随着矛盾的冲突激化,杀虎口的名字由明初的兔毛河堡,改为杀虎堡,连带着长城一线出现了破虏堡、灭胡堡……

其情之悲,其景之残,看明代李梦阳《朝饮马送陈子出塞》吧:

……

万里黄沙哭震天,城门昼闭无人战。

今年下令修筑边,丁夫半死长城前。

城南城北秋草白,愁云日暮鸣胡鞭。

明王朝在浩繁的防务中耗掉了自己,清入主中原,康熙三十六年,康熙第二次亲征准格尔部噶尔丹,于十二月初六由杀虎口入关,留下了《入沙虎口》诗:"秋末巡沙塞,冬深六辔还。"昔日山环水绕的"参合",已是"一队风来一队沙,有人行处没人家。万里黄尘哭震天,朝饮马,夕饮马,水碱草枯马不食,行人痛哭长城下,城中白骨借问谁?云是今年筑城者。"

青春年华在奋发中绽放
——绿色发展中的树木与树人

青年兴则国家兴,青年强则国家强。青年,家庭之栋梁、国家之栋梁、民族之希望。青年有梦想,国家才有希望。右玉从"不毛之地"到"塞上绿洲"的沧桑巨变这一伟大实践,也充分证明,人生的青春年华,只有在奋斗中才能绽放,只有拼搏,才能梦想成真。

奠基黄沙滩,放飞青春梦

1956年3月1日至10日,团中央在革命圣地延安召开了五省区青年造林大会,右玉县团县委组织部部长王作璧,造林积极分子、盘石岭村团支部书记王志敏和邓家村团支部书记高日新光荣出席。

会后,县委于5月1日在右玉县城北门外召开有县级机关干部、县级企事业单位职工、中小学师生参加的植树造林、绿化祖国大地誓师大会。同时团县委在北门外的沙滩造林50亩,并为"共青团林"竖碑奠基,会后向全县青少年发出了"落实延安造林大会精神,绿化右玉大地"的号召,之所以选择在右卫城北门外的荒沙滩,县领导是有用意的。右玉城是明代洪武年间修筑的,有明一代,年复一年的烽火狼烟,使这里的生态遭受了严重的破坏。

右卫城的城墙,被黄沙深深埋入地下。右卫城北望马营河,黄沙漫漫,是右玉的主要风沙源,而且直接威逼右卫城。故此,青年造林就选择在这里誓师。

落实造林大会精神,响应绿化右玉大地的号召,随后,全县各级团组织组织发动 1.2 万名青年,组成了 180 个造林突击队,在源子河、苍头河和 40 座大山展开了绿化工作,掀起青少年植树造林的高潮。延安,一个神圣的名号,一个神圣的地方,抗日的烽火,照亮神州大地,红色的圣火从这里点燃。20 年后,一个绿色的风暴又从这里掀起,神圣的使命,再一次落到了青年一代的肩上。

青春好年华,追梦黄沙洼

新中国成立后,在办什么样的学校,培养什么样的人的问题上,党中央毛主席制定了教育为无阶级政治服务,教育同生产劳动相结合,培养德、智、体、美、劳全面发展的人才的教育方针。

教育方针是关系培养什么人才的大问题。2000 多年前,在社会大变革时期,"大学之道,在明明德,在亲民,在止于至善"被确立为封建社会的教育方针。

右玉中学是当时右玉县的最高学府,最高学府把贯彻毛主席教育方针的课堂选择在了右卫城东北十几里的黄沙洼。孔子当年选择了在杏林设坛讲学,故而给后世留下了杏坛。

右玉中学选择了黄沙洼,可谓是"沙坛"了。

理想、前途,也是青年人探讨的一个问题,当时社会树立的青年的典型榜样是邢燕子、董加耕……

黄沙洼,黄沙漫漫。无风时,沙丘起伏,一望无际,一旦风起,黄沙遮天,阴风怒吼,咫尺不辨。春、秋两季,长则 40 天,少则 20 天,这是那个时代雷打不动的课程。不管风、雨、霜、雪,青年学子们火热的青春,火热的心,震彻旷野的歌声。

劳动竞赛的呼喊声,还有劳动休息时的竞赛助力声,中午野外吃干粮,风沙塞满了七窍,嘴唇干裂,手上血泡化为老茧,入党、入团,黄沙洼就是最现实的考验。

十年树木,百年树人

古人言,十年树木,百年树人,从右玉人 70 年的绿色追梦实践来看,可谓是 70 年树木,70 年树人,在树木中树人,在树人中树木。

青年人是社会中最活跃的分子,在人生的旅途中,精力充沛,有想法,宜冲动,如何把年轻人的冲动想法统一起来,学校是主阵地,就是个大熔炉。

在右玉县 70 年的绿色追梦中,青年是主力军,如何发挥青年主力军的作用,教育是一方面,引导是另一方面,不同时期因势利导。

二十世纪五十年代,为了强化学校的政治工作,县委派县委副书记担任中学党委书记,各年级配备了红旗班主任,在学生中发展党员、团员,开展党团组织的活动,加强学生的思想教育。

五六十年代的大集体较好管理。

改革开放,要求的就是解放思想,更新观念,观念更新的一个重大冲击波就是金钱利益。最大的诱惑就是:左云,平鲁利用丰富的煤炭资源,很快一些人就富了。在挖煤致富的冲击波之下,右玉要不要坚持绿色发展,人们动摇了,下边年轻人蠢蠢欲动,干部群众的说法也多了,领导班子内也有人说三道四。

经过从下至上的大讨论,基本上形成了右玉的发展要坚持实事求是,因地制宜的共识。所谓实事,就是右玉经济底子薄,资源缺乏,所谓求是,就是右玉只有立足右玉的条件谋发展,找出路,这就是因地制宜。县委在大讨论中认识到绿化的大旗要高举,绿化发展的道路要坚持,右玉的事业必须由右玉人办,右玉事业必须争挑重担。从娃子抓起,从学校抓起,自力更生,艰苦奋斗,对青年的教育,既重公益教育,也重励志教育。

凝心铸魂的森林

2021 年 8 月中旬的一天,待在家里久了,几位老友想到野外放风,于是就驱车从县城出发,经牛心、欧村到达右玉、内蒙古、左云交界的曹洪山。曹洪山是右玉海拔最高的山,海拔 1979 米,是由曹家山、洪家山两个传统村落组成,二十世纪,村民搬迁后,这里种了树。当年光秃秃的荒山,如今成了森林,穿越在山峦起伏、森林密布的风电修筑的通道间,我们一行几人不由地发出神奇的惊叹,感慨这呈现在眼前的沧桑巨变。

从曹洪山折返,经右卫镇苍头河、杨千河、威远,回到县城。此行浏览了大半个右玉,倘徉在碧波荡漾的林间,一路思绪万千,感慨万千,总想写点什么,反复斟酌,于是决定以凝心铸魂的森林为题。

在我童年的记忆里,在右玉找森林,那就是天方夜谭。

据《史记》记载:"秦时,树榆为塞。"秦始皇为了防御匈奴,在边塞要冲种植榆树以防匈奴。明代,为了防御草原游牧部落入侵,修筑了万里长城,设九边重镇陈兵百万。明廷为了防御游牧部落入侵,每当秋冬季节,长城内外 200 里放火烧荒。连续 200 多年的放火烧荒,使长城一线成为荒山秃岭。新中国成立后,右玉人怎样在这块"不毛之地"上生存生活成为摆到县委、县政府面前的首要问题。

右玉要想富，就得风沙住，要想风沙住，就得多植树，这就成了右玉县领导与民众的共识。

长城要冲，也就是右玉的风口沙源，堵风口，锁风沙就成了右玉的第一要务。昔日这些戍边将士的后代，就开启了长城防风林带的建设，东起破虎堡，西到云石堡的土墩，就像当年戍边将士修筑长城一样，挥舞铁锹，种起长城防风林带，直到二十世纪七十年代还有"七冯(丰)把边"的说法。

说到长城防风林带，人们不会忘记裴生银。1956年3月团中央在革命圣地延安召开北方五省区青年造林大会，裴生根以阳高团县委书记身份出席会议，会议后，他分配到右玉县工作，担任杀虎口公社书记，杀虎口是长城防风林带的重点区，以延安精神建设防风林带，西起二分关北辛窑，东到四台沟、北草场，中间的海子湾、二十五湾是重点。北辛窑的伊小秃，海子湾的刘占武，成为劳动模范。

长城防风林带就是那个时代青年人的群像。他们不畏严寒，迎风冒雪，挥舞银锹，战斗在风口沙丘上，把一棵棵的小老树，寄托着他们的希望，埋入了这块贫瘠的土地。如今这些小老树，像戍边的将士一样，凛冽的西北风，使它们弯曲了脊梁，但他们依然是那样不屈不挠，生机盎然。

多植树，多打粮，庆祝翻身得解放。

今天四五道岭已成为右玉干部学院的教学点，人们登上瞭望台，远望着漫无边际的林海波涛与蓝天白云相映衬，使人心旷神怡。每当我身历其境,看着这一棵棵苗壮挺拔的树,望着这由众多的树组成的树林,不由自主地想到当年种这些树的时候,那个老认真的林业局局长——纪满。

当年刘政府山梁上那一片树是宣教口的种树基地,梁顶上那一片是县医院负责,种植樟子松。由于梁顶是红胶泥地,县医院多是医生、护士,地硬挖不深坑,种下的树有些有根没有伸展。临近中午,县医院职工为了回家吃午饭,就草草把树苗埋进去了。正要上车回家,林业局的纪局长来检查,发现有窝根现象,决定让其返工。在旁边的教育局局长吕志贵为其求情说:"纪局长,那是县医院种的,您看他们都是医生、护士,正好分到一块红胶泥地,挖不下,您就将这验收了吧,再说您老这么大年纪,将来看病还得寻医生,就放他们一马吧。"纪局长火气更大了:"什么医生、护士?我就是病得死了也不怕!今天医院种的树必须返工。"

看见这些倔强的树,就像看见了倔强的纪局长。怪不得有人说,每一棵树,就是一个人的生命树。

苍头河是右玉最大的河流,从南至北流经右玉全境。右玉曾有歌谣:"十山九十头,洪水往北流。"说的就是苍头河。

苍头河明代称兔毛河,清时,康熙在右卫城、杀虎口驻兵,康熙西征噶尔丹时,留下了一些苍头驻守大本营,这些苍头在为西征大军的后勤供给中竭尽全力。西征凯旋,嘉奖这些留守的苍头,对这条河流也赐名"苍头",同时还留下了《右卫驻跸》的诗:

西陲古镇雄，土俗亦唐风。

边候年催箭，遥天月似弓。

干戈分禁旅，控制接云中。

细柳新营舍，精严面面同。

治理苍头河，是右玉的一件大事，初期试用土填，后来改成石坝，在汹涌的洪流面前都无济于事，后来采取土石工程与生物工程相结合，即在河流湍急处，先以石头砌坝，后面垫土，然后栽种沙棘、梧柳、杨树，这样石坝不起作用了，生物坝就起作用了。今天当我行走在这些老杨树的林荫道上，这些老杨树就像当年的苍头兵一样，多年洪流、风浪的搏击后，他们有的驼背，有的弯腰，但他们的根稳稳地扎在泥土中，他们的树干挺直，向着蓝天、向着阳光，依然是那样斗志昂扬。看着他们，我想了当年治理苍头河的人们，无论是初春，无论是深秋，他们双脚、下肢在冰冷的泥水中，开渠挖土，在河畔的泥土中种下了一棵棵的树条，那些苍老的面孔，也是今天这些苍老的树干，俯视着在脚下静静地流淌的苍头河水。

右玉精神——生态文明的探索之路

《明实录》记载有洪武年间对临边戍守将士的敕谕："即今秋深，草木枯槁，正当烧荒，以便瞭望。""且哨且行，出于境外或二三百里，或四五百里，分将野草林木焚烧尽绝，使贼马不得久牧,边防易为瞭守。事毕,仍将拨过官军名并烧过地方里数造册,奏缴,以凭查明。"

正统五年三月初八(1440年4月8日)行在都察院右都御史卢督奏:"大同官府,俱临极边,每岁秋深调拨军马出境烧荒。近年以来,瓦剌使臣从大同入贡,官军提备,至十月才往,或遇雨雪,又须延待,宜于八月使臣未到前,烧荒为便。"

正统七年(1443年1月24日),"我朝太宗皇帝建都北京,镇压北虏,乘冬遣将出塞烧荒哨瞭。"把放火烧荒作为操练兵士的主要任务。

据《明实录》记载,宣德七年九月初二日(1432年9月25日)镇守山西都督金事李谦言:"偏头关外,地临黄河,皆边境冲要之处,草木茂盛,或有寇盗往来,难于瞭望。请如大同、宣府例,至冬初发兵烧荒。"

万历四十年七月二十五日(1612年8月21日)兵部言:"边外烧荒,一以断虏之驻牧,一以便我之瞭望,著为定例已久。"

针对明王朝的放火烧荒,长城外的少数民族则以牙还牙,抢收地里的庄稼,居民的衣物、粮食、牛羊,采取"打草谷"办法,就是每当秋高马壮之时,冲入边内,临出又是一把火,能带走的带走,带不走的一烧了之。

历史的教训十分深刻。

明世宗嘉靖八年,朔州右卫大风,昼晦如夜。

十五年秋七月,大同蝗群飞蔽天,食禾殆尽

二十八年秋八月，平远卫大风拔禾毁屋伤牛羊。

二十九年三月二十二时，右卫里风自西来，昼晦如夜，人物咫尺不辨……房屋多摧，人畜亦伤。

三十一年，左卫、朔州大荒，百姓饿死者众。

三十八年，左卫自春至夏不雨，蚼蚄生，得雨乃死，自是雨百余日，垣屋俱坏，又复雨雹，平地三尺，禾稼尽伤。

穆宗隆庆二年，朔州、左卫、威远大旱，人多饿死。

神宗万历二年，大同大疫，九年，朔州、威远大疫，吊送者绝迹。

大同风霾伤人畜。

二十六年四月，马邑大风，麦无苗。六月大水坏屋宇。秋七月，平远雨雹，杀禾坏屋，岁饥。

二十九年朔州大饥，流亡载道。

四十七年二月二十日午间，左卫风沙，日色渐昏，少则黄霾从西南起，遂四塞蔽天，晦暝若暮。风停霾结。

清顺治四年，蝗大饥。

八年，瘟疫传流，人死多葬。十年，右卫瘟疫。

康熙十八年五月初一日，右卫瘟疫作。

康熙五十年七月二十二日未刻，左卫有风自东南来，将南山东巷居民于行者刮起数十丈，掷地烂骨如绵，风向西北而去。

右玉精神的历史文化底蕴

所谓精神,是将优秀的文化传统,道德观念,价值准则和取向,在社会实践中发扬升华,凝练为一种民族精神或国民精神,并成为一个国家、民族自强不息的重要标志,奋斗进取的重大动力。

那么文化是什么呢? 是精神价值和生活方式的共同体,文化的灵魂,是精神价值。

精神是在传统文化的基础上凝练升华的。

现在我们从传统文化的层面上分析产生右玉精神的文化底蕴。

一、得失坦然的人生观

塞翁失马的福兮祸所伏、祸兮福所倚的故事流传已久,汉代的刘安收集的《淮南子》就收录了这个故事。故事的主人塞翁应该就是生活在右玉这一地带的先民。故事以塞翁的亲身经历,浅显易懂地讲述了人生哲理。

塞翁的故事,也客观地反映了当时生活在这一带人的人生观、价值观。坦然面对人生祸福得失,因而心安理得地生活。这就是右玉的先民,从容处理环境与命运所给予的各种遭遇和挑战,不论穷通祸福,都能做出正确的反应而保持心理上的安静和平和。

二、无为而治的辩证法

公元前 307 年,赵武灵王实施"胡服骑射"图强称霸的改革宏图大业,在灭中山、林胡、楼烦之后,一路西向,在右玉县的右卫镇建善无城,设雁门郡,实现了"代道大通"。善无城的命名寄寓了赵武灵王治国图强的政治理念,说明在诸子百家争鸣的论战中,赵武灵王选择了老庄的理念。无为而治"为无为,则无不治",实行这种无为政治,天下就没有治不好的。

三、忠义仁勇的雁门文化

从公元前 307 年赵武灵王在此设雁门郡之后,据《山西历史地名录》,右玉县"西汉置善无县,为雁门郡治,兼有中陵县,东汉雁门郡南徙后,为定襄郡治"。雁门郡,战国赵武灵王置,秦时治所在善无。

从公元前 307 年置雁门郡,历经秦、汉,东汉雁门郡南徙后,又置定襄郡,又历经三国、两晋,直到东魏、西魏,即公元557 年,雁门、定襄,善无为郡治达 800 多年之久。尤其是秦、汉雁门郡乃北方重镇,一直为边防之门户。从官员的派置,到军队的驻防,都是国家防卫之重。汉景帝时义纵的"不寒而栗"的严刑重罚,到处都雕像于雁门孔道,致使匈奴不敢进。苏武从这里归汉,留下了苏武庙,王昭君从这里走出,走出了

"蛾眉出塞万家春"。苏武庙香火延续到了清初,仁勇的文化传承,在香火中延续。

四、鲜卑崛起,民族和谐融洽

公元 4 世纪初,在十六国大分裂期,鲜卑拓跋部历经百年的韬光养晦,始祖力微派其子沙漠汗到洛阳求学,以结魏、晋之好。始祖告诸部大人说:"我历观前世匈奴、蹋顿之徒,苟贪财利,抄掠边民,虽有所得,而其死伤不足相补,更招寇雠,百姓涂炭,非长计也。"

鲜卑拓跋也就是认识到了这个利害关系,采取了一系列民族友好的措施,最为得民心的就是尊佛,在右玉的大南山建显明寺,后来定都平城,就是建云冈石窟,利用佛教使人们在长期的征战离乱之中有了信仰,心灵得到了安慰。鲜卑拓跋所以能入主中原,佛教就是其制胜武器。

五、守土有责,众志成城的边塞文化

唐天宝年间,王忠嗣在善无城的遗址上筑静边军城,取边境安静之意。

"安史之乱"爆发后,郭子仪率民族联军重创安史叛军势力,史称"静边大捷"。静边大捷是大唐得以中兴的转折之役。

明洪武二十五年(1353 年)在唐静边城的遗址上建定边卫城,"定"取安定之意。永乐七年(1409 年)大同右卫来治,正统十四年(1449年)玉林卫来此同治,称右玉林卫。清初称右玉林卫,雍正三年(1725年)置右玉县兼朔平府。

有明一代,右玉县地带成为明王朝防御草原的边塞要冲,在洪武年建边城之后,又于其南50里处,正统三年又建威远卫城,在两个卫城的西北边界筑内外(头道边、二道边)两道长城,在长城上建烽火台,在内地又修筑军堡、民堡、屯堡110多座。

长城、古堡、烽火台,从修筑之日起,就把戍守的将士们的信仰、信念筑了进去,也把他们的家园情怀筑了进去,守土有责,众志成城,戍守长城的将士们,把自己的命运就寄托在了这些土石构建筑物上,人在阵地在,人与阵地共存亡。嘉靖三十六年(1557年),鞑靼大军突破长城的防线,围攻右卫,久攻不下,于是一直南下,横扫太原以北70多座城堡,临近出边再攻右卫,右卫城居民坚守8个月之久。得知右卫被围8个月之久,嘉靖皇帝派原兵部尚书杨博统领大军增援,鞑靼才退出边外。右卫被围不破,嘉靖皇帝嘉奖右玉军民,敕匾建坊。

右卫城保卫战大捷,麻家将应运而生,自此麻家将一门走出30多位将军总兵,被誉为"九边门阀,东李西麻"。

守土有则,众志成城的长城文化,还有长城、古堡、烽火台依然坚持守望家园,与其戍守将士的后人守望着自己的家园。

六、诚实守信，西口古道通欧亚

明代隆庆议和后，于万历年间在杀虎堡修筑平集堡，用于茶马贸易，清初在杀虎口设税关，管东起天镇，西到神木，南至朔州，北到包头、呼市一带南来北往的关税。为了加强对税关边贸的管理，雍正三年又在右卫城设立朔平府。

康熙征讨准格尔部噶尔丹叛乱，就是以杀虎口为西征大本营，为了加强对西征大军的后勤供给，出杀虎口每百里设一台站，一直通往乌里雅苏台。科隆多，也即前营后营，自此商道大通，内地的商旅乘势而上，凭着诚实守信，公平交易，打通了以茶叶交易为主的经济大通道。晋商以诚实守信、勤俭公平打造了时代品牌，也成就了自己，走出了东有张家口、西有杀虎口，南有绍兴府、北有杀虎口的历史辉煌，也走出了富甲天下的经商之道。

七、八旗驻防，民族交融大熔炉

清顺治七年(1651年)在右卫、杀虎口驻防将军，康熙西征准格尔部叛乱，设右卫将军，统领八旗禁旅，康熙第二次西征凯旋，十二月入杀虎口，次日驻跸右卫城，检阅八旗劲旅，有诗曰："西陲古镇雄，土俗亦唐风。边候年催箭，遥天月似弓。干戈分禁旅，控制接云中。新营屯细柳，精严面面同。"

当年在右卫城周围营地，禁旅数万人，驻军严谨，康熙比喻为当年周亚夫的细柳营。

也就是这一时期,满蒙汉八旗与右卫城商民和谐相处,在民间留下许多佳话传说。

雍正三年,在右卫城设朔平府,朔平府管辖"右朔与左平5县"还有口外六厅,事实上朔平府成为清政府管理今天呼市、包头以及朔州地区的晋蒙枢纽,成为这一地区的政治、经济、文化、军事中心。雍正年间修裱宝宁寺镇边水陆画,八旗官兵就纷纷捐资,以水陆画展示为主的水陆法会成为当时的一个重要文化活动。水陆画集佛、道、儒于一体,用连环画的形式教育人们尊重大自然,戒生杀,重因果,这在当时无疑是一个很好的教育活动。

也就是在这一时期,右玉成为融通南北、民族聚居的多元文化的大熔炉。

八、红色长城,晋绥烽火,凝心聚力

日寇入侵的炮火警醒了中国人。日寇 1937 年 9 月 20 日占领右玉城,10 月右玉的民众派赵英、冯雪才、王学右三人赴偏关寻找八路军,并为八路军带路。八路军 120 师雁北支队、警备六团挺进右玉的南山、西山、东山,开辟了右(玉)山(阴)怀(仁)和合(林)右(玉)清(水河)、左(云)右(玉)凉(城)三块根据地,并在三块根据地组建了党的组织(县委),组织发动人民开展民众抗战。

从 1937 年 10 月到 1938 年 10 月,日寇对根据地发动了 16 次大"扫荡",其间有胡一新、陈一华等四位县委书记牺牲,白兴元、王金相、杜维远、刘永顺、毛永恩等百余名共产党员献出了宝贵的生命,有陈世华、池明等上百名青年参加了抗日先锋队。

黄家窑村党员白生钟为给八路军游击队送信被日伪杀害,其母亲和妻子为救护受伤战士,办起了家庭医院,先后救治 40 多人。

在为抗日战争进行"扩兵、做军鞋、献金、献粮"四项动员中,三个根据地人民献粮 450 万斤,献金 8.5 万元,做军鞋 1 万多双,参军 200 多人。

1943 年,抗日民主政府县长苗树森在张二窑受伤后,兴旺庄青年张二献出了生命,夏家窑谷金娥惨遭日伪毒打,苗县长脱险,其后成为国家建设部的副部长,1986 年去世后将骨灰埋到夏家窑村后的龙山上。

在解放战争时期,在绥包察绥战役中,右玉办起了 6 个兵站,6 个野战医院,为支援战役作出重大贡献。

九、七十年艰苦奋斗,自强不息

新中国成立后,从县委、县政府的领导到工作人员都怀着赤诚的感恩之心,把"为人民服务"这一宗旨佩在胸前,记在心里,广大人民群众把感谢共产党、感谢毛主席的赤诚感恩化为无穷的力量,一张铁锨两只手,袒开胸襟堵风口,汗浸黄沙成沃土,满山遍野皆种树。

70年,多少黑发变白头,荒野银锨挥舞,绿了一座座山头。

70年,治出了多少条河流,汹涌山洪变成清水静静流。

70年,领导一届接一届,人民一代传一代,心血汗水,浇灌荒漠变绿洲。

心灵圣火,红色长城

那是一个血与火的年代。

抗日烽火,晋绥枢纽,八路军120师与右玉人民生死与共,用生命与鲜血构筑了红色的长城。

红色基因,为绿色发展固本培元。

战争教育了人民

抗日战争时期,八路军120师在右玉南山、西山、东山建立了三块抗日根据地,120师的指战员在这三块抗日根据地上,组织发动人民开展抗日斗争,八路军与人民风雨同舟、浴血奋战,用生命与鲜血在这里构筑了红色的长城。红色的基因,为右玉的绿色发展固本培元,人民认识到八路军、共产党是真诚地为人民的。120师的指战员,用生命与鲜血唤醒了

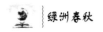

右玉人,使人民认识到,没有共产党就没有新中国。

革命老传统助力绿色发展

1937 年 7 月,抗日战争全面爆发,八路军 120 师雁北支队宋时轮支队和警备六团分别于 10 月和 11 月挺进到右玉的南山(高家堡地区)、西山(丁家窑、杨千河地区)、东山(破虎堡地区),于同年 12 月成立了中共和(林)右(玉)清(清水河)县委、右(玉)山(阴)怀(仁)县委、左(云)右(玉)凉(城)县委,组织发动当地人民开展抗日斗争,期间有胡一新、陈一华、宁洪、任一川四位县委书记光荣牺牲,有白兴元、王金相、刘永顺、李明、李富才、高四、张云锋等 200 多位共产党的领导干部英勇献身。

也就是在抗日战争、解放战争期间,他们浴血奋战,用生命与鲜血在这里构筑了红色的长城,八路军与人民群众以心映心、以心传心,凝聚了深厚的情谊。

7 月 20 日,原北京军区司令员郑维山在原山西省军区司令员张广有的陪同下来右玉视察。

1984 年 10 月 9 日至 11 日,北京军区政治部主任张宗文一行 8 人,在雁北军分区政委李保云的陪同下,走访了老区群众。抗日战争、解放战争时期张宗文主任在右玉及西雁北战斗过 10 个春秋。当张将军看到右玉变成林海时,高兴地说:"过去这里到处是荒山秃岭,现在绿树成荫,真了不起!"

他还专程到右卫城凭吊了为解放右玉壮烈牺牲的罗天泽、王树楷、黄光福等革命烈士。看到烈士陵园是在一片树海中，他十分欣慰，勉励右玉县领导一定要继承革命传统，争取更大光荣。

1985年7月20日，原中国人民解放军某基地副司令员刘苏少将视察右玉。

他回顾了1938年1月，他带着察绥游击第一支队，抵达右玉西山，宣传抗日救国十大纲领，右玉的青年赵德龙、张日明、徐向明、陈满等300多人参军入伍。

他怀念当年出入死战斗的赵德龙等革命烈士。

1986年7月3日，中顾委委员，原警备六团政委、第二炮兵司令员张达志中将重返右玉，访问了西山、东山、南山老区的干部群众，参观了本县的林业建设，向右玉县党史研究室人员介绍警备六团在右玉境内与日军进行的几次重要战斗经过以及贺伟、白兴元、王金相等几位烈士的生平、业绩，并亲笔题词："重游右玉，面貌改观，植树造林，造福人类。"要求右玉发扬革命传统，建设绿色右玉。红色基因为右玉的绿色发展凝心聚力。

其间，部队指战员多次来右玉植树造林，1967年10月，中国人民解放军京字610部队来右玉城关、高墙框公社支农，在城关的北辛窑的长城一带、高墙框的辛堡梁植树，群众感动地说："人民子弟兵，时刻为人民。"

1969年4月，中国人民解放军4881部队，7月16日，中国人民解放军后字 202 部队，在首长李鹤楼的带领下，在苍头河建桥植树。

1976 年 6 月，中国人民解放军 51077 部队指挥连和某部四营在北辛窑支援地震火区重建家园。

1984 年 4 月，雁北军分区的指战员在贾家窑山参与民兵造林，其后，雁北军分区指战员在军分区政委李保云的带领下，在右玉大南山植树十多天。

将军植树祭忠魂

1981 年 10 月 9 日至 11 日，北京军政治部主任张宗文一行 8 人，在雁北军分区政委李保云的陪同下，来右玉走访革命老区。抗日战争、解放战争时期，张宗文主任曾转战右玉及西雁北十多年。在右玉，他讲述了抗日战争时期右玉抗战历史，以及王零余（即王志常）、屈德应等十多位烈士的传奇史迹。之后他到右卫城东门外凭吊了为解放右卫城壮烈牺牲的罗天泽、黄光福、王树凯等革命烈士。之后张宗文主任在县人武部领导的陪同下，在烈士坟前种下几棵树以示纪念。

"将军树"引出了一段解放战争时期八路军、晋绥军区独三旅在右卫城的惨烈战斗。

1947 年 3 月 25 日，驻绥运的国民党军补训某师，从凉城方面溃退到右玉境内，在马营河村北，遭到我军丰凉骑兵大队的伏击，伤亡惨重，撤退到杀虎口。次日国民党军补训某师在飞机的配合下，占领了右玉县。

4月8日，晋绥军区独三旅在代旅长辛忠（原二十七团团长）的指挥下，攻打右卫城之敌，参战部队有独三旅所辖的九团（原警备六团）、二十七团、特务团和晋绥第五军分区的四团。右玉县独立营在黄土坡一带担任阻击左云之敌救援的任务。右玉县委、县政府组织了数千民兵、民工参战，并为部队筹集粮食及攻城用的物资。旅指挥所设在三里庄村，凌晨一时许，独三旅发起了总攻，九团攻打城西北角，二十七团攻打封神台东门，特务团、四团攻打南门。战争打响后，辛忠调九团二营（四、五连）参加攻打东门入城，二营进城后，沿东街直逼十字大街四牌楼，这时国民党军补训十一师守敌调集几挺机关枪上四牌楼向东扫射，战斗十分激烈。遗憾的是负责攻打西门的九团，是从威运的双合屯出发，赶到右卫城西大历河，战士们过河时，裤子上的水结冰，行动十分不便，延误了总攻时间。

九团二营的战士们仍在营长黄米福的带领下，与城内之敌展开了巷城，血战到天亮，120名指战员壮烈牺牲。在攻打城西角时，九团参谋长兼一营营长的罗天泽壮烈牺牲。

中共右玉县委进城后的第一件就是为烈士墓竖碑，以表达右玉人民的怀念之情。

张宗文将军为祭奠革命烈士种下的"将军树"，是右玉万绿丛中，用鲜血培植绿色，也是用红色基因为右玉的绿色固本培元,从这个意义上说,右玉的绿色是黄色的黄沙沃土,是被革命烈士用血浸染成了红色,红色是这块土地的魂魄,之后右玉人用汗水还原的绿色。绿色是大自然的本色,它绿得更加娇艳,更加浓烈。

张宗文将军重返右玉,看见昔日的荒山秃岭,如今是一望无际的林海时,十分感慨,赞叹右玉人真了不起,革命战争时期,是根据人民养育了我们,我们今天要向右玉人学习种树来祭奠革命烈士。

以树为碑,悼念烈士

1938年6月15日,八路军120师三五八旅旅长张宗逊、七一五团团长王尚荣,指挥七一五团二营,在右玉县台子村伏击日军运输队,激战30多分钟,烧毁敌汽车4辆,毙敌51人,俘敌4人,缴获各种武器40多件。台子村伏击战切断了日军从大同、左云至平鲁的交通运输线,使原本横冲直撞的日军侵略锐气大挫。

台子村伏击战,是八路军120师三五八旅长张宗逊得知信息后,提前一天就在台子村前的沟坡上设下了埋伏。清晨激战后,715团撤到离台子村20里远的赵家堡休息。受了重创的日寇,恼羞成怒,第二天纠集左云、右卫之敌袭击了赵家堡,715团120多人壮烈牺牲。

1951年8月中央老区访问团晋察冀分团在雁北专区副

专员张鹏举的陪同下来到右玉,到西山革命老区慰问。

访问团在威远召开了群众大会,传达了党中央和毛主席对老区人民的关怀,慰问了烈属、老党员和老模范。

威远区赵国斌、郭日增、张均邦等组织区干部和周边村的青年民兵到赵家堡掩埋烈士的地方植树,以树为碑,悼念革命烈士。

真是:

烈士忠骨化沃土,英勇悲壮昭千古。

以树为碑寄哀思,化作浩气更鼓舞。

六一〇部队的"支农林"

1967 年 10 月刚过国庆节,中国人民解放军京字 610 部队第六分队在部队张政委的带领下,来右玉城关公社的北辛窑、高墙框公社的高墙框支农。说是"支农",当时农作物基本收割完毕,主要任务就是植树。

北辛窑是在村北的长城沿线,高墙框主要是在村东到善家堡一带。

我们的老传统就是"民拥军,军爱民,军民团结如一人"。

部队的战士每天早出晚归十分辛苦,北辛窑的人看在眼中,痛在心里,于是有一天,家家做了油炸糕,请部队的战士们吃,但是战士们坚决不肯,于是村里人就让年纪最大,当时年近七旬的马双印老人去找张政委。马双印老人说明来意,张政委——开始断然拒绝说："这是我们部队的纪律！"老人说："部队的纪律我们不能破坏，但让战士们吃我们家乡的油炸糕这是我们全村人的心意，人民的心意，你首长也得体谅呀！"张政委说："从革命战争时期开始，军队就不拿群众一针一线，就是三大纪律，八项注意呀。"老人说："民拥军，军爱民，这也是我们的老传统呀！"经反复协商，部队战士分到各家吃了油炸糕，部队给每家送去30斤大米以示酬谢。

听到北辛窑的村民吃上了部队的大米，临近长城外十几里有个杨塔村，杨塔树的农会主任杨老汉有一天背了一只整羊来慰问部队，战士们当然绝不接受，无奈之下，杨老汉又叫了老友马双印，去找张政委，与老汉向张政委说明来意，张政委只好把羊肉折价，给杨老汉付了大米。

20天的植树，在北辛窑的长城畔，在方墙框的村东，"支农林"茁壮成长，在塞上绿洲林海碧波中再添一份绿色。

绿色追梦之旅

那是一个感恩的年代，人民群众感恩是共产党、毛主席领导我们翻身得解放，走上领导岗位的人则是感恩人民，没有人民的支持，就不会有革命的胜利。

感恩化作回天力。人们怀着赤诚的感恩之心，走上植树劳动的土地。那是一个群情振奋的年代。

"雄赳赳气昂昂，跨过鸭绿江，保和平卫祖国就是保家乡,抗美援朝,保家卫国。"支援前线,人人有责。

新中国成立后,劳动人民当家做主人,感恩毛主席,感恩共产党,翻身得解放的劳动人民,感恩化作回天力。

互助合作,翻身的喜悦,焕发了无穷的劳动热情;

抗美援朝,保家卫国,增加生产支援前线;

开展劳动竞赛,那是一个激情燃烧的年代。

右玉的李鼎铭

毛主席、党中央在延安时期,延安的民主人士李鼎铭先生向毛主席建议实行精兵简政,毛主席采纳了李鼎铭先生的意见,并表扬了李鼎铭先生,并表示不管是谁说的,只要你说的对,我们就照你的办。

新中国成立后,百废待兴,国计民生怎么安排? 县委书记张荣怀、县长江永济于 1949 年 12 月 4 日召开全县各界人民代表大会,张荣怀作了形势报告,县长江永济做了题为《一年来生产工作的总结和冬季生产的安排意见》的报告,代表们围绕两个报告进行了广泛讨论, 大家集中就如何发展生产,安排好人民的生产、生活进行议论。

会议上民主人士张仲友拿出了收集的一份民国时期右玉的史料,给县委书记张荣怀看,说的是:

"民国"二年,右玉知事屠文斌向省府递交了《呈报右玉设立工厂种植树株请立案由》,并附《劝种树株浅说》。屠知事

呈文讲,之所以劝种树株的理由,是他发现了一个典型:

草沟堡村民郑君培植的各种数株不下十万,并且由于植树多而庄稼收成好,调查中他列举当时在右玉县其他地方种莜麦每亩二三斗的产量,而草沟堡每亩莜麦能产五六斗。

屠文斌提议:"先在北关城壕种树六万株,提倡规劝百姓大力种树,而且希望口外十二县人民一律仿办。"

屠文斌知事还陈述了其提议的理由:一是"种树多为含蓄水气,易致甘霖,吸收养气,成材后砍归植树者,得价不少,为民间大大利源";二是"种树为右玉人民生计的刻不容缓者,由地方公款项下酌提钱六百千,在北关城壕种树"。

张荣怀看后连连说好,这个资料对咱们很有用,这个屠知事可惜不在了,如果还在,咱们还聘用他当县政府的参事,他说的办法,咱们还可以用,种树是民利之大源。

琢磨着屠知事的议案,张荣怀经斟酌,就提出了"右玉要想富,就得风沙住,要想风沙住,就得多植树。要想让群众植树,党员干部先带头。"

人民代表大会总结时,张荣怀讲了自己的想法,深得代表们的赞同。

就这样,开启了右玉人七十年的绿色追梦之旅。

人民得解放,浑身有力量

1949 年 10 月 2 日,右玉县委、县政府在县城东大街的乐楼召开群众大会,大会气氛热烈,到会群众欢欣鼓舞,一致为人民共和国的诞生而欢呼。会后与会人员在县城的四大街游行庆祝。游行队伍中有一位就是来自东山沟乔家窑的农民王拴元。

王拴元,从小房无一间,地无一垄,为有钱人家拦牛放羊。土改中他分得了土地,成为农会主席。这个原来见了人连话也不敢说的贫苦农民,人民选他当了农会主席,让他登上了主席台讲话,他该说什么呢?他鼓足勇气上台,喊出了压在心头多少年的话:"我们翻身解放了,吃水不忘挖井人,翻身不忘毛主席。"说着说着情不自禁地唱起了《东方红》。

一个庄户人家如何感谢共产党,感谢毛主席呢?那就是好好地劳动,听毛主席的话,跟着党走。毛主席号召互助合作,王拴元率先在乔家窑办起互助组。他还出席了在张家口召开的察哈尔省农业劳动模范代表大会,受到省人民政府的表彰。

1951 年 11 月 18 日,乔家窑村党支部书记、省劳动模范五拴元介绍了赴天津参观的盛况,并同怀仁县李河旺互助组开展劳动竞赛。

1952 年,王拴元出席察哈尔省召开的第二次农业劳动模范代表大会,大会奖给王拴元互助组水车一辆。他们唱着:"三套黄马,一呀一套喂,组织起来生产劳动力量大,多生产粮食,多种树,支援国家建设。"他们在村前的沟里沟外种下了树。

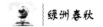

王拴元甩开膀子在东团山下种树,他种的树成为后人种树的"空中苗圃"。

巾帼英雄张桂荣

"旧社会,好比是黑咕隆咚在枯井万丈深,妇女们在最底层。"解放初期,妇女们唱着这首歌曲,庆祝自己的翻身解放。

任高家堡区家村妇女主任,又担任了互动组组长的张桂荣,有说不出的高兴。过去的妇女只能围着三台(锅台、碾台、磨台)转,解放了,妇女能走在人前,走在台上。

1951年2月21日,她出席在张家口召开的察哈尔第二次妇女代表大会,会议上她听了以美国为首的联合国军出兵侵略朝鲜,更是义愤填膺,回县后,她带领全村妇女唱着"雄赳赳,气昂昂,跨过鸭绿江,保和平,卫祖国,就是保家乡"的歌,扛着铁锨到布材村东、宋官屯西坡种树。11月,她被评为县劳动模范,在大会上发言讲话。又被评为省劳模,1952年1月5日至9日,出席在张家口召开的察哈尔省第二次劳动模范大会。

1952年4月15日,为了响应毛主席发出的"增加生产,厉行节约,支援中国人民志愿军"的号召,她带头创立了以春播、种树为中心的爱国丰产突击日。

1952年11月19日,她被评为县劳动模范,大会上县委书记王矩坤亲自为他们发奖戴红花。

1953 年 6 月在她的带动下右玉涌现出张美英、曹玉英,张桂莲等一大批妇女劳动模范。

1954 年 10 月 8 日张桂荣与梁家油房乡妇联主任一同赴太原参加了山西省第二届妇女代表大会。

红色的信仰,绿色的信念

1956 年 3 月 1 日至 10 日,团中央在革命圣地延安召开了北方五省青年造林大会, 右玉县团县委组织部部长王作璧、盘石岭村团支部书记王志敏和邓家村团支部书记高日新以造林模范代表身份参加了会议。

王克敏、高日新这两个从小就在山区农村长大的青年,一听说到革命圣地延安高兴得心都快跳出来了。在延安开会之际,他们参观了毛主席、周总理、朱老总居住过的地方,参观了南泥湾。当年八路军又战斗又生产的精神鼓舞了他们,在路上就谋划着在自己的家乡建设“南泥湾”,王作璧回县后,向县委书记马禄元汇报了延安会议精神,团县委向全县青年发出“落实延安造林大会精神绿化右玉大地”的号召,县委机关于 4 月 1 日在右玉北门外召开造林誓师大会,并为青年造林基地竖碑奠基。

县委书记马禄元决定自己培养的典型也选在盘石岭,因为盘石岭山大沟深,在右玉有推广的价值。让谁去培养典型呢? 马禄元书记选择了财贸部部长王俊,在马禄元书记眼中,王俊是个实干家。王俊到了盘石岭,就和羊倌住在了社里房子,立即召开党支部大会,由王志敏传达了延安会议的盛况,也谈了自己的设想。然后召开社会大会,村里人听着王志敏介绍了他去延安看见了毛主席等中央领导住的窑洞,介绍了南泥湾大生产,更是激动不已。

盘石岭怎么办?学习南泥湾封沟育林。

盘石岭成为全县宜农、宜牧、宜林的样板。

王志敏成为全县绿化山区的模范社长。

拓荒者

20 世纪 60 年代,在右玉的大地上还有几块风沙源、荒漠地带,一个是古代战场老虎坪,一个是红土堡、辛堡梁,一个是增子坊辛屯,上万亩的荒漠,成为风沙源。

1960 年 4 月 12 日,国营凤凰台农牧场成立,总场设在凤凰台,场长尹士声(原左云县县长),书记吴怀德,1961 年 5 月左云、右玉分县后,王俊担任场长。

农牧场是一个融农、林、牧到综合发展,也是一个生态可持续发展的探索之路、建场之初就采用机械作业的现代化农牧场。农牧场从太原接收回大中专知识青年 200 多人,之后雁北专区调拨了 12 台拖拉机,县委还将当时梁家油坊公社管理的郝家村、庞家堡、昌里屯,康家村 4 个管理区划归农牧场领导。

农牧场的职能，一是植树造林，防风治沙，三个分场机械化种树防风治沙10万亩；二是种植牧草，发展畜牧，养牛60头，养猪4400只，羊2000只，奶牛20头，鸡5000只，兔4000只，三是发展粮油生产。

刚从大城市分配来的知识青年一开始看到这里的风大沙多，高寒酷冷生活有点不习惯。场长王俊像对待自己的孩子一样给每个人做思想政治工作，并给他们讲故事，组织大家学技术，搞文化娱乐活动，很快农牧场出现一片生机。其中的杜吉庆、任建国、刘志礼等，成为右玉县发展林业的技术骨干。

农牧场生产的粮食2.5万斤、胡麻12000斤、蔬菜7.5万斤以及猪、羊肉解决了县级机关生活困难，也为各公社如何度过困难时期起到了示范作用。

良心比当官重要

今天的右玉人，说起李首铭知之者甚少，可是在"文化大革命"中，李首铭是大名鼎鼎的"走资派"，在批斗中多次受到了非人道的折磨。李首铭为什么被罢官挨批？用他的话说当有良心人比当官重要。

李首铭，1964年以前是应县人武部政委，1965担任右玉县人民政府副县长。李首铭是分管农业的副县长，上任后，他与分管农业的副书记卢功勋，7月16日至21日召开农林部门有关人员的会议，确立了右玉县农业农田基本建设的方针："林草上山，粮下滩湾，大抓沟、湾、坪、滩，赖坡地还林还草，好坡地大搞水平梯田。"之后他便从马营河开启了"林草上山、粮下滩湾"治理工程，他任总指挥，全流域48个大队，一年里共投工22万个，完成干支渠89条，全长5.2万米，建筑工程80处，动土石60立方米，种草樨2.3万亩，造水保林1.1万亩，全流域实现人均两亩草、一亩林、一亩水浇地。他还制定了"村前屋后种榆树，沟垫滩湾栽杨柳，梯田地埂种柠条，滩湾地埂种杞柳，沟坡崖边吊木瓜，阳坡暖湾花果树，渠道河岸乔灌混，道路两旁乔灌混，山坡梁头种草木，防护林带处处有，每年造林10万亩"的方案。正当李首铭为他的宏伟蓝图竭尽全力实施当中，1967年1月31日，"造反派"夺了县委、县政府的权，"造反派"一开始并没有罢李首铭的官，其中理由，李原本是人武部干部，把他以领导干部结合到右玉县革命委员会成为委员。

成为革命的领导干部，作为县委常委的李首铭又投入了欧家村流域的治理，改河打坝，完成护林土坝430米，开渠8条，支渠16条，总长918米，动土石方2370立方米，修小型水库2座。1967年，李首铭坚持把农业生产做好，作为自己的主要任务。

1968年，李首铭因坚持原则，保护革命的领导干部，被县人武部主要负责人主持召开会议"揭发批判"李首铭所谓的"两面派"问题，又重新被罢官。

　　在被批判中,李首铭据理力争,我们领导干部要坚持实事求是,要讲良心,不能用莫须有的罪名整领导干部。

　　李首铭以坚持原则被错误批斗,遭受了非人的折磨,日后虽平反昭雪,身心疲惫的他不久就去世了。但李首铭种下的树的年轮铭记着他,他负责修建的右卫城西大桥依然为今天的人们服务着。

植树造林姐弟花

　　1983 年 10 月 11 日,右玉县人民政府决定授予西碾头公社曹村大队社员曹国权"造林功臣"的光荣称号,授予白头里公社滴水沿大队曹国权"造林功臣"的光荣称号,授予白头里公社滴水沿大队曹栓女"林业模范"的光荣称号。

　　姐弟俩一齐登上林业模范光荣榜,一时成为人们的美谈。

　　姐弟俩爱树植树,这就得从家教家风说起。

　　右玉南山曹村地区自古干旱少雨,树木稀少,木料成为人们生活中最稀缺的东西。没木料建房,就用石头碹石窑,或土打窑。就连一些农具的把柄,都到很远的地方去买。有的人活一辈子连个棺材都挣不下,赤身裸体来,赤身裸体去。因此人们说:"石碹窑,土打墓,赤身裸体难就木。"

　　曹家的祖上就传教后人,树是穷人的命根子,栽根立后,立德种树,人种树十年,树养人三代。

真正使姐弟俩视树为命还是树救了她(他)们的命。他们出生的年代还是兵荒马乱,右玉连年闹饥荒,吞糠咽菜也难以为继了,幸好村前沟里的一棵榆树出了芽,她(他)就摘了榆树叶,拌着糠吃,才得以活命。其后的榆树更是美味佳肴。姐姐曹栓女家住滴水沿村,窑洞两边因下雨水冲,窑房岌岌可危,于是曹栓女就用火柱扎下坑,插入杨树枝,没几年后竟都活了,渐渐长成大树,日久天长,年复一年,变成了树林。

弟弟曹国权去探望姐姐看到姐姐家的树长得如此旺盛,便带了几个树枝在自家地里种植。

合作化时他种的树归集体,给他补发了林权证,他继续种;人民公社化后他种的树又归了集体,之后不久又给他补发了林权,他继续种;学大寨,"割资本主义尾巴",他种的树又归了集体,他仍不灰心。

1980年,右玉县人民政府决定把宜林荒山荒坡分给社员造林。曹国权干脆把村东的一条沟承包了下来。为了种树方便,他在沟北沿盖了三间房,自己和老伴就住在房里,从早到晚,他就和树在一起。

看着这些渐渐长大的树,他像看见了自己的儿女,内心有说不出的高兴。1981年他出席了山西省劳动模范代表大会。这个从小拦牛放羊的人做梦也没想到自己成为全省的劳动模范,到省城见了大世面。见了大世面的他,眼界开阔了,种起树来更加有劲了。

1983年他把县人民政府发给的"造林功臣"光荣匾,挂在了自家的门头,真是光耀门第。

1984 年省政府授予他"植树造林老愚公"的称号,县领导接待他。他因树而荣,树因他而茂。

人有三宝精气神,右玉一宝孙建青

古人说:天有三宝日月星,人有三宝精气神。

在右玉中学,20 世纪五六十年代,曾有个说法,右玉中学体育老师孙建青是右玉中学的一宝。

孙建青老师是应县人,五十年代初来到右玉任右玉中学体育老师。孙老师中等身材,身体健康,是个豁达、活泼兼幽默风趣的人。

孙老师是个有传奇色彩的人,据老应县人说:"孙建青老师是唯一登上应县木塔塔顶上铁刹的人。他登上了塔顶铁刹,把刹头顶到肚皮上转了三圈后平安无事下来了。"

孙建青老师每天是右玉中学起床最早的人,每天清晨他用婉转悠扬的哨声催我们起床,是他的哨声唤醒了沉睡的古城,在他的哨声中,学校的操场,操练的脚步,是那样整齐而雄壮。

在植树工作上,孙建青老师又是最忙碌的人。分地块、打垛子,他熟练的脚步,有条不紊。给各班分开任务,各班的各组再细分,这时的孙建青老师又带领各班负责砍树秧的同学到了雨林沟的杨树林,只见孙老师如猴子嗖嗖爬上去,抽出腰间的砍刀,三下五除二,一会儿地下就是一堆树秧,然后再接班分开,背到工地上,截成一尺左右长的树秧。

植树休息下,孙老师的哨声响起,劳动之余,我们还要跑60米、100米,跳高、跳远、扔手榴弹、摔跤,因为学校的要求是德、智、体、美、劳全面发展。

体育体操动作都是孙老师先示范,然后再让同学们做诸如高低杠、单杠。常常是孙老师先示范,然后再让同学们做,诸如方位扛,常是张老师三番五次地示范。有时候,老师连续地示范,或饥肠辘辘,或筋疲力尽,但孙老师从来都是笑眯眯地,不厌其烦。

韩愈说:"师者,所以传道授业解惑也。"孙老师集精气神于一身,他的人生楷模使我们终身受用,他用他的精神感染了我们,我们用我们的精神,感染了黄沙洼。

在我们征战黄沙洼的岁月,孙建青老师如同一团火,是他用火光,是他用青春的活力,激励着我们。

森林卫士李三富

李三富本县曹家堡人。抗美援朝时,李三富正是年轻力壮,于是他报名参军,成为一名光荣的志愿军战士。在朝鲜战场上,美国侵略者一颗炸弹落在他们的阵地前,一起的两名战友被炸牺牲,李三富被炸掉左膀。回国后,他被安置到国有林场,成了一名林业工人。

成为一名林业职工的李三富,他分管着杨村、李洪河、马连滩一带的造林规划、造林技术指导、护林防火等项工作。

林场初建,员工少人手紧,李三富分管那么一大片 10 万亩的林地真是东奔西跑,一年四季没有一个休息的时间。

春天各大队植树前,他先得跑遍沟沟岔岔,丈量土地,然后分配落实到各大队。

植树季节,李三富更是瞻前顾后,先检查挖的树坑标准够不够,一旦发现标准不够,他一定是让其返工。这时的李三富真是铁面无情、绝不含糊。

下苗时,他要检查树苗的规格够不够。埋树苗时上面的土先垫湿土,再垫干土,下面的湿土要踩实,上面的浮土要摊平,鱼鳞坑要规范,稍不规范就让返工。种树时李三富的认真是出了名的。

种下的树,要严管护。人常说"三分植树,七分管护"。李三富也深知自己的职责,他常常提一根打狗棒,一个人奔波在荒郊野外的林地,有时路过村庄,一些熟人让他吃饭,喝点酒,李三富坚持吃饭是吃饭,绝不喝酒,吃饭后付了饭钱。"万一牲口啃了树,那我就是失职。"

有时刮大风刮得天昏地暗,李三富这时是一刻不停的。他说:"大风天容易起火,护林更要防护。人常说水火无情。"

有一年的初春,他到马连滩南洼巡查林地。正值一场大雪,吃过饭后,雪已有半尺多深,村干部劝他在村里休息上一天,等雪过后再过去,他却不在乎地说:"这点雪不算啥!抗美援朝时,我们在朝鲜的雪山上蹲十几天,坚守阵地。现在林地就是我的阵地,就是我的职责,巡逻护林就是我的任务,不能让国家的林木受损失。谢谢你们的好意。"说着,他就提着那根木棒,朝着林地走去,在雪地上留下了深深的脚印。

在林地的脚印一圈又圈,直到走到了他生命的尽头。

会讲故事的手

每到北辛窑村见到伊小秃,都得握一握老人的手。每次握到老人的手,真是使人感慨万千。仔细看一下这位老人的手,老人的沧桑经历,这里面的故事,尽在手上。这真是一双会讲故事的手!

经历了九十多个春秋,老人的手严重地变形,没有一根指头是周正的,真是七弯八扭。

经历了九十多年岁月风雨的浸润,老人的手严重地变色,像右玉的小老树一样皮皱色黑。

在风沙与土石的摩擦下,老人的手像剑一样硬。

握着老人的手,听他讲述着他以及这里发生的事故。

伊小秃出生在长城脚下北辛窑村的农民家庭,他的童年糠菜半年粮,十几岁身上没衣服,脚上没鞋穿,冬天冻得不行了,他就到牛场子借牛拉下的热牛粪,踩进去取暖,至于手,更是冻出来的硬骨头。

1956年伊小秃到阳高的大泉山,和高进财一边聊天,一边植树,分别时高进财送了他 7 苗树苗,他绑到行李上,背回北辛窑,在村前的井边造了一块上好的地开始育苗,就这样开启了他的育苗行动,树苗长高了,就截成节再种,就这样年复一年,培育他的育苗基地。1957 年率领全村人开始改河治地。北辛窑村前是一条乱石河,先后把石头挖出来让河改道,他那时年轻力大,大石头抢先搬,小石头他一次搬几块,改了河道十几里,然后再治河道的石坝,砌石坝搬石头的劳力就是他。

1964 年县里组织学大寨,他从大寨带了一包土、一块石头,回到村里召开党员大会,让全体党员看大寨的石头比北辛窑的还硬, 大寨土里的沙子比北辛窑的土里的沙子还多,和大寨比就是我们的骨头软,学大寨、学大寨精神,就是要横下心来,以硬骨头的精神战天斗地。于是他带领全村人,冬天搬石头,春秋挖崖垫土治地,山上植树防风沙,河湾植树防洪水。就是这双手,带领全村人在村北的长城内侧建起了 3 道防风林带,在村前的沟湾河滩上建起了一条防风林带,造出了 400 多亩地;就是这双手,磨秃了多少张铁锨,磨折了多少根钢纤,和他一起度过了 90 多年的日月时光,他的人生履历全写在了这双粗大的手上。一些人员曾把这双手搬上了艺术的殿堂。

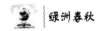 绿洲春秋

我为首都挡风沙

1968 年 10 月 4 日，哑巴岭大队民兵连政治指导员张玉明代表民兵连出席了中国人民解放军北京军区首届"活学活用"毛主席著作和"四好"连队积极分子代表大会，期间，毛主席、周总理等中央领导接见了全体代表，并合影留念。

今天在右玉看见的独特的风景除了碧波荡漾的树海林涛，还有就是长城蜿蜒，古堡连环，烽台林立，这些是明代戍边将士们戍守的阵地。他传承的一个理念就是守土有责，众志成城。

他们的故事流转至今，也就教育感化了右玉的后人。

张玉明在县里开会，听领导讲，我们右玉，在明代是边防重镇，我们的先民，守卫着长城古堡，形成了守土有责、众志成城的传统。今天右玉的风沙，不仅危害右玉人民，也危害着毛主席居住的首都北京。我们捍卫毛主席，就是通过植树造林，使首都的天更蓝、风更清。

县领导的话，也成了张玉明教育民兵的话，也使广大民兵懂的植树不仅关系到右玉，也关系到北京。

视野远了，境界高了，干劲也就大了。

在绿化哑巴岭周边的荒山荒坡中，张玉明民兵连队真是如雷如电。

从北京开会回到县里的张玉明家也没回，直接到植树工

108

地,他跑遍了全县16个公社的植树工地,讲述在北京见到了敬爱的毛主席和周总理的情景,也讲述着植树造林就是为首都挡风沙的道理。

植树工地雷鸣般的掌声之后,就是你追我赶的劳动竞速。

张玉明到北京见到了毛主席,种树人见到了毛主席,右玉人种树也是保卫首都的天蓝气清,张玉明的报告像冬天里的一把火,从苍头河畔,传到了北岭梁,从北岭梁传到了总瞭山,从总瞭山传到了元子河,"植树造林搞绿化,我为首都挡风沙",成了那个时代的主旋律。

如果说境界的话,这就是右玉种树人的境界。

心中有数,树常绿(禄)

车永顺任右玉县革委会主任,常禄任县委书记时,我在威坪公社任党委书记。右玉从中华人民共和国成立到常禄任县委书记前,历任县委书记虽然大力号召植树造林,都是种植本地杨树,人称"小老杨"。当时机关干部、农民、学生全是义务植树,最初是人工挖坑植树,后来用犁开沟放树苗。一年春季植树一次,小老杨虽然能起植被作用,但生长慢,长势差。自从常禄来右玉县任县委书记,下决心抓改变树种,种植松树、柏树。松树品种是长子松、油松树,就连当时的公社书记对松树也不能接受,认为右玉自古没松树,不能栽,即使栽也无苗，无技术、无树源，栽不活，劳民伤财，天方夜谭。当时常禄在公社书记会上大讲改变树种的好处。没技术到外地学，没树苗办苗圃。随后从全县选拔 16 个有文化的青年，派到外地学习。每个公社党委书记亲自抓，选苗圃地，每个公社设林业技术员一名。常书记就亲自从外地调回育苗松树籽。各公社开始育苗。当时任务每个公社苗圃不少于 3 亩，多者不限。此后书记经常到各公社检查调研苗圃建设情况，指导工作，全县 16 个公社有了苗圃，有了苗木，形势很好。一年春季植树，秋季植树，把原来一年一次改为一年二次植树。后来秋季上冻前预整地，准备明年春季栽。当时每次开公社主任会时，首先汇报造林。那时候，县委抓造林，各单位抓造林，公社抓造林，大队抓造林。一年一验收，一年一检查，林业局组织验收组，深入各公社验收完成造林数量够不够，造林质量达标不达标，管护措施得力不得力，秋季组织各公社书记、林业局林业员、县直相关人员大检查、大评比，好者表扬，差者批评。我在威坪当书记时，每年春、秋两季植树一万亩，每年春季大约 3 月份上旬清明前开始植树。常书记经常讲，"三分栽树，七分管护"。发现有人赶牛羊进入林地，马上到公社批评公社书记，县里公社书记会上举例批评。当时各公社书记人人非常重视植树造林。在常书记对植树造林重视下，大抓特抓林业工作，右玉从县委和县政府到部门重视植树造林。每年机关干部、学校学生由县林业局划分地块，定任务、定质量、定时间，义务植树。右玉现在的绿化成就，常禄书记是第

一功臣。（杨万林）

从乡风民俗看右玉精神

《易经》"渐卦"曰："山上有木,渐;君子以居贤德善俗。"

民俗,通常指民间的劳动群众在生活中自然创造的行为和意识的风俗习惯。它是物质文明与精神文化的表现。它的形成和保持,离不开人们的精神因素、心理因素和对客观世界的认识水平。

我国近代著名文字训诂学家胡朴安（1878—1947)于1922年著成《中华民俗志》专著。专著中说右玉县:

风俗惟淳,民物尚朴。

风气刚劲,人尚勇敢。

人习战斗,忠勇素具。

《朔平府志》记载:右玉县土瘠民贫,勤俭质朴,忧思深远,有尧之遗风焉。

明初设卫逼邻冲塞,边警日至,人习战斗,世出名将,忠勇素具。嘉靖间孤城被围,卒以保全。

性格温顺,不思越轨,淳朴厚道,耿直重情,勤劳俭朴,保守知足,崇拜神灵,敬神尊祖。

乡风民俗,何以形成?

其一就是政教,其二就是家训,其三就是多民族和谐融

通。

孔子曰："入其国，其教可知也。其为人也，温柔敦厚，《诗》教也；疏通知远，《书》教也，广博易良，《乐》教也；洁静精微，《易》教也；恭俭庄敬，《礼》教也，属辞比事，《春秋》教也。"

鲁哀公问孔子："何谓为政？"孔子对曰："政者正也，君为正，则百姓从政矣。君子所为，百姓之所从也。"

发号出令而民悦，谓之和；上下相亲，谓之仁；民不求其所欲而得之，谓之信。

如何为政？孔子又说："教训正俗"，"修身践言"。

整顿社会，主要在于鼓舞民心。鼓舞民心，首先应该振作自己的精神，精神奋发，意念收敛，奋发则民众就会没有荒废的事业。

有人说："播下一种观念，收获一种行为；播下一种行为，收获一种习惯；播下一种习惯，收获一种性格，播下一种性格，收获一种命运。"

《朔平府志》说右玉"明初设卫，逼邻冲塞，边警日至，人习战斗，世出名将，忠勇素具。嘉靖间孤城被围，卒以保全。"

右玉之所以在有明一代能形成守土有责、众志成城的乡风民俗，有以下几个原因。

一、历史文化底蕴

《朔平府志》在"征讨"一节记述说："嘉靖三十六年冬，俺答汗率众围右卫城,至明年夏,凡八阅月,城中将士军民死守,几陷……守将尚表拒守数月,誓众励志,孤城保全……王德战死,奏立祠,加恤。"

右卫城保卫战,麻家将奋勇杀敌,保卫家园,尤其是麻贵几次带病出征,诚如《朔平府志》所言:"贵有疾,闻警起曰:疾未即死,岂以爱身而废封疆重寄哉! "

麻家将一门出了 30 多位将军、总兵,长城九边重镇,都有他们战守的足迹,他们用忠诚仁勇诠释了什么叫"精忠报国",《明史》赞谕他们为"东李西麻""九边门阀"。

清初,康熙三十五年,"下诏亲征噶尔丹",征讨中驻守右玉的西路军,因作战英勇,受到了康熙皇帝的嘉奖。《清史稿》记载说:"冬十月甲申朔,遣官赍赐西路军士衣裘牛羊,丁亥次昭哈, 赐右卫大同阵亡军士白金……戊申上临视右卫军士,赐食,传谕曰:昭莫多之役,尔等乏粮步行而能御敌,故特赐食'悉免所借库银,其伤病之人另颁赐之……"

清代不仅驻防右卫的西路军得到康熙皇帝的奖赏,就是右卫的居民,为了保障西征大军的后勤供济,以便商旅行人的交通便利,就连卖油郎、寡妇以及在这里经商的商人、居民,纷纷出资建桥修路,设茶房于路旁,为过路的行人施茶供水成为风尚。

这些历史文化的底蕴、传承,对后人的价值取向、思维方式具有一定的正面影响。

在这一时期,晋商的诚信、勤俭精神,对当地民风民俗的形成也发挥了弘风化俗的作用。

上海戏剧学院院长、著名学者余秋雨先生说:"文化是什么呢? 是精神价值和生活方式的共同体。我们所说的文化指的是这个民族的集体人格,我们所说的文化是指我们在生活形态上的共同体,我们在价值判断上的共同体。"他进一步指出:"文化的灵魂……一个是精神价值,一个是生活方式,一个是共同体……在这三个概念里边,灵魂是什么? 灵魂是精神价值。"

一个人,一个家族,一个民族,一个国家,乃至一个地方,都有自己独特的精神记忆。

历史上右玉人的家国情怀,就是把个人的前途命运,把家庭的兴旺发达与民族的、国家的命运紧紧连起来,这就是右玉精神的历史文化底蕴。

《朔平府志》"坊表"一节说:"古之有德者,言可为坊,行可为表,坊,方也,表,标也。邑有名贤,即其所居之方,标名于榜,表厥宅里,以宠异之。"

在右卫城,明廷为麻家树立的有兄弟名帅坊,都督坊,忠节双全坊,四代一品坊,五代一品坊,为大同总兵李瑾树立的有都督节制三镇坊, 表彰右卫军民团结奋战的有巩固晋藩坊、忠义坊。为大明殉职尽忠的辽东副使何廷魁建三忠祠,为清代的麻振扬树立镇海元戎坊。

在崇尚忠勇教育的熏陶下,在右玉就涌现出麻家、李家、蔡家、何家、猴家、沈家等忠勇之士。

每年四月初八在宝宁寺举行的水陆法会,也起到了弘扬敬天畏地、行好向善的民风民俗的作用。

在右卫城、威远城、杀虎口各行会举办的庙会、社火,传承的是和睦团结精神;在马莲滩的海子滩庙会制定的乡规民约是不准毁坏马莲草地,每年秋收后宣布开滩,方可收割马莲,保护环境敬畏自然,形成乡风民俗。

本着"建国君民,教学为先"的原则,"治天下之安,以崇师重道"为先,从而达到"风移俗易""以成其德"的目的,清代在威远、右卫城设文庙,府县官员以及举人、秀才定期到文庙礼拜祭祀。

遍地都有关公庙,形成对关帝忠勇仁义的崇拜。

同时还设立书院如"玉林书院""衡阳书阳",士子深造学习等对乡风民俗的形成都有一定的导化作用。

因此,乡风民俗:

一是具有时代性:不同的时代,树立不同时代的楷模。

二是具有导向性(示范性):居于领导地位的阶层确立不同的典型引领弘风化俗,如 20 世纪 60 年代的知识青年上山下乡、学习雷锋,起到了引领示范的作用。

三是具有约束性:作为乡规民约具有一定的约束规范性。

四是具有群众性:作为集体人格的乡风民俗,又具有一定的地域性,作为人生崇尚的信仰理念,价值取向,又具有共同的思维、生活方式。

五是具有历史传承性,一个家庭、一个村落、一个乡镇、集体人格的历史传承、沿袭。

二、红色文化基因

抗日战争时期,八路军120师雁北支队、警备六团在右玉南山(洪涛山地区)、西山(和、右、清)、东山(左、右、凉)建立了三块抗日根据地,八路军的将士们,为了民族的、人民的利益浴血奋战,右玉人民踊跃参军参战,捐献白洋10多万元,粮食6000石,军鞋1万双,数千青年参军,近千人献出了生命。

解放战争时期,为了支援绥包察战役,全县有1200多名青年参军入伍,派数百名干部组织支前民工25万多人,畜工27万多个,建立了6个兵站,4个野战医院,冒着生命的危险救死扶伤。做军鞋28000双,自己饿着肚子,支援前线粮食7500多石。这些红色基因,在人民群众对共产党的信仰,对领导干部的信任,以及那些领导干部释放出的全心全意为人民服务的情怀,在改造家园,改造生态中激发出来的活力,凝聚力量。

三、精神源于活力,活力源于奉献

新中国成立后,右玉人在历届县委、县政府的带领下,不懈奋斗,在右玉1997平方公里的土地上,组织起近10万人,持续了 60 多年，用一张铁锹两只手在右玉的山川大地描绘着心目中的蓝图。在这一旷日持久的绿色追梦的征程中，坚持不同时期树立不同的先进典型，坚持宣传弘扬先进模范事迹，弘风化俗。党组织的凝聚力，广大干部敢担当敢作为的感召力，社会各界的向心力，从 20 世纪 50 年代初开始，右玉人民在糠菜半年粮的情况下，坚持植树造林防风固沙。60 年代，又是困难时期，人均每天不到 6 两粮，吃野菜，啃树皮，还要搞大兵团，端锅带灶，围歼荒垣；70 年代流域治理，林草上山，粮下滩；90 年代，率先实现绿化达标；21 世纪之初，百村万人移民，人退、林进、草进……

60 多年的绿色接力，右玉人坚持在树木中树人，树人中树木。在绿色的接力中，共同的生产、生活方式中，进一步凝练了右玉人的集体人格。体现到乡风民俗中，具体为八个方面，即：勤劳、俭朴、和睦、互助、团结、尚公益、爱集体、重荣辱。

这些集体的人格，又集中体现在他们的共同品格：在困难面前，迎难而上，百折不挠、锲而不舍。诚如《中庸》所言："至诚无息。不息则久。""悠久所以成物也。"

血与火铸就的情谊

烽火铸就信仰，热血凝聚友谊。播下信念的种子，信仰化为凝聚力。

民族的希望在于信念的传承，信念是民族的灵魂。

在苦难的旧社会，天灾人祸，右玉人生活在水深火热之中。民国二十二年（1933年）全县有19.7%的农户没有土地，有45%的农民衣不遮体、食不果腹。

民族危亡，人民蒙难，救民于水火，是那个时代的最强音。共产党、八路军率领着为国捐躯、英勇献身的英雄儿女，奔赴第一线。

地处晋蒙交界的右玉县，在抗日战争、解放战争时期，既是晋绥根据地的重要组成部分，又是党中央晋绥分局联系大青山根据地的一个重要枢纽。

1937年10月，八路军120师挺进右玉，组建雁北支队和警备六团。1937年10月22日，中共中央北方局电示贺龙、关向应及华北各地党组织，根据党中央毛主席的战略部署，关于在敌后建立政权和发展党组织的精神，着手在各敌后抗日根据地内建立党的组织。先后创建右玉南山、西山、东山三块敌后抗日根据地，先后组建了中共和右清县委、右山朔怀县委、左右凉县委。

从1937年到1945年，先后有17人担任过县委书记，解放战争时期，有6位县委书记，共计23人。期间有胡一新、陈一华、任一川、宇洪四位县委书记牺牲。

胡一新，内蒙古丰镇人，早期参加革命，曾任中共清水河县委书记，八路军120师警备六团六支队政委，转战于我县。

　　陈一华，原名陈凯，四川省宣汉县南华坝村人。1911 年生，1932 年 12 月参加中国农民红军，次年加入中国共产党。由八路军 120 师军法处副处长任中共左右凉县委书记，在指挥骑兵中队突围中，为掩护战友，光荣牺牲，年仅 28 岁。

　　宇洪，原名吴进堂，山西沁县人，1936 年参加革命并入党。1941 年任中共右南县委书记，5 月 8 日在三区窑子头被敌包围，在突围中光荣牺牲。

　　任一川，1943 年 6 月任中共右玉县委书记，在战斗中负伤，11 月 1 日，在夏家窑养伤，被日伪军包围，在一连击毙数个伪军后，以枪自尽，时年 30 岁。

　　期间和他们一起浴血奋战牺牲的还有：杜维远，陕西米脂人，老红军；刘永旺，陕西关中人，老红军；毛永恩，陕西神木人，老红军；李林，印尼华侨；罗天泽，湖北田门人；王树楷，河北南平人；黄光福，湖北荆门人……120 多名指战员为解放右玉城光荣献身。

　　右玉的各级党组织发动人民群众配合 120 师六支队、警备六团粉碎了日伪军对根据地的 16 次大"扫荡"。

　　八路军 120 师雁北支队、警备六团在长期的革命斗争中，与党委派的各县委书记协同配合。这些县委书记怀着赤诚的信念，决心救民于水深火热之中，与人民一道浴血奋战。期间，在中共晋绥边区党委"依托雁北，发展绥远工作"的号召下，右玉的三个根据地完成公粮 4200 石，捐献银圆 10.5 万元，军鞋 9600 双，发展党员 1240 多人。右玉人民积极支前、奋勇参战,有 2000 多人奋勇献身。捐钱、捐粮及军用物资的不计其数,使右玉成为具有革命传统的红色沃土。

在解放战争中,右玉人民更是积极生产,努力支前,全县设立五个粮站征集军队用的粮草、胡油、菜蔬、军鞋。全县建六个伤兵转运站、五个野战医院,抬担架、护送伤病员,基本上是全民总动员,全民参战。

说到共产党、八路军与右玉人民的情谊,还得说说苗树森。

苗树森,河北霸县(今霸州市)人,1916 年生,1938 年入党,曾任八路军 120 师连指导员。左云、右玉县长,晋绥野战军团政委,中华人民共和国成立后任建筑工程部副部长、国家建委顾问。

1986 年去世后,遗嘱是把骨灰撒在右玉。本来可以安葬在北京八宝山,他为什么选择了右玉?回报右玉人民的养育之恩,这是他久已有之的心愿。

苗树森,1938 年 3 月任右玉抗日民主政府县长。7 月,战斗中负伤,组织安排到兴旺庄张二家养伤。7 月 22 日,日伪汉奸袭击离兴旺庄十几里的后庄窝。为了苗县长的安全,组织决定让其转移到东山夏家窑村。第二天,果然右卫城百余名日伪军包围兴旺庄,把全村老百姓集中起来,扬言:"如不交出八路军干部,就要血洗全村!"这时张二站出来说:"八路军干部是我送走的,与别人无关。"随后,日军硬逼问把八路军干部送到哪里了,张二拒不交代,活活被日寇打死。

苗县长转移到东山夏家窑,被安排到谷金娥家养伤。为了苗县长的安全,谷金娥把他藏到村后山沟的窑洞内,并派孩子们为其站岗放哨。日伪密探经常到夏家窑村一带,沿村逐户打探,但谷金娥从容应对。一个月后组织将苗县长转移,该村一个叫段成孩的把苗县长送走。日伪军得知后,痛打段成孩,并将其杀害。为了感恩,苗树森在北京工作期间还把两家人接到家中好生款待。1986 年,苗树森病故后把骨灰撒在右玉夏家窑这块热土,回报右玉。这仅仅是一包骨灰吗?不!这是一个革命领导干部对人民的赤诚之心。

新中国成立后 60 多年来,右玉县委、县政府的领导们传承革命传统,继承先辈遗志,带领全县人民开展了植树造林、改造山河的持续不断的绿色接力。庞汉杰、杨爱云、常禄三位县委书记由于积劳成疾,不到六十岁就病逝在工作岗位。

从 1937 年到 2017 年,时光翻越了 80 个年头。其间,右玉县委共经历了 42 个县委书记。革命战争时期,这些领导人与人民浴血奋战结下了深厚的革命情谊。诚如古人所言:唯大德能聚众力。中华人民共和国成立后,在历届县委、县政府的带领下,右玉人民开展旷日持久的绿色接力,艰苦奋斗,百折不挠,使"不毛之地"变为"塞上绿洲",进而成为生态乐园。右玉翻天覆地的变化告诉我们:信念是希望的种子,信念增进了情谊,情谊延伸为忠诚,忠诚凝聚了力量,力量孕育了精神。只有共产党能够救中国,坚信在中国共产党的带领下,祖国的明天更辉煌。

风云跌宕八十年,红绿传承酬信念。

血浸黄土旗更红,汗涤蓝天山益绿。

特别提示:

从1937年到1945年23位县委书记,有4人牺牲,苗树森中华人民共和国成立后任国家建设部副部长,1986年去世后骨灰埋葬在右玉,引发血与火的情谊。

中华人民共和国成立后,怀着赤诚感恩的心,舍小家,为大家,子女不认亲妈认奶妈。

张荣怀:右玉要想富,就得多植树。

王矩坤:生产自救,以工代赈,玉米换树。

马禄元,庞汉杰:职务不在乎先后,奉献务必争先。

孙淑凯,松籽情怀,马禄元,天宫撒草。

杨爱云,十大流域摆战场,四大盆地做文章。

常禄:五侯山上的丰碑,进入"三北",飞鸽牌的干部要干永久牌的事。临终医嘱要护树。

1998率先在山西实现绿化达标,全党动员,全民参战,层层签订责任状,自加压力,黄牌警告,绿票定音。

世纪之交,三大战略,百村万人大移民,人退林进。苦战百日,率先在全县实现村村通,生态富民。

重温右玉县委书记们的政绩观,有四点启示:

其一,常言道:一分耕耘一分收获,而右玉却是十分耕耘,一分收获,右玉的人们常常是只讲耕耘,不问收获;

其二,俗话说:十年树木,百年树人,而在右玉是六十年树木,六十年树人,在树木中树人,在树人中树木。

其三,右玉人的绿色发展之路历经坎坷,可谓是十难九阻,百折不挠;

其四,人常说:三分植树,七分管护。在右玉,更多的是十分植树,十分管护。

唤醒沉睡的大地——牺盟会在右玉

1936 年 10 月,中共中央北方局派薄一波、杨献珍、董天知、韩钧、周仲英等返晋,组织山西省牺牲救国同盟会(简称牺盟会)。

1937 年 1 月 5 日, 山西省牺盟会总部派临时村政协助员郝善祥等 7 人到右卫城开展工作。牺盟会总会执委戎伍胜亲临右卫城召开学生青年大会,宣传抗日。

1937 年 5 月 22 日,山西省牺盟会总部派韩燕如、付生麟为牺盟会右玉分会特派员。

1937 年 7 月 8 日,右玉县城组织学生、市民、商人 500 多人进行反侵略大游行。

1937 年 9 月 20 日, 日军第十五旅团一部占领右卫城。抗日战争全面爆发,屈健、李林等受牺盟会派遣从平鲁到右玉交界地区宣传抗日。在牺盟会的策动下,右玉籍的共产党员周秉园、赵英,牺盟会的会员党可均、王安义等人积极行动,开辟农村抗日根据地,同时派人赴偏关寻找八路军,要求八路军北上右玉,为全面抗战做了思想上的发动,组织上的准备。

建立以右玉为中心的抗日根据地——晋绥枢纽

1937 年 7 月,抗日战争全面爆发,八路军 120 师雁北支队、警备六团在支队长宋时轮的率领下,挺进右玉南山一带,开辟了以右玉南山为中心的洪涛山敌后抗日根据地,成立了右(玉)山(阴)朔(县)怀(仁)抗日救国委员会。

11 月 14 日,八路军 120 师雁北支队、警备六团一营和国民党军何柱国的一个骑兵排,在副团长孙超群的带领下,由偏关北上右玉。17 日双方商谈,18 日强行入城,组建右玉县抗日救国委员会,建起了右玉县抗日第七支队伍,全队150 人,战马 50 匹,建立了地方武装。

12 月上旬,根据中共晋西北省委和中共晋绥边工委指示,组建中共和(林格尔)右(玉)清(水河)县委,在右玉城成立,贾丕谟任县委书记。

1938 年 4 月,八路军雁北支队进驻右玉南山。5 月初,成立了中共右(玉)山(阴)朔(县)怀(仁)县委员会,鲁平任县委书记。

5月初,中共晋绥边特委左右凉工作团开辟右玉东山抗日根据地。10月上旬,中共左(云)右(玉)凉(内蒙古凉城)县委成立,陈一华任县委书记。

这一时期,八路军120师雁北支队、警备六团与地方武装紧密配合,和右清、左右凉、右山朔怀县委在晋西北军政委员会的领导下,遵照党中央"依托雁北,发展绥远工作"的指示,在中共绥远边区党委书记白如冰的率领下积极支前,粉碎日寇16次围剿。

从1937年到1945年共历17位县委书记,有4位县委书记光荣牺牲,只有一人投敌叛变。解放战争期间,又有6位县委书记,带领人民进行土地革命,支援全国的解放战争。

烽烟烈火铸信念
——记120师六支队政委、清水河县委书记胡一新

胡一新,原名胡佃敬,又名胡一霆,小名昌珍。内蒙古丰镇县大庄科村人。1907年农历五月出生。15岁时(1923年)考入大同山西省立第三中学。18岁(1926年)赴北平,以优异的成绩考入燕京大学。

1930年9月,赴山西汾阳,考入冯玉祥将军举办的西北军官学校。在学校比较系统地学习了马克思列宁主义理论,

结识了一些共产党人,1932 年秋加入了中国共产党。

1933 年 5 月,参加了冯玉祥在张家口成立的察哈尔抗日同盟军。在吉鸿昌的指挥下,参加了克服康保、宝昌、沽源和收复多伦的战斗。同年 6 月,来雁北、绥东一带宣传抗日,组建抗日同盟军。

1934 年 1 月,赴陕北寻找党的组织。1935 年 5 月从西安几经艰难曲折才到达瓦窑堡,认识了刘志丹,受到了深刻的教育,坚定了共产主义的信念。1936 年党组织派遣到三边(定边、安边、靖边)国民党军队中去做兵运工作,后又转到傅作义部队做兵运工作。参加了著名的百灵庙战斗。

1937 年 10 月,受绥远工会指示,组建中共清水河县委,并担任县委书记。同年 12 月,参加绥远工会和晋绥边工会,创建晋绥边敌后抗日根据地。

1938 年 7 月,经贺龙师长、关向应政委批准,担任 120 师、独立六支队政委。他与六支队队长刘华香紧密配合。六支队很快发展壮大,成为活跃在晋绥边的一支重要抗日部队。

1939 年 10 月 16 日,在杀虎口与国民党骑兵营的战斗中,胡一新奋勇争先,在晋泰店的大院内,与敌人展开肉搏战,激战半小时,全歼伪骑兵连。战斗中,胡一新左腿负伤,膝盖骨被打碎。胡一新负伤后,中共晋绥地委把他转移到南山养伤,之后,又转移到陕西神府县贺家川 120 师卫生部治疗。治疗期间,他如饥似渴地读毛主席的著作,不断提高自己的文化理论水平和素质修养。准备着重新征战在抗日战争的最前线。后来，由于伤口恶化，爱人刘仙荣从延安去看他，暗自为他落泪，他却宽慰爱人说："哭啥，革命哪有不流血、不牺牲的！"

1940年11月26日，在进行手术时，不幸与世长辞，终年32岁。

胡一新同志逝世后，八路军11月28日为他举行了追悼大会，并把他们的遗体安葬在延安柳树店八路军烈士园内。

魂归塞北铸长城
——记中共右凉县委书记陈一华

陈一华原名陈凯，四川省宣汉县南华坝村人，1932年12月参加中国工农红军，1933年加入中国共产党。1935年3月，随同红四方面军参加长征，1936年10月到达陕北，之后到中央党校学习。

1937年，陈一华随同120师挺进晋西北，任120师军法处副处长，1938年5月任中共平鲁县委书记。

1939年1月，任120师六支队政治处左右凉工作团团长、左右凉县委书记。在左右凉根据地，他积极组建敌后武工队，开展武装斗争。1939年2月在右玉与凉城交界的二蛮沟召开县委扩大会议，专门研究武装斗争。

陈一华耐心做天主教神父的工作,马家沟崖天主教堂为抗日游击队捐出 8 支步枪,数千发子弹。

在陈一华的领导下, 左右凉武装力量很快发展壮大起来,组建起一个县大队,三个游击队。

1939 年 6 月 17 日, 陈一华在西双树村召开区委书记、游击队队长参加的县委扩大会议。6 月 20 日凌晨,右卫城的日伪军根据飞机和密探侦查的情况,集中了 100 多人突袭西双树村,陈一华立即组织人马分东、西两路突围。为了大家突围,陈一华有意暴露自己,转移敌人视线,同志们成功突围,陈一华光荣牺牲,年仅 28 岁。这个生在川蜀的热血青年,遗骨埋在了长城脚下,他用生命和鲜血筑起了中华民族反抗外来侵略的精神长城。

血染元子河,浩气贯洪涛
——记中共右南县委书记宇洪

宇洪,原名吴进堂,字升庭,1913 年出生于山西省沁县坟上村。

吴进堂 1928 年考入故县镇高等小学,1930 年考入太原新民中学。1936 年考入山西政法学校。同年参加牺盟会,加入中国共产党。

1937 年,受牺盟会派遣来到晋西北,1939 年,到雁北,分配到凉城县任动委会主任。1938年，朔县抗日民主政府成立，任第一任抗日民主县长，更名宇洪。1940年10月任中共怀仁县委书记。1941年8月，调右南县，任中共右南县委书记。

右南县，依托洪涛山，地跨朔（县）山（阴）怀（仁）右（玉）大片山区。洪涛山抗日根据地武工队对于盘踞在大同、朔县的日寇构成严重的威胁。日寇对宇洪更是无可奈何，于是以300元大洋悬赏抓捕宇洪。日寇连续十几次对洪涛山根据地进行"围剿"，未能抓到宇洪，进而又张榜称"抓住宇洪者赏500大洋"。

1842年5月9日，宇洪率领县委干部和游击队来到右南左小峰村，叛徒谷海、赵祥带领水头据点的日军包围了左小峰。宇洪为掩护其他同志突围，自己把敌人主力引向下赤岔沟村西的小山上，不幸中弹光荣牺牲。

宇洪，一个共产党的县委书记，面临生与死，他自己选择了死亡，把生的出路让给同志。

血洒山河化彩虹
——记中共右玉县委书记任一川

任一川，原名任恕，1913年6月9日出生于天镇县楼子村。

1933年，考入绥远一中，1936年加入中华民族解放先锋队,后又加入绥远牺牲救国同盟会。

1937年加入中国共产党,经过艰苦跋涉,到五寨向贺龙、关向应汇报了绥远抗日的发动情况,被派到晋绥边特委工作,更名任一川。

1938年8月调到右玉东山工作。1943年6月,在抗日战争进入最艰难时期之际,任一川担任了中共右玉县委书记。

1943年7月22日,日寇集中了300多名日伪蒙疆骑兵对正在后庄窝集中开会的70多名县、区干部包围,右平县委书记高明等十几名干部被俘。党组织受到极大破坏。

在西山抗日根据地遭受严重破坏后,日寇又丧心病狂地对东山根据地进行"扫荡"。11月1日,左右凉日伪在宫田良正的指导下,向东山根据地进剿,代县长李凤峦、县大队长任德忠被捕,县委书记任一川负重伤。

任一川负伤后,一面隐蔽在大王庙、裴家窑养伤,一面指挥重新组织力量继续与敌战斗。

1943年11月17日,由于叛徒告密,敌人右卫城50多名骑兵在宫田良正的率领下包围了任一川养伤的中窑子村谷占鳌家。日军抓了谷占鳌让其劝降任一川,任一川劝谷占鳌不要为日寇当亡国奴,自己也一声高喊:"不当亡国奴,不当汉奸!"自己向自己开枪,为革命献出了年轻的生命。

第一次解放

1944 年,根据对敌斗争的需要,中共塞北工委会决定成立中共绥南工委,张云峰任工委书记,肖黎、安正福、侯作贵、石生荣为工委委员。

绥南工委工作的重点是以右玉西山为中心,统一领导和右清、凉城、右玉和右玉东山的抗日工作。

绥南工委 1945 年的主攻方向就是开展"挤敌人"活动,从右玉西山开始,逐渐扩展,逐村建立自卫队、农会、妇救会等抗日组织。"挤敌"活动铺开,4 月,中共绥南工委书记张云峰、秘书黄健、警卫员李奎在西半沟村进行活动,遭遇云石堡据点的伪军,战斗中黄健壮烈牺牲,张云峰负伤被俘,当晚被杀害。

张云峰,四川省巴中人,长征时在红四方面军工作,抗战初期任 120 师三五八旅独立营副营长。

张云峰等牺牲后,石生荣等继续率领游击队进行战斗。8 月 15 日,日本天皇宣布无条件投降。日军驻右玉城首席指导官宫田良正通知威远堡、云石堡、增子坊、赵官屯的日军到上堡据点集中。杀虎口、破虎堡、欧村、高墙框的日军到右卫镇集中,次日早晨,连同家属乘汽车逃往大同。

16 日,得知日军投降的消息,石生荣率西山游击队随即收复右卫城。

1945 年 8 月 19 日，右卫城军民 3000 多人，在东街乐楼召开抗日战争胜利及收复右卫城、右玉全境解放的庆祝大会。1945 年 8 月，右玉、右南全境获得解放。

1945 年 8 月下旬，高克林、乌兰夫、苏谦益率绥蒙区党委、政府人员由偏关抵达右玉城，并在东街乐楼召开群众大会，部署反奸、反霸和敌后恢复工作。

1945 年 8 月 23 日，中共右玉县委成立，石生荣任县委书记。1945 年 8 月下旬，中共右南县委成立，牛其益任县委书记，右南县委驻高家堡村。

1945 年 9 月，吕正操、林枫等抵达右玉城，传达中共中央"向北发展、向南防御"的战略部署。吕正操、林枫在右玉城天主教堂院内指挥独立三旅攻打清水河、凉城等的战斗。

10 月初，晋绥野战军司令员贺龙率部抵达右玉城。贺龙司令员就绥包战役的支前问题，向右玉县委石生荣等作了指示。

在生态文明建设中
如何传承弘扬右玉精神

右玉人种树就是种精神。右玉人 60 多年的坚持植树造林，把"不毛之地"变为"塞上绿洲"的过程中，探索出一条生态文明之路、科学发展之路。

右玉精神的形成,既有历史的因素,戍边将士守土为责、众志成城的团结精神和淳朴的民风,同时又在抗日战争中形成的共产党与人民群众同生死、共患难中凝聚起来的深厚情感,中华人民共和国成立后历任县委、县政府领导牢记全心全意为人民服务的根本宗旨,带领全县人民百折不挠、艰苦奋斗的因素。

传承弘扬右玉精神,要加强十个方面的文化建设。

《易经·渐卦·象辞》曰:"山上有木,渐;君子以居贤德善俗。"

在"序卦传"中说:"物不可以终止,故受之以渐;渐者进也。"君子应当效法这一精神,渐渐地蓄积贤德,渐渐地转风移俗。

早在2000多年前,我们的祖先就懂得如何认识与处理人与自然的关系。"山上有木,渐"是有一个逐渐形成的过程。同时又进而清醒地认识到"山上有木"君子以居贤德善俗。山上的树木所以繁茂,是居住着贤惠且有德信的君子,这些有德信的君子又逐渐转风移俗,化民为俗,形成了一个好的社会风气,才使得山上的树木得以枝繁叶茂。

这其中告诉了我们一个生态文明与人们精神世界道德品质、乡风民俗的辩证关系。

山西省把右玉县作为全域旅游示范区,这也是打造生态文明与传承弘扬右玉精神的一个极好契机。

一、右玉精神及其形成原因

2010 年 7 月,《人民日报》刊发署名云彬的《右玉县委书记们的政绩观》一文中说:右玉人"种树也是在种精神。右玉种树收获的不仅是青山绿水,更是宝贵的精神财富"。

2010 年 7 月 29 日至 31 日,刘云山同志在右玉考察时称赞右玉人 60 年坚持不懈、持之以恒、艰苦奋斗地植树造林,"这是一条道路就是建设生态文明、科学发展的道路"。右玉人种树凝聚了一种精神,探索出一条道路。

右玉精神的形成,还有如下几个因素:

右玉人 60 多年的矢志不渝,绿色坚持,像县委书记中的庞汉杰、常禄、杨爱云,他们英年早逝,是积劳成疾,病逝在工作岗位上,他们奉献的是生命;

像县委书记中的马禄元,像县长中的解润、姚焕斗,他们在右玉这个气候恶劣、生活条件差的贫困县一干就是十多年。人生只有几十年,他们把自己的青春年华奉献给了右玉;

像右玉工作的中层干部,几十年如一日,以高度的责任心投入到右玉的事业中。工农干部如纪满,知识分子如张沁文等;

像右玉的机关干部,几十年坚持义务植树,每个部门单位都有植树基地,累计植树 30 多万亩;

像毛永宽、尹小秀这些农村党支部书记，团结带领人民群众苦干实干，无悔无怨；

像曹国权等普通农民，以树为伴，受树如子；

还有右玉妇女，在植树造林中不仅是"半边天"而且是"全天候"。

右玉人的先民，从2000多年前的塞翁，战国时期的赵武灵王胡服骑射设雁门郡，走向和善的善无城，营造的和善文化，从善无城走进汉代的雁门郡——忠勇之城，从雁门郡营造出了忠勇文化，直到明代，凝聚了"右卫城保卫战"的众志成城精神。到了清代，晋商从这里走出，形成晋商诚信文化。2000年的文化传承，到新中国成立后的60年绿色追梦，和善、忠勇、众志成城中华文化的传承，60多个风雨春秋的绿色接力，和谐奉献，奉献和谐，打造出被世人公认的右玉精神。

在右玉能形成右玉精神，共产党的为人民服务的根本宗旨，一些优秀的领导人践行宗旨，勤政爱民，以身作则，艰苦奋斗，这是根本的一条。

右玉精神的形成还有历史的因素。

一是按照"一方水土养一方人"的原理，这就是边塞文化熏陶下的古代先民传承的忠、勇、仁、义，《汉书》曰"质直野朴"，《图书编》曰"质直淳厚"，《一统志》曰"俗尚武艺"，《云中志》曰"士人劲直，率矜名节……犹存忠厚之风"，《朔平府志》

曰"世出名将,忠勇素具",还有戍边将士形成的"众志成城"的团结精神。

其二就是中华传统文化的仁、义、礼、智、信的传承。

其三是抗日战争时期,八路军120师于1937年10月进驻右卫城,按照中央"建立以右玉为中心的抗日根据地"的指示,十四年抗战,在右玉的周边地区建立了四个抗日根据地,民族战争中形成的共产党、八路军与人民群众同仇敌忾、血乳交融的关系,人民群众与共产党形成了牢不破的情感基础。

其四就是乡风民俗,诸如"塞翁",不计较名利得失,宽厚、忍让、仁和、吃苦耐劳的乡风民俗。右玉人只求耕耘,不计收获。

总而言之,在右玉所以能产生右玉精神,可谓是:

大德聚力、众力凝神、教民为俗、育人成风。

右玉精神与生态文明不能割裂开来,断裂起来,右玉精神就是在右玉人追梦生态文明中凝聚而成的,右玉的生态是在右玉精神的形成过程中产生的,右玉精神在生态文明中形成,生态文明是右玉精神的物化体现。

树木不言会说话,绿荫处处有文化,

层层年轮铸精神,生态文明放光华。

一个时期在右玉形成的"党政军民学、东西南北中",植树造林,雷打不动。

右玉的千沟万壑、山山凹凹就是一座座绿色丰碑,铭记着右玉人 60 多年的绿色追求,60 多年的绿色接力,60 多年的绿色守望,凝聚的右玉精神,是右玉人共有的宝贵的精神财富,如何使之传承、弘扬,确实是一个重大课题。作为精神是无形的,但她印记在右玉的大地山水之间,印记在历史的记忆之中,反映到生态文明之中。作为有形的生态文明,折射出右玉精神。

二、关于生态文明建设

生态文明,就是人与自然相和谐。

《老子》三十九章,就提出:"天得一以清,地得一以宁……万物得一以生。"强调人与自然的和谐统一。

《易经》则强调以天地为准则,确立人生规范,以宇宙恒久无穷而又秩序井然的精神,劝勉人生应当自强不息、造福社会。

生态文明建设,其实一个是政治生态,就是人与人的关系间,重点是党的建设、干部作风建设,其二就是自然生态,这就要求我们做到以生态良好为前提、发展生态、生活富裕。

作为生态文明要折射出精神的光芒,那就是文化。生态文明在文化,山水之间见精神。

如何以全域旅游为契机,生态文明建设与传承弘扬右玉精神有机结合,要加强十个方面的文化建设。

1.依托长城古堡,挖掘历史文化

战国雁门郡善无城,汉雁门郡城烟墩烽台,北魏时的畿上塞围,唐定边城,右玉有明长城近百公里,古堡30多座。

赵武灵王设雁门郡筑善无城,善无可谓是"首善之城",历史文化积淀丰富,值得我们深入探讨研究;右卫古城应申报国家历史文化名城,明代,从右卫城走出的麻家将五代一品,建清贞寺御赐坊,麻贵在万历时期任抗倭都督援朝抗日,至今韩国人建麻贵庙,崇奉麻大将军,整理麻贵史料,促进中韩友谊,引进项目,促进交流。

搜集、总结、整理、挖掘历史文化,同时继续打造右玉人从解放初期就营造的绿色长城——长城防护林工程;对长城华林山景观保护、修复,使长城及长城上的景观,与绿色长城相辉映。

2.依托西口古道,整理晋商文化

西口古道,是战国赵武灵王胡服骑射的"代道",秦始皇的"驰道",两汉时期的"通塞中道",隋唐时期的"定襄兵道",明代的"贡道""商道",清代的"兵道""商道",是古代道路的集大成者。西口古道杀虎口有吉盛堂,成就了大盛魁富甲天下的传奇,晋商从这里走向辉煌。恢复吉盛堂,使之成为晋商文化的窗口。对西口大移民资料进行整理,召开西口移民"寻根探祖"联谊会,不忘乡愁,回报家乡,引进资金,引进项目。

3.总结抗战历史,宣传红色文化

抗日战争时期,八路军120师最早进驻右玉,建立以右玉为中心的抗日根据地,晋绥抗日根据地就是从右玉发展壮大起来的,右玉人民为晋绥抗日根据地的建设作出过重大贡献,晋绥从这里走出,晋绥在这里兴起,通过红色记忆、红色文化,促进绿色发展。像抗日战争时期任右玉抗日民主政府第一任县长的苗树森,中华人民共和国成立后任国家建设部副部长,1986年去世后,不忘右玉人民的养育之恩,将骨灰埋葬在右玉大地,提倡树葬,倡导丧葬文明。

4.修复历史景观,扮靓村宅文化

据记载,汉、魏时期右玉有锄亭、土壁亭,明清时期有恒阳(右玉)十景。明代屯堡、民堡有70多座。

这些景观或以山奇,或以水趣,有着深厚的文化底蕴。山不在高有仙则名,水不在深有龙则灵,这些景观略加维修整理,就是旅游景点。历史景观、绿色点缀,文化打造,成就生态文明。

5.宣传领导风范,光大廉政文化

在右玉人60多年绿色追梦过程中,既有党和国家领导人亲临指导的驻足处,又有国家各部门、省领导的关怀与支持,历任县委、县政府领导带领全县人民绿化大地的里程碑就在右玉大地，如二十世纪五十年代的盘石岭、北辛窑、前窑，六十年代的北岭梁，七十年代的苍头河、常门铺水库、辛堡梁、七连山，九十年代的大南山，现场实地，标立记事碑，是绿色文化景观。

对右卫城县委、县政府的原办公地进行保护、维修，就是一座纪念馆，用廉政文化扮靓生态文化，用政治文明推动生态文明。

6.整顿干部作风,传承勤政文化

政治路线确定后,干部就是决定的因素。右玉人在60多年的绿色接力中,注意干部的示范作用,诸如县直机关各部门、各单位都有明确的造林基地,累计达30多万亩,这都是实实在在干出来的,这些传统不能照搬,但作为教育基地,还是有现实意义的。它不仅仅是一块普通林地,而是政治生态与自然生态相融合的教育基地。

7.注重青少年教育,形成民俗文化

十年树木、百年树人,右玉在60多年的绿色追梦中可谓是在树木中树人,在树人中树木。

在黄沙洼、贾家窑山都有过青少年、学校造林基地,李洪河、增子房、应州湾的水保大队,就是城市知识青年集中治山治水的基地,还有很多知青点,遍布右玉农村,这些文化传承,告诉后人,今天的右玉从哪里走来,又是怎样形成被国人认可的右玉精神的。百亭生态园,处处见精神,有景亦有情,

扮靓绿洲行。

8.调整种植结构,打造绿色文化

右玉有 150 多万亩林地,这其中有 50 多万亩国有林,多系"小老树",亟待更新改造进行改善,还有近百万亩的农田,这些农田经营者多是留守农村的老、弱、病、残农民,经营不善,杂而乱,在组织办法上,通过公司加农户家,如图远、古道三清,同时通过合作社,整合土地,引进万寿菊、藜麦、油菜,既有观赏价值,又有经济价值的作物,集中连片,为旅游观光服务,使右玉的生态建设,从单一的植树造林,上升到生态文明的高度。

9.围绕绿色生态,打造特色品牌文化

按照 53%的森林覆盖率计算,林业的经济效益少得可怜。

就生态文明而言,生态经济效益应占重大的比例。

就已注册的地理标志产品,右玉羊只是一般水平,右玉的小杂粮,对农民而言效益微乎其微,就沙棘来说,虽然有几十年的种植研究,几十家的加工作坊,但还是粗加工低水平。

如何围绕绿色生态,打造特色品牌,使之成为具有地理标志的具有文化含量的品牌? 提几点不成熟的设想:

一是恢复右玉羊文化节,加强对右玉羊的品种、加工的研究、开发,成就右玉羊的品牌;

二是以柳代杨,像吉林省镇赉县那样发展柳编加工业,

形成千沟万壑种柳条,千家万户发柳财,使右玉人走出只有尽种植义务,很少得种树效益的低谷;

三是加强对莜麦、沙棘的科研开发,创特色品牌,学习河南、河北利用麦秸作画的技术,利用莜麦秸作画,使之成为旅游产品;

四是改进餐饮文化,提高服务质量;再版《右玉风味》,吃右玉特色;

五是加大对农家园的扶持,上特色,出品牌。

10.加大宣传力度,弘扬绿色文化

文化宣传为生态文明建设开道,可学习河南省林州市对红旗渠宣传的办法,组建专业或业余文艺宣传队,利用广播网络,建立文艺、文学、绘画、摄影阵地,加大对生态文明的宣传力度。

生态文明建设,要依法加强对自然生态的保护,对破坏自然生态的行为要严厉打击。

生态文明建设,人是主体,人的文明程度,决定着生态文明的高度,因此在生态文明建设中,一定要不断加强对人的教育,提高人的素质。传承弘扬右玉精神,一定要以右玉精神教育右玉人。右玉精神不尚空谈,生态文明任重道远。自强不息是宇宙精神;艰苦奋斗是右玉精神。弘扬右玉精神,尊崇自然建设生态文明,就要振奋精神。

右玉故事

从善无说起
——深奥的哲学命题

2010年7月30日至31日,时任中共中央政治局委员、中央书记处书记、中央宣传部部长的刘云山在右玉考察,当看到一幅当年造林群众在造林工地的荒郊野外吃烧山药蛋的老照片时,不禁感叹地说:"人民真伟大!"情之所至,有感而发,赋诗《右玉感怀》,诗中说:"为政何不解民忧,当官堪消百姓愁。十八书记抒壮志,六十春秋挥锄钩。终见'善无'变善有,已将沙洲换绿洲。年年立业是公仆,久久为功尚风流。"诗中"终见'善无'变善有",典出右玉历史上曾设过善无县。"善无"是什么意思?

《山西历史地名录》记载"雁门郡:战国时赵武灵王置。秦时治所在善无。""右玉县,西汉置善无县,为雁门郡治。"

从上述记载我们得知,战国时期赵武灵王置雁门郡,雁门郡,治善无,就在右玉县。

赵武灵王"胡服骑射",于公元前 296 年"北破林胡、娄烦,筑长城,自代并阴山下,至高阙为塞。而置云中、雁门、代郡"。

魏文侯实行儒法兼容,唯才是举,出现了《史记·魏世家》称赞的"贤人是礼,国人称仁,上下和合"的国富兵强的局面。

魏国的革新图强为赵国起到了示范作用。

跟随外国的改革,赵国的赵烈侯于公元前 408 年,按照儒家的伦理去规范教化民众,按照法家的思想选拔官吏,采纳牛畜以"仁义"之道,苟欣以"选拔举贤,任官使能",徐越以"节财俭用,察度功德"为治国方略。

赵武灵王"胡服骑射",在右玉置雁门郡,雁门郡郡治为什么会命名为"善无"?

先从赵武灵王"胡服骑射"的背景说起。

公元前 454 年,韩、赵、魏三家分晋。

魏国变法图强,公元前 445 年,魏文侯任用李悝为相,进行变法革新。

首先废除官爵世袭制,选拔真正的治国人才;其次是地尽其力,民富国裕;三是推行《法经》,实行法制;四是实行"武制",壮大军队实力。

春秋、战国时期,礼崩乐坏,列国分布,百家争鸣。

百家争鸣,各家学派都围绕着要不要继承先人之道、尊崇礼治、理国治民、争强称霸等问题展开争论。

在百家争鸣中，三晋又是最活跃的地区。

以韩非为代表的法家，是韩非在周公"启以夏政，疆以戎索"的基础上提出"法、术、势"兼用的"时移世易变法宜矣"的思考，继韩非之后，荀子又主张"隆礼""重法"，"礼仪以化之，起法正以法之，重刑罚以禁之"，在礼德关系上主张"礼者，德之大分，类之纲纪也"，礼是法的依据，法是礼的必要补充的改革思路。

在"百家争鸣"的论证中，赵武灵王于公元前325年登上了赵国的政治舞台，在东有强齐、西有暴秦、北有三胡的三面夹击下，赵武灵王要扭转被动挨打的局面，必须改革图强。

改革图强，首先是在"疆以戎索"的基础上"易胡服""习骑射"，利用胡服教化胡人，吸引胡人加入赵国文化圈，以达北王诸胡、称雄诸强的改革目的。以胡服为手段，以骑射为目的。

胡服是易俗，骑射为枪兵。

"胡服骑射"只是赵武灵王变革图强内容的一部分。与之相配套的改革思路、治国理念也即诸子百家争鸣体现得最强劲的主张，则反映在"胡服骑射"开疆拓土设立的郡县命名上。

首先就是体现在雁门郡郡治首县命名的"善无"上，其次就是定襄郡的命名和成乐县的命名。

赵武灵王从易胡服、习骑射以强兵，开疆拓土，行于礼而成于乐的外交友邻，到善无体现的无为无不为的治国理念，一系列的改革图强树立了中原农耕文化学习吸取北方游牧文化的光辉典范,从而把我国古代中原华夏民族与北方戎狄民族的文化交融推向了新的历史高峰。

城者,诚也。人类文明发展到一定程度,便开始修筑城堡,以防止野兽侵害。《说文解字》:城,从土从成,以盛民也。

在唐尧、虞舜、夏禹时期,舜"一年而所居成聚,二年成邑,三年成都",这个时期,不仅部落有了城邑,也有了象征国家意义的都城。

《诗经·小雅·出车》就云:"王命南仲,往城于方。出城彭彭,旃旟央央。天子命我,城彼朔方。赫赫南仲,狎狁于襄。"这个时期的城已从防御野兽的侵害转化为防御外部族入侵的工程。

无论是秦长城、汉长城还是明长城,事实上也是中原王朝与草原部落互相认可、互相尊重,界定活动的范围,这个界也是诚信的体现。

据《北狄广记》记载:"俺答阿不孩,控弦之众十万,雄于沙漠。"他自己也曾向明王朝建议:中国出二边(长城)垦田,北部自于其外畜牧。

隆庆五年,在宣大总督王崇古的积极倡议下,在鞑靼部阿拉坦汗及其三娘子的积极争取下,朝廷封阿拉坦汗为顺义王,签订和平互市十三条和约,双方代表对天烧纸敬香铭誓,阿拉坦汗说:"中国人等八十万,北虏夷人四十万,你们听着:我传说法度,我虏地新生,孩子长成大汉,马驹长成大马,永不犯中国……"

万历十五年七月初四日,阿拉坦汗的孙子扯力克嗣封为顺义王,三娘子封忠顺夫人,大明王朝派詹天福、王志宝、安天舜、王国缜、龚天真、炭天福、常孝、麻承训等为代表,重申隆庆五年所定的和议十三条,同时又增订十九条补充规定,市法五款,双方每次对天盟誓遵守和议条款,昭示诚信和约。

2006 年,右玉县被中国民间文艺家协会命名为"中国古堡之乡"。长城、卫城、堡城,同属长城防御体系。都有城的基本功能。作为"中国古堡之乡",城堡体现的"诚"的功能,往往会被人们忽视。

孟子在《公孙丑章》中说:"天时不如地利,地利不如人和。三里之城,七里之郭,环而攻之而不胜;夫环而攻之,必有得天时者矣,然而不胜者,是天时不如地利也。城非不高也,池非不深也,兵革非不坚利也,米粟非不多也,委而去之,是地利不如人和也。故曰:域民不以封疆之界,固国不以山溪之险,威天下不以兵革之利。得道者多助,失道者寡助。寡助之至,亲戚畔之;多助之至,天下顺之。以天下之所顺,攻亲戚之所畔,故君子有不战,战必胜矣!"

何为君子,就是讲诚信、有道德的人。

嘉靖三十六年,鞑靼几十万大军围攻右玉八个月,孤城得以保全,也证实了这一点。

对苏武的崇拜

据《朔平府志》记载："苏武庙,在城北四十里。"

按照传统,关公的忠、义、仁、勇、信、智的品质,集中体现了中华民族的传统美德,蕴涵了传统文化的伦理、道德,是理想圣人的化身,他被儒家尊为"武圣",与"文圣"孔子齐名,被道家奉为"关圣帝君"。由于历代王朝的不断加封、推崇,关公广受世人崇祀,特别是边塞卫所堡寨,更是崇奉关公,其成为神灵的化身。

在右玉,为什么又独特地崇奉苏武,为他建祠修庙,顶礼膜拜呢?

苏武,字子卿,西汉杜陵人。父亲苏建官至校尉,跟随大将军卫青出定襄讨伐匈奴,修筑朔长城,任代郡太守,后因功封右将军,平陵侯。苏武从小跟随父亲征战为郎。天汉元年(公元前 100 年),匈奴且提侯单于继位,把原驻匈奴的汉使者路充国等强行驱逐出匈奴。汉王朝为了保护和匈奴的和好关系,又派苏武以中郎将的身份持节去匈奴,驻汉朝使节的使馆中,并赠送匈奴丰厚的礼品,对新任单于表达祝贺。匈奴单于听到汉王朝为自己送礼祝贺,以为汉朝是畏惧自己的权威,愈加骄横。同时又派人驱逐苏武等人。这时,突然爆发了虞常等汉人谋杀卫律,意图劫持单于的母亲阏氏归汉的事件。事情败露后,匈奴单于认为苏武以及副使张胜是主谋。为了审理案件,对苏武、张胜等逼供,对着苏武、张胜的面,单于拔尖刀刺杀虞常,意图威胁苏武、张胜交代实情。迫于匈奴的严刑拷问,张胜表示愿意投降匈奴,而苏武大义凛然,不为所屈。匈奴看对苏武动刑不能降服,就把苏武投入一个大的地窖中,不给食物,企图以困饿折磨苏武,使其屈服投降。在地窖中,苏武以毡毛冰雪充饥,几经折磨,顽强地活了下来。匈奴看见用极寒折磨苏武,其依然浩气凛然,无奈,只好把苏武押送流放北海(即贝加尔湖)旷无人烟的地方让其牧羊去了。在流放北海期间,苏武过着茹毛饮血的生活,有时就食用羊乳以求活命。年复一年,秋去冬来,苏武手持汉节迎霜傲雪,为匈奴牧羊,在风霜雨雪的剥蚀下,苏武操持的节旄脱落,但苏武始终不向匈奴屈服求饶。后来,汉武帝派李陵征讨匈奴,因兵败被俘,匈奴单于以公主许嫁为诱饵,李陵投降了匈奴。匈奴为了说服苏武投降,就让李陵带了酒肉去劝说苏武,几天的工夫,李陵反复开导劝说,但苏武却不为所动,表示坚决不投降,对李陵说:"我的主意已决定,你若再这样劝我,我就死在你面前。"李陵见苏武如此坚决,感叹地说:"苏子,你真是义士!我李陵和卫律可是罪恶如天了!"从此两个人挥泪告别。

不久,汉武帝去世,汉昭帝继位,匈奴与汉和亲。苏武在鸿雁的腿上用布条写信说自己还活着,希望回到汉朝。得到信息,汉朝派出使节向匈奴索要苏武,开始匈奴还强辩说苏武早死,后来看到苏武的亲笔信,匈奴推不过才交出苏武让其回汉。

苏武在匈奴被流放贝加尔湖放羊 19 年,汉始元六年(公元前 81 年)春回到京城,回到京城的苏武鬓发皆白,形如枯槁。汉昭帝隆重接待了这位不辱使命的使臣。

汉王朝嘉奖其壮举大义,在其死后绘像供奉于麒麟阁。苏武不辱使命,大义凌然,千古传颂,名载史籍。

近两千年里,历经王朝更迭,作为边郡的右玉唯独保留苏武庙香火不断,为其建祠修庙,是王朝维护尊严的需要,但苏武大义凛然,不为严刑所折服,不被金钱所诱惑,不为功名所变节,不为美色所动心,却为当地人民口口相传,是永祀永祭的偶像。

俗话说靠山者憨,近水者智,像苏武这样在浩如瀚海的戈壁沙漠中,顽强地坚守信念,能忍下一切屈辱,坚韧地坚持,这也是右玉人的精神之魂。苏武不死,灵魂常在。他在右玉人的精神世界世代传承。

论酒的好坏以度数,右玉人也讲度,不仅有高度、宽度、厚度,同时也有忍度、耐度。

恒阳说恒

右玉古称恒阳。

据《朔平府志·序》中奉恩将军申慕德说:"雍正四年,余以在京都统恭膺简命,来镇恒阳,适逢撤卫设郡之始……"右玉所以称恒阳,据《文献通考》记载:"孝文帝迁洛,改为司州牧,置北恒州,今朔平郡在其西,地名恒阳以此……"在清代初期郑祖侨著的《风神台赋》中有"云中古郡,统属恒州,九边要地,四镇雄疆"的描述。同时,把右玉境内的著名景点,称之为"恒阳十景"。

在《易经》中,就有"恒"卦。恒卦,阐释恒久的道理。有恒,为成功之本,恒久亦即坚持。同时强调,坚持必须依循自然法则,循序渐进,持之以恒。

右玉人守望着恒阳这块古老的土地,持之以恒,锲而不舍,艰辛耕耘,终于有了一分收获,就是刘云山诗中所说的:

终见"善无"变善有,已将沙州换绿洲。

年年立业是公仆,久久为功尚风流。

降"风魔"

风在右玉是有名气的。

右玉的风,在颜色上分有黄风、黑风、白茫旋风……

从时间上分,最长的有:"一年一场风,从春刮到冬。"

从节令上分,春风吹破琉璃瓦,二月春风似剪刀。有夏后风。夏后风,一刮四十天。还有"立夏不起尘,起尘活埋人"的说法。夏天还有干热风。

从特征说,有"拉骆驼风",有"霍乱子风",还有旋风、龙卷风。

风,还有一个特点是常常与沙、雪、雨为伍。

风助沙威,沙仗风势,飞沙走石,天昏地暗。

风与雪为伍,风搅雪,硬如铁。

风与雨为伍,摧屋倒树,狂风暴雨,洪水遍地。

在右玉的历史上,风有百害而无一益。

风的肆虐,给人们的心里造成了极大的创伤,多少年人们认为是上天的惩罚,人们在右卫城东门外的山岗上建起了风神庙,烧香祭拜,祈求老天开恩降服"风魔",使天下苍生可以活命。但一代又一代不知过了多少代,老天很少开恩,狂风依然作威作福,摧残地上的万物苍生,风给人们带来的是无穷无尽的泪水……

当时光进入新的世纪。

右玉的风痛改前非、立功赎罪,开始造福人类。

2008年在右玉北部海拔1600米的北岭梁上,也是过去风沙灾害最为严重的地方,山西省国际电力集团股份有限公司投资建起了风力发电厂。2008年5月14日,5台高68米、风轮直径64米的机组成功并网发电,这标志着横行肆虐的狂风低下了高傲的头,正式变害为利。

与此同时,在牛心北山,玉龙投资集团有限公司投资5亿元,建成单机容量1500千瓦的风电机组33台。

太原诚达电力公司也在右玉建起了发电厂。

靠树说天

天在人们的心目中太深奥了。

古人仰观天文,俯察地理,究天人之际,总结出《易经》这部关于天的学问,《易经》把日、月、星辰、云行雨施都归于天,说:"天行健。""大哉乾元! 万物资始,乃统天。至哉坤元,万物滋生,乃顺承天。"《易经》认为天很大,天的变化是有规律的。大地的变化是根据天的变化而变化。

老子在《道德经》认为:"道可道,非常道;名可名,非常名。无名,天地之始;有名,万物之母。""道生一,一生二,二生三,三生万物。"

天长地久,天地的运行有道,道就是规律,人的活动行为是尊崇天道的规律。

为了观天文,察地理,古人还专门设太史之职,通过天文、星辰的变幻,确定时间、空间和节气,甚至推测人类社会的王朝更替、兵燹灾难,调查人间祸福,进行推断出"天人合一""天人感应"的理论。

天太伟大了,天太深奥了。

天是什么样的?

北魏时期的《敕勒歌》说:"天似穹庐,笼盖四野。"

天有什么作用?

《晋书·天文志》曰:张衡云:"文耀百乎天,其动者有七,日月五星呈也。日者,阳精之宗;月者,阴精之宗;五行之精,众星列布,体生于地,精成于天,列居错峙,备有所属,在野象物,在路象官,在人象事。"

天下之见月,皆始于三月。唯朔地固地势高,可于初二即能见月,但须天朗气清,精心才能得见。现在好多地方,由于植被沙化、空气污染,不说见月,见日也多昏暗。更何况城镇化建设,每当夜幕垂空,彩灯闪耀,又有几个人去精心留神观察天空,观察月亮星辰的变化呢?

本人多年来想一看究竟,每逢月初,不是阴雨,便是有事遗忘,终未能如愿,今年二月初二,终于如愿以偿。

经过一个正月,人们从除夕的烟花爆竹到正月十五的闹元宵,一个正月的喧嚣。二月啦,街头彩灯闪耀但毕竟宁静多了,夜空也没有了往昔的烟光。晚饭后出来散步,一钩弯月,如羊脂白玉般晶莹滋润,我高兴极了,二月二龙抬头的日子,我终于见到了新月,回家取了相机忙着拍摄下这极其珍贵的镜头。

二月二见新月,这也许是上天对右玉人的赏赐,太谢谢上天的眷顾了。

说来也奇怪。中央电视台记者到右玉拍摄右玉精神专题片,赶到牛心山下拍摄林间景致,上午11时30分,突然牛心山上空出现彩色光环,这一天正是牛心山庙会竣工庆典活动之日。看着明净湛蓝天空,白云悠闲,清风送爽,突然间天空出现彩色光环，这是不是古人说的天北去相，上天呈瑞？真是：

> 月呈玉觯现祥瑞，日盈花环丰雨沛。
> 天降大德乾坤正，地育和谐履而泰。

历史盛世从这里走出

被右玉人称之为母亲河的苍头河，可谓是条怪异的河，所以说它怪异，就是她的逆反性，全国的河系或由西向东，或由北向南，而苍头河恰恰相反，先是向北流，出右玉境流入内蒙古后折向西流，归入黄河。

据张相文《塞北纪行》记载："古树颓水（今清水河），其水流颇长，南自洪涛山以北，东自武州塞以西，诸山之水皆会归焉。而杀虎口内外，实为数水交汇之处，故其地缩毂南北，自古倚为要塞，即《水经注》之参合陉也。"

据《水经注》记载："参合陉，北俗谓之仓鹤陉，道出其中，亦谓之参合口。"

张相文说其地"缩毂南北"，《水经注》称"道出其中"，这些记载评述，也恰恰说出了其地理坐标。"道出其中"，这条连接晋蒙的大通道，早在周代就是周穆王西出昆仑，会见西王母开通的玉石之道，是赵武灵王"胡服骑射"的强国之道，是秦始皇修筑秦驰道的通关大道，是汉武帝征讨匈奴的出兵之道,是王昭君出塞的和亲之道,也是北方少数民族觐见中原王朝的贡道,还是清朝康熙大帝开通的茶马贸易、西口移民之道。

通过这条历史隧道,管窥历代王朝兴隆更替,我们不难发现:这里是历史走向盛世的通道。

战国时期,赵武灵王(前325—前293)为了实现强兵富国的宏图大业,实施变法图强,易胡服、习骑射。在右卫筑善无城,设雁门郡,开启了改革图强的序幕,后来的赵惠文王启用廉颇、蔺相如、赵奢等有才能的人辅政,继承赵武灵王的事业,赵国才强盛起来,成为战国七雄之一。

宁为玉碎,不为瓦全
——忠义仁勇话右玉

清代《朔平府志·忠节》说:"古今来生前赫赫而死后泯泯者,不知凡几矣。而能使人欲歌欲泣于千百载之下者,惟此百折不回之正气,金石可贯之丹心,其遇之厄令人愤,其情之惨令人悲,而其求仁得仁,则又令人慰矣。"《朔平府志·风俗》中说:"郡属古云中、定襄、五原、雁门地。"《汉书》载:"质直野朴。"《图书编》载:"质直淳厚。"《一统志》载:"俗尚武艺,风声习气,自昔而然。"《云中志》载:"士人劲直,率矜名节,饬廉、隅,犹存忠厚之风。"

清康熙六十一年十二月十二日敕谕:"《论语》云:礼与其

奢也，宁俭。"

史籍记载，公认生活在这个地方的人"质直野朴"，"士人劲直，率矜名节……犹存忠厚之风"。

官廉民俭，古今亦然。凡史籍所载，碑碣铭刻者，或抗节强虏之庭，或捐躯锋镝之下，或崎岖于百死一生之余，或激烈于主忧臣辱之际，慷慨挺身，宁为玉碎不为瓦全，这就是千古以来尊崇的人生信念。

西汉时，右玉属雁门郡，雁门郡的郡治就设在右卫镇，西汉王朝认为汉王朝的北方门户应该在右玉而不是今天的雁门关。好多人一说雁门就以为是今天的雁门关，其实这是一个历史的误会。汉景帝派遣中郎将郅都到雁门郡当太守。郅都为人耿直，有胆有识，敢作敢为，做官清廉、公正严明。郅都到了雁门郡，认为雁门乃边陲重地，关系王朝安危，一上任便励精图治、恪尽职守，经常深入民间访查民间疾苦，探讨治理之道。

因为雁门郡北面就是匈奴，匈奴窥探中原，经常从杀虎口一代入境，为了防止匈奴偷袭，提醒守边将士提高警惕，严加防范，郅都就在杀虎口交通要道，用木刻上自己的雕像，高高竖立于道旁，匈奴几次想从杀虎口偷偷入境，看见道旁有郅都守卫，就在马上用箭射击，由于郅都威名震慑，匈奴兵惧怕郅都，说起郅都都心惊胆战，见了郅都更是魂飞魄散，没有一个人能射中，只好扬长而去，不敢越雷池一步。郅都是最早的门神，而且是国门的门神。

匈奴不敢南侵，失去了衣、食的来源，愈加憎恨郅都，就用反间手段陷害郅都。临江王刘荣因侵占祖庙被郅都囚禁惨死狱中，郅都因而得罪窦太后，窦太后对郅都心怀不满，诛杀郅都。郅都在自己离开雁门郡的岗位时还念念不忘边防，为了提醒将士的警惕。

郅都被诛杀，李广任雁门太守，李广为人廉政慷慨，守边四十余年，大小七十余战，后因远征迷路，延误战机，自毙而死。后人有诗赞曰："但使龙城飞将在，不教胡马度阴山。"然而也给人留下了"直如弦，死道边；曲如钩，反封侯"，李广原来不封侯的历史遗憾。

遗憾归遗憾，但郅都、李广成了戍边将士的偶像，为历史留下了光辉的榜样，为后人尊崇、效仿。

明代被誉为"九边门阀"的麻家将一门出了30多位总兵、将军为大明戍守长城。

明末何廷魁任辽东副使，大清反明，辽阳城被攻破，一家六口为朝廷尽忠殉职，朝廷敕赐"忠"，为其在京都、山西行都大同建"三忠祠"。

曹文诏、曹文耀、曹变蛟、曹秽蛟，曹家叔侄为大明匡扶危局，出生入死。曹文诏战死，曹变蛟在剿灭清军的战役中，其主帅洪承畴已投降，但曹变蛟誓死不做贰臣，忠勇至义，这就是右玉从古至今的信奉。

塞翁失马的启示

西汉刘安《淮南子》中所讲的典故,说的是北方临近草原的边塞上,住着一个老翁。有一天,老人养的马跑入胡人的牧地,人们叹息说:"老人家你损失可大了。"谁知老人却漫不经心地说:"你说我丢了马是祸吗?难道这不是福吗?"不料想过了几天,老翁的马带了几匹胡人的马回到了自己家。邻里们纷纷上门祝贺说:"老人家因祸得福,竟然给领回这么多马匹,可喜、可贺!"谁知老翁却说:"你们说是福,是好事吗?我看说不定是个坏事呢!"看着自己马领回这么多大块头的草原大马,老翁的儿子十分高兴,就想骑着这些马抖抖威风,谁料这些草原马是没有调教出来的野马,有人骑,它就惊慌乱跑,老人家的儿子被从马上甩下来,手臂骨折。邻里们闻讯又来看望,都说老人家真不幸,把儿子给摔成残废。老人家见众邻里说自己不幸,却说:"你们说我不幸,我看说不定还该庆幸呢!"没多久,胡人南侵,朝廷征集沿边强壮男人出兵征战胡兵,老人的儿子因手臂致残而没有被征用,其他出征的男丁在作战中大多战死战场,尸骨无还,而老人的儿子因残没有出征而得以保全性命。

"塞翁失马,焉知非福"的典故,或许就出自右玉。右玉的先民受典故的传教,对祸福得失确实看得很淡。不因物喜,不以己悲,祸福得失任其自然,得之不喜,失之不惊,泰然处之,漠然置之,这是一种人生心态,也是一种人生境界。

抗日战争、解放战争时期,右玉是延安连接绥远大青山根据地的枢纽,是晋绥根据地的中心,右玉一个仅有 4.5 万人的县就有 6000 多人为革命战争、人民解放事业献出了宝贵的生命。

2008 年,我和山西电视台的记者们到桦林山拍摄右玉长城的保护情况,在四十二村西北的长城上发现一个窑洞,窑洞里放着一口棺材,里边躺着一具干尸。问四十二村唯一住户老李,长城窑洞放着的是什么人,他说那是一个八路军阵亡战士,他小的时候每逢清明节,学校老师还带着学生们为烈士扫墓祭奠。

回到县城,我就查阅烈士名录,真的,发现烈士名叫王真,班长,右玉南山人,1947 年在四十二村战斗中牺牲。

我的心久久不能平静,烈士王真为了人民的解放事业献出了自己年轻的生命。他没有家,也没有后代,他和古代战士一样,用自己的血肉之躯永远镇守着长城。

右玉的地

《易经》坤卦中象传中说:"至哉坤元,万物滋生,乃顺承天。坤厚载物,德合无疆。含弘光大,品物咸享。"

作为"至哉坤元"的右玉大地,四周环山,南高北低,苍头河纵贯南北,成为民谣所言:"十山九无头,洪水往北流。"最高海拔1969米,多为风雨剥蚀的岩石裸露的干石山。全县约有50多座干石山,20多条季节性的河水,每逢洪水季节把大地的沃土良田流刷干净,留下的是支离破碎的乱石滩,河水冲刷出的几块小盆地,多为河水冲刷出的沙滩或流动的风动沙丘。

全县总面积1969平方公里,丘陵占59%,山地占29%。全县农业用地100多万亩,占总面积的36%。

传说明代山阴出了王家屏,朝中居官,官至宰辅,在制定税收办法时,为了家乡少负担一些土地税,在朝议时说:雁北乃沙剥垆碴之地,多不产粮,应少收一点地租。皇帝也应声说:"乃沙剥垆碴之地。"谁想古人说:真龙口里无戏言。于是乎,山阴、右玉一带竟真的成了"沙剥垆碴之地"了。

尽管过去每个村都有土地庙,但这些土地神也多属一些刮地皮者。

右玉的大地黄沙漫漫,人烟稀少,真是:

千村薜荔人遗矢,万户萧疏鬼唱歌。

右玉的风

按照《易经》原理:"巽",多征风,意为顺从。然而右玉的风是骇人听闻的。

右玉的风吃人，这是有了名的。右卫人敬畏风，在右卫城建城时就在城东的高岗上建筑了风神台，风神台上了建了风神庙，清代一些文人根据谐音把风神台改为丰稔台，意为祈求风神降恩，使人民丰稔，能过上丰衣足食的好光景。然而尽管年复一年地烧香敬神，风神还是不开恩，赐给这里的是：一年一场风，从春刮到冬，白天点油灯，黑夜土堵门。不仅堵家门，还要堵城门。不是吗？看了右卫镇三丈高的城墙被深深埋入黄沙之下，好多农家由于惧怕风的侵害，只好背井离乡，迁徙他方。

20世纪60年代李达窑乡一个10岁的小男孩放学回家，因风大，刮得天昏地暗，用衣襟埋着头往家里走，不小心掉入深沟而丧命。

除了黄风、黑风，最可怕的还有夏后风，所谓的"夏后风"是立夏即刮风，民谣说："立夏不起尘，起尘活埋人。"夏后风一刮就是四十天。1973年，一场夏季风，几乎颗粒无收。

常言说："云从龙，风从虎。"从杀虎口进来的西北风危害右玉几千年，直到2006年，才变害为利，人们开始利用风能，搞起了风力发电，现今右玉有15家风力发电站。

右玉的来历

——玉汝于成的右玉精神

右玉的旧县城即今之右卫镇。右卫镇城建于明代洪武二十五年(1392),驻定边卫军。永乐元年(1403)撤去驻军,永乐七年(1410)派遣大同镇的右卫军驻守,正统十四年(1449)把长城以北驻守的玉林卫军也调派镇城,合并后称右玉林卫,属大同行都指挥使辖。清初称右玉卫,雍正三年(1725)在此设朔平府,府治所在地设为右玉县,沿用至今。

右玉没玉,60年的艰苦奋斗,磨炼出右玉精神,"艰难困苦,玉汝于成"。右玉的实践也确实如此。一个风沙肆虐的不毛之地,能凝练磨砺出右玉精神,成为人们所说的吹尽黄沙始见金。

儒家学说中,以玉比德,春秋时期管仲归纳出玉的三个品德。《管子·水地》载:"夫玉之所贵者,九德出焉。夫玉温润以泽,仁也;邻以理者,知也;坚而不蹙,义也;廉而不刿,行也;鲜而不垢,洁也;折而不挠,勇也;瑕适皆见,精也;茂华光泽,并通而不相陵,容也;叩之,其音清搏彻远,纯而不杀,辞也。是以人主贵之,藏以为宝,剖以为符瑞,九德出焉。"

孔子对玉阐述得更为翔实,《礼记·聘义》:孔子曰:"夫昔者,君子比德于玉焉:温润而泽,仁也;缜密以栗,知也;廉而不刿,义也;垂之如坠,礼也;叩之,其声清越以长,其终诎然,乐也;瑕不掩瑜、瑜不掩瑕,忠也;孚尹旁达,信也;气如白虹,天也;精神见于山川,地也;圭璋特达,德也;天下莫不贵者,道也。"

古人对玉的尊崇,更重要的是精神层面的品德内涵,是道德修养和文化品位的象征,是人的精神世界的物化。

东汉雁门郡南徙后,定襄郡于建武二十七年(51)移至善无县(即今右卫镇)。

为什么命名为"定襄"呢?按古代谥法:"辟地为襄。"张守节在《史记正义》中说:"辟地有德,襄。"晋襄公、赵襄子,都是因在右玉一带开疆拓地的功劳而给以"襄"的谥号。

2000 年前的谥号"定襄",被 2000 年后的后人验证,而使之名副其实。"辟地有德",何德之有?这就是树木、生态。右玉人的德,可谓天高地厚。右玉人为了首都无风沙,宁愿与黄沙眠。右玉人为了黄河水变清,人人都是护岸林。右玉人为了绿化荒山头,宁愿自己的黑发变白头……

右玉的水

人们要安居乐业,一定要选择环境。为此,中国古代就产生了专门研究地理风水的学问——堪舆学。

堪舆学是深奥的学问,对于风水来说,无论活人的阳宅,死去的阴宅,最简单的原理就是避开风、避开水。

右玉的先民是戍边将士，也许是身不由己，他们选择右玉这一方水土，既没避开风又没避开水。咱们先从水说起。

右玉水有多厉害，张相文在《塞北纪行》中说："古树颓水（今清水河），其水源流颇长，南自洪涛山以北，东自武州塞以西，诸山之水皆会归焉。而杀虎口内外，实为数水交汇之处……"郦道元在《水经注》中说：善无（右玉）水，"历于吕梁之山而为吕梁洪"。可见，右玉的水流入黄河，连黄河的水都要暴涨。

右玉地界晋、蒙，是中原与草原、农耕文明与游牧文明的交汇处。草原的游牧民族出于畜牧的要求，是沿河而进，索草而居，因此，两周的猃狁，秦汉时的匈奴，南北朝时的鲜卑、乌桓，隋唐时的突厥，两宋时的契丹，明时的鞑靼、瓦剌，每逢草原干旱，水草不足以养育畜牧时，便沿河南下寻求谋生，中原汉族出于防卫，当然难免爆发战争。从这个意义上说这条河对在右玉这块土地上的先民来说，是灾害之河、祸害之水。

右玉的天

中国古人遵照《易经》的原理，认识到自然以及人类自身都与天、地有关。"在天成象，在地成形"。按照星象分野的方法，右玉"星分毕南昴北天街之界"，根据天文象纬的说法，昴主刑狱，毕主边兵。《唐书·天文志》说：初，贞观中，李淳风撰

《法象志》，认为天下山河之象存乎两戒，右玉地处"北戒"，为"朔门"，故而表里山河，藩屏中国。通过诸星的明暗颜色观察，决定举事活动"招摇一星，主北边兵，明则兵起……折威七星，立斩杀，阳门二星，主边塞险阻之地……"

究竟是为天象所言，还是依据事实演绎出天象，古代这一地方确实战乱频繁，这是被历史证明了的。

古人还有一个原则，"天垂象，见凶吉"，因此，历代王朝都设观象台，以"望氛祲察灾祥"。

据《山西通志》记载："朔郡风土高寒，四、五、八月阴霜，夏秋之间雨雹，乃属常事。"没有记载的，不计其数，有记载的，摘录如下：

明世宗嘉靖八年正月，朔，右玉大风霾，昼晦为夜；

二十六年，朔，右玉大风霾，昼晦为夜；

二十八年，大风拔木毁屋，伤牛羊；

二十九年，三月二十二日辰刻，黑风自西来，昼晦为夜，人物咫尺不辨。稍开霁，则红光满空，开而复合。至酉刻，始复为归，房屋多摧，人畜亦伤；

三十一年，百姓饿死者众多；

穆宗隆庆二年，威远大旱，人多饿死；

神宗万历三年秋七月，威远大疫，吊送死者绝迹；

思宗崇祯元年，瘟疫大作，吊问绝迹。

到了清代，仍然灾害频繁：

顺治四年，蝗，大饥。五六年又蝗，八年岁饥，瘟疫流传，

人畜多毙。十年,瘟疫;

康熙三年,夏旱秋潦早霜,次年大饥;

三十年,雨雹伤稼;

……

直到中华人民共和国成立初期,干旱、霜冻、冰雹、风灾、洪涝成了威胁人类生存的五大灾害。

十年九旱,诚然为此。1965年,年降雨仅193.3毫米,平均年降雨也仅360—400毫米。

霜冻,一年间无霜期最短80天,最长也不到120天。

风灾,更是天昏地暗,飞沙走石。

洪涝灾害,无雨黄沙飞,雨来洪成灾。

五灾肆虐,成为民谣所言:十山九无头,洪水遍地流。

《易经》象传中说:"大哉乾元,万物资始,乃统天;云行雨施,品物流行。"天象"云行雨施"的空间,万物生成的根源,或许从古代的秦汉至明清,这里连绵不断的战争,触犯了天的规律,天公才降下种种灾难,惩罚这里的人们。

历代王朝都讲"奉天承运",可他们为了维护自己"天子的地位",对天的"乾道变化,各争性命,保合大和,乃利贞"的规律漠然视之。只有中国共产党才真正奉行"天人合一"的原则,成为毛主席诗中所说的"欲与天公试比高"。

右玉人的梦

中国历史上有三个很有名的美梦，一个是庄子的蝴蝶梦，一个是邯郸梦，还有一个是唐人李公佐的南柯梦。

蝴蝶梦出在《庄子》第三篇《齐物论》，说的是庄周有一天梦见自己变成蝴蝶，究竟梦是人生，还是人生是梦，这就是庄子对人生的理解。后来，人们根据庄子的思考编出了《大劈棺》，戏中说庄子有一天问妇人："我死了你怎么办？"妇人说："你死了我也跟你一同死。"庄子修道成仙，他装成自己真的死了，人们把他放进棺材，妇人哭得很伤心，死去活来。后来一不小心棺钉把她的头发勾住了，妇人以为是庄子揪住她往棺材里揪，于是乞求说："你先去吧，我不能死。"就在这时，庄子从棺材里站出来说："你原来是骗人的，我还好好的。"

另一个是邯郸梦，这是唐人笔记小说中的一个故事，说的是唐代一个姓卢的书生进京赶考，走到邯郸，疲倦难耐，进路旁一个小店休息，店主人把黄粱米淘好准备下锅，把一个枕头推给这个姓卢的书生让他去睡。这个书生枕上枕头一会儿就进入梦境，梦中自己考取了进士，娶妻生子，很快当了宰相，权倾朝野，显赫一时。一天，自己犯了杀头罪，被拉出午门砍头，正当刀落时，自己被惊醒。从梦中惊醒的卢书生抬头一看，锅中的黄粱米饭还没煮熟。店主笑着对卢书生说："浮名浮利浓如酒,醉得人间死不醒,书生睡得安好?"

还有一个叫南柯梦,说的是一个读书人书房窗外有一棵老槐树,树下住两窝蚂蚁,书生读书困倦时经常出去看蚂蚁打架。有一天,书生读书困了就睡着了,睡梦中,自己考取了状元,皇帝把女儿许聘给他做了妻子。过了几年,外国军队打过来,他担任总兵之帅,指挥杀敌,没想到,打了败仗,自己要被杀头,一刀砍下,把他从梦中惊醒。睁眼一看,树下两队蚂蚁还在厮杀。渐渐从梦中惊醒的他悟道,自己原来是个蚂蚁官。

庄子的蝴蝶梦、卢生的邯郸梦以及南柯梦,都说的是虚幻的梦。

右玉人的梦,却是一个真实的梦。

右玉人60年的绿色梦,变成了现实。过去人们常常说"同床异梦",右玉人60年来异床同梦,一个梦想,一个追求。梦想变成现实,这不是一个奇迹吗?

战争遗留的灾难与财富

王越,明嘉靖年宣大总督,曾负责北京西路即宣化、大同一线防卫任务,后升任兵部尚书。他执行朝廷皇帝敕瑜的"放火烧荒"任务,任务要求每年秋季,长城内、外各200里,一切草木统统烧光,不能让游牧人南下放牧,同时便于瞭望地方动向。为了检查士兵任务完成情况,他必须沿长城巡视检查,他在巡防边防时,收入眼底的是西风飙飙撕扯着残垣的长城,古堡残垣,依稀可见的夏天仍穿着毛迎外皮袄的长城人家,不禁咏叹道:

雁门关外野人家,不植桑蚕不种麻。

百里竟无梨枣树,三春哪的桃杏花。

六月雨过山头雪,狂风遍地起黄沙。

说与江南人不信,早穿皮袄午穿纱。

他的信念是"国之大事,在祀与戎";"国家之储,北边为重"。这是中原地区统治者的治国理念,一直言传身教,从秦汉至明清。在这一信念的支配下,秦时明月汉时关,不教胡马度阴山,秦汉时戍边将士高大的坟冢,被讹传为宋辽时的"荒粮堆"。有明一代,这一线达到防卫巅峰,长城横亘,古堡连环,峰云林立,狼烟遍地,其超过国力的防卫工程,把大明王朝耗到了土崩瓦解。

女真的后裔突破长城的防线,占领了朱明王朝的紫禁城,大明改为大清。康熙皇帝目睹大明王朝的"杰作",不禁嗤之以鼻,有诗曰:

万里经营到海涯,纷纷调发逐浮夸。

当时费尽生民力,天下何曾属尔家。

是的,有清一代作为防御工程的长城退出了历史舞台,然而长城的重要关隘,杀虎口、右卫城,都成了康熙西征准格尔部噶尔丹的大本营,这里上万间营房拔地而起,连大青山、宁武山的树木都砍伐一光,西征的军队源源不断的后勤供给从这里出发,运往西征大军的前营、后营,"走后营"又成了这里壮年人的谋生之路。直到清末,诗人笔下描绘的是这样一番情景:"平沙北流水,朔风千里惊。"

这里的村庄为什么多叫屯?

右玉的村庄多数叫堡,是古代先民为了抵御敌人入侵,修筑的城堡。其次便是屯。

《易经》序卦说:"有天地,然后万物生焉。盈天地之间者唯万物,故受之以屯。屯者,盈也;屯者,物之始生也。"

"屯"原意是草木萌芽之地,有生命开始的含义。命名为屯,象征生的开始,充满艰难。

右玉的村名,第一是堡,其实堡沿长城的多属军堡,内地的多属屯堡,堡与屯多有土围子,用以保护居民安全。

在明代,这些屯堡多是中原地区为晋南、河南的居民来种地,要交地租、赋税。明王朝为了保障边防,就在沿长城一带设置屯堡,让中原大户到此垦殖。这些屯堡居民农忙时耕作,农闲时还可以训练,有战争时,还可以配合作战。

几百年过去了,屯堡的居民也忘记了自己祖先是从哪里来的,但也世代相袭,他们还在耕作祖先开垦出来的田地。

20世纪70年代,消息屯的党支部书记邢志强,根据当前的条件,摸索出一套"两条腿走路"的种植方法,也就是"林草上山,粮下滩湾"。这个村前后都是山区,村前一条沟。早些年这里的土地都在村前、村后的山坡上,春天送粪上山坡,拉不出去,秋天收庄稼,拉不回来,人畜费劲,收成又少。为了提高粮田的产量,就把村前的沟湾,通过改河造地,变为良田,对村前、村后的山坡地,则种草种树。

1971年8月的一天,时任山西省委书记的谢振华来到右玉,听了县委书记杨爱云关于消息屯的经验,大加赞赏。

1972年,山西省委、山西省革命委员会在全雁北推广消息屯的经验。

只管耕耘,不计收获

佛经上说:菩萨是只管耕耘,不计收获;菩萨本无心,以众生之心为心。

人类在原始社会从渔猎文明进化到农耕文明,从刀耕火种时就认识到耕耘与收获的关系。只有耕耘才有收获;要想收获必须耕耘;耕耘是手段,收获是目的;要想收获得多,必须多耕耘。

从原始社会进入社会主义社会,人类文明跨越了几个文明阶段,经历了几千年的文明进化,在中原与草原、农耕文明与游牧文明交汇地区的山西北部右玉县,生活着这样一个人类团体,几十年他们生活在一个只注重耕耘、不注重收获的社会,他们守望着这个干涸了数千年的荒漠沙梁,从耕耘到耕耘,然后又从新的耕耘到再新的耕耘,周而复活,耕耘,耕耘,耕耘。

他们无休止地耕耘,也引来了人们的怀疑。

20 世纪 70 年后期,有人惊奇地发现,右玉人上报的植树面积已超过了 3 个右玉县面积的总和,这不是虚报吗?上级派人到右玉调查,几经调查,逐年核实植树面积、植树地块,都是实实在在的,没有虚假,逐年累计,植树面积超过 3 个右玉县面积总和也是实实在在的。那问题在哪里?几经周折,问题找到了,问题在于这块土地,这块土地干涸得树木难以在这里生根发芽,成活率低,就得不断反复种植,这就是种植面积多,成活率低,为了树木成活只好再种,直到成活。

成活,尤其是树木,不等于收益。因此右玉人一直坚持着"远林,近牧,当年油(胡麻)"的经营方式,守望着这块黄土地上的绿树成林,绿树成荫。

他们守望了六十年,耕耘了六十年,六十年意味着什么?中国古人在《易经》谦卦的卦辞中有"谦亨,君子有终",就说:只求耕耘,不问收获的态度才能有所作为。就是一个人一辈子,一家人、几代人的守望耕耘,数代人的守望、传承,终于他们有了收获。

他们收获到了蓝天白天、清风送爽;

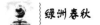

他们收获到了青山绿水、鸟语花香；

他们收获到了天地人和、生态之方。

两千年的鸭子飞起来

　　1975 年在修筑常门铺水库大坝取土时，挖出一座汉代古墓，墓葬的棺椁以方木垒砌而成，从墓中出土戟这种兵器，可以想见，墓主人是西汉时期镇守边塞的武将。同时出土的有漆器、青铜钫等。但最为引人注目的是墓中出土的鸭形铜熏炉，器物底部为一圆形铜盘，盘内站立着铜鸭一只，鸭子高 15 厘米，身长 17.5 厘米，鸭子背部为熏炉炉盖，呈镂空缠枝花草叶纹图案，鸭首高昂远眺，曲颈向天，注目前方，有欲飞跃之势，可以想见铸造者的心灵构造，倾其艺术天才，放飞其人生梦想，才能铸造出如此造型优美、栩栩如生的器物。

　　墓主人虽为戍边将士，让工艺匠人铸造如此动人的精美器物，可以窥视到无论是行伍出身的军人还是生活在这一地区的工艺匠人，把他们对美好生活的向往，未来生活的憧憬，浇铸于器物之间，深深地埋入黄土之下，或许这墓主人做梦也不会想到。

　　在地下沉睡了两千多年，被后人挖掘出土，就是今天修筑水库的设计者、施工者也没有想到。在我们今天的人修筑水库，筑梦设计美好生活的同时，没想到 2000 年前的古人已把梦想深埋于黄土地之下。

如今的常门铺水库被人们誉为"中陵湖",每当人们乘着游艇游弋在湖面上,远处蓝天宁静白云悠悠,天鹅翩翩鸿雁展翅,野鸭咕咕……

放飞中陵湖,湖水碧波荡漾,

俯视精美的青铜鸭形熏灯,鸭首高昂,

穿越2000年的时光隧道,

我们仿佛看到了今天的人,传承着古代先民的梦想与期望。

进士湾的教授与威远卫学

在威远堡西南八里许的山沟里,有个进士湾村,进士湾村东的沟北坡,有一座明代的进士坟,后来居住这里的人为村子起了个名字进士湾。

就是进士湾村东这个小土墩,铭记着明代威远卫兴学育人的历史。

明代正统三年年间,在净水坪修筑威远城。

正统五年至十一年(1440—1446),明廷将一些有学问、有知识,但因政见不同遭参劾者,贬到威远卫,诸如:吏部文选主事英才,江西人李左修,翰林院庶吉士、刑部主事、江西吉水人黄瓒,吏部考功员外郎、苏州人夏瑜等十一人,先后谪

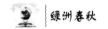

戍威远卫。这些有识之士，虽与朝廷政见不合，但对教书育人却颇有兴趣，他们"择君子之儒，仁义忠信，乐善不倦者以为之师"；"输忠励节，文经武纬"。

这些戴罪谪戍之士，后来陆续平反另行安置，或回了原籍，像吏部考功员外郎夏瑜。但他虽被平反，因热爱威远这方热土，不愿离开教学岗位，而终老威远。在威远教学期间，他看不惯人间世俗的阿谀奉承之类的俗套而选择到城外南八里的山沟独居，直到生命终止，他就选择了这些吉地，作为自己的灵魂安息之地。

故事传说了数百年，进士湾的夏进士为了开启威远人的智力，传授中华文化知识，老死客乡，进士湾尘埋着一个古代知识分子。他的血肉已化为沃土，他的忠骨已融进沙丘，他的知识在人群传承，他的灵魂在传说中升华，这就是人生的价值、意义，最终他升华成一座坟土。

精卫填海

在《右玉绿化赋》中有"无私奉献，比精卫之坚"的词句，"精卫之坚"典出何处？

据上古神话传说，炎帝有个女儿叫女娃，一天在东海边游玩时，一股海浪冲来，把女娃卷入海里。在海沙的磨砺下，女娃的魂魄变成了一只鸟，这只鸟的名字叫精卫。精卫虽变成了鸟，但对海水将她淹死的事情永远铭记在心，她为了报仇雪恨,每天从早到晚从西山衔了石子放入东海,要填平东海。日复一日,年复一年,每天从早到晚,从春到冬,从不停止。精卫填海的传说,反映了中国传统文化中不畏强暴、敢于抗争的心态,自强不息、永远进取的心态;疾恶如仇、知耻明态的心态;崇尚悲壮、审美至善的心态。

后来人们就用精卫填海的典故激励教育人们办事要志坚意诚,必然成功。

据《山海经·发鸠山》记载:"又北二百里,曰发鸠之山,其上多柘木。有鸟焉,其状如乌,文首、白喙、赤足,名曰精卫,其鸣自詨。是炎帝之小女名曰女娃,女娃游于东海,溺而不返,故为精卫,常衔西山之木石,以堙于东海。漳水出焉,东流注于海。"

《山海经》记载的发鸠山,位于我省长子县西约25公里处,主峰海拔1647米。浊漳南源就出于发鸠山。

发鸠山主峰西北山坡密林中,有沙石雕砌古坟一座,传为女娃之墓,称"黄姑坟"。墓门石额上题刻"视死如归",墓室后壁上嵌石质扇形,匾额上题刻行书双钩"藏真"二字,旁有两竖石,阴刻草书联为:"难随河山留世上,别有天地非人间。"

关于黄姑坟还有一段传说:很久很久以前,发鸠山周围一片汪洋大海,女娃之母一日去海边洗衣服,不幸落水身亡。女娃为母报仇,发誓要填平大海,于是变为精卫鸟,衔石填海。

夸父追日

在《右玉绿化赋》中有"百折不挠，为夸父之追日"的词句。

夸父追日的典故说，夸父是炎帝的后裔，"夸"的意思是大。夸父是位奇伟的男子汉，在蚩尤之后被黄帝的部下应龙杀害。夸父追日是古代神话赞美夸父执着的追求精神，他为了避免炎热的骄阳给人们带来的干旱，乘着太阳落山赶路，一路之上，他把沿途渭河、黄河的水都喝干了，他还想赶到北方的大泽去喝水，路上渴死了，他丢掉的手杖化为桃林，以企桃林结出桃子救济后世。

这则神话表现了夸父不怕牺牲，勇敢追求的壮举。

赋中"百折不挠，为夸父之追日"句，也正反映了右玉人发扬夸父追日的意志力，植树造林，历尽艰难而百折不挠的精神。

树的神话

道教认为万物有灵，山有山神，水有水神。人们对树木的崇拜古已有之。

据《魏书·太祖纪》记载："昭皇帝讳禄官立，始祖之子也。

十一年,桓帝崩。帝英杰魁岸,马不能胜,常乘安乐,驾大牛,牛角容一石。帝曾中蛊,呕吐之地仍生榆木。参合坡土无榆树,故世人贯之,至今传记"。"太祖道武皇帝,讳珪,昭成皇帝之嫡系,献明皇帝之子也……以建国三十八年七月七日,生太祖于参合坡北(即今杀虎口北的凉城县岱海北岸),其夜复有光明……明年有榆生于埋胞之坎,后遂成林。""元年,葬昭成帝于金陵,营梓宫,木柹生成林"。

直到清康熙年间,依然流传着关于榆树的神话。

康熙二十九年,大清王朝在平定三藩、收复台湾之后,便回首解决北部边疆问题。

在康熙皇帝把注意力集中到解决三藩,收复台湾时,原本蛰伏西北部的准格尔部的噶尔丹,在沙皇俄国的怂恿下,便蠢蠢欲动,先是向临近的部落挑衅,之后便和清廷分庭抗礼。康熙二十九年,年轻气盛的康熙皇帝决定御驾亲征,然而康熙皇帝开始没想到西征的诸多困难,谁想,当大兵行到了归化(今之内蒙古自治区首府呼和浩特)便遇到了蒙古王宫贵族和宗教僧侣的抵抗,首次交战,康熙皇帝的御林军便溃不成军,康熙皇帝只身逃出归化城,向边关杀虎口方向逃来,当逃到榆树梁,康熙皇帝远远望见一棵大榆树,便策马奔驰企图躲过敌军追杀,当康熙皇帝飞马跑到榆树下,敌军也随即赶到,敌人远远望去原本是孤零零一棵大榆树,追到跟前,便是黑压压一片榆树林,再从榆树林寻找康熙皇帝,早已不见了踪影。后来人们说是榆树显圣救了康熙皇帝,自此之后,人们对榆树更是敬畏有加。每逢逢年过节,还要对树神烧香敬供。这一习俗一直流传至今。

水陆神祯的警示

在右卫镇城的宝宁寺大殿,珍藏着明代署名的"敕赐镇边水陆画"。

水陆画共 126 幅,除 6 幅大佛像,其余 120 幅长 120 厘米,宽 60 厘米,皆为绫罗裱纸卷轴画。水陆画内容融佛、道、儒于一体,既有佛教故事也有道教故事,还有神话传说。

明、清两朝在宝宁寺内每逢农历四月初八都要举行水陆法会,法会庄重肃然,严格按程序进行,和尚诵经,贡品丰盛,香烟燎绕。法会对水陆画悬挂供人们游览参观。

水陆画据传为明代宫廷画,诸佛法像庄严,菩萨安详,明王护法神众威武凶猛。

其他画像内容或为战火烧杀掠抢,或为水旱灾害肆虐。画面以天上、人间、阴曹地府呈现出神众的悠闲自如,人间的杀戮苦难,地府的阴森恐怖。

画面比较突出地反映了因果报应的佛道故事,昭告人们,人若不尊天,不祭地,杀戮成性,必然招致天地神灵的报应,有的惨死战火之中,有的亡命洪涝灾害之中,有的饿死荒野……

水陆画生动形象地教育人们要积德行善,长此以往对当地的人们起到了警示教育作用,因此人们也把其视为神物,奉若神明。

日寇侵华,侵略者的铁蹄踏入右玉境内,便急匆匆进入宝宁寺搜寻水陆画。当地的开明绅士及爱国人士,闻讯在日寇入城之前便把水陆画珍藏起来。没有抢到水陆画的日寇,更加疯狂追逼搜寻水陆画的下落,开明绅士们就连夜派人把水陆画转移到呼市亲戚家,直到祖国解放。

后来晋绥根据地的领导得知此事,通知右玉县委领导,县委领导派专人专车把水陆画接回右玉存放,上交上级文物主管部门。

后经文物专家鉴定,水陆画为国宝级文物。

水陆画作为宝贵的文物珍品,珍藏在右玉,历经明、清两代六百多年来,右玉人数代传承。传承的是右玉优秀文化,传承的是民族精神。

水陆画,是历史文化的结晶。

右玉人在右玉这块"不毛之地"上坚持 60 年,又绘制了一幅实物的水陆画。

绥远将军的右卫情缘

清初,康熙皇帝御驾亲征准格尔部噶尔丹叛乱,选择右卫杀虎口为西征大本营,在右卫城杀虎口驻八旗将军驻防禁军。朝廷派驻的右卫将军,统帅八旗禁军在西征凯旋之后,协助地方保境安民,与当地民众渐渐熟悉,交往密切,当地农民为驻军提供食粮蔬菜,商人为了满足驻军的需求更是多方调积货物,商号物品琳琅满目,右卫城内商家云集,店铺林立,大大满足了驻军的物质需求。至于驻守右卫的将军,当地商家居民更是殷勤侍奉,无微不至。这种军民关系一直延续到乾隆年间。乾隆二年朝廷决定驻守右卫的右卫将军王昌移驻内蒙古归化,重建绥远城,改任右卫将军为绥远将军。

这位右卫将军王昌,驻守右卫期间不仅和右卫的居民混得很熟,就连右卫的生活习俗他也习以为常。王昌爱吃右卫饭店的烧麦和莜面,从当地移驻归化时顺便带去了做烧麦的厨师,可归化当时不出产莜面,更缺少会做莜面的厨师,右卫的商人为了满足这位将军的食欲,就专门从乡下收购莜麦,经筛、簸、淘、炒精细加工,专程送到归化的将军府,可是做出来的莜麦还是不如右卫的精致可口。这是什么原因呢?后来商人厨师反复试验发现是水的问题,于是右卫的商人就专门制作了装水的木桶,运水的专车,每隔几天就把右卫东门外头水泉的水送到归化城的将军府,让厨师用右玉的莜麦、右玉的水为绥远将军做饭吃。绥远将军吃着右玉的莜面,回味着和右卫人的情感,心里是暖洋洋的。将军每当酒足饭饱,总要对邻居们夸赞右玉人。书籍记载右卫人真挚醇厚,一点都不假,我在归化能吃上右卫的莜面,喝上右卫的水,右卫人憨厚质朴之情可见。怪不得人们常说:千里送鹅毛,礼轻情意重。这是百里送水,情谊可真。怪不得老子在《道德经》中说:"上善若水。水善利万物而不争,处众人之所恶,故几于道。居善地,心善渊,与善仁,言善信,正善治,事善能,动善时。夫唯不争,故无尤。"

几百年过去了,绥远将军在右玉、呼和浩特地区民间广泛流传,成为美谈。

兴学富　育贤才

明宣宗朱瞻基是永乐皇帝的太孙,洪熙元年(1425)即皇帝位。

史籍记载:宣宗嗜书,智识杰出。

宣宗朱瞻基登上皇帝位,首要之举便是改革科举制,确定各地取士额,在皇宫开始设立书堂,配备教授,教皇室子弟、宦官内臣子弟讲礼习书。

上有所好,下必甚焉。就在宣宗在皇宫始立内书堂兴教习书的当年,大同右卫这个边塞卫城也创办学宫。据明代弘治年《改建右卫学宫碑记》记载:"宣德间守臣曾上章,请立学设官,以教行伍之俊秀者。"据清《朔平府志》记载:宣德元年(1426),大同巡抚在右卫城西街设置卫学(即官学),以育军生。弘治十二年(1499),大同巡抚何鉴,视旧卫学规模狭隘,不足建庙堂,育贤才,在城内东街择选一地新建卫学。十三年(1500),大同巡抚李敏,发官帑,鸠工料,动工修建,有正殿、棂星、戟门、两庑、神厨、明伦堂、两斋及教官居会等,并增设祭器,修理废坠。卫学竣工,监察御史梁璟撰写了《改建右卫学宫碑记》。

学宫的兴建,使这个边外小城焕发了生机,有明一代,新型的军事人才,从这里脱颖而出,诚如碑文记载:"后孙祥以本学弟子员,领乡荐,登进士,拜给事中,寻迁都察院副都御史。"

右卫学宫兴建后,培养出的第一个杰出人才就是孙祥。据《明史》记载:孙祥,大同右卫人,正统十年(1445)进士,协兵科给事提升为右副都御史,镇守紫金关。正统十四年(1449)十月初九日,也先进攻紫金关,都指挥韩青战死,孙祥督率士兵与敌人鏖战,最后兵败,孙祥战死。谏官错误地弹劾孙祥弃城逃跑。后敌人退去,清理战场,发现了孙祥的尸体,谏官为了推卸自己的责任,焚毁其尸体,没有让朝廷知道。孙祥的弟弟得知此事后,上诉朝廷,要求为其兄正名。皇帝下诏抚恤孙祥一家,并封他的儿子孙坤、孙禄为大理寺评事。

在宣德年兴办学宫的基础上,弘治年大同巡抚监察御史何鉴、参将康永,决定在右卫城城东选新校址,建孔庙,巡抚都御史李敏、参将卢钦负责施工,太监陆睿,参将张玺、秦恭购置祭器,一座既可招生员学习,又可尊孔祭祀的新型学堂竣工。

愚公移山

在《右玉绿化赋》中有"顽强拼搏,若愚公之移山"词句。

"愚公移山"见《列子·汤问》:"太行、王屋二山,方七百里,高万仞。本在冀州之南,河阳之北。北山愚公者,年且九十,面山而居。惩山北之塞,出入之迂也,聚室而谋曰:'吾与汝毕力平险,指通豫南,达于汉阴,可乎?'杂然相许。其妻献疑曰:'以君之力,曾不能损魁父之丘,如太行、王屋何?且焉置土石?'杂曰:'投诸渤海之尾,隐土之北。'遂率子孙荷担者三夫,叩石垦壤,箕畚运于渤海之尾。邻人京城氏之孀妻有遗男,始龀,跳往助之。寒暑易节,始一反焉。

"河曲智叟笑而止之曰:'甚矣,汝之不惠。以残年余力,曾不能毁山之一毛,其如土石何?'北山愚公长息曰:'汝心之固,固不可彻,曾不若孀妻弱子。虽我之死,有子存焉;子又生孙,孙又生子;子又有子,子又有孙;子子孙孙无穷匮也,而山不加增,何苦而不平?'河曲智叟亡以应。

"操蛇之神闻之,惧其不已也,告之于帝。帝感其诚,命夸娥氏二子负二山,一厝朔东,一厝雍南。自此,冀之南,汉之阴,无陇断焉。"

愚公移山的神话,一是反映了远古先民们祈盼出行能畅通无阻的一种愿望,二是诠释了中国传统文化中自强不息,坚忍不拔的精神。千百年来愚公挖山不止的精神,激励着中国各族人民奋勇向前。

在中国革命最困难时期,毛泽东主席就是运用愚公移山的典型教育全党、全国人民团结一心,发扬愚公移山的精神,打败日本帝国主义的侵略,推翻压在中国人民头上的三座大山。

右玉把"不毛之地"变为"塞上绿洲",确实也有愚公移山的精神。

筑梦青铜

1962 年,在右玉南山的大川村南的佛殿坪,因雨水冲刷出土 9 件青铜器。

其中铜鼎 4 件,铜鎏金温酒樽 2 件,铜酒樽 1 件,铜盘 1 件,铜环 1 件。铜鎏金温酒樽被专家定为国宝级文物。

铜鎏金温酒樽外沿上刻有铭文:"中陵胡傅铜温酒樽重二十四斤,河平三年造二。"

铭文中的"中陵",就是威远南八里许的汉代古城,西汉在此设中陵县,属雁门郡(即今右卫城)管辖。

在铜鎏金温酒樽腹部分上下两层镌刻着精美生动的图案。

上层镌刻着:猿猴、骆驼、牛、羊、鹿、兔、虎、猛兽,天空飞着鸿雁、鸦雀。

下层镌刻着:虎、狐狸、鹿、羊、熊、猿猴,水塘旁游弋的鹅、鸭。

两千多年前,中陵的胡傅在青铜器上镌刻着自己梦想,湛蓝的天空,白云悠悠,鸿雁、天鹅自由飞翔。陆地上,山峦起伏各类走兽牲畜自由奔跑,湖泊上蛟龙升腾,鹅鸭嬉戏。

猿猴含着一枚鲜果,享受这大自然的美味。

一派多么和谐优美的自然风光。

据史籍记载,秦汉之际,这一带居住着班氏一族,也即汉成帝班婕妤的祖先。班氏在这块土地上放养牛羊数千群,放牧之余,召集善于弹拉吹奏乐器的人士,在田野间演奏作乐。

往事越千年,筑梦青铜器,情景再现。

可以想见,早在两千多年前,生活在这块热土的先民,就追逐着人与自然的宁静和谐。然而,事不如愿,连年不断的烽火狼烟,留给这里的是风起黄沙飞,白骨蔽原野。

两千年后胡傅的后人是否还生活在威远地区,无从考证。但生活在这块土地上的右玉人,经过漫长的守望,终于使先民铸于青铜器上的梦想变为现实。

我们的先民在究天人之际的《易经》中以"恒"卦阐述了这一道理。其象曰:"恒,久也。刚上而柔下,风雷相与,巽而动,刚柔皆应,恒。"昭示人们,有恒必然有成,但必须坚持 为前提,才会有利,遵循自然法则,达到预期目的。

子规之诚

在《右玉绿化赋》中有"艰苦奋斗,有子规之诚"的词句,那么"子规之诚"的典故又是什么意思?

子规亦名杜鹃。

传说周代末年,杜宇在蜀地称王,后来杜宇就把王位禅让给开明帝,自己隐居山林,死后灵魂变成了杜鹃鸟,每到夜晚,明月东升,杜鹃就在寂静的山林深处,对月鸣叫。

后来,人们每当听到子规鸣叫,就会联想到那树枝上对着月亮鸣叫的杜鹃,正是蜀王杜宇死后的灵魂。

播下希望的种子

1957 年,组织安排庞汉杰到右玉任第一书记。踏上残砖、碎瓦遍地的县城大街,看着断壁残垣、琳琅满目的老县城,望着城外起伏无垠的沙丘,他忧心忡忡。

野外光秃秃的没有一棵树,就连县城也是连一棵让喜鹊搭窝的树也没有。于是就组织机关干部,先从县城抓起,种树绿化。城里世居的老年人说:"你不要白费劲了,右玉城自古以来栽不活树。"庞汉杰偏不信这个邪,带领机关干部挖开一看,地下竟然是三四尺厚的石头砖块,怪不得栽下的树活不了,这样的砖头石块下树是没法扎根的。庞汉杰领着大家硬是把这些乱砖石头清理出去,填上新土,栽下去的树全部发芽成活了。

就在庞汉杰组织机关干部绿化县城期间,他老伴孙淑凯回老家沁源探亲,临返右玉时,她的哥哥嫂嫂们说:现在是困难时期,听说右玉很贫苦,就带一点红枣、核桃,给孩子充饥度饥荒。可孙淑凯坚持不要带红枣、核桃,要求哥哥嫂嫂给带一点松树籽,哥哥嫂嫂不解地问,为什么? 孙淑凯说:你们没去过右玉,右玉那个地方太荒凉了,那里有好多好多的荒地,需要好多好多的树籽才能绿化。哥哥嫂嫂只好给她带了一些松树籽。

孙淑凯把松树籽带回右玉,生怕孩子们给嗑着吃了,就安排让公公庞耀秀到右卫城东门外的柳林沟挖了一块小地试验育苗,春天育下苗,不几天就吐出了嫩芽,庞汉杰的父亲高兴地笑了,孙淑凯看着嫩绿的小松树苗,也高兴地说:松树出了芽,右玉能栽活松树,右玉有希望了。

街坊邻里,机关干部看着县委书记一家子为右玉的事操劳,称赞说:庞书记一人在右玉工作,全家人为右玉操心。

人常说:金杯银杯不如群众口碑,金奖银奖不如群众夸奖。

庞汉杰原本身体瘦弱,在右玉夜以继日地工作,加之右玉的气候忽冷忽热,右玉的莜面不好消化,久而久之,他患了严重的鼻窦炎和神经衰弱症。后来上级为了照顾他,要安排他到一个条件好一点的县区工作,他断然拒绝,说:"右玉虽然苦一些,但那里的干部、群众老实憨厚。右玉有好多工作需要我。在右玉松树育苗已获得成功,那是希望的种子。"

庞汉杰为右玉带来了希望的种子。

也给右玉播下了无穷的希望。

赤脚书记薛珊

1964 年,县委书记马禄元带领工作队到右玉搞"四清",县长薛珊代理县委书记。

薛珊原本是工农干部,对农村工作十分熟悉。

"手上有典型,胸中有全局",薛珊是这样说的,也是这样做的。

典型要有示范性、说服力,领导必须亲手抓。薛珊没有选择交通方便的、土地条件好的、支部班子硬的农村作为自己的典型。他选择了条件最差,山大沟深、交通不便的丁家窑公社的青羊沟。青羊沟有个美丽的传说,相传村东山崖上有个洞,山洞内住着两只青山羊,每当冬天,两只青山羊在山崖上晒太阳,青羊沟所以林茂粮丰就是两个神羊带来的吉祥。青羊沟确有奇特之处,是在山坡背阳处长着一种杨树,名曰"串杨","串杨"顾名思义是不要人工种植,靠根系蔓延繁殖。串杨树皮青白色,木质洁白细腻,是农村做家具的理想木材。

薛珊选择青羊沟就住到五保户刘三旦家,吃派饭,和农民同吃同住同劳动,很快制定出治理青羊沟的规划,先封四条沟,后治一道坡。四条沟培梗压条,一面坡造梯田,退耕还林。

薛珊亲手培育出了典型,第二年就全县推广,以推动全局。秋收结束后,全面召开"三干会"即县、公社、生产队三级干部大会。全县进行大评比、大检查。当时只能乘坐大卡车。那年秋天秋雨绵绵,加上当时道路都是田间泥土路,连续几天的阴雨,田间土路变成了泥水塘。一天在杨村公社的西火村检查参观后,车队陷入泥塘里,薛珊带头自己先下了车,到冰冷的泥水里推车,当大伙吆喊着把车推出泥塘,一拥而上车,汽车开到了15里远的威远检查时,发现县委书记没有上了车,正准备派人回去寻找薛珊时,发现薛珊赤着脚,已经赶到,薛珊笑着开玩笑说:"看来你们是不想要我这个领导了。"在地里瞭望县委书记的人群远远地望着赤脚行走的县委书记泥一身、水一身,不由得心生敬佩:"真是人民的好书记!"从此人们一提起县委书记就说:"赤脚书记,那是人民的好书记!"

青羊沟的青杨树就是绿色的丰碑。

赤脚书记就是人民群众的口碑。

打日本鬼子要依靠人民群众，防风治沙同样要依靠人民群众

　　抗日战争时期，根据晋绥第五分区的指示，为了充分发动群众，建立巩固的敌后抗日根据地，右玉县因地制宜组建了右玉、右南两个保安大队，右玉以西山、东山为根据地发动群众，配合野战部队，在晋绥第五军分区的领导下，开展对敌斗争。右南县则以南山为根据地组织民兵建立地方革命组织，开展对敌斗争。在此期间，张荣怀就是南山武工队队长。张荣怀在南山地区发展党员250多人，建立农村支部18个，选派行政村村长22个，发展农会会员3000多名，组建民兵自卫队22个，发展队员2000多人，组建民兵中队22个，发展民兵1100多人，组建农会75个，入会民兵达1100多人。武工队发动群众，打击汉奸，清剿地方恶霸，有力地支援抗日前线，以及其后的解放战争、土地改革。

　　1946年的6月，这个平日里跌打滚爬在山沟里，昼伏夜行在村寨农家的游击队队长，走上了县委书记的工作岗位。岗位变了，环境变了，工作的对象、重点也变了。昔日是建武装、打日本，其后是援支前，求解放，再往后是斗地主，搞土改。现在成了县委书记，要组织带领全县人民翻身解放巩固政权生产自救。

走上县委书记岗位的张荣怀,一方面遵照《中共中央关于镇压反革命活动的指示》,开展镇压以一贯道为首的反革命分子的群众运动,稳定社会秩序,保卫新生政权,一方面开展生产自救。

面对右玉大地的赤日炎炎、黄沙漫漫,张荣怀辗转反侧,他奔走于风口沙丘,走访于乡、村民间,探索着生产自救的出路。

思路决定出路,出路就在脚下。右玉要想拔穷根,必须先让树扎根。

要拔穷根,要让树扎根,他想起了共产党八路军起家的传家宝:依靠群众,发动群众。

这时党中央、毛主席发出了"组织起来"的号召。1949年,机关干部带头深入宣传教育,全县组织互助组、变工队,参加3451户。

互助组、变工队,人多干活不累,显示出了巨大优越性。县级机关干部带头,西大河、下堡河滩搞试点。互助组农耕、植树两不误。人民群众打败了日本鬼子,赶走了蒋匪帮,土地改革农民分得了土地。人民群众推翻"三座大山",分割了土地,由衷感谢共产党,走上县领导岗位的县领导,当上国家干部的工作人员,由衷地感谢人民群众,是人民群众的支持打败了日寇,是人民群众的支持,才赶走了老蒋。得民心者得天下。当上干部的工作者,走上领导岗位的领导者,把"为人民服务"的牌子挂到身上,把全心全意为人民服务的宗旨记到心上。生产自救,植树造林,一棵棵希望的树苗,埋进了干涸的土壤中。

县委、县政府为了充分调动群众植树造林的积极性,发布了《保护与发展林业暂行条例》,条例明确规定:农民群众在自己地内种植树木,土改时农民分发的土地上生长的树木,树权归种树者。过去一无所有,如今有了自己的土地,人民当家作主,农民种树谁种谁有,浑身上下有使不完的劲儿。这三年,全县种树大片林 2.5 万亩,零星树 16.6 万株。馒头庄村在农会主任的带动下,种树 70 亩,成活率达 80%,在全县打响。

1951 年 8 月,右玉遭暴雨袭击,100 多个村庄遭灾,灾后中央派出慰问团,深入山区慰问,拨出专款修复因雨灾毁坏的学校居房。

11 月,中央派出慰问团对察、绥、蒙灾区进行慰问,为灾民发放了救灾粮、救灾款和过冬棉衣。

中央关注老区,中央情系灾区。

一缕缕关注送进了人民群众中,一丝丝关怀温暖了人民的心。

甘守清贫 12 年

1953 年,解润担任右玉县人民政府县长,直到 1964 年,在县长的岗位上一干就是 12 年。

右玉县人民政府机关就设在清代朔平府的旧址,原来朔平府的大堂就是机关干部召集会议的会堂,二堂就是局级干部开会的地方,县长就住在当年府官住过的平房,能防风的小眼窗户,能烧火的土炕。县官住上了当年府官才能住的地方,解润心满意足。

那年月,干部吃的是供应粮,粮食是粗细搭配,按月供给。解润对家属说:"咱们领导,一定要自觉遵守国家规定,不能搞特殊。"一次邻居的妇女到县长家串门,见县长吃的是苦菜馅莜面饺子,惊讶地说:"没想到县长也吃苦菜饺子!"县长坦然一笑说:"县长也不能搞特殊。"

1957 年机关搞精简机构。精简谁,当然要领导带头。解润把自己的女儿解玲荣第一个列入精简对象,因为当年女儿要生小孩,为了女儿的情绪,他没有当下告诉女儿,当女儿满月后才对女儿说:"你不要上班了,你被精简了。"女儿不懈地问:"为什么?"县长说:"因为你是县长的女儿,就要带头执行上级的政策。"

1962 年,国家处于困难时期,上级决定压缩城镇人口。压缩谁?县长决定把自己的孙女压缩到农村。当孙女婿白生荣拿着压缩通知书办理回村手续时,粮食局局长葛洪武说:"该压缩的已经办理完手续,你是否可以不办?"当孙女婿拿着手续找县长说情况时,县长说:"一定要压缩,不能因你是县长的孙女婿就可以不办。"

困难时期，县领导接待客人也是自己用粮食票和钱接待，解润总是自觉付款交粮票绝不拖欠。

解润担任县长期间，多数是步行下乡。为了照顾县长，政府给他配了公务员。有时下乡需要过河，还是县长背公务员过河。

1960年，山西省省长卫恒到右玉调研工作，看到右玉山山洼洼，道路崎岖，十分不便，就让省政府秘书长卫逢琪把省政府退下来的一辆美式吉普车给了右玉。虽然是退下来的美式吉普车，对交通不便的右玉来说可是个宝，多数时间领导都不会坐，只有接待客人或一些重要活动时才偶尔坐一下。

就是这样日复一日，年复一年，解润在县长的岗位上迎来送往，一直换了5任县委书记，直到1964年才调离右玉。解润担任右玉县县长12年，担任雁北地委书记的是解润在朔县当副县长时的县委书记，但他从未找老领导要求调整工作。

多少年过去了，右玉人们一提起解润，都异口同声地说："解县长那才是人民的好县长！"

老子在《道德经》中说："我有三宝，持而宝之，一曰慈，二曰俭，三曰不敢为天下先。"

解润就是这样一个人，一是慈，二是俭，甘守清贫12年。

护林"四大王"

佛教中有护法四天王,北方多闻天王,东方持国天王,南方增长天王,西方广目天王,他们各主风、调、雨、顺,作为护持佛法,保护寺院的护法神。

在右玉,树木所以能茁壮成长,茂盛繁衍,也诚如人们所言,"种树不护树,等于白作务","三分植树,七分管护"。

说起护树,右玉也有"四大天王"的说法。

植树爱树,首推县委书记常禄。

常禄任右玉县委书记期间,不仅重视组织带动广大干部群众植树,同时也对林木严格进行管护。

常禄担任右玉县委书记期间,不仅在野外大面积植树造林,就是县城大街、县委大院也都植满了树。常禄经常在林地巡视,人称"千里眼"护林大王。一次一位内蒙古的大车司机为右玉县拉来锅炉,卸下锅炉倒车时汽车后轮压倒一株80厘米高的松树,门卫张喜上去找司机说,你的汽车压坏了院里的树,按规定这是要赔偿的,汽车司机不以为然地说:"这有什么了不起,不过一苗小树……"正在办公室的县委书记听见院里有人争吵,出来一看两人为一株树争执。常禄马上上前对司机说:"你说一株树有什么了不起? 在右玉伤了树就得赔。我是县委书记,规定是我定的,谁毁一株树,罚款20

元,重栽 20 苗!"司机见县委书记动了真格的,也就不再争辩,只好认罚,并由县委办后勤人员带领上山植树 20 苗,才算了事。

还有一年春天早晨,一位老干部在大街的树上折树枝准备回去喂羊,被正在晨练的县委书记常禄瞭见,上去狠狠训了一顿,那位老干部表示,再也不折树枝喂羊了。像此类事不仅县城管得严,就是乡村野外,一经发现有牲口啃树、毁树,立即查处。

也正是由于县委书记查得勤,管得严,因此当时右玉人说:"男人不要砍树,女人不要有肚(指搞计划生育)。"这成为人们日常生活的两条红线,不得违犯。

县委书记成了林木的"护法神"。各行各业也涌现出一些森林卫士、护林大王。

国有林场有个贾根九,人称"顺风耳"护林天王。贾根九常年骑一辆自行车在威远地区的林地巡逻,有时为了便于瞭望,他就登上附近的山梁上瞭望静听,听到哪里有牛、羊倌的吆喝声,他就应声跟踪过去,发现牛、羊群进了林场,轻者教训,重者罚款,因此当地人称他"顺风耳"。

国有林场的李三富是抗美援朝的残疾军人,失去了左臂,他成天徒走在杨村、李洪河林地巡逻,因此,人们称他为"独臂天王"。他从春到冬在林地徒步巡逻,有时一天要走五六十里,就这样日复一日,年复一年,他与森林为伍,从不叫苦叫累。

与李三富"独臂天王"相对,在右玉北部地区有个单腿护林员陈富,生产队看他是单腿,不能从事农业耕作,就让他担务护林员,当上护林员,他责任心十分强,林地巡逻一丝不苟,对敢于偷砍林木的人不徇私情,严惩不贷。一次他的侄子砍了些树枝被他发现,他毫不留情地让侄子在群众会上检讨。由于他护林执法不徇私情,人们称他为"单腿护林天王"。

化作甘霖济苍生

1937年10月,八路军120师雁北支队在支队长宋时轮的率领下,挺进右玉南山一代,开辟了以右玉南山为中心的洪涛山敌后抗日根据地。

1937年11月,右玉县在西山青羊沟一带50多个山区村成立抗日救国委员会,一区石生荣担任区委书记,他就活动在圣水塘、前后胡采沟一带发展党员,发动群众开展抗日救亡宣传,组建武装力量,开展对敌斗争。

在胡采沟、圣水塘、青羊沟、刘家窑、辛窑子、云石堡、膺卧山、后庄窝、南崔家窑、黄家窑等村活动中,石生荣与当地群众交往甚密,每村都有他的"铁杆",谁家有什么疑难事情都愿找他商量,谁家有什么困难他也一清二楚,总要千方百计想办法解决。

1938年石生荣成为右玉县委书记。1942年7月22日,中共右玉县委在后庄窝村召开会议,会议有县、区干部和游击队70多人参加,伪蒙疆骑兵队300多人突然包围了后庄窝,石生荣组织掩护县区干部突围,结果由于寡不敌众,8人牺牲,县委领导高明等10人被俘,使根据地损失惨重。

1944年中共绥南工委成立,统一领导内蒙古的托县、和林、清水河和右玉、平鲁以及凉城一带的抗日根据地建设,在这一地区的广大农村很快建立起了村级抗日政权,组织起了自卫队、农会、妇救会等组织。

1945年8月15日,日本侵略者宣布投降,石生荣率领西山游击队收复右卫城。他和右玉人民一起享受着胜利的喜悦。

新中国成立后,石生荣同志在内蒙古担任领导工作,多次回右玉探望多年前的老战友、老乡亲、老朋友。

1994年,右玉县派出人员去看望石老,石老当时任内蒙古自治区政协主席。石老深情地说:"每当我看到天上有云彩,就希望这紫云路过右玉时能下点雨。右玉这块土地养育了革命者,养育了我。右玉人民太好了,他们为革命作出过卓越的贡献,老天爷给右玉多下点雨吧。"

石老说这番话的时候,饱含着深情,眼里浸润着发自内心的泪花……

　　　情深深,意深深,

　　　衷心愿做一片云,

回报养育的热土,

化作甘霖济苍生。

黄沙洼,贯彻教育方针的大课堂

1957 年、1958 年,是"大跃进"的年代。这是人们激情奔放的年代。

1957 年毛主席制定了"教育为无产阶级政治服务,教育同生产劳动相结合,培养德、智、体、美等全面发展的人才"的教育方针。

右玉中学为了贯彻毛主席的教育方针,按照县委治理黄沙洼的安排部署,也为了勤工俭学,弥补办学经费不足,校长张引弦请缨治理黄沙洼。每年春、秋两季,学生以班为组织,军事化训练,像扛枪一样扛着铁锹,唱着革命歌曲上植树工地,工地上男女学生互相搭配,以强带弱,挖坑植树。沙滩就是贯彻教育方针的课堂,沙滩也是考验学生合格不合格的考试,劳动中大家争先恐后,激烈竞争,但出于友谊,强体力的同学多要帮助体质较弱的同学,大家互帮互赶,亲如兄弟姐妹。植树这是劳动课,但体育还有体育课的要求,那就是"劳维制达标",要求学生跑 60 米、100 米,跳高、跳远,在劳动休息时间进行,于是乎,劳动工地休息期间,在林道间、沙滩上,跑跳的竞赛,欢呼雀跃。

为了节省体力，午饭有的学校有的送饭，在家吃饭的学生自己带干粮，迎着凛冽的西风，冒着酷热的骄阳，大家汗流浃背，几十天下来，双手是血泡半成了老茧，嘴唇裂开了裂子，看着一个个黝黑的面孔，你看着我，我看着你，露出了甜美的笑意。

就是这样，有的毕业了，新的学生又入学了，年复一年，黄沙洼成了右玉中学的必然课堂，植树、劳动的必修课。直到漫山遍野都成了树林。

40 里的黄沙洼变绿了，早年种植的树长大了，又进行剪枝维护。

人常说：十年树木，百年树人，

右玉是 60 年树木，60 年树人。

在树木中树人，在树人中树木。

"锦言"励志写人生

山西省委原书记李立功在为马禄元的《锦言集萃》所撰序言中说："1956 年秋，我当时任团省委副书记，参加了省委、省政府组织的赴老区慰问团来到了右玉县，马禄元同志时任县委书记，刚刚二十九岁，朝气蓬勃，沉稳坚毅。右玉人民在党的领导下，自力更生、艰苦奋斗、植树造林、改变山河的精神给我留下了深刻的印象，也使我受到了极大教育。马禄元同志从 1956 年起到 1966 年，一直在右玉工作，历时十年，是右玉县历任县委书记中在右玉工作时间最长的。他不讲名利，甘于奉献，不畏艰苦，勤政务实，为右玉的发展作出了不懈的努力，对于'右玉精神'的形成作出了突出的贡献。"

马禄元从 29 岁时担任右玉县委书记，在右玉工作了十多年，后来调离右玉担任广灵县委书记、雁北地委财贸部部长、雁北行署计委主任。

离休后的马禄元，老骥伏枥，壮心不已，乐观向上，勤奋学习，尽管年逾八旬，但坚忍不拔，笔耕不辍，从自己年轻时学习工作的笔记中，整理出励志名言，编著成 20 万字的《锦言集萃》一书。《锦言集萃》分学习、励志、创业、修身、处事、树德、践行、治学、健身九个篇章。

《锦言集萃》是马老励志笃学的座右铭，也是他当官执政的明证，当然也是他修身齐家为人处世的行为规范。《锦言集萃》既吸纳古代贤哲的名言警语，但更多的是马老在吸收传统文化美德的滋养，自己的人生感悟与总结，从字里行间我们不难看出作为一个共产党领导干部的马禄元的人格魅力。

在《学习篇》中他说："山靠绿化，人靠文化。""致富先治愚，治愚先教育。"他到右玉担任县委书记，上任伊始，先搞绿化，在搞绿化的过程中，更注重对人的教育。他担任右玉县委书记期间，经常把学校的校长、老师请到他办公室谈心，对于考大学的学生，他也要宴请座谈。

在《励志篇》中，他开首便是："治国有道，以民为本，治国有策,兴国富民。"以民为本,全心全意为人民服务,他牢记党的宗旨,"廉洁奉公,干部本色","勤政为民、公正办事",他永远铭记在心间,"居官先要正己,为民先要心诚","俭以养德,勤能济贫"。马老一生唯勤唯俭,勤是勤功、勤谨,俭是省吃俭用,在干部中树立了良好风范和行为准则。

"大度容人人尊敬"。马老从小天忌不吃荤腥,"文化大革命"中,有人揭发说,马禄元到某某地方下乡吃过一头牛、一头羊,马老总是耐心解释,你们是不是记错了,我是不吃荤的,是不是别人吃了?好好落实一下。还有一些问题,造反派对他进行了残酷的"斗争",他总是摆事实讲道理。"文革"过后几十年,他重回右玉,有些年轻人已经不认识他了,他总是笑眯眯地说:你们不认识我了?我就是"文革"中打倒的"薛马芦"的"马"。提起当年那些冤屈和错误的批斗,马老总是坦然一笑:"那是当时的形势,过去的就过去了!"

镜子常照,警钟长鸣

中国历史上最著名的开明之君唐太宗,即位不久,就在贞观元年(627)向群臣求谏,他说:"人欲自然,须有明镜;君欲知过,必靠忠臣。"他是这样说的,也是这样做的。

也正是由于唐太宗诚心求谏,因而才涌现出一批敢逆龙鳞,犯颜直谏的大臣,诸如魏征、房玄龄等,从而才出现被历史称誉的"贞观之治"。贞观十七年，魏征病重，太宗亲自去探望，魏征逝世，太宗亲自撰写碑文，远望灵车痛哭。他经常痛心地说："人以铜为镜，可以正衣冠；以古为镜，可以见兴替；以人为镜，可以知得失。"

历史是现实的一面镜子，借鉴历史，教育、激励今人，也是十分有益的。

1989 年，山西省委、山西省人民政府做出《关于加快造林步伐，到 20 世纪末全省百分之八十的县实现基本绿化的决定》同时要求右玉在 1992 年率先在全省实现基本绿化达标。

县委书记、县长向省委、省政府立了按期实现基本绿化的"革命状"，任务艰巨，时间紧迫，怎么办？没有别的办法，还是老传统，继续艰苦奋斗。

为了统一全县党员、干部、群众的思想，县委做出了《关于学习县委书记的好榜样焦裕禄同志的决定》。学习焦裕禄？

当此之时，全国正在进行有水快流，解放思想，更新观念，讲求经济效益，先使一部分人富起来的大讨论。

右玉学习焦裕禄，显然不合形势的拍，艰苦奋斗惯了的右玉干部、群众没有说二话的，还是真心实意地学起了焦裕禄，一门心思用在实现基本绿化上，一门心思用在高标准、高质量植树造林向目标冲刺。

1992 年，实现基本绿化达标，进入决战年，怎么决战？右玉县委、右玉县人民政府做出《关于坚持发扬艰苦奋斗优良传统和作风的决定》。

《决定》要求干部：一、加强调查研究；二、坚决实行"三同"；三、经常参加劳动；四、坚持勤俭办事；五、保持勤政廉洁；六、勇于开拓进取；七、领导率先垂范；八、强化管理机制。《决定》对实现基本绿化达标起到了决定作用。

救命的"金皇后"

右玉是革命老区，当年八路军从延安东渡黄河，120师便挥师北上，建立了以右玉为中心的抗日根据地，右玉根据地是延安与大青山根据地的交通枢纽，也是晋绥根据地中心，右玉人民踊跃投入抗日战争中，浴血奋战，英勇献身。在解放战争期间，右玉人发扬革命传统，成为解放绥远包头的后勤大本营。为了保证大军顺利过河行军，右玉人砍伐树木，甚至拆下门框、门板，搭桥铺路支援前线。

在土改时，打倒地主，人民翻身了，但连续几年的抗战，人民的生活极度困难，斗倒地主，把原属地主家的榆树"打倒"，剥下榆树皮晒干，推成面拌上粗糠充饥。

中华人民共和国成立初期，县委、县政府号召人民植树，被饥饿折磨的人们饥肠辘辘，常常是青黄不接，难以继日。

日子熬到1953年，中央派出革命老区慰问团光临右玉。党中央知道右玉人民为中国革命作出过杰出贡献，也知道右玉是贫困山区,又要发展生产、度过灾荒。怎么办?一个两者皆顾的好办法——"以工代赈"提出来。这一年上级给右玉拨来 80 万斤"金皇后"玉米,救济怎么发放?当然是救勤不救懒,"以工代赈",植树放粮,植一亩树,放 17 斤玉米。种上一天树,金灿灿的玉米领回家,用玉米面蒸成的起窝窝,香甜可口,吃饱肚子的人们脸上绽放出甜美的笑容。

在学而优则仕的古代,古人说:书中自有黄金屋。

刚解放的右玉人说,地中自有"金皇后"。

几十年后,面对围着大树乘凉的年轻人,一些银须白发的老人总会说:

吃水不忘挖井人,右玉人不能忘掉上级救济的"金皇后",是"金皇后"使我们度过了极度的饥荒。

聚宝盆的故事
——追梦盆儿洼

盆儿洼,是北岭梁上的一个小山村,顾名思义四周高,中间低,村子在盆中间,人们像住在盆子里,故名盆儿洼。北岭梁,位于右玉北部,以风大灾多著称。如何治理北岭梁,1964,时任县委副书记的卢功勋选中了盆儿洼。

雁北行署为了解决高寒地区的治理,在右玉建了水保站。

卢功勋邀请水保站的专家,一起进行实地调查,提出治理方案。专家认为北岭梁梁高风大,要防风,必须先建防风林带,实行林草间作,防风固沙后,再实施草田轮作。

在组织群众实施草田轮作期间,卢功勋构思着盆儿洼的综合治理办法。经过多少次的走访群众,又经过多少次的请教专家,经过多少个不眠之夜,他终于构思出一套完整的治理方案,一定要把盆儿洼建成聚宝盆!

为了群众好记,便于接受,卢功勋把这个方案归纳为:"种起灵芝草,栽起梧桐树,拴起金马驹,养起黑财神。"

"种起灵芝草",他行家地把草木樨比作灵芝草。在北岭梁,要改善生态,改变生活,就要像对待灵芝草一样对待草木樨、野豌豆、沙打旺。

"栽起梧桐树",他形象地把小老杨比作梧桐树。俗话说,只要栽起梧桐树,才能招得凤凰来。北岭梁,种树不是为了招凤凰,而是为了防风沙,防住风沙,才能安居乐业。

"拴起金马驹",是指每户养一两头母驴,让其与马杂交生下骡子,因为骡子有很好的耐力,是拉东西耕地的得力助手。

"养起黑财神",就是动员每家养一口或几口母猪,猪多,肥多,肥多则粮多。

经过这样周密的安排,再组织农民精细实施,这样一来,盆儿洼就真的成了聚宝盆。同时他鼓励农民说,照这样下来,我们就有钱花了,生产队每个月能给你们开支。盆儿洼农民很快走上富裕之路。

决战贫困

求富祈福,是人类的共同心愿。

贫困是困扰右玉的头号敌人。

扶贫开发也是上级对右玉最关注的问题。

2000 年,右玉县委召开县委工作会议,对右玉 50 年来扶贫工作进行认真反思。边反思,边盘标。

责任制前 35 年,右玉有 28 年吃国粮补贴;责任制后特别是 20 世纪 90 年代,国家和省、市各级又实行了一些扶贫政策,在资金、扶持上给予了更多的倾斜。

50 年中上级投入右玉的扶贫资金达 20 多个亿。

真是不算不知道,一算吓一跳,有人算了后说,20 个亿,右玉人什么也不干,干部、农民都可以发工资了,50 年扶贫我们干了些什么?看来,我们真的该好好理一理思路了。理来理去,理出一个"三大战略、决战贫困"。

"三大战略",第一就是百村万人大移民。因为右玉 30 户以下的山庄窝铺,不足百口人,这些村庄通路难、通水难、通电难、办学难、就医难、生产条件改善难,不采取移民搬迁,这些人口脱贫致富就永远是一个大难题。

移民搬迁后,紧接着便是退耕还林、还草还牧,也即人退林进草进,抓生态上畜牧,快致富。

其次便是龙头拉动,上企业,促经济。

"三大战略",右玉实现了鲤鱼跃龙门。

要想富,先修路。路又成了制约右玉经济发展的瓶颈,正在这时,2003年春,山西省委、省政府决定全省三年内实现村村通水泥路(油路),右玉县委书记主动揭榜要求在右玉率先搞实现村村通试点县。

人们惊呆了!人家有经济好的强县,交通好的平川县,你右玉一个山区小县、穷县,率先实现村村通,钱从哪里来?机械哪里有?更何况是只有100天。

在人们摇头怀疑时候,县委书记说:决战贫困,就要吃了秤砣铁了心,脱皮掉肉干一场!

任务当前,组织是保证。"一线看实绩,火线看用干部。"弱者退,能者上!没困难,要干部干什么?油是榨出来的。

任务当前,电业局、国税局、财政局、土地局、水利局、县纪委、县政府办、国有林场,挤出招待费,支援村村通工程,机关干部拿出自己的工资捐助村村通,一些在外地工作的右玉籍干部以及在右玉工作过的外地人,纷纷出谋划策,捐资捐物,支援建设。

100天!100天的夜以继日,100天的脱皮掉肉,100天的挥汗奋战,村村通364公里水泥路如期竣工!

100天,考验出廉政的干部队伍!

100天,磨炼出勤政的各级领导!

100天,历练了右玉精神!

一位上级领导书联赞曰：

山千重，沟千重，峰峦叠嶂如囚笼，憋杀山中人；

童流汗，叟流汗，万民同心砸天囚，天堑变通途。

右玉人念念不忘的是，组织他们实施上述工程的是：高厚、赵向东。

老区代表是绿化的领头雁

1952年春天，迎着凛冽的西风，经过两天风雪兼程的颠簸，王矩坤这位共产党的县委书记，在外国传教士修建的天主教堂放下了行李，走上了工作岗位。

县政府，是在清代朔平府的遗址上办公，在朔平府府官的大堂里，正在召开老区代表大会。3月18日上午，会议正在召开，会场外狂风大作，院里碗口粗的杨树被风吹断，王矩坤望着窗外的情景，提高嗓门大声说："过去日本鬼子、国民党反动派、地主恶霸是我们的敌人，今天我们搞建设，风沙干旱就是我们的敌人，我们要像打日本一样，和风沙做斗争！"

为了发展林业，县里成立了林业工作站。老区代表就是宣传员，老区代表就是领头雁。全县在杨树梁、老番坪、辛堡梁"以工代赈"，各区区长带队，背锅带灶，带上米面，一区、六区辛堡梁，二区、四区老番坪，三区、五区杨树梁，驻到附近的村，每天天不亮就上工地，中午在野外吃干粮，晚上迎着月亮星星才收工。人民群众把翻身解放的激情全部地投入了植树造林之中。

为了调动保护人民群众的积极性，县委、县政府制定了"普遍加强护林，大力开展合作造林，带头培育私营育苗"的林业建设方针，鼓励群众自采、自拔，在自愿互利的原则下，大搞植树造林。

《郁离子·鲁班》说："德生力，力生于德……惟大德为能得群力。"

上级的关怀，让翻了身的劳动人民焕发出无穷的力量。互助组、合作社，组织起来力量大。

1953年，右玉召开了全县互助合作代表会议。

1954年，右玉县委发出《关于建立农业合作社工作中的几点意见》。

首届县人民代表大会召开。

合作社的高潮，使广大人民群众陶醉在激情奔放的海洋中。

从锅台、磨道解放出来的妇女，胸前戴着纸扎的大红花，在锣鼓声中放开喉咙唱着："三套牛车一呀一套马，组织起来生产劳动，力呀力量大……"歌声从县城传入乡村，从校园传到田野。

全县办起合作社364个，南部老窑、北部盘石岭两个村按照宜农、宜牧、宜林的规划，进行了造林，为全县林业发展树立了样板。

盘石岭的团支部书记王志敏和团县委的组织部部长王作璧代表右玉县出席了由团中央、林业部、黄河水利委员会共同组织在延安召开的五省区（陕西、甘肃、山西、河南、内蒙古）青年造林动员大会。

山里人见了大世面，种树人受到了国家的表彰。种树光荣，家家争种树、人人争模范的风尚在右玉山口像风一样吹过。

书记县长同栽同心果

1962 年，刚刚走出三年困难时期的阴影。如何以一个崭新的姿态带领全县人民，本着求真务实的作风，扭转困难局面，成为首要问题。

经过 1961 年的反"五风"（共产风、浮夸风、瞎指挥风、干部特殊化风、强迫命令风），县委、县政府决心转变作风，振奋精神。

1962 年 4 月 25 日，春光明媚，日丽风和。

县委书记庞汉杰、县长解润率领参加县委扩大会议的县委成员和公社书记，到苍头河沿岸义务劳动，种植沙棘（土名"酸溜溜"）。书记、县长以及县委、县政府的领导齐出动，扛着铁锹、带着干粮种沙棘。领导的行动是无声的命令。此后，全县从公社到乡村大种沙棘，当年，全县共种沙棘 8426 亩。

多少年过去了,当人们看到沙棘结出了晶莹圆润、或红或黄像珍珠一样的果实,总会想起县委书记、县长带领大家一起劳动的情景。当人们品尝着虽然有点苦涩但甜酸沁人心脾的沙棘果,总会说,那是书记、县长带领我们共同栽种的同心果。

学习大泉山,前窑搞试点

1956年,党中央发出"绿化祖国"的伟大号召。

阳高县委书记王进总结了大泉山植树造林,改变家乡面貌的典型经验,毛主席为其文章加注了按语,并修改文章标题为《看,大泉山变了样子》。大泉山的党支部书记高进财驻到山里植树。

县委书记带领右玉的农村干部去大泉山参观学习。之后便到西部山区丁家窑乡的前窑村培养学习大泉山的典型,为全县推广做示范。

大泉山的经验,就是因地制宜,植树造林。前窑村,在沟里采用沟头埝种树,河沟旁培埝压条,坡梁建高等高梯田,水平压条。

功夫不负有心人,一年后,栽种的树全部成活。

前窑子能办到的,其他村庄就能办到。

前窑村的党支部书记袁直成了新闻人物,前窑村成了右玉的大泉山,远学大泉山,近学前窑子。

前窑村的经验,很快在全县推广,盘石岭、威远、增子坊,一个个水保、水利与植树造林相结合的典型涌现出来。

这一年全县投工18万个,修梯田3.8万亩,挖鱼鳞坑24万个,修小型淤地坝118处,修土谷坊31330个,修卧牛坑500个,控制水土流失面积15万亩,营造大片林3.27万亩。林山育林8032亩,种植零星树42万株。

大泉山的春风,吹遍了右玉大地。

高进财的精神鼓舞了右玉人。

领导不上功臣榜

1991年4月右玉县委八届三次全体扩大会议,做出了《关于力争全县实现基本绿化的决定》和《关于努力把我县建成优美绿色城市的决定》。

决定一经做出,就要有组织保证。

全县上下统一思想、统一行动,实行"倒计时的工作制",保证目标的实施实现。

同时,为了奖优罚劣,在全县开展评比"绿化功臣"活动,为了客观公正,县领导决定:县级五套班子成员,不作为评比对象,主要是面向基层,评比出那些多年来默默无闻地埋头于山野荒垣之间,坚持艰苦奋斗,植树造林,改变家乡面貌的农民以及农村党支部书记,同时还注重评比一些常年在林地风餐露宿,公正无私的护林员,以及各行各业的有关林业发展的模范人员。

无私品德自高,领导高风亮节,风清气正。

经过层层评选,百名林业功臣的事迹汇成一个集子在全县印发,绿化达标的勒碑以铭记。

铭记在九连山上的"全家福"

20世纪70年代末,右玉植树进入了一个"疯狂"的年代,每当春、秋两季的植树季节,县级机关、企事业干部职工总动员,农村男女老少齐出动。

机关干部的造林工地在县城去威坪途中的侯林村九连山区。

每天早晨,机关干部乘坐140卡车,带着干粮出工地,中午在工地吃点干粮,直到太阳落山才回家。

商贸企业除了植树,还搞服务到工地,百货、食品、日用杂货服务到工地。

厂矿企业单位,条件适当好一点,他们的运输车辆多、机械多,因而植树的任务也相应地大一点。

周围公社生产队的农民更是不须说,他们是主力军,攻坚克难,更是首当其冲,大面的造林任务要他们承担。

在漫山遍野人群如海的植树大战中,给人们的印象最深的是县委书记常禄一家。县委书记常禄当年坐的是212吉普车,每天到植树工地。老伴、子女一家几口,他们和机关的干部一样,也和农村的农民一样,尽管常禄有吉普车交通方便,但他们一家中午也不回家吃午饭,同样在工地吃点干粮,下午继续干。

常禄与众不同的是,他常披一件御寒的黄绿色军用大衣,军大衣在造林工地分外醒目,劳动之余人们望着远处的军大衣,就知道今天常书记在工地。

春天是这样,秋天同样是这样。

今年是这样,明年依然是这样。

久而久之,年复一年,常禄一家被人们称作"全家福"的形象定格在了苍茫的九连山上。

同样,这张"全家福"也定格到右玉人的脑海里、心目中。

多少年过去了,人头攒动、车来车往的植树场面渐渐淡出了人们的记忆而成为尘村的往事。

然而苍凉的植树工地上鲜绿的军大衣和他的"全家福"却成了抹不掉的、永久的记忆。

逆风赴任

1952年初春,大同古城。

清晨凛冽的西北风,侵骨袭髓。

一辆花轱辘车,在坎坷的沙石路上顶着寒气袭人的风尘西行,目标右卫城。

一路上是风裹着雪屑的嘶鸣声,车轱辘与石头的碰撞声,偶尔车夫摇着长鞭的吆喊声……

车上拉着运往右玉的救济粮麻袋,麻袋上坐着去右玉任县委书记的王矩坤及家属。

从大同到右卫二百多里的路程,很少遇见车辆及行人,车道上满是石头沙坑,望前程,灰蒙蒙的铺天盖地西北风。二百里的路程从清晨到黄昏整整赶了两天,到了右玉县委,王矩坤看看随行的家属、子女,家属看看王矩坤这位新上任的县委书记,一个个像刚出土的兵马俑。"右玉的风,真是名不虚传!"王矩坤深有感受地长叹了一声。没想到迎接他的人却说:"这还算好天气哩!"王矩坤心里念叨着,好天气还这样,那赖天气又怎样呢?

刚上任的王矩坤正赶上县里召开人代会,在县政府的会堂开大会,一阵狂风吹来,顿时会场黑的什么也看不见了,公务员忙着点煤油灯。忽然间,院子里一棵碗口粗的树咔嚓一声被狂风拦腰吹断。在大会作总结发言时,王矩坤对代表们说:"人民代表们,你们看见了吧,狂风向我们示威了,我们退是没有出路的,只有迎风而上,向黄风宣战!"

"向黄风宣战",这就是这位县委书记的就职演说,也是向全县人民发出的动员令。

动员令发出,领导带头、干部带头、人民代表带头。说到做到,不放空炮。

人代会后,王矩坤让妻子周淑贤给女儿在南园村找了保姆看护,扛起铁锹,也随同机关干部出西门外植树去了。后来,王矩坤调离了右玉,多少年过去了,他和妻子周淑贤总要带着女儿回右玉看看。看看女儿的奶妈,看看右玉一块儿工作过的老同志。他常对子女说:右玉有你的奶妈,是右玉这块土地养育了咱们,咱们要永远铭记在心间。

贫困的帽子不能摘

右玉自然条件太差,农业十分脆弱。平均无霜期为 100 天左右,最短的年份仅 85 天,年平均气温为摄氏 3.6 度,长期以来老百姓过着靠天吃饭的日子。

1984 年老天照顾,风调雨顺,靠土地优势农业获得了全面丰收。这一年全县人均生产粮食 500 多公斤,油料 50 多公斤,农民人均收入 370 多元,超过了上年一倍多,人均交售给国家的商品粮 150 多公斤,商品油 50 多公斤。右玉农业大飞跃,农民脱贫,贫困的帽子甩出去了。驱穷致富是每个人的心愿,人们信心大增。1985 年天公不作美,天降特大干旱,粮食几乎绝收,农民人均收入一下降到 160 多元。真是谋事在人,成事在天。产量、收入倒翻番! 倒翻番,天焉? 人焉?

一石激起千重浪。

1986年4月5日,《人民日报》在二版显著位置刊登标题为《天变收入变右玉农民收入大减大起大落传统农业必须改革》的署名文章。文章说:

右玉是山西省西北境内的偏远山区小县,素以贫苦落后出名。1978年全县农村人均收入仅34元。近几年,右玉县重视林业发展,并实现以家庭联产承包责任制为主的农村改革,促进了该县农村经济发展,至1983年全县农业产值即比1980年翻了一番,农村人均收入由1980年的66元增至276元,1984年达到370元,是1980年的5.7倍。1985年遭旱灾,人均收入大幅度减少,经济出现"倒翻番"的现象。

同时编辑编写了《值得深思的教训》的短评,文章说:

右玉的事例给我们敲响警钟。我国农村经济近几年虽然取得了巨大成绩,但总的看来基础还比较脆弱,多数地区不能摆脱基本靠天吃饭的状况,面临着进一步变化产业结构和增强农业发展后劲的严重任务,右玉的教训,应引起我们的警惕。

在那时以粮食产量、以经济收入决定考核先进与落后的标准下,粮食产量、经济收入就是决定干部升迁的先决条件。怎么办?右玉县委、县政府置领导的面子不顾,置个人的荣誉升迁不顾,毅然决定:坚持实事求是的原则不能丢!

1986年8月17日,右玉县人民政府以右政字〔1986〕32号文件向上级提出《右玉人民政府关于把我县列入贫困县的请示报告》。

几万字的报告，几多人的心血，一份厚重的报告昭示给人们的是：

为了人民的利益，领导的面子可以不要！

为了实事求是的原则，领导的荣誉升迁可以不要！

为了人民的利益，为了维护实事求是的原则，个人的面子、荣誉、升迁、政绩都可以不要！不要官帽，也要把贫困县的帽子要回来！

旗　手

右玉旧社会有民谣说：十山九无头，洪水往北流，富贵无三代，清官不到头。

解放了，推翻封建地主的压迫，人民翻身了，经济上怎样才能翻身？首任县委书记张荣怀说：

　　右玉要致富，就得风沙住，

　　要想风沙住，就得多植树，

　　要想群众多植树，机关干部先带头。

动员会后的张荣怀带着县委机关干部到右卫城西门外植树，之后又到下堡河湾植了树，以便起到示范作用。

为了鼓励全县人民植树造林，1955年县委、县政府召开了全县植树造林劳动模范表彰大会，会上，威远区政府被评为全县植树造林先进集体,县委、县政府为威远区颁发了"劳动模范"大红旗,威远区派青年干部郭日增为代表去县城领奖。当刚刚参加工作不久的年轻干部郭日增接到县委书记、县长颁发的大红旗时,高兴得手舞足蹈。散会后,他扛着大红旗,连卷也舍不得卷,把大旗高高展开扛到肩上,当时从右卫回威远多是沙土路,他为了走起来利索,就干脆把鞋也脱了,赤着脚扛着大旗走。从右卫回威远路经新庙子、双扣子、双合屯、后所堡等好几个村子,每经过一个村,村里的年轻人好奇地围过来看着扛旗的人,问长问短,郭日增站在街上总要夸耀一番:"这是县委、县政府奖给我们的,我们威远区夺了植树造林模范,这是我们全区人的光荣。县委书记、县长在大会上表扬了我们,县委书记、县长还和我握了手,你看看我这手多光荣。我们区选我当代表到县委领奖,我就是旗手,旗手全县只有我一个。"

往事如烟,岁月飞逝,直到退休,当过旗手这件事竟然成为郭日增一生最荣耀的事情,每当讲述起他的历史时,他总要和人们炫耀自己当旗手的事情。

书记帮部长捉虱子

20世纪60年代,为了度过困难时期,吃饭要粮票,穿衣要布票,当然油、肉之类的还要油票、肉票。

为了搞盘石岭的封沟育林试点，时任财贸部部长的王俊，由县委书记亲自点将，到盘石岭搞试点，总结出经验在全县推广。

王俊到了盘石岭，住到光棍王保旦家里。村里的人冬天铺着羊皮，盖着羊皮。好多人，一件皮袄，白天穿、晚上盖，一年四季除了三伏天，几乎都是这样，因此人们说：羊皮皮袄真不赖，白天穿，夜晚盖，天阴下雨毛迎外。羊皮穿在身是暖和，可容易生虱子，一旦生了虱子很难清理干净。

王俊到了王保旦家，一来山区缺水，二来布票紧缺，一件衣服一穿几个月，当时下乡干部和社员一起参加劳动，晚上组织群众学习，几个月下来，衣服上的虱子一窝一窝的。

一次县委要开县委全会，通知王俊回县参加会议，王俊回到办公室，放下行李，第一件事就是捉虱子，正捉着，时任县委机要员的孙淑凯（系县委书记庞汉杰的夫人）正好送文件来了，一看部长正在捉虱子，王俊忙着把主腰子（即内衣）藏起来，孙淑凯看见说："老王，不要藏起来，你正在打猎（指捉虱子），我和你一起打。"于是就帮老王捉起虱子，正捉着，县委书记庞汉杰路过看见了，说："老王在打猎，猎物多吗？"老王不好意思地说："庞书记有事咱就先说工作。"庞书记说："工作咱会上说，我也帮你，咱们一起打。"老王说："脏兮兮的，快不要书记上手了。"庞书记风趣地说："怕什么，虱子是玉皇大帝派往人间的天虫，就连皇帝还有三个玉虱子哩。"三个人一阵哈哈大笑。老王说："皇帝才三个玉虱子，我这一身虱子如果是玉的,那可都是宝贝了。"老王还说:"打游击时,对付虱子有好多办法。"孙淑凯说:"那就是冬天放在院里冻。"庞书记说:"放到碾子上压。"老王说:"我们的办法就是到野外,把衣服放到蚂蚁窝上,一会儿,蚂蚁就把虱子搬光了,把衣服一抖穿上就没事了。"三个人又是一阵笑声。

天主教堂传出的福音

清末,连续几年右玉地区遭遇大旱,人心惶惶,这时义和团运动也蔓延到右玉,光绪二十六年(1900)五月,持续几年的干旱后,民不聊生,这时右玉城就有民谣说:"老天示警不下雨,全由红毛(指传教士)来作怪。正巧五月二十五日雁北地区其他各县的外国传教士齐聚右卫城集会,二十八日,他们准备到大同,这天清晨,当传教士们雇用马车运往大同出右卫城东门外时,被义和团首领梁福科率义和团成员拦截在东门外,围殴致死,之后一把火连教堂也给烧毁了。1901年,清政府和八国联军议和,签订《辛丑条约》,右玉的义和团首领杨三、梁福科被镇压,右玉知县郭肇金被革职为民,右玉县为传教士在东门外修坟安葬传教士,并树碑。同时在右卫城重新建天主教堂。教堂院坐东朝西,正中迎街为二层阁楼,外院正房五间,里院南面为经堂,西面为厨房。

右卫城解放后,原来转战西山根据地的县委、县政府进驻县城,县委机关就选择驻在了天主教堂。县委机关在天主教堂一切因陋就简,直至以后的几十年依然原样利用,未加修改。

1948 年 6 月 30 日,中共右玉县委在这里召开县委扩大会议,全面部署土改、生产、整党建党、支援前线等各项工作,认为改善右玉生产条件必须植树造林。

1949 年 3 月 2 日,县委、县政府召开三级干部会议,县委书记张荣怀正式发出号召:右玉要致富,必须风沙住,要想风沙住,必须多植树。

要让群众植树,领导先带头、党员先带头、干部先带头,"三个带头"这竟然成了从天主教堂传出的泽庇右玉的福音,影响了右玉民风几十年。

诗曰:

> 辛酉国耻教堂铭,嗣开共和说鼎新。
>
> 三个带头传福音,一代公仆倡大风。

希望的种子

种子是生命的延续,有种子就有希望。

孙淑凯是庞汉杰的夫人。20 世纪 50 年代末庞汉杰来右玉当县委书记,孙淑凯也随同丈夫一起来右玉工作。作为县委书记的夫人,右玉的发展、变化,右玉人民的生活状况,也就成了她关注的焦点。

20世纪60年代初正值国家处在困难时期，孙淑凯回老家沁源探亲，临返回右玉时哥哥嫂嫂要给他带一些红枣、核桃，以便到右玉给孩子充饥度饥荒。可孙淑凯，坚持不要带红枣、核桃，要求哥哥嫂嫂给带一点松树籽，哥哥嫂嫂不解地问为什么，孙淑凯说："你们没去过右玉，右玉那个地方太荒凉了，那里有好多好多的荒地，需要好多好多的树籽才能绿化。"哥哥嫂嫂也只好给她带了一些松树籽。

孙淑凯把松树籽带回右玉，生怕孩子们给嗑着吃了，就安排让公公庞耀秀到右卫城东门外的柳林沟挖了一块小地试验育苗。当时好多人挖小块地是种蔬菜弥补口粮度饥荒，县委书记的父亲庞耀秀挖小块地搞育苗试验。撒下的松树籽，在老汉的精心护理下，很快发了芽，经过二三年的培育，苗壮的松树苗出圃，庞汉杰就让试验站的技术人员移植到杀虎口。右玉能进行松树育苗，同时移植的松树苗成活，这在当时是一个惊天动地的新闻。右玉有希望了，右玉不仅能种植杨树，也能种植松树。

松树能在右玉成活，如今右玉有松涛园风景点，在桦林山、曹红山、总瞭山的油松、樟子松迎风傲雪，苍翠挺拔，人们是否还记得孙淑凯带来的希望的种子？

岁月淡出了人们的记忆，只有松柏的年轮铭记着那个时代，铭记着一个县委书记夫人的心……

人们崇拜观音菩萨，人们把她塑造成慈母德行的女人形象,抚慰一切女性种种的苦痛。可有谁知道作为一个贫困县县委书记的夫人,为了抚慰右玉人的贫困,山一重、水一重,千里奔波费苦心,风一程、雨一程,万般心愿驱愁云。

学以致用

《郁离子·鲁班》说:"唯大德为能得群力。"

共产党领导人民推翻三座大山,救民于水火的大德,毛泽东主席廉洁奉公,情系百姓的大恩千秋光耀。毛主席相信百姓,依靠百姓,百姓的苦与乐,悲与喜,荣与辱,都令他魂牵梦萦,倾尽心血。他忠实地践行着全心全意为人民服务的宗旨,始终以人民为老师,把人民群众奉为上帝,他心中有百姓,百姓心中就有毛主席。

学习毛主席的工作方法,毛主席说:"关心群众生活,注意工作方法。"县委、县政府的领导,就深入群众,了解群众的疾苦,毛主席身居国家主席的高位,时时把群众的疾苦记在心上,人民群众还能说,心里的苦,咽在肚里,身上的苦,踩在脚底,毛主席还惦记着老百姓,咱老百姓虽苦犹荣。中华人民共和国成立初,毛主席叫咱学文化,海子湾农民刘占武通过农民夜校学文化,1955年9月,出席全国青年社会主义建设积极分子会议,受到了毛主席的亲切接见。此后,他参加了工作,成为公社书记,县农业局局长。他从骨子眼感谢毛主席,当然衷心拥护毛主席制定的各项政策。刘占武是这样,其他干部,右玉的人民群众,也是这样。

20世纪60年代学习"老三篇",夜校学,田间地头学。淳朴的庄家人,理论上理解不深,但他们却能学以致用,学用结合。比如一句"下定决心,不怕牺牲,排除万难,去争取胜利",好多人在遇到困难时,或念或唱,困难为乐观豁达所取而代之,困难烟消云散。各行各业涌现出一些学以致用,学用结合的模范人物。

当然,一个时期,由于有些人把毛主席神化,对毛主席的崇拜狂热化有错误,但是在右玉把"不毛之地"建成"塞上绿洲"的过程中,不管政治风云如何跌宕起伏,毛主席提倡的"大寨精神","自力更生,艰苦奋斗"的精神,在右玉人的精神世界中起着主流、支配的地位,是右玉精神的灵魂。

时代风云跌宕,艰苦奋斗依旧。

"青山依旧在,几度夕阳红"。右玉人不变的是艰苦奋斗,植树不止。

移民记

当时间进入新的世纪之初,右玉县展开了一次新的大讨论:如何使右玉摆脱贫困,走出困境。

时任县委书记的高厚语出惊人,提出百村万人大移民。

移民？此论一出可以说是一石激起千重浪。好多熟知情况的老同志连连摇头。

右玉的历史上也曾有过两次大移民。

一次是1958年"大跃进"，搞"一大二公"，一大就是扩大核算单位，临近的几个村合并成一个生产大队，各村经济收入，粮食产量统一管理，统一核算，为了便于管理，一些小的自然村就搬迁到临近的大村。一年多之后，便是1960年，天灾人祸一齐降临，经济陷入极度困难时期，为了填饱肚子谋生，合并后的村庄的人纷纷又回到了自己的山庄窝铺，原有的家具丢失了，原住的窑洞塌倒了，山庄窝铺一片狼藉，为了活命，人们开荒种地，以求度过饥荒。

另一次大移民就是学大寨，"割资本主义尾巴"，一些山庄窝铺的人又一次搬迁到附近大村，住进大寨房（排子房），原有的牛栅栏、羊圈被夷为平地，自养的猪、羊、鸡都是革命的对象，一阵风过后，住进大寨房的人们，又回到了自己的山庄窝铺，被革掉的"尾巴"，又滋生起来。

前两次移民确实是劳民伤财，好多上了年纪的人记忆犹新。

多少年过去了，现在又要搞移民，好多人不约而同地说："我们再不能搞那些劳民伤财的事了。"高厚斩钉截铁地说："山区的人民，走不出大山就永远走不出贫困，我们移民是要实施人退林进、草进，产业结构的调整不劳民、不伤财，在我们做工作，民要移，财不能伤！"

移民搬迁,迁哪些村?移到哪里?怎样建移民新村?搬迁后的移民怎样稳得住,富起来?县委、县政府成立了专门的办公室,责成专人负责,山西省扶贫局拨来了扶持移民搬迁的专项资金,县政府制定了详细的实施细则,县领导、各乡镇包村、包户做思想动员工作。

很快,移民村的水、电、路通过来了,县城南街、东街移民村,威远镇的威东移民村,右卫镇的西街移民村,杨千河乡的金牛庄移民村,一些崭新的移民村拔地而起,移民村学校、卫生院建起来了,移民新居既有人居,又有畜圈,设施齐全。原来持寸土难移、穷家难舍想法的人心动了,一些年轻人看到移民新村能骑自行车、摩托车,能开拖拉机了,这是放飞自己人生梦想的理想之地,搬就搬吧!在他们入住新居之际,县领导敲锣打鼓欢迎他们,各家吃的香喷喷的油糕,喝着开心的烧酒……学校里传出了孩子们的歌声、笑声……

喜迁新居的农民用自己的实践,践行着县委、县政府"人退林进草"的战略调整。这个大调整随之而来的是山更青、水更绿,人与自然更加和谐。

移民新村建设碑记

脱贫致富为百姓之众望,移民开发乃扶贫之德政。

右玉昔为边地要冲,偏远荒寂,土瘦人疏。建国以来,历届县委、县政府励精图治、百业大兴,然而仍有近的村落散居僻壤,万余民众苦于田畴,生计困顿,行路、饮水、就医、照明、求学者困难尚未解决,其生存地因粗放耕作,亦日渐趋恶。世纪之交,省委、省政府投移民开发之资资助。县委、县政府诚怀为民之爱心,倡导为民之职责,践行"三个代表",深谋关怀民生之大计,"百村万人移民工程",新城镇移民村应运而生,至二○○一年三月兴作,讫次年移民六百余户两千五百多人口,新村养殖、加工、服务、劳务工于一体创举龙头,建基地、强梁镇之特色。其间温家宝、田成平、刘振华等领导曾莅临新村观摩指导,市、县级及上级主管部门多次现场办公,排忧解难。移民新村之建设,惠设万民,安泽百边,实乃丰功大业,善政深仁,可嘉可彰,政作须树碣,谨叙颠末,告诸来者,以冀之永久。亦望受惠移民发愤图强,艰苦创业,早早走向文明富庶。

乡亲们请留步

1958年的"大跃进",共产风,人们把家里的锅都砸烂投入了炼铁炉。

1959年,上一年的大丰收迎来了村村大锅饭,大食堂,走到哪儿吃到哪儿,人们享受着共产主义的滋味。

1960年,一股寒流从天而降,全国进入了经济危机,粮食危机,物资紧缺。

食堂化,大锅饭,锅里的饭越来越稀,碗里的饭越来越少,人们饥肠辘辘,寻找一切可以充饥的代食品。

皇皇苍天,赤地千里。一些老年人,忍受着,一个个浮肿了起来,年轻人难以忍受饥荒,琢磨着出外寻找生路。

一阵阵消息传来,大同矿务局招工,内蒙古海八湾、石拐子用人,出口外,下煤矿,人心浮动,有的村的年轻人一夜之间集体外流。

狭小的汽车站挤满了外流人,南来北往的大路上也是三三两两奄奄一息而逃难的人……

党中央提出:发扬"南泥湾精神",干部职工生产自救,领导干部做保证,千万不能出现饿死人的情况。县委书记庞汉杰带领县委委员们轮流分头上车站、上大路,挽留外流人员,耐心做思想工作,同时积极为他们筹措度荒救灾的粮食……

上级调来了一车车高粱、玉米、木薯干,一天深夜,庞汉杰叫了县委委员、左云城关公社书记王俊到北门外汽车站劝阻外流人员,两个人一直苦口婆心说到深夜,直到准备外流的人员一个个返回自己村庄,临明时两个人才回到家。

第二天是星期天,本打算好好休息一下,还怕有些人再返回汽车站,王俊不放心又到汽车站去看,一看经劝阻的人多数没有返回,但野场村的一个名叫杨三的人,正在车站徘徊,准备流口外,王俊再三劝说,天近中午,杨三心回意转,决定不出口外了。可那年月吃饭不仅要钱还得要粮票,杨三不仅身无分文,连一两粮票也没有,王俊只好把杨三领回自己家。

当时身为公社书记的王俊,全家也是在公社食堂吃饭,公社食堂是定饭制,得知王俊连续几天在车站、大路劝说外流人员,休息不好,吃不好一顿热饭,趁星期天,家属把攒了半年节省下的细粮票买了七个馒头,其余的便是杂粮面发糕。当王俊把杨三领回家,一看到热腾腾的馒头,饿极了的杨三不由分说拿起来便吃,吃了一个又一个,七个馒头只剩下三个了,杨三不好意思地说:"老王你和孩子女人咋不吃?"王俊说:"你先吃饱好赶路,我们在家好说。"杨三吃饱转身出家向回家路走去。时为县委委员的王俊如释重负,当送走客人回家一看,三个孩子一个人一个馒头,轮到自己只是些杂粮面发糕。看着只能大口大口吃着发糕的丈夫,老伴心痛得掉下了眼泪,眼泪掉在菜碗,又咽到了肚子里。

用脚绘制出的蓝图

1956 年,迎着和煦的春风,马禄元到右玉担任县委书记。

1956 年 3 月,团中央、林业部、黄河水利委员会召集陕、甘、宁、晋、内蒙古五省区青年在延安召开造林动员大会。

20 年前延安的红色革命风暴,动员了全国人民,抗击日本侵略者,解放全中国。

20年后,延安又掀起了绿色革命风暴,植树造林,绿化大地。

刚刚上任的县委书记马禄元,贯彻延安会议精神,当即在右玉县城的北门外的荒沙滩上,召开了县级机关干部、工商各界、学校青年参加的动员大会。

动员会开了,怎么个做法,这得有个规划,有个蓝图,没有规划,盲目蛮干是不行的。

做规划,制蓝图,一要资料,二要技术,经精心挑选,从干部中选了几位懂水文地理的技术人员,由县委书记、县长带队,背着行李、干粮,迎着扑面的沙尘,顶着炎炎烈日,徒步在马营河流域搞起了勘察测绘。他们一行几人,先查风口,测风向,查地质、地形,然后根据风向、地形研究如何治理。在马营河的河滩上,他们徒步从西走到东,然后再从东测到西,有时一天就要走上几个来回,有时技术人员用仪器测,县委书记还给扛标杆。从春天测到夏天,从酷夏测到深秋,中午野外吃点干粮,晚上到附近的农家休息一晚上,第二天接着干。经过从春到秋的实地勘察,测出了马营河流域大小支流40多条,长36公里,面积为240多平方公里,300多万亩,制定出"因地制宜、分类治理、长短结合、坡梁兼治,先堵风口"的治理原则,提出了防风固沙、挖制水土、种树种草的实施方案。于是乎以防风固沙、控制水土流失的 蓝图绘制出来了。当时好多人不知道什么叫蓝图,蓝图是干什么的?蓝图是什么绘制的?

有人风趣地说:蓝图是县委书记用脚绘制出来的。

在组织劳力集中治理时,马禄元还总结出"穿靴子,戴帽子,扎腰带,贴村条"的具体防治办法。

所谓"穿靴子",就是在丘陵山下,土地湿度较大的河滩地方先种植护岸林,防止水土流失。

所谓"扎腰带",就是在一些坡梁地带,建等高梯田带。

所谓"戴帽子",就是在丘陵顶部、山头顶上种植沙棘、柠条之类的灌木林。

所谓"贴村条",就是对一个沟壑渠道水土流失较严重的地方修筑沟头埝,培埝压条。

这样经过不断探索,使右玉的植树造林逐渐走上了科学、合理、高效、快速的轨道。

"莜面绳绳"拴住的大学生

莜面是右玉人的家常便饭。莜麦也叫燕麦,以其耐高寒干旱选择了右玉。右玉人因莜面耐饥,也就是耐消化,劳动时吃上有力气,因而莜面成了右玉人的当家饭。

20世纪五六十年代,一些大学生下放右玉农村参加生产劳动,张沁文就是其中的一个。张沁文,上海人,1958年南京林业大学毕业,当时大学生到农村,先要经过"三同"考验,即"同吃、同住、同劳动"。

同吃,就是大学生到农民家吃派饭,农民吃啥,他们也吃啥,张沁文从小吃惯了米饭,刚到右玉农村,农民给他们吃"莜面绳绳",刚开始人们问他吃甚饭了,他们就说:"吃莜面做成的绳绳。"吃莜面,右玉农村人多数是拌酸腌菜一起吃,他们不懂这个吃法,先把酸菜吃了,再喝菜汤,等蒸莜面上来了,他们的菜汤吃完了,只好单吃莜面,吃完后人们问他右玉的饭好吃不好吃,他只好如实地说:"真难吃,菜太酸太酸,酸菜汤更难喝。"发现他们的吃法不对,农民就提醒他们说:"你们蘸着吃。"意思就是把莜面拌到菜汤里一块吃,他们听不懂农民说的意思,以为农民是让他们站着吃,于是他们端着碗站在炕上吃起来。农民看他们没听懂要说的意思,就手把手示范,这才学会了莜面的吃法。他们会意地笑了。

几年的工夫,张沁文没有被这里恶劣的气候吓跑,习惯了右玉的气候生活,也熟悉了右玉的自然、地理,他编著了《右玉县自然地理》《右玉县流域治理规划》《揭示改造自然和发展农业生产的客观历程、加速黄土高原的建设》等一系列书籍论述,他从一个白面书生成为县领导的科学参谋,成为右玉的一个有用的高专人才。18年后他成为县林业局副局长。他在调查研究的基础上先后写出了《右玉县植树造林效益调查报告》《关于农业生产指导方略》《农业发展趋势探讨》等学术论文。他的《系统工程学》论文,受到了我国著名科学家钱学森的赏识。直到1979年,他才离开右玉,调到山西省农业委员会,担任山西省旱作农业研究中心主任。

张沁文把青春年华贡献给了右玉,右玉的风霜染白了他的额头,他用他青春的热血染绿了右玉的山头。

右玉要和大寨结伴而行

1964 年,新华社播发《大寨之路》长篇通讯,毛主席发出了"农业学大寨"的号召,同年 12 月周恩来总理在第三届全国人民代表大会第一次会议的《政府工作报告》中把大寨精神总结为:"坚持政治挂帅、思想领先的原则;自力更生、艰苦奋斗的精神;爱国家、爱集体的共产主义风格。"1968 年 10 月,全国农业学大寨现场会在大寨召开,1970 年 8 月,北方地区农业学大寨会议召开。

"学大寨、赶大寨、大寨的红花遍地开……"歌声响彻祖国山川大地。

一批批的干部、农民乃至学生,涌向了大寨,大寨、昔阳、阳泉的宾馆爆满,大寨成了人民信仰、向往的圣地。1968 年初秋,陈永贵,山西省核心小组成员,后来任中国共产党第九届中央委员会委员、国务院副总理,来到了右玉。

在右玉,陈永贵住在县城西街招待所,招待所用大笼蒸莜面窝窝、山药蛋,陈永贵吃得津津有味,连夸右玉的莜面饭好吃,住了一宿,第二天到了杀虎口,杀虎口的群众见到了头扎白毛巾、衣着黑土布衣、脚穿土布鞋的陈永贵,群情激奋,有人喊出了口号,杀虎口大队党支部书记杨万林上前握住陈永贵的手,亲切交谈。多少年过去了,杨万林回忆起陈永贵的那双手,指头粗壮,老茧粗厚,手掌敦厚,壮实而有力,满面皱纹,慈祥而和蔼可亲。之后,陈永贵到暖泉村,看到该村学大寨,不是搞农田基本建设,而是把村民的门窗院墙刷成红色,搞"一片红",毫不客气地说,不能搞表面的东西,农村要改变面貌,就靠实干,靠艰苦奋斗。

离开右玉时,陈永贵嘱托右玉的领导,说,农村就得艰苦奋斗才有出路,右玉搞上去,大寨就有了伴儿了。

陈永贵去右玉连续召开了两个农业学大寨的会议。

大寨在遭受百年不遇的七昼夜大雨后,陈永贵提出"三不要,三不少",即遭灾之后的大寨不要国家的救济款,不要救济粮,不要救济物资,同时向国家提供的余粮不少,社员的口粮不少,集体的库存粮不少。

陈永贵在右玉大地上留下了深深的脚印:学习大寨、赶大寨,大寨的红花边开,大寨是咱的好榜样,山河大地重安排……

歌声焕发出一种精神,精神转化为力量,力量附着于千万人的行动之中——植树造林,绿化荒山。

于幼军的感动

2006 年,山西省委、省政府召开全省"六大造林绿化工程"启动大会。

六大工程启动,省长于幼军决定让右玉拉动带动。

县委书记赵向东是个办大事不说大话的人,全省看右玉,右玉怎么办? 还是老传统,一个字——"干"吧,同样是老办法,觉悟加义务,机关干部先带头。植树一要干劲,这是人身上可以发挥出来,是取之不尽、用之不竭的资源,买树苗、浇水,还没资金。说起资金,右玉是个贫困县,有限的资金办这么大的工程,这怎么办? 办法一是"挤",县财政从行政事业费中挤出一部分,二是"捐",机关干部带头每人捐献半个月的工资。

2007 年 4 月,省长于幼军第四次到右玉考察工程进展情况,看了右玉人的劳动场面,感慨地说:"右玉人咬定栽树不放松,不信春风换不回!"

当他得知右玉的机关干部不仅带头参加植树义务劳动,还每个人捐献半个月的工资,历史上右玉干部为植树造林,竟有半年没发工资,不禁感慨道:"右玉的干部太好了! 他们义务劳动精神就十分可贵了,怎么还能再捐上工资? 他们的工资还要养家糊口。省政府再给右玉点钱,给把干部们捐献

的工资补上。"

右玉的干部笑了，干劲更大了，省长也知道大家的苦难，我们太感谢了。

2007年8月，山西省在右玉召开了全省六大造林绿化工程工作会议。

于幼军在会上赞扬右玉县艰苦卓绝、锲而不舍的绿化精神。

他说："右玉今天的绿色是几万老百姓一代一代用满腔热血蘸着汗水写出来的。""右玉的绿化精神不只是换来了秀美山川，更重要的是带出了一大批作风朴实的干部。"

再现南泥湾

1958年11月8日至1961年4月20日，左云、右玉两县合并。

左、右合并，过去人们讲左右逢源，这是好事，可左、右合并后，国家经济进入非常时期，人民生活进入极度的困难时期，为了解决群众的生活，县委、县政府千方百计从上面请求救济粮，上级从哪里调粮？调来了一些饲料、高粱、木薯干、红薯干，还是杯水车薪。各公社、生产队也想尽了办法，用乔麦穗、山药蔓推成面掺和些菜叶、莜面搞代食品，社员自己挖野菜、剥树皮，从前几年种过山药的地里挖黑山药充饥。长期的饥饿,有的人得了浮肿病。

县委、县政府一再强调:"千方百计度饥荒,千万千万不能饿死人!"

"不能等着饿死,就得拼命奋斗。"

怎么办?县委书记关毅说:"共产党、八路军,战胜困难有老传统,那就是发扬南泥湾精神,自己动手大生产!"

县委领导、县政府领导扛起铁锹搞生产自救,机关厂矿干部职工齐出动,开荒种地。自己动手,丰衣足食。春天种下的粮食蔬菜,秋天就见了收成。手中有粮,心中不慌。

左、右合并力量大,左、右合力继续战风沙!

一路:即由梁家油坊到左云 50 里骨干路;二河:即十里河、苍头河,主要是护岸林,防止水土流失;三道梁:是云西南梁、赵火色南梁、黄沙清梁。

拖拉机、牛犋、劳动力、学校师生齐出动。

学习南泥湾,开展大生产。饥荒没有饿倒劳动人民,人民战胜灾荒。困难教训了领导,也历练了人民,人心齐,泰山移,三心合一心,黄土变成金。

自加压力,负重奋进

密切联系群众,是党的优良传统。

从中华人民共和国成立初期,县领导就把群众路线视为生命线,张荣怀、王矩坤、解润、马禄元、庞汉杰等领导经常徒步深入农村深入农家访贫问苦,访寒问暖,群众中至今传为佳话。县长解润带着公务员到河西下乡,当走到西大河时,公务员要背他过河,解润说,你人小力气单,还是我背你吧。就这样县长背着公务员过了河。公务员为县长背着行李,两人徒步沿村逐户地走访。

领导的个人自觉、以身作则当然重要,如何形成制度化?右玉县一直是比较重视制度建设的,用制度管理。20世纪70年代初,杨爱云担任右玉县委书记时,因他是军人,军人更知道用制度、纪律去管理,于是,1973年,右玉县委就做出了《关于干部蹲点的决定》。决定遵照毛主席关于"面上的工作要先抓三分之一"的指示,从全县县、社两级抽调152名路线觉悟高,对农村工作较熟悉的干部,分成两支队伍,一支115名,蹲好100个重点大队,一支37名,蹲好几项重点工程。要求下去蹲点的干部要积极参加集体生产劳动,每月出勤不得少于20天,都要有记工本,由所在生产大队盖章负责人签名。

1975年,县委又做出《关于干部参加集体生产劳动的决定》,决定要求县级干部全年劳动不少于100天,公社干部全年劳动不少于200天,大队干部全年劳动不少于300天。为了保证干部能深入基层,参加劳动,县委要求:少开会,开短会,少行文,行短文。

1982年,右玉县人民政府又做出《关于开展全民义务植树运动的决定》。

决定提出,一是大力开展全民义务植树运动的宣传教育活动。

二是凡年满11岁的中华人民共和国公民每人每年都要在植树季节参加义务植树活动。

同时要求各机关、学校、厂矿要好好地绿化和育苗,交通、水利部门要搞好公路、渠道、水库的绿化,乡村要大力开展"四旁"绿化。

同时强调各级要保证绿化所需经费。

县人民政府成立绿化委员会,统一领导全县植树造林工作。

1992年,右玉县委、县人民政府为了防止改革开放后部分干部放松思想上的约束,贪图享受,因此做出了《关于继续坚持发扬艰苦奋斗优良传统和作风的决定》,决定要求县级领导每年用三分之一的时间深入农村、厂矿、学校和企业单位进行调查研究,每人至少写出1至2篇有情况、有分析、有规律的调查报告,各乡镇、各单位的领导要用三分之二的时间深入第一线调查研究指导工作。决定要求坚决实行"三同",干部下乡要自带行李,自带劳动工具,与当地群众同吃、同住、同劳动,经常参加劳动,县级领导每年劳动时间不少于1个月,县级机关干部不少于2个月,乡镇干部不少于3个月。决定还要求坚持勤俭办事,保持清正廉洁,坚持制止大吃二喝、请客送礼、挥霍浪费的不正之风。

为了实现在山西全省率先实现绿化达标,县委又做出了《向焦裕禄同志学习的决定》,决定要求全县各级干部要学习焦裕禄,照镜子、振奋精神,带头发扬艰苦奋斗的优良传统和作风,克服因循守旧、故步自封、得过且过、不求上进的懒汉懦夫思想,坚持解放思想、开阔思路、大胆探索、积极进取,不断开拓前进。

思路决定出路,作风决定成败。

1991 年 4 月,县委做出了《力争全县实现基本绿化的决定》和《关于努力把我县建成优美绿色城市的决定》。

1992 年 9 月,在山西省林业工作会议上,右玉被批准为基本绿化县,并被树立为山西林业战线十标旗之一。

鏖战杀场洼

杀场洼,多么可怕的名字啊!

杀场洼名字的由来是这样的:明代弘治十三年(1500年),蒙古军突破长城防线,准备突袭威远卫,大批的蒙古骑兵隐藏在威远以北的山沟里,以少量的骑兵到威远北的毛家岭一代烧杀掠夺,哨探望见毛家岭有少数游骑散勇抢掠,通报威远游击将军王果,王果听说敌人只有几名游骑,以为是立功的时机到了,守备指挥邓洪主张坚壁以待,王果以为是延误战机,不听邓洪劝阻,仓促率领驻守威远驻军出城迎战,当威远军在毛家岭展开征讨蒙古人入侵者的时候,蒙古军佯装败逃,威远军乘胜追击。

当威远军追到老虎坪地带,埋伏在山沟的蒙古骑兵一声呼啸,一涌而出,威远军在突如其来的蒙古骑兵的追击下,很快溃不成军,蒙古兵就横冲直撞挥刀砍杀,瞬息间,威远军的50多名总级指挥官、旗军550多人,官军600多人,杂牌军600多人,惨死在蒙古军的砍刀铁蹄之下。于是给这块土地留下了一个可怕的名字,杀场洼。

几百年过去了,杀场洼依然是白骨累累阴森恐怖,真可谓是:"千村薜荔人遗矢,万户萧疏鬼唱歌!"直到20世纪的五六十年代,每到黄昏时候一堆堆的鬼火在荒野游动。白骨之下,是被人们称作"狼路过还要怵惕"的黄沙砾石。

20世纪60年代初期,也正是国家极度困难时期,好多人过着"一天三顿饭,稀饭照月亮"的日子。饿我们也不能躺着等待饿死呀,"人哄地皮,地哄肚皮",不能谈着等待,就紧紧裤带奋起。极度的困难时期,作出了超常规的决定:大兵团会战,治理风沙源,围歼荒山坡。于是乎全县在老席坪、杀场洼、辛堡梁、杨树梁、黄沙洼集中连片的荒沙滩上摆开了决战的架势。县委、县政府领导分片负责,各部门领导深入各公社,各公社领导深入农村生产队,分头发动,分头组织,机械、牛犋、车辆统统上植树造林工地,后勤服务到工地,造林工地的村庄就地安排吃住。工地上,拖拉机、牛犋齐上阵,能机耕的机耕,不能机耕的上牛犋,不能上牛犋的人工挖坑种植。工地上,锣鼓喧天,红旗飘扬。

锣鼓声中,饥饿的人们,焕发了精神,红旗下,铁锹挥舞,荒原之上,拖拉机的马达声在山野间回响,不要扬鞭自奋蹄的牛犋播下了希望的种苗。

笼罩杀场洼多年的阴霾,在拖拉机的轰鸣声中被驱散,辛堡梁头高高飘扬的红旗,拂去了连绵不断的土地沙尘。

五大战场,围歼荒垣,30万亩林地,上级领导视察后说:在右玉,重现当年的"南泥湾"的情景,困难没有吓到我们,反而激发了"南泥湾"精神。

为了绿化荒垣,改良土坡,右玉首次实施飞机播种牧草,播种用的是比较落后的安尔飞机,飞机在哪里撒籽,需要有人具体指挥,马禄元自告奋勇上了飞机,马书记说:"过去听说过天女散花,今天我要上天来个天女撒草了。"

飞机飞过之处,需要播草的地方,地面就举起了红旗,飞机上就开始播种,轰隆的机声,惊醒沉闷的山村,银光闪闪的雄鹰,唤醒了沉睡千年的荒垣,飞机所过之处,地面一片欢腾。饥饿,没有吓到右玉人,困难激励了右玉人,右玉人在饥饿时奋勇,右玉人在困难中崛起。

曹国权其人

在右玉县南部沟壑纵横的山沟里,有个普通的山村——

曹家村。曹家村有一个普通的再不能普通的普通人——曹国权。

曹国权中华人民共和国成立前靠给有钱人家拦牛放羊过日子，因家庭贫困，连老婆也没娶过。中华人民共和国成立了，这个穷得叮当响的光棍，有了自己的土地。过去他上无片至下无立足之地，自己有了土地，他辛勤耕作，光景过得殷实。在种庄稼之闲暇时节，他在自家的土地上种了杨树。后来农村搞合作化，土地归了公，当然他的树也一并归了公。后来上级纠合作化之偏，给他确定了一部分自留树，他拿到了树林证，十分高兴，看着地里长着枝繁叶茂的杨树，他心里乐开了花，植树给他带来了乐趣，他植树的劲头更足了，又种了好多好多的树。

1958 年，人民公社"大跃进"。人民公社说的是一大二公，理所当然，个人的树也应归公，他十几年辛劳种下的树，又成了公家的。1962 年落实政策，纠正人民公社化中的偏激行为，又给他退回一部分自留树，发了林权证，他想归公归己树还在，植树不会亏待自己。

20 世纪 60 年代后期，全国"农业学大寨"，农村又搞割"资本主义尾巴"了，"一并五不要"。"一并"就是合并核算单位小村并大村，"五不要"即不要"自留地、自留树、自留猪、自留羊、自留鸡……"这一些都属"资本主义"，社会主义革命就得革掉这些资本主义的尾巴。曹国权的自留树，又一次成了革命的对象，当然是要归公的了。他栽的树归了公，村里盖

"大寨房",需要梁柱木材,曹国权的树正好有了用场。

1980年,国家发布了《国务院关于保护森林发展林业若干问题的规定》。

右玉县做出了促进林业发展的三项规定:稳定林权,划定自留山,确定林业生产责任制;同时落实林业政策,给农民发放了林权证、树权证,宜林地使用证。

三证的发放,稳定了民心。曹国权拿到了县人民政府发给的红本本,如鱼得水。

这一年曹国权拿到了两个红本本,一个是宜林地使用证,一个是结婚证。奋斗了大半辈子的他终于有了一个家。娶回新娘,家往哪里安?这一回他是吃了秤砣铁了心,他干脆把家安到自己的林地——村东一条沟沿上。主意拿定,他着手找工匠盖房,没几天新房盖起来了,他就和老伴住到村外的沟沿旁的新房里,和老伴一起经营起他的"世外桃源"。

见他没明没夜地植树,有些好心人劝说:"你栽了多少次树,公家收了多少次,何必白费那辛苦。"曹老汉却说:"辛苦没白费,我没用上木材,公家也用上了。"

也有人说:"你又没儿子,何必费这么大劲种这么多树。"曹老汉说:"我没儿子,曹村人有儿子,树就是我的儿子。"

2010年曹国权去世,享年90岁。

唱得绿树长满坡

人人都知道,树是种出来的,可在右玉好多年前确有一群"唱树"的人,他们为绿色欢呼,为绿色歌唱。

20世纪70年代,右玉展开了大规模的绿化造林,如何宣传群众、鼓动群众,县委、县政府想到了宣传舆论的作用,从县级机关各部选拔了一些能歌善舞的人才,由县文化局统一领导,统一管理。

文艺宣传队采取自编、自导、自演"三自"为主的方针,编写一些校园歌曲,编写一些人民群众绿化右玉大地的歌舞表演如《大战黄沙洼》《苍河怨》等反映群众绿化生活的文艺作品,同时编写一些讴歌植树造林中涌现出来的好人好事的节目,现编现演,以鼓动群众植树造林的热情。如有上级领导来右玉视察检查,文艺宣传队就以文艺的形式进行汇报演出,使上级领导通过文艺的形式了解了右玉,认识了右玉,既形象又生动。

这支文艺宣传队自成立就立足本地,立足绿化,立足宣传教育群众,群众在山上植树造林,宣传队就送文艺宣传到山上,晚上群众植树完毕回村休息,宣传队就深入农村进行街头文艺演出。如破虎堡的姚家窑在1500多米的大山深处,交通十分不便,遇上深秋初冬积雪结冰,山路坡陡道滑,宣传队员们就人推着汽车上山,有时村里不便搭建舞台,就到群众家里或较大的棚圈进行演出,他们把欢乐送给群众,留给自己的是风餐露宿、艰难险阻。

宣传队先后共编写演出了《绿之韵》《绿叶赞歌》《绿色的丰碑》等几场专题文艺演唱节目。如《绿叶赞歌》《家常便饭迎贵客》《绿洲放歌》等剧目,在群众中留下了深深的印象,至今传唱不衰。

群众性的大规模绿化场面已淡出了人们的记忆,但这些词美曲优的文艺节目却深深印在人们的记忆中。诚如《绿叶赞歌》歌唱的那样:

一片片的那个绿叶,

一颗颗心;

片片绿叶心映心,心映心。

叶连着枝来,

根护着根,

维护着大地可爱的母亲,可爱的母亲,可爱的母亲。

一片片的那个绿叶,

一颗颗的心;

片片绿叶心映心,

织出绿的山,

绣出绿的海。

倾吐着阳光雨露哺育的深情,哺育的深情,哺育的深情。

一片片的那个绿叶,

一颗颗心；

片片绿叶心映心，心映心。

一代接一代，

一春传一春，

描绘着神州大地美好的憧憬，美好的憧憬，美好的憧憬。

古代的圣人，效法自然，养育万物，泽及百姓，他们用《诗》来表达志趣，《书》来记载事情，《礼》来规范行为，《乐》来调和人际关系，《易》来说明阴阳变化的规律，《春秋》用来正名分。

古代贤明之君懂得用音乐来表示兴趣，黄帝有《咸池》，尧有《大章》，舜有《大韶》，禹有《大夏》，汤有《大获》，文王有《辟雍》之乐，武王、周公有《武》，激励国人，以达八音谐生，中和四方。

从"九边门阀"到"植树模范"

《明史》记载："自俺答款，宣大、蓟门设守固，而辽独被兵，成梁（李成梁，辽东参将）遂擅战功，至剖符受封，震耀一时，亦倘有天幸欤？麻贵宣力东西，勋阀可称。两家子弟，多历要镇，是以时论以李、麻并列，然列载拥麾，世传将种，而恇怯退避，隳其家声。语曰'将门有将，诸人得无愧乎！'""麻氏多将才，人以方铁岭李氏，曰'东李西麻'。"

被《明史》称为"九边门阀"的麻家,祖居甘、陕北部的神连山一带,是崇奉伊斯兰教的回民。

明初,为了防御北方鞑靼瓦剌南侵,麻禄在战役中壮烈牺牲年仅25岁,嘉靖皇帝称赞曰:"麻大将军乃明廷栋梁也。若处秦皇汉武之世,当与秦之王剪、汉之卫青、霍去病一样。"

麻禄的三儿子麻贵因作战英勇从奴隶到将军,万历年间,万历皇帝亲自谈话,让麻贵担任"提督水陆官兵",征讨倭寇,拯救朝鲜。

麻贵先后七次受到皇帝的嘉奖,子孙6人受皇帝的封荫,享年79岁。

麻家先后历明、清两朝,有30多人官封总兵、将军,在右卫城曾有四代一品坊、忠节两会坊、五代一品坊、父子元戎坊、敕赐坊、镇海元戎坊——"天子戍边",建"九边重镇",麻家迁居大同镇的右卫城,父子培育优种军马。到嘉靖年间,鞑靼势力崛起,于嘉靖三十六年突破长城防御工程,围困右卫达八个月之久。在保卫右卫城的战役中,麻禄率领其子麻锦、麻富、麻贵等麻家众子侄会同右卫守将奋力抗敌,因战功卓越,麻禄升任右卫指挥使。官至指挥使的麻禄使麻家的命运出现转机,麻家从养马夫一跃成为官宦人家。随着明王朝与鞑靼的矛盾激化,长城沿线的冲突加剧,在烽火狼烟的战火中,麻家也迅速崛起,麻禄的大儿子麻锦官至大同参将,二儿子麻富在水坡寺抗击鞑靼入侵。麻家将,随着历史的烟雾出了人们的视线。

麻家以其卓越的历史功绩在长城沿线、在右玉大地留下了深深的印记。遍布右卫古城东、西、南、北的麻家坟、清真寺石碑铭记着麻家的辉煌。

日月更替,时光飞越,

物是人非,大地铭记。

在右玉大地的麻家坟、麻家滩见证着麻家的历史。岁月在风火中传承,人类在大地上生存。右玉这块热土,秉承着"至哉坤元,万物滋生,乃顺承天。坤厚载物,德合无疆"的自然法则。

麻家的后代与右玉人一起,遵循着大自然的法则,承受着历史的磨难,守望着这块赖以生存的热土,不离不弃,共存共荣。

麻耿这位麻家将的传人,在与友人一同战风沙抗霜冻,营造"塞上绿洲"的搏击中,同样发扬麻家将浴血奋战、奋不顾身的精神,被右玉县人民政府授予"绿化功臣"的光荣称号。

"塞上绿洲"是"红、黄、绿、蓝、白"五色交织的壮锦,右玉也是汉、满、回多民族多元文化的热土。

缚苍龙

在中华民族危难之际,毛泽东主席在长征到达陕北前在

《清平乐·六盘山》一词中发出"今日长缨在手,何时缚住苍龙?"的慨叹。

苍头河,发源于平鲁三层洞,纵贯右玉南北,流经内蒙古汇入黄河。

苍头河虽说是右玉的母亲河,然而在几千年的历史中害多利少。为了治理苍头河,变害为利,右玉人可谓是费尽周折。20世纪50年代,人们为了防止洪水冲刷,在河岸两旁植树,然而苍头河每逢洪水季节,像条发了疯的苍龙,两岸人民备受灾难。就连明代修筑的右卫城,多次被洪水冲刷,城墙的西南部原本就退让回来成圆形,西门外修建了龙王庙、水神庙多处,西北城墙也被冲掉一角。

20世纪六七十年代,人们为了防御洪水,在河岸滩涂以石头垒砌石坝,然而一场洪水,石坝被连根抛起,多处农田庄稼受损,有些沿河的村民也不得不搬迁他处。石头水泥砌的石坝经不住洪水冲刷,有的水利专家就提议用铁丝编成铁笼网住石头,以防洪水冲刷,谁料想苍头河两岸多系沙质土层,洪水冲不掉用铁丝网着的石头,但可以冲走其下部的沙土,久而久之,坝基冲刷,石坝垮塌。石坝、铁丝网都难以对付苍头河的洪水,怎么办?

为了治理苍头河,1991年右玉县成立开发治理苍头河指挥部,在经过征集林业、水利、农业、科技等多方面科技人员进行调查勘测,召开苍头河干流农业综合开发规划论证会,制定了《右玉县苍头河流域农业综合开发规划》并有专人实施工程项目。

1992 年成立右玉县苍头河农业综合开发试验中心,决定对苍头河流域实施山、水、田、林、路综合治理。

经过连续几十年的不断探索,田地分段治理,危害几百年的苍龙低下了傲慢的头,右玉人终于变害为利。有的地段成为右玉的亮丽景观。

上游的常门铺水库,如今被称为"中陵湖",碧波荡漾,鱼跃鸟翔,农田林网,六畜兴旺。

中游是苍头河湿地公园,绵延几十里长的沙棘、灌木林带,绿树成荫,沙棘晶莹,游人嬉戏,水草芬芳。

其下游是海子湾水库,湖面如镜,映照古堡,长城蜿蜒、草绿花红。

如今光临右玉极目蓝天白云,纵观苍头河两岸,诚然:

　　苍河碧绿映照秀丽山川,

　　水草肥美哺育遍地牛羊。

高墙大院变广场

高墙大院,门庭森严,这是中国几千年传统文化对衙门的描述。

时光到了 21 世纪之初,新世纪的太阳升起在东方的地平线,在静谧中人们便进入了一个新的时代。

在右玉,人们没有发现别的动静,在伴随着新世纪的钟声中,传出了拆县委、县政府大门、院墙的锤斧声……

没几天,迎街的门搬迁了,县委、县政府的高大门楼、院墙不见了。

县委、县政府成了敞八海,又怎么折腾呀,来自四面八方的埋怨声,"快别瞎折腾了","县委、县政府没院墙,治安保卫可要忙了,安全真成了大问题",领导的安全,群众的埋怨,此起彼伏。

工程在循序进行,县委、县政府建成了街心广场,广场中心种植了草坪,沿街种植了花草树木,每当清晨青霞映照,山明水静,广场上悠闲散步的人群,开心地呼吸着清新的空气,每当夜幕垂空,三三两两好友情侣在广场上、彩灯下或漫步或谈心,昔日的禁地,今日的乐园,想不到,县委办了一件得民心的好事。

原来怕院墙拆去不安全者放心了,群众是通情达理的,原来怕县委、县政府领导失去尊严者放心了,领导和群众没有了高墙大院的阻隔,交流更方便了,群众满意了,原来县委、县政府是这样的,原来县委、县政府领导如此和蔼平易近人。

一墙之隔,这道墙是森严了几千年的墙,一座门,这道门在老百姓心目中是何等威武的门。

破天荒,右玉率先这么干了。

根的故事

2011 年秋，山西省扶贫基金会在洪洞召开工作会，会议下榻古槐民俗园宾馆。

古槐民俗园对面便是古槐公园。古槐公园大门雕塑着一株古槐，树干老态遒劲，树根裸露地表，蔓延四面八方，"树身数十周，树荫蔽数亩"，古槐公园印象最深的就是几代老槐树，老槐树彰显的一个字便是"根"。

"问我祖先来何处，山西洪洞大槐树"。

大槐树传说着明代从这里向北京、河北、山洞、安徽、河南、江苏移民的故事。

我凭吊老槐树，仿佛老槐树向我们讲述着当年的故事：

在军士们荷枪握剑的押送下，一群群光背袒肩的青壮，一队队扶老携幼的妇孺，一根根长绳，捆绑着一双双的手，人群排成长长的一队又一队。

一队队的人群，在皮鞭的押护下，走向了渺茫的远方，他们无奈地回望心中的家园——大槐树。

从此大槐树成了他们唯一的记忆，大槐树也成了他们故土的根。

不知过了多少年，我的姥爷跟随他的父亲、母亲，再一次从五台山的台怀出发向北走去，"金窝银窝，不愿离开自己的穷窝",他们不知要去哪里,哪里又是他们的安身之地,但他们带着家乡的根——一根当地人称之为"红鞭杆"的树条。也不知走了多少个日夜,山一程,水一程,风一更,雪一更,手里的红鞭杆过村时可用作打狗用,上山过河时又可当手杖用。一天他们走到了威远西南八里的进士湾,停下了脚,在这里遇见了前些年来的老亲。那年头,穷人上无片瓦,下无立锥之地,他们唯一不忘的是手中一路提携的红鞭杆,插在了破窑洞的门前,便开始为有钱人家拦牛放羊的营生。

第二年门前的红鞭杆发出了新芽,他们也希望在新的地方生活出现新的希望。希望归希望,一代一代传承着拦牛放羊。后来,红鞭杆长成了小树,小树长成了大树,大树变成了老树。

姥爷在窑洞里成亲娶了姥姥,生下了我的三个舅舅、两个姨姨,连我母亲六个儿女。再后来,两个姨姨出嫁了,三个舅舅还是单身,再后来二舅被一个寡妇找走,三舅也娶过媳妇。三个舅舅,大舅一辈子没娶过老婆,二舅、三舅一个人生了一个女儿,怎么也没生下一个顶门立户的男儿。

又过了多少年,姥爷、姥姥和舅舅们住过的窑洞坍塌了,村里的人搬迁了。我去看姥爷、姥姥、舅舅当年住过的地方,只有那株红鞭杆树还依稀可见。

我面对着那株红鞭杆树,久久停立,它就是姥姥、姥爷、舅舅们的根。

这也许就是他们从五台山把它带出来的初衷。

广阔天地放飞梦想

1968年,毛主席说:"知识青年到农村去,接受贫下中农再教育,很有必要。"

于是乎,北京、大同矿务局的一批中学毕业生来到右玉安家落户,一些十六七,最大年龄不足二十岁的青年男女,被分配到右玉乡村,接受贫下中农的再教育。他们到农村的第一关是吃饭,刚开始他们到社员家吃派饭,后来生产队给派个做饭的,再后来,他们就学着自己做饭。在家里上学时,他们连莜面听也没听人说过,来右玉吃莜面、做莜面,一切从头来。他们到农村的第二关是劳动关,接受贫下中农再教育,学做农村活这是一个大难关,耕地、抓粪、打土坯、拉砘,样样都得学,学这些活,关键是要学吃苦,冬天抛大粪,春天捋粪,秋天收割庄稼,样样农活都得学,原本细皮嫩肉的孩子们,几年下来,一个个蓬头垢面。他们在农村的第三关就是与群众打成一片,当时虽然是接受贫下中农再教育,但他们给农村带来新的气息,原本寂静的山林,有了笑声、歌声、舞蹈声。劳动之余,他们不顾一天的劳累,扔下劳动工具,便参加唱歌跳舞,有时他们还到田间地头、劳动工地宣传演出。渐渐地,他们熟悉了农村,也熟悉了农村的农活,同时也熟悉了村里的庄户人,并产生了深厚的感情。几年之后,他们中的一些人有的升学了继续深造去了,有的安排了工作,有的参军了,有的因其他原因离开了农村。

多少年过去了,他们的农村情缘却不能了断。村里的人惦记着他们,进城市看病、办事,去找他们,因为他们是"我们村里人"。

村里的人有了困难,去找他们,他们千方百计帮忙,因为"我们村里的人来了"。

十几年后,北园村的老支书郭永茂(小名二大头)死了,来了一大批孝子,他们就是当年的插队青年;

二十几年后,他们带着自己的子女来了,让子女看看他们村里当年生活过的地方,看看我们的乡里乡亲;

三十几年后,他们带着自己的孙子、外甥回来了,让孙子、外甥看看他们当年生活过的地方,看看我们的乡里乡亲。

他们指着当年种植的树木,已是古木参天,说:这是我们当年放飞梦想的地方。

海市蜃楼的传说

小的时候,村里人讲述过一个很神奇的传说,故事说,古时候一个夏秋之季的早晨,村庄四周大雾弥漫,当日头(太阳)升出地面之际,村周的雾渐渐升起,小南山仍然云雾笼罩,突然间小南山出现了奇特的城现(亦即海市蜃楼),在云雾下,一座繁华热闹的城市浮现出来,云雾中城墙森然,楼阁巍峨,市衢街头庙铺林立,肩挑手推,人来人往……

望着眼前的胜境,四周村庄的人们奔走呼号,拍手叫奇。从此之后,人们纷纷议论说:小南山出现海市蜃楼,首空山下有宝。神奇的传说,也引起了我们的好奇,从此注意观察小南山周围的变化。

1955年,在小南山西5里处的麻家滩村的一个狭小的院落里有三间低矮小土房,比村民的房子独特之处就是多了一层砖墙面,多了一个木板制作的长条牌子,牌子上写着:右玉县造林站。

又过了几年,在原造林站的东边建起了一处院子,几排砖房子,院子的大门上挂着:右玉县国有林场。国有林场是负责植树的,当然先从家门植起,小南山下多了几片杨树林子。

又过了20年,树林子变成了小老树。

在小老树林子的北部,县城搬迁过来,几十年过去了,一座新型的城市出现规模。

又过了20年城市的平房变成了楼房,宽阔的街道旁,高楼林立,在碧波荡漾的林海间,远远望去,县城像一只展翅欲飞的凤凰。

在县城之南的小南山,建起了森林公园,高竖的绿化丰碑,平静如镜的人工湖,庄重雅静的廉政教育基地……

回首60年的变化,突然,我想起了小时候那个神奇的传说,城现(海市蜃楼)变成了现实。

呵护毫末如子女

今天的人们到右玉观光，必去的景点之一就是松涛园。每当人们漫步于松涛园的林荫道上，清风送爽，松香扑面。尤其是春天刚刚突出嫩芽的落叶松青翠娇艳，在蓝天白云的映衬下分外醉人。

看着眼前挺拔云天的松树林，不禁想起了老子在《道德经》第六十四章中的一段话："合抱之木，生于毫末；九层之台，起于累土；千里之行，始于足下。"

事情就是这样，县委书记常禄从外面调回这些落叶松树苗时，只有一根细香那样粗细，连枝带根不过1尺多长，他组织机关干部把树苗放在倒了泥浆水的洗脸盆里，栽种时，用铁锹在地皮上挖开一条缝，也不挖坑，顺着裂缝把带了泥浆的树苗顺着铁锹放入裂缝，再把铁锹轻轻提起，然后顺着夹缝灌一些水，用脚踩实。当时人们真不敢相信，这样细如毫米的树苗，如此简单就能成活，因为前几年我们种树都是挖几尺深的土坑，浇几次水，也不能保证每棵树都成活。后来这些顺从自然种下去的树苗，人们像呵护自己的孩子一样精心护理。临近村庄的牛羊不让随意进林地，后来就在林荫道上安装了防护网，原本贫瘠荒凉的山石上，竟然成了靓丽的风景点。真是天下风水轮流转，不信春风唤不回。

花木兰、李林、关露和右玉女人

花木兰,是北魏时期人。故事说,北魏时期,其北部是柔然部落,柔然部落居住在今内蒙古大青山以北地区,北魏时的首都先在内蒙古的和林,后迁到平城(大同),右玉当时称善无,为畿内之地。柔然不断南侵,北魏王朝为了抵御柔然入侵就在民众中征兵,花木兰看到年迈的父亲年老体弱,不忍心让父亲抛骨疆场,就决定自己女扮男装替父亲参军抗击柔然。有人用文学的形式歌颂花木兰的忠孝义行。《木兰诗》说:"唧唧复唧唧,木兰当户织。不闻机杼声,惟闻女叹息。 问女何所思,问女何所忆。女亦无所思,女亦无所忆。昨夜见军帖,可汗大点兵。军书十二卷,卷卷有爷名。阿爷无大儿,木兰无长兄。愿为市鞍马,从此替爷征。……"

有人根据右玉有花家寺村,推断花木兰应是右玉人。

花木兰是不是确有其人?还是右玉人?因缺少历史依据,不好说。但花木兰的故事,木兰诗和有关花木兰的戏剧,在右玉民间广泛传颂,可谓家喻户晓。

抗日战争时期,又出现了一个花木兰式的人物,她就是民族女英雄——李林。

李林,原名李秀若。1916年出生于福建。幼年随父母侨居印尼爪哇岛。14岁时回国就读于福建集美中学。1933年考入上海爱国女子高中。1935年积极参加"一二·九"学生抗日救亡运动。1936年8月,改名李林,考入北京民国大学政治系,并参加中国共产党。

绥东抗战爆发后,全国各地救亡浪潮风起之涌。北平地下党号召党员青年到抗日前线山西太原参加抗日救亡工作。1937年5月,李林到雁北担任工作委员会宣传员,11日雁北抗日游击队第八支队成立,她担任政治主任。1940年李林当选为晋绥边区十一行政专员公署秘书主任。她虽做了行政工作,但不忘武装斗争,直接领导着专署的警卫骑兵连、抗日民主同盟会,并积极要到抗日前线,发动群众团结起来共同抗日。李林随同战友来到右玉南山地区的洪涛山抗日根据地,先到平鲁中学发动学生参加抗日活动,之后就到右玉南山的麻潢头村一带发动群众。李林当时任抗日游击队骑兵营教导员。为了扩充骑兵队伍,她带领部属到内蒙古厂汉营擒了一家地主的马匹,组建起骑兵营。为了便于活动,李林也就女扮男装。一次在麻潢头晚上会议后,村干部送她去一家妇女家就宿,那妇女见是一个八路军小伙子,要在自己家住宿,就忙着跑出来找村干部说:我家男人不在家,你给我送来个八路军小伙子,我怕别人说闲话。见房东妇女这么说,村干部一下笑了:"哦:忘了和你交代了,那个八路军不是个小伙子,人家是个女的,还是个当官的,营教导员,你只管放心好了。"房东回到自己家,见李林脱去军帽外衣,确是一个苗条淑女,两个人亲切地交谈起来,成为好朋友。李林女扮男装的消息从此在右玉流传下来。在日寇又对抗日根据地发起疯狂围剿时，李林英勇抗敌，为了保护同志们安全转移而壮烈牺牲，年仅24岁。李林的英雄事迹受到右玉人民的敬仰。人们尊她为"民族女英雄"。

关露，原名胡寿媚，1907年7月25日出生于右玉城。1928年考入南京中央大学中文系。早期参加革命，是"左联"成员，跟鲁迅、许广平、丁玲一起从事革命活动，当时是与苏青、潘柳黛、张爱玲齐名的上海文坛四大才女。

1937年上海沦陷后，根据党的安排她继续留在上海从事地下党的活动。1938年她奉中共南方局负责人叶剑英的指示，去香港找廖承志，在廖承志的安排下，她认识了潘汉年，为了完成特殊使命，获得敌人情报，她甘愿对外声称自己是"汉奸"，后来周恩来、邓颖超为了保护她，让夏衍转移她到苏北新区新四军根据地。抗战爆发后，关露就和王炳南相识相知，但周恩来为了革命的利益，不同意他们两人结合。不久新四军整风，关露成了审查的对象，被拘留起来，后经潘汉年证实，陈毅批准，才恢复自由。

1955年又因胡风的问题被审查，一直到1957年。

1967年厄运再度降临，她又被投入监狱审查。

直到粉碎"四人帮"后的1982年，中组部正式为她平反。

1982年12月5日，她与世长辞。

关露在她的回忆文章中写道："小的时候，我生长在有山的地方。成年看见黄色的土山覆着风沙的路，是那样一带干旱的地方,我没见过海……"

或许是受花木兰、李林这些巾帼英雄的影响,右玉的妇女在绿化右玉的过程中,她们"不爱红装爱绿装",多少女子也是女扮男装,耐严寒,抗风霜,把青春奉献在沙滩荒山上。

诸如北辛窑村的"铁姑娘",她们像花木兰一样,常年奋战在长城脚下的山山梁梁;

诸如辛堡村的刘胡兰班的姑娘们,姑娘没有姑娘样,像小伙子们一样,挥钢锹,战黄沙;

诸如残虎堡的姑娘们,挥汗战荒坡,誓把荒沟变成花果园;

诸如威远苗圃的姑娘们,以苗圃为家,像抚育小孩子培育苗木。

还有一些女支部书记、村干部,更是人称"半边天",确实是这些"半边天",改变了右玉的天和地。她们把慈母般的爱献给了右玉大地。

《易经》把女性看作是坤,象曰:"至哉坤元,万物滋生……坤厚载物,德合无疆。"

右玉妇女确实如此。她们涵养包容,在改变右玉的自然生态中,她们上撑"半边天",下如浑厚的大地,是她们的厚德,草木赖以繁茂,万物得以滋生。

纪满的右玉情怀

纪满，是个中华人民共和国成立前参加工作的工农干部，20世纪80年代任右玉县林业局局长。

纪满因没上过学，识字不多，办起事来雷厉风行，领导选他担任林业局局长，是认为他敢作敢为。走上局长岗位的他，没别的办法，两个字——"认真"。也正是由于他的较真，给人们留下很多有趣的故事。

他上一任时，右玉已经有了"塞上绿洲"的美誉。一年春天，他带领县级机关干部上山植树，正遇上那天是沙尘天气，有人专门对他说：电视上说右玉是"塞上绿洲"，你们看这黄风这么大，我看应该叫"塞上风洲"。纪满听了有人这么议论，他十分正经地说："不对！今天这风嘛，根本不是右玉的风，这风是西伯利亚的风，你们不能胡说。"他一本正经的"西伯利亚的风"，引得人们哄然大笑。

在植树期间，林业局是负责把质量关的。那年春天是种三年生的小松树苗。一天中午检查到县医院种的树，他用手刨开地面发现有刚种下的树苗有窝根现象，就问这是谁家种的？旁边是教育局的种树人，教育局局长说：那块地是县医院负责种的。纪满把县医院院长叫到树地，刨开地面露出树根，对院长说："你们植得树有窝根现象，这不行，必须返工。"医院院长说:"你给我们分的地是个红胶泥圪旦,我们尽些医生、护士,女娃娃,挖不下去。"纪满说:"不管你啥地,树窝了根,成活有问题,就得返工。"在旁边的教育局局长半开玩笑地说:"纪局长,你已上了些年纪,他们是医生、护士,你卡得这么严,日后有个灾灾病病找谁给看?"纪满还是一本正经:"我宁愿不看病,今天你医院,必须给我返工!"医院院长只好把正准备回家吃午饭的职工从车上叫下来进行返工。

过了几天,因连日在植树工地上风寒所致,纪满真的感冒了,就上医院看病。正好遇上医院副院长开处方,也开玩笑,在处方上给开了"红胶泥圪旦两个"。老汉拿了处方到药房取药,药房说:"药房没这药,这得到植树工地找。"老汉知道是副院长戏耍自己,忙找副院长解释,又重开了药方。

有人说,右玉人一股筋,其实在右玉像纪满这样一股筋的人多得是。局长一股筋,老百姓一股筋,也就是这众多一股筋,拧着植树不放松,才使"不毛之地"变成"塞上绿洲"。

借姑娘

借姑娘的故事是发生在 1976 年。

1975 年常禄从天镇县调到右玉县任县委书记。常禄到右玉工作,了解到右玉地广人稀,只有大面积植树造林才能改善自然生态条件,看来得要大干一场。

中国古人就十分懂得舆论宣传的鼓动作用。

早在秦末楚、汉相争时期,刘邦的部下韩信在与项羽作战时,针对楚国军队的士兵常年在外征战,远离家乡,思乡心切,韩信也深谙用兵之道,攻心为上。于是就编制了瓦解项羽军心的歌,让士兵传唱,在楚、汉对决的阵地上,一天夜里韩信让士兵一齐在项羽军队阵地四周高唱,这就是"四面楚歌"的来历。项羽的军队听到悲凉的故乡歌谣,愈加思念故乡,纷纷离开阵地脱逃回乡,项羽孤身奋战,最后拔剑自刎,韩信不战而胜。

还有诸如《秦王破阵歌》等利用舆论宣传的鼓动作用比比皆是。常禄的绿色大决战,也正是运用了古人的战略手段。搞舆论右玉缺这方面的人才,怎么办?于是就采取"借"的办法,从天镇县借来几名善文艺宣传的专业人才,以他们为骨干,同时还从天镇县聘请了能歌善舞的老师,组织各公社、县级机关有特长的人员参加集中培训。经过几个月培训,一支能歌善舞的文艺宣传队就组建起来了,宣传队以宣传植树造林中的好人好事为主,自编自演,从此这支队伍也就成了右玉林业宣传乃至服务中心宣传鼓动的一支不可或缺的力量。

后来借来的姑娘成了媳妇,再后来媳妇熬成了婆婆,但这支宣传队围绕林业服务中心,一年四季深入农村、工地、厂矿企业,宣传鼓动,深受群众的好评。在为群众送去欢乐、送去鼓舞的同时,宣传队还为各行各业用文艺的形式向上级汇报,每逢县里有重大活动,诸如接待会议与项目合作单位访问演出，往往获得好评，收到意想不到的效果。

救命的榆树叶

20世纪的人一提起1960年，最深刻的印象是一个字"饿"。

1960年的大饥荒，可谓骇人听闻。一个在县委组织部工作的干部说，当年他饿得不行，把一个用谷糠、麦麸做的枕头，都磨成炒面吃光了。好多农村青年因饥饿外流出去糊口，在学校很多学生因饥饿得了浮肿病。当时学校为了缓解浮肿病的蔓延，买了几口大缸，制成小球藻汤，然后在校园架起一口大锅熬汤，让师生们喝。同时学校为了减少学生因运动而消耗体能，取消了早操，在春、夏、秋三季，也实行两顿饭，早饭上午九点，晚饭下午四点。

当时右玉县委书记马禄元的儿子马友正念初三，那年代县委书记没有特权，当然县委书记的儿子更没有特权，马友和他的其他同学一样，照样一日九两粮，粗细搭配，照样两顿饭。

夏天的一个午时，饥肠辘辘的马友怎么也不能进入午休，因饥饿而浑身发烧，一身虚汗。饥饿难耐的他看着同样因饥饿无法入睡的同学说："我现在饿得心慌气躁，你有办法吗？"同学说："那只有出野外揪一点榆树叶吧。听老人说，榆树叶可以度饥荒。"于是两人提着书包出了校门,向城墙走去,因为城墙上长着许多小榆树,两个人攀上小榆树很快撸了一书包榆树叶,拿回学校。学校的伙房外放一口大锅,专供学生们煮菜或熬小球藻汤用的。两人把榆树叶放入大锅煮了一会儿,一人捞了一碗,撒了一点盐就狼吞虎咽地大口大口吃起来。榆树叶,什么味道?这年头很多人难说出来,因为人们没有必要去品尝榆树叶什么味道。就是1960年那个年头,知其味者也人数不多。可作为县委书记儿子的马友,他能说的上来,因为它亲口品尝了榆树叶。他感恩榆树叶,他认为榆树叶是救命的榆树叶,是榆树叶让他懂得了人生的味道,是榆树叶教育他什么是苦,什么叫福,是榆树叶教育他读懂了老子《道德经》中所说"我有三宝,持而宝之。一曰慈,二曰俭,三曰不敢为天下先。慈故能勇,俭故能广,不敢为天下先,故能成器长"的人生哲理。

苦涩的沙棘果

沙棘,右玉人叫酸刺。所以叫酸刺,一是因为其果酸而苦涩,二则沙棘树浑身都是刺,故名酸刺。酸刺在过去的多少年属没用的东西,枝干不粗,木质脆软,只能做生火柴用,穷人没钱买碳取暖,砍些酸刺生火。好多年沙棘并不被人看好。

沙棘属灌木,耐高寒干旱,多生长于河滩、山梁、土壤贫

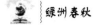绿洲春秋

瘠之地。

也正是沙棘这一特性,治理河道水土流失,酸刺才有了学名,被人们称为沙棘。

沙棘,由于生长在右玉这个风沙肆虐之地,寒冷时零下三十多度,无霜期仅一百天左右。

常言说:"春华秋实。"沙棘没这个福分。沙棘其实也开花,但它的花从未被人们称为花,在春寒料峭中,白皑皑的雪裹挟着一个小小的铁红色的绒团,绝对没有一点花的娇艳。

在严寒风雪中,沙棘结出了苦涩的发绿、发黄的小的像豌豆一样的果实,既苦又涩,不堪入口。

但多少年来,这就是大自然赠给右玉人的果实,诚如民谣所说:春天的榆钱儿,夏天的酸杏儿,秋天的酸溜溜。

只是经过霜打雪冻,黄绿色的沙棘果却精神焕发,变得晶莹甜彻,如珍珠般鲜红。

经过多少年的苦心研制,右玉人用酸溜溜制出了果汁饮料,昔日寂寞零落碾做尘泥的酸溜溜,成为人们的席上珍品。

沙棘果的"鲤鱼跃龙门"是在 1996 年,北京汇源饮料厂决定和右玉合资开发沙棘饮料,这个苦涩寒酸的沙棘果终于绽放出了少有的芳香,名享名果佳酿之首,跻身宴席大雅之堂。

右玉尝到了辛勤耕作果实的芳香。

亮黄牌，自加压力

表扬先进，鞭策后进，这是我党的优良传统和工作方法。

右玉人常说"觉悟加义务，政策加技术"。这里所说的觉悟，不是放任自流。右玉县委长期的"绝招"之一，就是"亮黄牌"。

所谓"亮黄牌"，就是每年工作任务、经济指标，按年度来考核，奖优罚劣。罚劣的重要内容就是"亮黄牌"，亮黄牌的公社书记，要在全县的干部大会上宣布待职，留用，激励，奋力赶超。

一些公社书记们说：不怕处，不怕罚，就怕黄牌手中拿，给了黄牌，浑身是汗，对下不好向人民群众交代，对内不好向同事、好友交代。县委黄牌一亮，吃不下饭，睡不好觉，要摘掉黄牌，只好扑下身子，脱皮掉肉拼死拼活干。黄牌是压力也是动力。

杀虎口、牛心、白头里一些被亮过黄牌的领导，多少年过去了，还是心惊胆战。

鹿兮归来

据《魏书》记载："泰昌六年，北魏元明帝秋七月西狩，猎

273

于柞山,亲射虎,遂至于河。八月庚子,大称于犊渚。"这里所说的柞山,是北部的一座山。犊渚,即今天的马营河流域,清代称"兔渚回汶"。北魏时期,皇帝拓跋 嗣在这一带狩猎,能捕获老虎。

清代乾隆六年十月初九日,将军补熙在《奏请给右卫长枪二十支以便杀鹿保护牲畜折》奏称:"本右卫所属杀虎口边外周围所有牧场地方,均系山沟,故牧场马匹牲畜无数被虎所害,请照绥远城之例,亦给右卫长枪二十支,酌选派官兵杀虎习围。等因前来查得,仰尘圣主施恩,赏给臣本城二十支虎枪,本年春蒐时,杀虎十一只,于牧场马匹牧畜及山里各村所住人等均极有益……"

乾隆六年是公元1741年, 二百多年前右玉境内还有老虎活动,一个春天竟能捕获十一只。

老虎的存在,只能是在历史的记忆中了。

在右玉,随着自然生态的恢复,却有一些原本在这里不存在的动物恰又繁衍活跃起来。先是野兔、野鸡、狐狸、狼、山狸、獾、野猫、野猪、狍子、天鹅、野鸭一些珍禽异兽,近些年有人发现在丛林深处还有鹿的身影。

无怪乎《易经》曰:"至哉坤元,万物滋生,乃顺承天。坤厚载物,德合无疆。"

鹿兮归来, 再一次告诉人们天地人和的大自然法则,人类的活动只有顺应天、地的自然规律,才能享受人与自然的和谐。

驴吉普围歼总瞭山

总瞭山是右玉县西中部的一个主要山区,海拔 1700 多米,因山势高峻,是明万里长城的瞭望台,故名总瞭山。多系岩石裸露的风化石,南北十几里的山坡也是绿化右玉大地的最后一块"硬骨头"。

实现大地山川全绿化,"硬骨头"也得啃,20 世纪 90 年代,县委、县政府决定实行大兵团作战,"围歼"总瞭山。

啃硬骨头,一向的做法就是机关干部打先锋。经过几十天的筹谋,先在山与山之间,用推土机开道,推土机推开山道,紧接着就是县领导和各机关的 212,石粉沙石、黄土上开通的转山道,像是赛车一样,每过一辆就卷起一股旋风,一个车队过后,一条尘土飞沙卷起的巨龙腾空而起。巨龙飞过,漫山遍野是机关干部挥着洋镐铁锹征战石山的铿锵声,远远望去如天兵天将挥汗征战。

在机关干部的 212 之后,就是各乡村的"驴吉普",有的拉着上山植树的农民,有的拉着树苗,还有的拉着浇树用的水桶,一村村,一队队,多得像当年解放军南下横渡长江之前的手推车队一样。当年解放军横渡长江就是源源不断的老百姓的手推车保障后勤供给。右玉人"围歼"总瞭山,又重现这一情景。如此情景,情景交融,右玉人也不陌生,当年抗日战争、解放战争时期,绥包战役中右玉人也是这样,当年这叫军队精神,在绿化荒山围歼总瞭山的过程中,右玉人再现了军队精神,当年是军民团结如一人,如今是干群同心治荒山。

这些从抗日战争到解放战争乃至中华人民共和国成立后坚持60多年的植树造林铸就了右玉人的绿化情结。

绿化 109 国道

109 国道是北京通往西藏拉萨的交通要道。109 国道横贯右玉东西,也是右玉的经济大动脉。20 世纪 90 年代初期,绿化 109 摆上了议事日程。

109 虽然是国道,上级主管部门只管道路修建,至于道路两旁的绿化,均交由当地负责。右玉是名声远扬的"塞上绿洲",一条国道还不能绿化,怎能叫绿洲? 要绿化标准还不能低,要求是:"行车不见车,过林不见林。"右玉县把这个难题交给了机关党委。机关党委只是个空头机构,没有经济实权。机关党委能组织发动机关党组织,党组织带头,党员带头,机关干部全出动,统一安排,统一标准,按期完成。还有一个附加要求,必须保证成活,各单位还要负责管护,如有损伤不能成活的树苗,单位负责一包到底,直到成活。补植的树木,苗木则由单位自己负责解决。

县委宣传部当时只有 13 个人,机关党委分配宣传部完成 270 棵树的任务。宣传部植树的地点正好在九座坟前,村前正好有一眼井,村里人吃水饮牲口都要在村前这口水井解决。这样给道路植树的管护带来困难,头一年种下的树尽管严加管护,第二年春天还是有 17 棵树死亡了,没办法,宣传部每个干部从自己工资中扣除一部分,17 棵树苗每棵 3 元,用 51 元从国有林场买了 17 棵又粗又大的树苗补植并浇水,派专人严加管护,以防牲畜损坏。

宣传部是这样,其他单位也是这样。

如今 109 国道,古木参天,每到秋天金黄色的树叶,蓝天白云,车流不息。当年植树的人们,多已退休,中秋月圆时,带着甥孙,漫步林荫大道,讲述镌刻在 109 国道上的故事。

盘石岭上"啃骨头"

在右玉县东部山区有一个村庄叫盘石岭,顾名思义,盘石岭确实是山大沟深,怪石嶙峋。东南是海拔 1700 多米的卧羊山,东北是海拔 1900 多米的曹洪山。

卧羊山位于左云与右玉的交界地区。卧羊山有个叫"啼哭岭"的小山。传说,汉代王昭君出塞时,从左云的白羊古城出发,登上卧羊山,回首苍茫汉地,遥望眼前崇山峻岭,不禁潸然泪下,故而此山名为"啼哭岭"。与啼哭岭隔山遥望的便是盘石岭。

1955年，毛主席看到阳高县委书记王进的《看，大泉山变了样子》的文章，毛主席为文章写了按语，要求全国的每个县委书记都要像阳高的县委书记那样，学习推广阳高大泉山的经验。

右玉学习大泉山植树造林保持水土的经验，怎么学？县委想到了山大沟深的盘石岭。盘石岭在右玉来说是块"硬骨头"，"硬骨头"搞成了，那就对全县都有说服力。可是啃硬骨头，得有敢于啃硬骨头的人，让谁去啃？选来选去，让财贸部部长王俊去。马禄元说："我来右玉认识到老王是个老实人，最能吃苦，最了解农村工作，最会联系群众、攻坚克难，就需要这样的干部。"王俊到了盘石岭，先开党员会传达县委在盘石岭搞试点的精神，然后召开群众大会，群策群力，集思广益。经反复的商讨，决定在盘石岭村的山沟里搞封沟育林。所谓封沟育林，就是在沟口处培起沟头埂，然后种上沙棘，沙棘长起后就形成一道天然防护网，然后沟里种植杨树，在沟沿处再种植沙棘，沙棘网带形成了防网，保护了林木不被牲畜啃踏破坏。

盘石岭几个月的奋战，财贸部部长王俊因村里缺水不能换洗衣服，回到县委机关宿舍时，背心的夹缝里满是虱子，当县委书记庞汉杰路过部长办公室发现部长捉虱子时，也忙帮助捉了起来，边捉边说："老王你下乡做工作太辛苦了。"

1957年，盘石岭封沟育林，作为右玉的典型，受到了国务院的嘉奖。正值困难时期，盘石岭封起来的几条沟，杨树与沟深一样高低,沙棘硕果累累。为了推广盘石岭的经验,县里让供销社收购沙棘籽,以便全县推广种植。盘石岭的人靠沙棘发了财,有的人家靠卖沙棘的钱娶回了媳妇,人们羡慕地说:盘石岭娶回了"酸溜溜媳妇"。

如水的女人

老子在《道德经》中说:"上善如水,水善利万物而不争。"

王月兰,一个朴实憨厚的农村妇女,因其朴实,年轻的时候就入了党,因其憨厚,她嫁到威远做媳妇,就被推选为村党支部副书记。

王月兰担任威远村党支部副书记,就是党支部书记毛永宽提议的,毛永宽看重王月兰的是人品威望,吃苦耐劳。王月兰虽说比毛永宽大几岁,也理解毛永宽的用意。一个好汉三个帮。红花还得绿叶扶,自己就心甘情愿当个绿叶帮着毛永宽在威远干一番事业。王月兰被选当党支部副书记,就一心扑到公务上。毛永宽想要在威远建防风林带,农田林网,树苗是当务之急的事,培育树苗的事情就委托给王月兰。他们支部一班人选来选去选准堡东南那块地,南靠大河,北有水渠,是育苗的首选基地。确定了,王月兰就上任了,人由她挑,她从村里挑选了十几位年轻姑娘,姑娘好领导,育苗有耐心。人员选定了,她带领十几位姑娘白手起家,先修渠后平地,然后搂畦育苗。育苗是技术活,她们就外出学习,请专家上门指导,如何拔芽,何时定伏土,一切从头学起,从头做起。有的姑娘原以为到苗圃就是浇水看树,没多少活干,谁想到苗圃的活更苦、更累,有时还得早起、晚睡,中午不能回家,连吃饭都得在工地吃。这么劳累,何苦呢?就想打退堂鼓。王月兰看出姑娘的心思,总是耐心说服,像妈妈一样关心她们,照顾她们,苦活、脏活自己抢着干。有时浇树跑了水,王月兰就脱掉鞋袜赤脚蹚水浇树,天冷时常常冻得双脚通红,有时连腿都冻麻木了。见王月兰脱鞋下水,泥一身水一身,姑娘们也为之感动,不由分说扑下身子干开了。

三年的苦心经营,王月兰的苗圃有了成果,第一批高秆树出圃用于林网、道路绿化。毛永宽赞扬王月兰这些姑娘们为威远绿化作出了贡献,村民们看到这些姑娘们培养了这么好的苗木,也无不称赞。

王月兰和苗圃的姑娘们看到自己的劳动成果得到了众人的认可,也一个个开心地笑了。

王月兰带领的苗圃的姑娘们后来一个个出嫁了,但她们培养出的树苗,如今已是古木参天。

王月兰如今年近古稀,但威远的林荫大道,每逢人们行走其间,都彬彬有礼地迎送着这位老人,为她遮风避雨。

有人说王月兰犹如一团火,她温暖威远人的心。有人说她像一池水,诚如古人所说:"上善若水,水善利万物而不争。"

升温造势的"三北"

1978年,党中央、国务院为了加强我国北方地区的生态建设,决定在西北、华北北部、东北西部风沙危害和水土流失严重的地区实施防护林建设工程。

"三北"防护林系统建设工程,是国家针对这些地区自然条件严酷、灾害频繁、农林牧比例失调、生态环境遭受严重破坏和农民生活贫困的条件下进行规划和建设的。它的特定功能目标:一是防风固沙、保持水土、涵养水源,改善生态环境,促进农林牧副全面发展;二是满足社会对林业及林产品日益增长的需求;三是提高人民物质文明和精神文明建设的水平。

1978年,山西省决定包括右玉县在内的49个县(区)列入"三北"防护林体系。同时右玉县又是"三北"防护林体系建设工程重点县之一。

最早得到消息的县委书记高兴得心花怒放,彻夜难眠。进入"三北",右玉人为之兴奋,这一下我们更有奔头了,很快林业部门描绘出了进入"三北"的蓝图:

村庄道路林荫化,坡梁林带梯田化;

滩湾盆地园林化,高山远山森林山;

近山阳坡花果山,盆地流域米粮川。

多么催人奋进的蓝图,进入"三北",我们植树造林方面经济困难的问题就不愁了,经济上没了后顾之忧,那就是一个字,"干"吧。

"三北"蓝图的"红花"就是威远、右卫镇、县城、高家堡四大盆地,盆地平原林网化,盆周梯田林带化,盆沿植树全绿化;

"三北"蓝图的主干就是马营河、欧村河、牛心河、苍头河、李洪河五条流域,河滩"开肠剥肚、取石垫土、方移植树",堤岸打埝植树,培埝开条乔灌混交形成防护网;

"三北"蓝图的枝叶就是荒山沟壑治理,风口沙丘加固防护林,高山陡坡水保林,向阳缓坡经济林,背阳坡梁针叶林,南部山区薪炭林,滩湾平地丰产林,干石山头柠条林。

"三北"防护林工程分期按要求实施,经过四期工程的实施,右玉人如鱼得水,植树造林、绿化大地的热潮,不断升温造势。

"三北"工程的实施,诚如孟子所言:"故苟得其养,无物不长;苟失其养,无所不消。"孔子曰:"操则存,会则亡。出入无时,莫知其乡,唯心之谓与?"

在实施"三北"工程项目时,右玉人以完满的成效上交了满意的答卷。

县委书记常禄说:"右玉人民诚实憨厚勤劳淳朴不折不

扣地完成了任务。"

右玉人夸县委书记常禄说："心有群众树常绿。"

竖在贺兰山上的绿化丰碑

1992 年,山西省委、省政府要求右玉县率先在全省实现绿化达标。

绿化达标意味着什么呢? 要求从 1989 年开始用三年时间完成大片造林 10 万亩,四旁植树 180 万株,义务植树 80 万株,高标准绿化 50 个村庄、学校、厂矿和机关。

县委书记和县长向省委、省政府签立了如期实现基本绿化县的"革命状"。

一纸革命状,压力从天降。几经研究,拟出了"全党动员,全民动手,拼死拼活,背水一战,保证按期实现绿化达标"的口号。拼死拼活,背水一战。怎么个拼法,怎么个战法? 拼不能乱拼,县委决定召开实现绿化达标的专题生活会,先从治理抓起,先从县委抓起。几个昼夜的集思广益,县委做出《实现基本绿化的决定》,县政府做出《实现基本绿化的实施方案》。在全县干部职工参加的动员、誓师会上表态:

完不成任务,县委书记、县长自动降二级工资、自动免职;

县级机关干部人人建造林出勤考核表;

部门负责人和政府签订责任状;

完不成任务,乡镇书记、乡镇长一律就地免职;

对成绩突出的干部提拔重用;

县委、县政府制作实现基本绿化的倒时提示牌;

对不能如期完成任务的单位和个人"一票否决"。

绿化达标,成了这个时期的主旋律。于是乎,说达标,唱达标,干达标,在右玉掀起绿化达标的风暴。

学校从小学抓起,绿色歌谣进校园,上大街;

机关从干部抓起,责任状到是山头,表勤表人手一册;

绿化达标的宣传队,深入乡村、机关、学校、厂矿造林工地;

广播电视每日有专题节目;

植树季节,工地现场比进度查质量,每天晚上召开负责人碰头会,发现问题当天解决。

如果说有一种工作叫自加压力,那绿化达标就是最典型的自加压力。压力压出了干劲,压出了作风,压出了质量,压出了进度,也压出了绿化达标。

1992 年 3 月 25 日,林业部在右玉召开了全国 28 省(市)林业厅、局长现场会。林业部部长高德占在苍头河造林工地触景生情地说:"贫困的塞上高原右玉县能把'不毛之地'建成'塞上绿洲'……右玉能干成的事儿,我们有些地方为什么多少年干不成?"

右玉人以只讲耕耘,不计收获的心态,用自加压力的办法,用心血与汗水,收获了山西省委、山西省人民政府授予的"山西省基本绿化县"的光荣称号。

为了黄河水变清

说起右玉这一方水土也就是硬,她是黄河与海河的分水岭。分水岭,一在哑巴岭,一在高家堡。哑巴岭以西河水归入黄河支流的苍头河,哑巴岭以东河水归入左云的七里河,流入大同的桑干河,入海河,高家堡与山盆交界处,其北河水流入苍头河,其南归入元子河,经朔县入桑干河。

一个县两道分水岭。为什么说她是水土硬呢?

历史上有个传说。传说大禹治水时,黄河经河套地区南下,原本想从右玉东引流入大同盆地,然后经河北平原入大海。可在施工时,大禹派人勘察河流路线时,到右玉境内向当地土著问叫这什么地方,当地土著人说:"叫铁山。"勘察路线的人回去向大禹汇报说前边有铁山,大禹望着东西灰蒙蒙的山峦,叹息道:"石山还这么难开,何况往东是铁山,那河水还是向南吧。"于是,黄河水出河套后,就直奔狂泄,一路向南流去。黄河水也从此和右玉人无缘相会。然而,右玉对黄河的情缘却耿耿于怀。在右玉人征服黄沙治理水土流失的脚印中,印记了深深的黄河情缘。

20世纪50年代,小河小沟,遍地是蓄洪储清的小坝小池,淤泥澄地。

60年代,治理马营河,种植护岸林。

70年代,四大盆地做文章,十大流域摆战场,土石坝、生物坝相结合,防止水土流失。

80年代,黄河中上游治理指挥部把右玉列入治理重点区域,右玉人更是想尽千方百计,从山上到沟湾,实行全面治理。

右玉人的理念是:只要黄河水能变清,我们不怕白发染霜鬓。

右玉人的黄河情缘感动了天,也感动了地。在右玉,从上小学就开始植树,初中、高中植树造林是必修的课程。天道酬勤,在右玉人执着的绿色追求中,50年后的一个右玉农民的儿子,走上了山西省水利厅厅长的岗位,他用心血与汗水,践行了自己的人生追求,在水利厅厅长的岗位上他以心血汗水反哺了家乡的哺育之情,他为家乡的一条小河——李洪河,亲笔撰写了《李洪河治理碑记》。碑文内容为:

李洪河源自于左云县小京庄孟家堡村。由东向南,逶迤而来,注入苍头河。全长28.8公里,流域面积177.5平方公里。昔日李洪河不堪回首,风起黄沙飞,雨落洪成灾,水土流失严重,农田、村庄常受危害。解放后,在上级水利部门的大力支持下,右玉县委、县政府以"风沙荒坡林网化,河道生物护岸坝"为指导思想,带动全县人民艰苦奋斗,以乔木为经,灌木为纬，大力开展河道生物工程建设，在流域内造林9.6万亩，营造生物护岸林16公里，治理度达69.2%，减沙效率79.9%。四十余载的治理，四十余载的艰辛，右玉儿女为此付出了艰苦努力和卓越奉献，洪河流域层林叠翠，成为碧水长流的秀美山川。

有诗颂曰：

山明水净沙棘香，绿荫深处见牛羊，

村民乐居桃花源，欢歌燕舞奔小康。

鲜艳的红领巾

1956年的春天，冰雪消融未尽，一个阳光明媚的上午，学校通知我们戴上红领巾，扛着铁锹到北门外，当时我们是在右玉城关完小读五年级，五年级两个班，约有90多名学生。

当我们到了北门外的荒沙滩上，沙滩上已集中了县里各机关、企事业单位、工商界的人士近千人，不一会县委书记、县长分别讲话，满族、回族、工商界还有共青团的代表作表态发言。原来这是右玉县贯彻延安北方六省区植树造林会议精神，动员社会各界植树造林的动员会。动员会时间很短，很精干，会后大家到县委组织的青年造林基地，几十个青年正在用杨树条培坎压条，培植了"五四"字样的标志，每个字大约

有几十米大,周围都插满了杨树苗。

参观之后,班主任老师组织我们完小学生也照样培植了"六一"两个字。"六一"两个字较为简单,我们两个班90多个学生一会就打好埂植下了树苗。种下的树苗何时能发芽出苗,这是我们的祈盼。当时印象最深的是在皑皑残雪上飘动的红领巾,是那样鲜那样红,我们在残雪融化了的黄沙土上放飞自己的梦想。

事情过去了多少年,我们也由少年而到青年,由青年而到壮年,但不变的是在荒沙滩上历年都有戴着红领巾的少年在植树。

后来县级机关从右卫城迁到梁家油坊,但这一传统仍然传承着。

每当植树季节,在临近县城的地方,各乡镇在临近学校的地方,都要给学生们留出一块植树基地。

20世纪90年代,为了这一传承我们还编写了一些教育学生植树爱树的歌曲,校园绿色歌曲更加激发了学生们的植树、护树热情。

植树、爱树、护树,从红领巾抓起,一直人人传承,好多当年戴红领巾的人已经成了白发老爷爷,但红领巾在绿荫下显得更加艳丽。这就是右玉人的绿色传承。

红领巾,戴胸前,我们是祖国的好少年,

举红旗,扛铁锹,

植树、爱树、护树,我们永向前!

歌声传唱了多少年,黄滩变绿洲,林荫道上,歌声、笑声是那样的甜。

吃水不忘挖井人,乘凉不忘植树人。

小试牛刀的日本友人

右玉人从中华人民共和国成立初就开始种树,种了30多年的树,到20世纪80年代,右玉遍地是"小老树"。所谓"小老树",就是指本地的杨树,因右玉高寒干旱,这样的杨树长了几十年,依然个子矮小,很少成材,因而人们称之为"小老树"。种树种到1983年,关于要不要坚持种树又一次展开了大讨论,"小老树"功过是非,莫衷一是,有的专家提议改造"小老树",使其成为速生林,以提高用材率,提高林业的经济效益。

争论争来争去,又过了10年,1994年的5月1日,日本新和通商株式会社考察团一行6人,由会长新保源四郎带队,来右玉康达公司进行考察,考察意图就是利用右玉胡麻秸秆或树木枝条做压板。日本友人的考察真可谓雪中送炭。

项目谈得很顺利,日本新和株式会社81岁的新源四郎说:我小试牛刀投资20万美元。1994年9月9日,右玉首家中外合资企业——山西新和建材有限公司在康达公司压板厂隆重成立,压板厂很快投入生产,先是胡麻秸秆压板,随着规模的扩大,技术的更新,木材压板生产试验成功,把"小老树"枝条压制成木板,还能出口赚外汇,这可是变废为宝,右玉人种树终于见到了效益。然而事物的发展,往往是具有两重性的,有好的方面,随之而来的坏的方面也凸显出来。一些村民看到树枝能卖钱,就出现了乱砍滥伐,有的甚至偷砍一些成才大树,县林业局派出几路人员检查验收,但还是屡禁不止。

有人惊呼,照这样下去,右玉的树很快就会砍伐殆尽,无奈之下,县委、县政府只好决定压板厂停产下马。

当时正是"有水快流"的年代,可右玉人说:我们宁愿继续受穷,也不能砍了树,吃了子孙饭。

新屯——凤凰台新的屯垦人

1960年,凡是经过那个年头的人,一提起它,就回忆起那个年头留给人的第一印象,就是饥饿。

那个时期国家处于三年困难时期,全国人勒紧裤腰带还外债,再加上农业欠款,从上到下一个字:饿。

为了解决人民吃饱肚子问题,县委、县政府让乡村想办法寻找一切可以填饱肚子的代食品,于是乎原本用于喂牲畜的诸如山药蔓、荞麦秸、沙蓬、年蓬,碾成面掺加一些麦麸、米糠之类的东西制作的代食品研制出来了，群众能不能吃，领导先品尝，县领导、公社领导率先品吃后，没有问题然后推广。

寻找代食品以救灾荒，同时县委、县政府也想到了既要节流，更要开源。开源怎么个开？我们古代的先民为了解决边防将士的后勤供给，早在2000多年前的汉代就实行屯垦，让士兵在沿边境地区开荒种地，在明代更是推而广之，在右玉大地留下了某某屯的印记。

右玉优势就是地广，古人说：天时不如地利，有地利咱就利用这个地利。

县委、县政府决定在李洪河流域凤凰台、增子坊流域的新屯创办农牧场。

李洪河农牧场由尹士声领办，曾任左云县县长，增子坊农牧场由王俊领办，曾任县委财贸部长。

县委、县政府做出决定后，县委特地安排伙房做了一顿白面和子饭，欢送王俊赴任。白面和子饭，就是用白面擀成片，和以小米、白菜、山药条之类的，叫合锅子饭，这在当时就是最丰盛的宴会了。宴会上县委领导谆谆嘱咐说："老王，我们能吃上比这饭更好吃的，那就全靠你了！"老王再三保证，一定不负众望！

办农牧场，一切都是白手起家，场房就地挖土坯，干打垒，畜圈因陋就简。好在上级及时援助了10台拖拉机。拖拉机当时人称铁牛,这东西不吃草不喂料,劲真大,很快李洪河流域、增子坊流域的十几万亩荒坡被开垦出来,先兴建林网,形成防护林带,在一些平整的土地上适时抢种,宜粮则粮,宜草则草。农场养牛、养猪、养羊、养兔、养鸡、养奶牛,原来沉睡了几千年的荒滩焕发了生机。

周边的群众说:"这些共产党的干部真有本事,做啥都是一把手,这光景过的真火。"农牧场为大面积的荒山荒坡荒滩利用探索出了一条路子。

杨家后山不老松

杨雍,世居杨家后山这个山高石头多、吃水贵如油的穷山沟。抗日战争爆发,他的家乡成为抗日革命根据地,这个血气方刚的年轻人自告奋勇参加了抗日游击队。后来他成为革命干部,从区到县,从县到雁北地委、行署,20 世纪 60 年代末,他到了退休年龄,论级别,他可享受县处级待遇,在县城为他安排住房,安享晚年。在当时能在县城安家落户,吃着城市供应的精米细面,那在好多人来说是求之不得的。当组织和他谈话,让他退休,他高兴,老的退、年轻的上,这是自然规律,当谈话人说"组织上为了照顾你这个老革命,你的家属转为市民,并为你在县城建新房安置"时,杨雍却断然说:"谢谢组织的好意,但我不住城里,我要回杨家后山。"谈话人为此一惊:"你这老人是不是犯傻? 县城吃的是供应粮,你回杨家后山就连吃水还得到二里外的山沟自己挑, 你何必自讨苦吃?"杨雍却满不在乎地说:"后山村那么多人能活下去,我也能活下去,回后山我的主意已是拿定了。"谈话人看劝说不了这个倔老头,也就给他办理了安置回村的手续。

杨雍要回后山,自有他的盘算,原来他是要发挥余热,回杨家后山大干一场。

杨家后山,背靠大山,干旱缺水,新中国成立这么多年了,村民多数还住在土坯和石头垒砌的窑洞,为什么? 就是缺少树木,不要说人住,就连乌鸦、喜鹊搭窝的地方也没有,他要改变家乡的面貌,植树造林!因为村支部书记是他的侄子,极力劝他在家休养,乐享天伦。道不同,不与谋。他就找学校老师,学校老师对他的想法极表欢迎,并聘请他当了学校校外辅导员。"校外辅导员",他像当年当儿童团团长一样珍惜这个荣誉。他经常给孩子们讲革命传统,他和孩子们成了好朋友。从当了学校校外辅导员起,每逢春、秋两季的课余时间, 他就带了学生们在村子的周围植树, 植树用的铁锹、树苗,他就用自己的工资购买。他这样从春到秋带领孩子们植树,引起了亲戚和家长的不满,他就教育家长和亲戚说:"不植树,就难以改变家乡的面貌!"给大家讲道理,劝说乡亲们。由于常年迎着凛冽的西北风,秋天冒着霜冻植树,植下树还得从二里外的山沟挑水浇树,学生们上课了,他就成了护林员,不让村民的牲畜毁坏了树木。

常年的植树、管护,杨老汉积劳成疾,1968 年患了阑尾炎,儿子、侄子用担架抬着他到 60 里外的县城医治,一路劝他重拿主意到县城住,但他不吭声,病好后,他继续当他的校外辅导员,带领学生植树不止,直到生命的最后一息,他看着眼前苍翠挺拔的青杨树,安然与世长辞。

杨雍去了,人们看着满沟满山的青杨树,无不默默致意:杨雍,杨家后山不老松!

伊小秃的传家宝

在右玉西北部蜿蜒起伏的长城下,有个 50 户人家的小山村——北辛窑。村里一直流传着这样一个故事:

说的是古代修筑长城时,皇帝拨出大量的金银作为修筑长城的费用,长城修好后,还剩余了好多金银,负责修筑长城的将领,既不想把剩余的金银上缴国库,也没有私分这部分金银,于是他们就把这部分金银埋在长城下,以图江山社稷固若金沙。于是在民间就流传下这样的传说:金锅扣银窝,不在阳坡在阴坡。长城下藏有金银宝贝,好多居住在长城脚下的人怀着寻找这些金银的美梦,在长城下挖掘搜寻。

伊小秃是世代居住在北辛窑的一个普通农民。1956 年他担任村党支部书记,担负起领导全村人驱穷致富的责任,躺在自家的土窑洞,做着带领全村人致富的梦。

上任伊始,他到阳高县的大泉山参观学习,因为大泉山是受到毛主席表扬的地方。在大泉山他和大泉山的老支书高进才彻夜长谈,两个庄户人促膝谈心,推心置腹,临别时,伊小秃向高进才要了七棵树苗,包在自己的行李包上。他如获至宝,把七棵树苗背回村,选择村里最肥的一块土地,也是离水井最近的一块土地,把每株树苗分成几段,小心翼翼地插入地里精心呵护,没几天树秧出芽了,几个月,树苗长高了,就这样长高的树苗,再分段插入地里,不断培育,不断繁衍,十几年过去了,他背回的树苗,变成了树林。

1964 年毛主席发出"农业学大寨"的号召,伊小秃又到大寨参观学习,参观学习后,他带回大寨的一块石头,一包土。从大寨回来的晚上,他召开党员大会,传达去大寨参观学习带回的经验,会上他从书包取出一个用报纸包了好几层的小包包,人们原以为是带回什么珍稀宝贝,目不转睛地盯着这个未被打开的小包包,直到最后一层报纸打开,人们发现竟然是一块灰不溜秋的石头和一块半是沙子石子的土块。打开这从大寨背回的石块和沙土,他不紧不慢地说:"这就是大寨的土石,大寨人就是在这样的石头山下和沙石土壤中培养出大寨田,创造出大寨精神,大家说吧,我们该怎么办?"大家你一言我一语地议论开了,论石头我们没大寨的多,论土壤我们比大寨的好,没说的,干吧!

一个干字,就这样完了,春天干到冬天,从日晒雨淋干到冰天雪地,从沟湾干到山坡梁头,从黑发青年干到苍头白发,直干到他的腰驼背了,他的手变形了。几十年,他珍藏着从大寨取回来的"传家宝",尽管他已是90多岁的老人了,但他满面春风,精神矍铄,他像他亲手种植的长城防风林带一样,迎风傲雪,生命之树常青!

应州湾的农垦兵团

1964年,为了安排城市青年就业,上级安排在应州湾设置水土保持大队。

应州湾属马营河上游,属于重点治理区域,雁北地区在这里设置了水文观察站,植物保护技术研究站,水保大队,安置在这里具体实施流域水土保持工作。

水保大队来的是大同、右玉的城市初、高中毕业生,为了加强管理,雁北地区从右玉县抽调精干的管理干部。这些城里来的学生娃娃,在家娇生惯养,多数是衣来伸手饭来张口,如何管理这些人,确实是件头痛事。水保大队大队长闫振群是位军人出身的人,在部队曾任营教导员,此人办事果断、雷厉风行。而对这些柔弱书生,他可是煞费苦心。行伍出身的闫振群,当然想到了军事化管理,于是整个水保大队200多人实行军事化管理,按连、排、班,分级组织管理,连队管组织、生产劳动,专门设置政工干部管理思想教育工作。军事化的组织,军事化的训练,军事化的行动,做的还是农民的事,开渠、打坝、挖坑、植树,风吹、日晒、寒冷、乏困,多少人因思念家里的亲人,多少人因劳累难耐,而掉下了伤心的眼泪。军队是不时兴眼泪的,第二天一早,起床哨声一响,擦掉眼泪,整装出发。

治理了河滩,再治理荒坡,治理了荒垣,再治理荒山,不知经过了多少个春、冬,这个农垦兵团销声匿迹了,有的人归并到国有林场,继续植树,有的人转移到其他岗位。

如今农垦兵团淡出了人们的记忆,应州湾松柏成荫,应州湾周围的山坡上绿树繁茂,应州湾的山川大地就是绿色的丰碑,它铭记着闫振群、付拴庆和他的农垦兵团。他们来的时候这里是荒滩,他们离开这里的时候这里是森林。

人民没有忘记,

大地没有忘记,

树木的年轮,是永远抹不掉的铭记!

莜面愣子

据说在汉武帝时期,北方战乱不断。很多北方居民经常受到匈奴的骚扰。每一次匈奴过境,大量的人都会死于非命,边塞之地,时时处处都横尸遍地。汉武帝听闻此状后,非常愤怒,便命大军前去征讨。

可是游牧地区的匈奴大军忽东忽西,作战不定,汉军损失巨大。屡战屡败的军队,雪上加霜。而游牧为主的匈奴骑兵们因靠掠夺为主,随军自带干粮,不仅没有没消灭,反而越战越勇。大将军卫青建议随军就地垦荒,以供军需。此外还征发大批劳动力前往边疆。如此之后,才使汉军的实力增加,有了与匈奴对抗的资本。当时别的农作物在当地因天气寒冷,春霜迟,秋冻早,产量很低,可是莜麦种下以后,生长迅速,产量很高。莜麦原本是西域人用作饲料的。汉军靠此为食,军力大增,耐饥寒,经酷暑,最后大军获胜。汉武帝非常高兴,亲自率众犒劳三军。因为敬献莜麦谷子的大臣是莜司大将军,汉武帝便将此物取名为莜麦。

莜麦还有一个"三生三熟"的过程,也是甚有意思,莜麦成熟后要把莜麦颗粒放在水里淘洗、晾干,莜麦初收为生,推面前炒制变熟;成面之后又生,做之前开水烫之又熟;烫开后,做成各式食品又一次变"生",各种烹制之后,再度变熟。

清初起,康熙皇帝征讨准格尔部噶尔丹叛乱,前两次征讨都因征伐战线长,后勤供给不足而失利,而半途而废。康熙三十六年,吸取前两次失败的教训,对后勤供给做了严密的部署。驻守右卫的西路军每人的粮袋里装满了用莜面做的炒面,以备日后作战时食用。康熙皇帝亲自率领三路大军浩浩荡荡,迎着凛冽的朔风一路西进,当进入戈壁沙漠时,大军的马队因水草供给不上,没几日便疲惫不堪。马队不行,康熙皇帝就让驼队充当先锋,登天山过瀚海。当行进到怪石嶙峋的沙丘地带,骆驼的优势也难以发挥,此时,噶尔丹的叛军就隐藏在这一地带的昭莫多。马队掉队,驼队难进,大敌当前怎么办?正当康熙危难之际,背着莜面炒面的西路军义无反顾挺身而上,在西路军奋不顾身的冲杀下,全歼噶尔丹的叛军主力,噶尔丹畏罪自杀。康熙皇帝在昭莫多勒石铭记西征大捷。

之后康熙皇帝嘉奖西路军,有人作诗赋赞曰:"江鼎雄天,张人旗以研阵,翘关虎旅,挺六鼓以分配。"

谕曰:"昭莫多役,尔等乏粮步行而能御敌,故特赐食,悉免所借库银,其伤病之人另需次之。"

西路军就是靠莜面炒面耐得住戈壁瀚海的酷冬严寒,保存了雄健的体魄与旺盛的精力,才取得西征大捷。

在右玉民间一直传说:右玉三件宝,山药,莜面,大皮袄。

20 世纪 70 年代,县委、县政府决定修筑常门铺水库,调集全县民兵大会战,为了如期完成任务,各公社源源不断地把一车车莜面送给修水库的民兵们,民兵们吃了成天不觉得饿,不懂得累。因而有人说:右玉人是些莜面愣子。水库竣工了也有人说:右玉人是用莜面筑起了水库大坝。

莜面给了右玉人旺盛的精力,强壮的体魄。莜面养育了右玉人。

历史上莜麦是作为饲料传播到右玉地区的,困难时期右玉人靠莜麦度过了饥荒。随着科学的发展,人们的饮食愈来愈讲究科学,讲究营养。用莜麦制成的食品、保健品,却成了抢手货。

看来,莜面愣子并不愣,健康美食先祖用。

右玉人与首都的末了情

右玉人或许是缘于为明代戍边人的后代,骨子里流淌着保疆卫土忠诚的热血,首都是他们崇拜的殿堂,也是他们心中的神圣向往。鲜卑戍守边城,枕戈待旦,身披铁甲卧冰雪,或慷慨就义,或老死沙场。

中华人民共和国成立后,每当上面有人讲,北京的风沙源就在晋蒙的沙漠地区,右玉人总感觉有点愧疚,是我们的风沙影响了首都的上空。

为了首都的清净,我们拼死拼活也要治理风的沙源。

我们脚下的风沙竟能飞到首都的上空。

我们有一双手,就一定要把脚下的黄沙制服,决不能让它飞起来。

王占峰就是这样想的人之一。

珍珠王与沙棘王

在威远堡的山沟里,有个解家窑村,传说很多年前,解家窑出过一个解总兵。

故事是这样说的:解总兵小的时候父母双亡,跟随姐姐,因姐夫嫌弃,他从小出外当了牛倌,后来朝廷北部用兵,他就参了军,在军队因他身小力单,就让他当了伙夫。一次,部队营房突遭敌军突袭,睡梦中军队惊慌失措,四处逃命,危机之中,解总兵(当时他还不是总兵是个伙夫)端起做饭用的大锅顶在头上,大呼一声:"弟兄们,不用跑,跟我冲!"霎时间冲开一条生路,黑暗之中,火光之间,敌军摸不清这是什么武器,掉头逃跑。解总兵所在的部队转败为胜,他因功升至总兵官,从此人们都叫他解总兵。解总兵因战功升官,他惦念着家乡,一次行军路过解家窑,他没有惊动乡亲们,把一株从外地带回来的珍珠花栽在了自家的窑头后,希望家乡日后漫山遍野长满珍珠花。这位总兵升官后的唯一梦想就是把家乡变美,漫山遍野长满珍珠花。

同样,在威远南八里,还传说着一个沙棘王的故事,说在威远南八里的乱各塔坡上,松柏成林,郁郁葱葱,这里的松柏所以能郁郁葱葱, 就是因为这些松柏有漫山遍野的沙棘护着,这里的沙棘所以繁茂滋生,就是因为有一棵沙棘王。后来,来了一个南蛮子,想盗取这里的松柏树,就先把沙棘砍掉,要砍掉这些沙棘,先得把沙棘王除掉。南蛮子领了一帮人费了几天周折,不能砍掉这棵沙棘王。后来听一个巫者说:用乌鸡、黑狗之血可破之。听了巫者的秘方,在沙棘王上涂了乌鸡、黑狗血,果然沙棘王倒下了,沙棘王的卫士也四散逃命,漫山遍野的松柏树,一夜之间南迁上了宁武山。从此,乱各塔坡成了荒凉的不毛之地,威远地区风沙肆虐,灾害不断。

两个故事有感而发:

> 总兵托梦珍珠花,但愿庇佑众邻家。

> 巫者毒害沙棘王,松柏南迁走天涯。

故事归故事,传说归传说,故事、传说寄托着古人的心愿,也警示后人万物有情,草木亦然。

20世纪90年代,有好事者把珍珠花移植到县政府大院,县城大街上,珍珠花绽放出晶莹圣洁的花朵。

1958年,沙棘从"驿外断桥边,寂寞开无主",进入了人们的视野,开始人工种植。沙棘,这个一向不被人们重视的浑身长满刺的东西,在防止水土流失保护河堤河岸中崭露头角。

20世纪80年代,沙棘进入人们的园林。

在中国人认识沙棘之前,公元前12世纪古希腊人一匹在战火中疲惫的病马,瘦骨嶙峋,人们把它放到野外,它在沙棘丛中放养了一年之后,神奇地恢复健康,变得膘肥体壮,毛皮光滑，滚瓜溜圆。苏联从事沙棘研究 40 多年的医学博士说："沙棘不愧是人类的绿色瑰宝，一个作用奇异的医学宝库，其原因在于小小的沙棘富含了如此众多的生命要素，致使当今世界上任何高科技和高端医学望尘莫及！"

1984 年，右玉县成立沙棘研究所，引进了国外 19 个优良沙棘品种，在威远沙棘园种植。

1995 年，全国沙棘工作会议在右玉召开，右玉人在奋力打造"沙棘王国"，沙棘红遍了右玉的山山洼洼。

1998 年，北京汇源果汁饮料厂，因总公司与右玉县正式签订了成立北京汇源果汁饮料集团右玉分公司的合同，决定合作开发沙棘。

筑梦"老、大、难"

威远堡，是明代正统年间为防御鞑靼入侵，在右卫与平鲁两卫之间，增筑的一个城堡，驻威远军，故名威远卫。清初撤卫，改属右玉县管辖。

中华人民共和国成立后，在威远堡设区、设公社，后改为镇，为右玉西部的政治、经济、文化中心。

威远堡居住着沈、徐、陈、范、郭、代等姓的明代戍边将士的后裔。由于土地贫瘠，土壤沙化，这里虽居全县四大盆地之一,然而农民收入微薄,生活贫困。

为了改变这里的贫困状态,右玉县委、县政府的历任主要领导都蹲点或驻村进行指导帮助。由于人口多,全堡400多户,人口达2000多口,土地贫瘠,人稠地狭,连吃饭问题也解决不了。

领导没别的办法,只有向上级请求救济,救济粮、救济款,但越救济是越短缺,好多人过惯了吃粮靠供应、花钱靠救济的"等、靠、要"生活。直到20世纪70年代,威远堡成了全县有名的"老大难",老就是老问题多,大就是救济粮、款数额大,难就是问题多,难解决。这么一个"老、大、难",谁见了谁发愁,让谁解决谁摇头。

这时,村里出现了一个人,就是学校毕业后回家乡的知识青年毛永宽。县里下乡的领导、公社驻村领导眼睛为之一亮,这可是村干部的好苗子。

说起毛永宽,根子正,父亲毛功为国家干部,供销社主任,为人正派,办事公道,毛永宽从小生在威远长在威远,学习优秀,品德端正,处人共事落落大方。

刚毕业回村的毛永宽,正赶上县里招公办老师,这样的人才,当然是最合适的人选。县、公社驻队干部害怕毛永宽一旦参加录用教师的考试,就不会再待在村里,就上门说服,不让他参加录用教师考试,而留在村里当党支部书记。驻村干部的谈话,使毛永宽陷入两难,一头是参加教师考试,一经录用就是"铁饭碗",一头是担任党支部书记接管这个"老、大、难"。见毛永宽犹豫不决,公社领导又找他谈话。在众多领导的说服下,毛永宽放弃了"铁饭碗",选择了"老、大、难"。

毛永宽就任威远大队党支部书记,是有准备的,因为他从小立志改变家乡的贫困面貌,现在组织上让自己挑起党支部书记这个担子,这不是展示自己人生价值的好机会吗?几经权衡,他毅然选择了"老、大、难",担起了党支部书记的担子。

上任伊始,他就向老干部、老农民虚心学习、请教,探讨治理威远这个"老、大、难"的蓝图。扶贫先扶志,治理生产上的"老、大、难",先治人们心中的"老、大、难",要治群众思想的"老、大、难",先得党支部一班人克服畏难情绪。经过毛永宽的再三鼓励,党支部一班人精神焕发,毛永宽的蓝图公布于群众之中,群众看到了希望,鼓起了信心:三横五纵渠、水、田、林、路综合治理,先建防风林带,建林网、堵风口,护河岸、防流失。不几年的工夫,几条防风林带拔地而起,狂风低下了傲慢的头,几道渠水哗啦啦流到田头,威远堡外几条循环路,几道清水渠,几排林荫道,古老的威远堡焕发了生机,人们紧锁的眉头有了几分笑容。

就在毛永宽带领群众干出名堂的时候,县里招聘补贴制干部,补贴制干部半脱产,将来可能转为正式干部,有人推荐了毛永宽,毛永宽动心了,但威远群众担心了,担心毛永宽甩下威远人走了,威远的事业半途而废了,威远又要重返"老、大、难"。有人推荐说:"好苗苗让人家远走高飞。"有人挽留说:"威远不能没有毛永宽这样的好干部,永宽不能走。"毛永宽再次选择了威远广大群众的利益,他没有为当一名正式干部而放弃威远。毛永宽选择了威远,威远人也选择了毛永宽,大家齐心合力改变"老、大、难",重绘新蓝图。

就在毛永宽带领威远的干部群众用双手描绘致富的蓝图之际,1978 年秋天,毛永宽积劳成疾,病逝于工作岗位上,年仅 29 岁。

毛永宽走了,威远的民众挥泪送英灵。毛永宽为威远甩掉"老、大、难"的帽子,鞠躬尽瘁、呕心沥血。古堡铭记着历史的沧桑,威远的林荫大道挺拔苍翠的杨树林铭记着一个年轻人的名字——毛永宽。

大树就是丰碑。

毛永宽没有死,"死而不亡者寿"。

宋徽宗笔下珍禽在右玉安家落户

2020 年 4 月 9 日,县文联主席郭虎从微信传来李秀山拍摄的 20 多幅右玉罕见的珍奇候鸟图,或成双成对,或三五成群,最多时有 100 多只。该鸟头顶冠状如啄木鸟,黑眉(剑扬),眼周微红,肚皮微黄,羽毛灰白,翎毛黑里间白,尾羽黄白环绕。

这是什么鸟呢?他说叫太平鸟。我忙着翻阅古籍,宋徽宗赵佶的《写生珍禽图》"古翠娇红"画的就是这种鸟,2002 年嘉德春拍《写生珍禽图》就以 2530 万人民币拍卖。

徽宗的写生被拍卖国外,但他写生的太平鸟在 1000 年后却光临右玉,真乃祥瑞之兆。

右玉不仅发现太平鸟,还发现有鹿群出现。

《诗经·小雅·鹿鸣》诗曰:"呦呦鹿鸣,食野之苹,我有嘉宾,鼓瑟吹笙。……和乐且湛……我有旨酒,以燕嘉宾。"歌颂的是古代人太平盛世的情景,鹿群悠闲自在地在草丛中吃草,一群远方的嘉宾,在鼓瑟萧简的伴奏下开怀畅饮。人与自然的和谐,人与动物的悠闲自得,既是对幸福生活的憧憬,也是对现实生活的讴歌。

天人合一是中华传统文化的精髓。如今的右玉广阔的地平线上山峦起伏,林涛荡漾。

中陵湖上天鹅大鸨游弋,沧头河畔野鹿呦呦。

城市生活的喧嚣,工作繁忙的压力,激烈竞争的反感,纷繁复杂的纠葛与困扰。

朋友,请你远离这一切一切的烦恼,来右玉给心灵放个假,给精神充点电。

这里的蓝天,使你神清气爽,悠闲的白云,带给你无限的遐想。

这里的绿色通道,鲜花吐芳,林间各种的鸟儿和鸣对唱,盛夏的右玉苍翠欲滴。

在右玉的林间,鹿鸣呦呦,黄羊、狍子三五成群,狼、狐、刺猬屡见不鲜,野兔草丛嬉戏,野鸡仰头高歌。

有感而诗曰:

徽宗写生画珍禽,祈祥祈福日太平。

右玉惊现吉祥鸟,天地人和共臻荣 。

一张老照片引发的思念
——缅怀父亲王俊

前不久在照相馆遇见曹军,他掏出手机,打开屏幕让我认这个人是谁?我仔细一看,是我的父亲。这是他 20 世纪 70 年代在红土堡下乡时,和村民一起推土垫地的劳动工地的一张照片。那时的父亲 50 多岁,是县里公认的好干部。看着照片上笑容满面、充满活力的父亲,引发了我一连串的思念,甚至在夜里做梦也常梦见他,他还活着,他永远活在我们的心中。

照片中的父亲,梦中的父亲,把我带回了历史的记忆。

父亲出生于 1919 年 12 月 16 日,1999 年 5 月去世, 已去世 17 个年头。

17 年来,只有在梦中能见到父亲,而且也多数是相见无言,匆匆离去。曹军提供的照片,使我又一次见到了活生生的父亲。这是缘分。

往事如烟,瞬息即去。我们父子一场,生时或为生活奔波,或为工作繁忙,离多聚少。一家团聚,共享天伦,更是少之又少,即使偶然相聚,不是为了家中的生活琐事争得面红耳赤,便是为弟妹的生计愁得千愁百结。看来人生就是这样:

相逢相聚乐无多,唯有思念万古长。

感谢父亲恩与情,提笔撰文诉衷肠。

苦难的童年

父亲于 1919 年的隆冬出生在张化村的一个普通农家,弟兄中排三。11 岁时,因生活难以为继,爷爷、奶奶带领大爹、二爹,还有父亲,走上了出口外的逃荒之路,刚走了 8 里,到了马莲滩,经亲友相留,落足马莲滩,靠租种土地,开始新的生活。17 岁时爷爷去世,父亲和奶奶孤儿寡母,相依为命。为了生计,父亲担起货郎担,从此,这条桑木扁担,压在父亲稚嫩的肩上。从左云城进货,然后在附近的村庄沿村叫卖,由于父亲的人缘好,买卖公道,货真价实,人们都愿意和他打交道,因此,父亲的生意越做越好。到 23 岁,有人给介绍对象,就是母亲,娶妻成家。

参加革命

父亲的青年时期,日寇的铁蹄横行,"三光政策",民不聊生。抗日的烽火,从黄河烧过长城,日寇对革命根据地进行好几次围剿。抗日斗争进入最困难的时期,父亲踊跃参加抗日斗争,先是担任民兵队长,后来又成为李洪河一带联村的村长,成为敌后武工队的游击队长。由于父亲担货郎担沿村叫卖,人际关系好,情报信息十分灵通,十里八方就传开了,说原来那货郎是以货郎为掩护,是八路军的游击队的队长,越传越神,父亲成了敌后武工队的名人。

日伪汉奸、还乡团、黑摸队,多次乘夜深人静到我家搜查。父亲准确地了解敌人的动向,转移他处。抓不到人,他们就拉牛拉羊,抢东西,连缸里仅有的米面也要搜刮干净,奶奶、母亲在惶恐中度日子。

1944 年中共绥南工委委员石生荣根据中共塞北工委指示,在右玉西北(右玉卫城到和林)东山沟加强对绥南的联系,开展晋绥敌后抗日工作。父亲调往东山沟(即今破虎堡、李达窑一带),到了东山沟发动群众开展敌后抗日工作,家里有半年见不到父亲的信息。家无隔夜粮,只好派大姑夫出去找人,到东山沟找到父亲,父亲说支前正忙,不能回去探家,家里没粮,就让大姑夫从身上脱个外裤买了一些杂粮装在裤腿里带回家度饥荒。

走上领导工作岗位

1949 年 4 月 27 日,右玉县委统一安排,二区(高家堡地区)区政府首届人民代表大会召开,父亲当选为区政府委员。5 月份赴岱岳参加中心县委干部培训,之后,便担任二区(高家堡地区)区委书记。

1953 年,县委因父亲是有文化的干部,又当过货郎,懂经济工作,县委提拔父亲担任财贸部长,成立右玉工商联合会,父亲当选工商联主席。成为国家干部后的父亲一直怀着一颗感恩的心,认为自己来自农村,是靠人民的拥戴才成为国家干部,任何时候都不能忘了农民,任何工作都要优先照顾帮扶那些穷人。

1953 年本村有个叫掌钱子的人逃荒口外,没有找到生活出路。冻饿无助的他,打听到父亲在县里工作,就到县委找父亲,父亲一看是同村的他,随即领他到饭店饱餐一顿,看到他赤脚行走,冻得赤紫,便为他买了双新布鞋,打发他走上回家的路,掌钱子回到村里逢人便说:王俊真是我的救命恩人,那真是一个大好人。

1956 年 4 月 21 日,中共右玉县第一届第二次代表大会隆重召开,出席代表 276 人,会议选举马禄元为县委书记,解润为县委第二书记,刘茂峥、李林、顾勤为县委常委,马禄元、解润、刘茂峥、李林、顾勤、李明、薛占清、陈经生、王俊(我的父亲)、曹生福、李美、王选、师作佑、王创业为县委委员。

成为县委领导成员后,父亲更是严于律己,恪尽职守。

1959 年 3 月,左云、右玉合并,父亲调任左云城关公社书记。

1961 年 5 月,左云、右玉分县,父亲回到右玉县担任农村工作队大队长。

从 1960 年到 1962 年,我国进入了被人们称之为"困难时期",这一时期最突出的问题是物资匮乏,粮食短缺,饥饿降临到每个人。

成为县委领导一员的父亲,他时刻牢记党的全心全意为人民服务的根本宗旨,严于律己,以身作则。

在左云城关公社担任党委书记,一次下放到了张祥村,吃午饭时,村干部为父亲端上几个馒头,父亲到食堂一看其他人都喝稀饭,父亲把几个馒头揉乱倒在锅里说:"要吃稠要喝稀,我们应和大家一起同甘共苦,我决不能搞特殊。"

黄村的支部书记是父亲早年就认识的一个老朋友,临过年时为我家送去一只羊的肉,当父亲回家看到柜顶上放着羊肉,严肃地对母亲说:决不能这样。随即给公社食堂管理员白德打电话,把羊肉拿到公社食堂,并按市价付款后,让公社下乡干部回公社开会时改善生活。

就这样,父亲对自己是个很随便,对他人很宽容的人,对党的纪律,对政策是个一丝不苟的人。

"文革"罢官,父亲也是被罢之列,造反派左查右查找不到任何错误。无奈之下,有人反映说,父亲不吃荤,是不是参加过"一贯道"。父亲说,我所以不吃荤,工作前因为自己家穷,工作后,是因为自己子女多。是因为自己经济的原因,而不是信仰"一贯道"。

就是这样,父亲从小就养成忍的性格,能忍受一切艰难困苦,长期的忍,也练就韧的性格,父亲的坚韧就是这样从一点一滴练就的。

70年代父亲担任县人民银行行长时,银行系统补充人员优先照顾本系统的职工子女。当时,我的弟弟、妹妹也没有工作,但父亲不予考虑。当母亲得知此事后问父亲说,你们银行要人,你为啥不把咱们的孩子安排进去?父亲说:"上边的政策是要求对家庭生活困难的职工子女给予照顾,咱家没有人家困难,当然要先招收人家的子女。"为此事直到父亲离休回家仍然吵得不得安宁。无论是安排子女,还是调资评模,父亲总是优先考虑他人。但是凡是吃苦、难办的事情父亲总是自己担当。

1956年县委要在盘石岭搞封沟育林的试点,县委书记挂帅,在试点上具体实施的就是父亲,他和农民同吃同住同劳动,直到沟沟叉叉都绿化为止。

1960年困难时期,为渡过难关,搞生产自救,县委在增子坊、凤凰台办农牧场,县委就选准了父亲具体负责。父亲带领几个干部白手起家,开荒种地,养牛养羊养猪。农牧场的创办,解决了县委、县政府机关干部的饥荒。

1968年办"五七"干校,组织机关干部还有被批斗未解放的干部去"劳动改造",谁去领班,组织上又想到了父亲,父亲去了"五七"干校,脱鞋下水打土坯,烧砖盖房,很快"五七"干校办得红红火火,成为一所干部学习的大学校。

盘石岭、林家堡、红土堡、大蒋屯、马官屯,这些村过去是全县有名的"老大难"。那年代,多数人家"糠菜半年粮,稀饭照月亮"。提起这些村,领导头疼,干部为难,然而,父亲去一住就是几年,想办法和农民一起渡过难关,直到这些村由后进变先进。

父亲脚踏实地,走出了他自己的人生之路。凡是父亲走过的地方,人们都异口同声地说:那是个好人!凡是和父亲共过事的人都会说:那是个正气人。

历任县委书记对父亲的评价

五十年代任右玉县委书记的王矩坤对我说:你大大可是个好人呀!

五十年代后期的县委书记庞汉杰说:王俊同志是个说实

话、说真话、干实事的好干部。

六十年代任县委书记的马禄元说:老王是我们县委了解农村、了解农民情况的代言人,县委决策农村、农业、农民工作时,先要征求他的意见。

七十年代任右玉县委书记的杨爱云说:解决农村"老大难"有王老汉就不难,哪里有困难让王老汉去,保证没问题,王老汉是我们干部的楷模。

县委书记常禄说:王俊可是老黄牛式的干部,任劳任怨,把困难留给自己,把方便让给别人。

父亲是从县人大常委会副主任、县委统战部部长的岗位上退休,享受副师级待遇,但这是我后来从档案中发现,父亲生前从未谈及自己的待遇问题。

父亲在右玉工作可谓是走遍了右玉的山山水水,他走过的脚印,如今被层层的绿荫掩埋,有好多枝干破裂的老树肯定吮吸过父亲的汗水。

1976 年,毛主席去世后,父亲以老干部的先进代表去北京瞻仰了毛主席的遗容,这是他一生最荣幸的事。

父亲已安卧在绿荫下的黄土沙丘 17 年了,父亲的扁担,我们还珍藏着,那就是我们的传家宝,还有口碑在老年人的胡子里传说着。这也是我们以及子女赖以成长的精神食粮,父亲留给我们的宝贵的精神财富,是值得我们永世传承的。

古人认为:"人生必死,死必归土……骨肉毙于下,阴为野土。其气发于上为昭明,晕蒿凄怆,此百物之精也,神之著也。"人死了,遗体入土,归入大地,"其气发于上为昭明"化为人的精神,体现到物质上,人生一世,只有精神是永垂不朽的。慎终风范铸口碑,追远德泽被后人。

国学经典与右玉精神

引　言

在党的十九大报告中,习近平总书记指出:"时代是思想之母,实践是理论之源。"

右玉人坚持60多年绿色长征,凝练了右玉精神,右玉精神源自中华民族五千多年文明历史孕育的中华优秀传统文化底蕴,熔铸于抗日战争、解放战争、红色基因。右玉人60多年的艰苦奋斗,坚持用信仰感召人,用真情凝聚人,在艰苦中锻炼人,用事业砥砺人,用奉献成就人。

恩格斯把思维与存在、精神对自然界的关系,概括为哲学的基本问题, 马克思主义哲学要随着实践的发展而发展。我们怎样在正确认识客观规律的基础上,正确地、有效地改造自然,以达到人与自然的和谐统一?文化是一个国家、一个民族灵魂,文化兴、国运兴、文明强、民族强。健康的思想,源于健康的文化。健康的文化要有健康的哲学为指导,人民有信仰,国家有力量,民族有希望。

讲好中国故事,传承先进文化,发挥人的主观能动性,齐心协力走向中华民族伟大复兴的光明前景。

地灵与人杰

中华传统文化有关风水的理论叫作"堪舆",认为堪天道也,舆地道也。人们之所以相信风水理论,以祈地灵作用于人,故而,地灵、人杰。还有的认为,天下风水轮流转。为什么风水会轮流转? 其实天道、地道、人道,互为因果,相互作用,诚如《孟子》所说:"天时不如地利,地利不如人和。"

在山西省博物馆,珍藏着 12 件国宝级文物,其中有一件就出自右玉,它就是汉代铜鎏金温酒樽。铜鎏金温酒樽是两千多年前的中陵(威远南汉古城)胡傅打造,两千多年后,又从右玉出土,其精致的造型,精美的图案,让世人称奇。铜鎏金温酒樽为何人打造? 它又有着怎样的前世今生?

据《山西文物精粹》介绍说:1962 年 9 月,一场大雨过后,山西晋北地区的大同市右玉县大川村村南的断崖上,一批珍贵铜器破土而出。这些宝贝被时任大川村生产队党支部书记的刘来天和一些儿童在秋收时发现,之后移交省文管会妥善保管。此后,文管会曾多次派出考古队员对这批铜器的出土地及附近进行调查,均无任何其他发现。我们不知这些文物究竟是出自某个墓葬还是窖藏。

这批铜器共有 9 件,5 件有铭文。其中一对形若孪生的胡傅温酒樽和一件胡傅酒樽,通体鎏金,造型别致,装饰华丽,制作精美,并且铭文中记载有器名、重量、铸造地点、匠师姓名、制造年代等。

胡傅温酒樽(图 8)是由两件相同的铜器组成的一对,通高 24.5 厘米,口径 23 厘米,壁厚 0.4 厘米。盖子中央设计有提环,周围有 3 个精致的凤形钮,器底 3 个矮小的熊形足,一条宽宽的条带将器身分成两部分。厚实的器身外满饰虎、羊、牛、猴等动物形象。最引人注目的是,它们中还出现了传说中的九尾狐的形象。这些动物或悠然自得地漫步,或惊慌地奔跑着。每件盖子的口沿上都刻有铭文:"中陵胡傅铜温酒樽,重廿四斤,河平三年(前 26 年)造二。"它们造型、工艺完全相同,唯一的区别是,在其中一件的铭文后多一"二字"也许说明这是第二件吧。这里所说的"廿四斤"为汉制,相当于今天的 12 斤。

有研究者认为,温酒樽是用于热酒的器具。根据河北省邯郸市文物研究所所藏东汉年间的一件金涂承盘大爵酒樽的启示,我们可以想象,温酒樽可能是附加一个装木炭的托盘一起使用的。更有学者倾向于这是保存一种醇香酒的器具。因为厚重的器盖可以有效防止酒精的挥发。

胡傅酒樽通高 34.7 厘米,口径 65.6 厘米。口沿上刻铭:

"勮阳阴城胡傅铜酒樽,重百廿斤,河平三年造。"酒樽不但通体鎏金,而且还施有彩绘,富丽堂皇,又陪衬以色彩鲜艳的虎、象、鹿、马等动物形象,敦实典雅的中原器形与活泼奔放的草原装饰浑然一体,使人不难想象其当年的华丽。研究认为,这种铜器的制作工艺是:先制作出铜胎,然后鎏银,依据图案施加彩绘,最后在图案的空隙处鎏金。唯有如此繁复的工艺,才使得经过两千年之久的酒樽,即便彩绘褪去,也不见铜锈。

据考证,铭文中的"中陵""勮阳阴城"均为今雁北地区的故地名,相距不远。

这位被史册所遗忘的胡傅该是一个怎样的人?怎么会在同一年,不同地点制造了这样的精品?这些宝贝又缘何遗落于此呢?这是历史留给我们的一个谜。

汉代铜鎏金温酒樽家族是一组而不是一件

其中一件铜鼎,肩部有阴刻篆写"千岁"两字铭文。附耳中空,下部长方,上呈环状,中间有一个横柱。

另一件铜鼎肩部用凿刀刻写铭文,附耳除中间无横隔柱外,其余部位均与前件相同。另外两件,足部内平外圆,与前两件略微有别。

铜温酒樽二件,形制相同,通高25厘米,口径23厘米,壁厚 0.4 厘米。底部三熊足,上有提环盖,腹部两侧有铺首衔环相对称,通体打造花纹,腹部上下两层鸟兽纹饰,上层纹饰为猿猴、骆驼、牛、兔、羊、鹿、虎、立兽、乌鸦、鸿雁等,下层纹饰为虎、狐狸、鹿、羊、熊、猿猴、鹅、鸭、羽翼异兽。铺首的上下空隙处刻有龙凤。纹饰精细,技法高妙,生动逼真,异常精美。樽盖的正中是提环,外列三个雕凤钮,内外有两周花纹;内周围绕中间的提环,对称的刻有虎、羊、各两个;外周和凰纽平行,在纽的中间各有一龙纹。两樽口沿及盖下的子唇外沿均阴刻隶体铭文:"中陵胡傅铜温酒樽重二十四斤河平三年造二。"盖内可见锈蚀不清的彩绘鸟兽纹,上面有一层朱漆。

铜酒樽一件,通高 34.5 厘米,口径 64.5 厘米,平唇、鼓腹、圆底座、下有三只虎形足,腹部有素宽带,中加弦纹一道,与带纹平行,等距离的分列三个铺首衔环,通体鎏金,并有彩绘群兽纹饰,分别为虎、象、鹿、马、兔、羊、骆驼等。画面是纤细的墨线双勾,再填白、红、黑等色,平唇上阴刻铭为"勮阳阴城胡傅铜酒樽,重百廿斤,河平三年造"。

铜盘一件,通高 10 厘米,口径 39 厘米,圈足径 16 厘米,敞口、平唇、圈足、折肩、素体无纹,平唇上阴刻篆体铭文"上郡小府"四个字。

铜环一件,带有四角菱花座页,通体鎏金,座页径 18 厘米,环径 8 厘米。

这么精美绝伦的器物,何人所造?为何要铸造这些器物?为什么这些器物会埋藏在这里?

这些问题引起国家考古研究所专家的重视，著名专家郭勇、王振铎或亲临现场考察，或撰写论文研究。中国考古专家王振铎在《再论汉代酒樽》一文中评价这器物说："山西省右玉西汉河平三年铜酒樽和铜温酒樽的出土，纠正了自北宋以来汉代酒樽误认为奁的错误，解答了考古工作者的长期疑问。对研究汉代文物提供了珍贵的资料，不能不说是比较重要的发现。从而需要我们有关考古工作者对这些器物的定名和解释，有重新考虑的必要。""这种实物出土，多见于西汉的墓葬中，是标志着不同阶级身份的礼器，与一般日用的食器有别。""右玉县出土的虎足圜座樽和故宫博物院存放的建武铜樽，可能都属于大樽类。""通过以上的考察，初步明确了东汉晚期这种三足圜座樽的形制问题；进一步丰富了我们对东汉以来酒樽形式的发展知识，从汉代考古来说，更好的是为了解释现有考古断代上具有代表性的一些实物真像，从而才能更加精确的解释我们对汉代考古中十年来发现的一般规律，例如汉初的罐、鼎、敦、壶，武帝以后的仓、灶、井，新莽以后的樽、勺、杯、案等器物，在墓中成组摆列。这都反映出汉代历史上阶级，阶层、生产、生活的变化。例如汉代旧贵族的没落，封建地主的兴起，以及各阶层生活变化等。可以从考古遗存的实物中加以体会认识。如果我们对鼎、洗、樽、奁等识别不清，不但无由解释它们反映的阶级生活和文化，对研究历史考古来说，扰乱了我们在考古断代上殉葬器物发展的规律和在历史分期应说明的问题。"

作者多次拜读他们的文章，浏览神秘的器物，也使得本人多年来为之魂牵梦绕。本人既不懂考古，也不通中国历史，但出于好奇，经查阅有关书籍资料，谈一些自己的粗浅认识。

其一，关于铭文中提到的地名问题。

铜温酒樽一件铭文有“中陵”二字，一件有“勮阳”“阴城”铭文。另一件铜盘有“上郡小府”铭文，那么这些地方又在哪里呢？

根据《山西历史地名录》记载：“雁门郡，战国赵武灵王置，秦时治所在善无。汉时郡辖十四县：善无、沃阳、繁峙、中陵、阴馆、楼烦、武周、汪陶、剧阳、崞、平城、埒、马邑、疆阳。”右玉县：“西汉置善无县，为雁门郡治兼有中陵县。东汉雁门郡南徙后，为定襄郡治。”由此可见，铭文提到的“中陵”“剧阳”，都是西汉时雁门郡所管辖的县。“中陵”在哪里？根据《水经注·河水》记载：“河水（黄河）又南，树颓水注之，水（树颓水即今苍头河）出东山，西南流，又合中陵川水，水出中陵县西南山下……东北流，经中陵县故城东，北俗谓之北右突城，王莽之遮害也…… 中陵水又北分为二水，一水东北流，谓之沃水。又东经沃阳故城南。……又东北流注盐池。《地理志》曰，池西有旧城，俗谓之凉城也。”

根据上述记载可以确定，中陵就是现在威远堡南 6 里处，常门铺水库之下的黑台坪古城，就是西汉时的中陵县城所在地。出土这些器物的大川村在中陵南 30 公里。

勮阳和阴城又在哪里？据《水经注·㶟水》记载：“㶟水出

于累头山——东北流出山,经阴馆故城西,故楼烦乡也,汉景帝后三年置……又东北流,左会桑干水。(灅水)……又东崞川水注之,水南出崞县故城南,又北经剧阳县故城西……十三州志曰,在阴馆县东北一百三十里。"按上述记载,阴馆在今山阴县偏南,剧阳县应在今应县以北。上郡,据《史记·秦本纪》记载:"惠文君十年魏纳上郡十五县。"《水经注·河水》"秦昭王三年置上郡治",《括地志》:"上郡在绥德县东南十五里,秦魏之上郡地也。"《汉书·地理志》"上郡秦置,高帝元年更为翟国。七月(复为郡)属并州"。《水经注·河水》:"(河水)又南,过西河郡、剧阳县东(今陕西神木县)水又东经剧阳县南,东流于河。"从上述记载可知,上郡与雁门郡都属并州地。由此说明,大川出土铜器铭文涉及的三个地名"中陵""劖阳""上郡"基本上是在雁门郡、上郡两个郡,相当于今天的雁同地区和陕西榆林地区。两地中间虽有黄河之隔,但同属并州辖境。

其二,这些精美的器物为何人所造,又是为何人而造?根据铭文"劖阳阴城胡傅""中陵胡傅铜温酒樽,重廿四斤,河平三年造二","劖阳""阴城""中陵""胡傅"等字样,说明这些铜器的制作匠人是位姓胡的师傅。这些匠人是一人,还是一个家族,是剧阳人还是阴城人、或许是中陵人?也可能是胡氏一个家族,分别居住在剧阳、阴城、中陵等地,极可能是胡氏一个家族,都从事铜器制作。但他们只是制作匠人,他们为谁而做?为什么而制作如此精美的系列器物呢?

根据其中一件铜鼎的铭文"千岁"二字分析,一是在封建专制、等级森严、王权至尊的时代，谁敢私自铸造鼎？鼎是王权的象征，天子十二鼎，诸侯九鼎，卿大夫是七、五鼎，士为一、三鼎。正由于鼎是王权的象征，因而有"问鼎中原""一言九鼎"的说法。大川出土的器物有四鼎、两樽共九件。由此可以判断说，这些器物绝非一般富贵人家所能造、敢造的东西。铜器铭文"上郡小府"，"上郡"系地名，应是班婕妤父亲，班况的上河农都尉的府第的简称。"小府"即少府，古代"小""少"同用，少府在秦、汉时代以司农和少府之职，司掌禁中衣、食、住等事。

再从铭文"河平三年造二"来看，汉河平三年为公元前26年，正是西汉成帝刘骜时期。刘骜在位26年，河平三年是他执政的第七个年头。刘骜于建始二年娶许嘉之女，"立皇后许氏"。

《汉书》记载："冬十月，御史大人尹忠以河决不优职，自杀，河平元年春三日诏曰，河决东郡，流漂二州，校尉王延氏堤塞辄平，其改元为河平。"由于河水连年为患，故改元为河平以乞求社稷平安。西汉末年，到汉成帝登基后，地震、河决，自然灾害频繁。皇宫内廷王氏外戚专断作乱，已是"山雨欲来风满楼"。

河平三年"冬十一月甲寅许氏废"。

班彪说："臣之姑充后宫为婕妤，父子昆弟侍帷幄。"

由此可知，成帝时诏班婕妤进宫，也正是这个时期。再从"千岁"二字分析，在等级森严的年代，谁可称"千岁"？谁敢在自己的器物上书写"千岁"二字?看来非班婕妤莫属。《山西通志》记载:"成帝初,(班况)女为婕妤,致仕就第次累千金"。因此,器物上的"千岁",正是班婕妤本人。这些器物当是班婕妤入宫并封为婕妤,班家赠送的嫁妆,或是班婕妤入宫后为其家人颁赐的礼品。下面我们就从班婕妤家族的身世来分析,这批器物应是班氏家族所造的理由。

胡傅铸梦——天地万物竞自由

铜鎏金温酒樽腹部上下两层鸟兽纹饰,自然天成,生动逼真。上层依次为猿猴、骆驼、牛、羊、兔、鹿、虎、立兽、乌鸦、鸿雁;下层依次为狐狸、鹿、羊、熊、猿猴、鹅、鸭、背生羽翼的异兽。

铜鎏金温酒樽盖正中有提环,外列三个雕凤钮,内外有两周花纹,内周围绕中间的提环,对称刻有 羊各二,外周与凤钮平行在钮的中间各有一龙纹。盖内有彩绘朱潦,以黑漆绘一只火凤凰自由翱翔。

铜酒樽通体鎏合,彩绘群兽有:虎、象、鹿、马、兔、羊、骆驼,画是用纤细的黑线双勾,再填白、红、黑等颜色。

从两件器物的图案描述,有鲜明的特色:一是有鲜明的地域特色,骆驼明显是北方沙漠动物,大象明显是南方水乡动物;其二是情趣妙生,如铜鎏金温酒樽上层有猛虎追羊,不只是被追的羊在惊慌中奔驰,连旁边的兽也表现出惊悸仓惶,气氛十分紧张,惟妙惟肖;其三则是天地祥和、畅享自然,天上天鹅高翔,野鸭腾空,森林之王的老虎回首盼颐,野鹿翘起右后腿挠痒,悠闲自得,猿猴拿着一枚鲜果,情感欢悦;地上,牛、羊悠闲地吃草,野鸭引吭高歌;其四富有高超的想象力和艺术夸张,展翅欲飞的凤鸟,跃出水面的蛟龙,怪异的九尾狐,背生羽翼的异兽……极具鬼斧神工。

孔子在《礼运第九》中说:"何谓四灵?麟、凤、龟、龙,谓之四灵。故龙以为畜,故鱼鲔不淰;凤以为畜,故鸟不獝;麟以为畜,故兽不狘;龟以为畜,故人情不失。"

我们的先民尊崇四灵,实际上就是尊崇天地及自然生态,其实,尊崇天地自然,也就是尊崇我们人类自己,我们人类就是大自然中的一员。

铜鎏金温酒樽,作为祭示的神器,也就反映了两千多年前,我们的先民就把大自然的祥和,作为我们尊拜的偶像。把他们的理想容于一身——铜鎏金温酒尊。"天地合,方得万物兴焉。"

铭文迷雾——铭记地灵人杰雁门辉煌史

在两件铜鎏金温酒樽的口沿及盖下的子唇外沿均刻隶体铭文:"中陵胡傅铜温酒樽,重廿四斤,河平三年造二";在铜酒樽的平唇上刻铭文:"勮阳阴城胡傅铜樽,重百廿斤,河平三年造。"

铭文涉及三个地名,中陵,勮阳,阴城。

据《山西历史地名录》:"雁门郡,战国时赵武灵王置,秦时治所在善无。汉时郡辖十四县:善无、沃阳、繁畤、中陵、阴馆、楼烦、武州、汪陶、剧阳、崞、平城、埒、马邑、疆阴。"

这其中,中陵、剧阳、阴馆皆在属内。阴城,应是阴馆别称。且中陵,据《山西历史地名录》右玉县西汉置善无县,为雁门郡治,兼有中陵县;"阴馆县,汉景帝后元三年(前141)于楼烦乡置阴馆县,属雁门郡……故治在朔县东南八十里,今为夏官城(下官司城)"。

和光同尘——班氏家族,由富及贵的兴家之道

勤俭起家,据《汉书》记载:"班壹,其先与楚同姓,令尹子文之后也,秦灭楚,迁晋代之间,因以班为氏,始皇末,班壹避地楼烦,致马牛羊数千群。值汉初是与民无禁,当孝惠高后后,以财雄边,出入弋猎,旗胜鼓吹……"可见班氏数代100多年的经营,到班况官至上河农都尉,大司农,左曹越骑校尉。

积德兴家——班氏家族修身理家的齐家之道

班氏为什么由放牧首富成为官宦人家,因孝廉被推举为郎。可见班况是个孝子,至于其子班伯、班游、班稚,班伯幼年好学,曾被皇帝任命为持节使者,迎单于塞下,官至定襄太

守,回乡省亲把乡间耆老父祖"迎延满堂,日帷供县",十分恭敬,同时还"散数百金"施舍耆老;二子班游,博学俊才,举贤良方,官至右营中郎将;三子班稚官至黄门郎中当侍,西河属国都尉。

识时贵家——班氏家族由富及贵的治家之道

班婕妤,县班氏家族由富及贵的长门人,以文学为特长,才貌双全,入选宫中立为婕妤。但班婕妤知礼识训,和光同尘。一次成帝欲与婕妤同辇出游,婕妤婉言谢绝,说:"古代贤明的君主是让名臣陪伴,您让我陪有失体统。"太后听到婕妤这样劝导皇帝,赞曰:"古有樊姬,今有婕妤。"

出土铜鼎四件,其中一件肩部有铭文"千岁"两字,另一件肩部有铭文"铜盘一件",平唇上有篆体铭文"上郡小府"四个字。

从铭文"河平三年"分析,河平为西汉成帝刘骜年号,河平三年"冬十一月甲寅许氏废"。汉成帝废了许皇后,据《汉书》的作者班固的父亲班彪说:"臣之姑充后宫为婕妤,父子昆弟侍帷幄。"也就说明汉成帝废了许皇后,立班彪的姑姑班氏为婕妤。

据《山西通志》记载:"成帝初,(班况)女为婕妤,致仕就第次累千金。"河平三年,班婕妤受宠,班况也因女受到皇帝的赏赐十分丰盛。

这些器物制在中陵、阴城，在尘封了两千年后，惊现于右玉南部山区的佛殿坪，成为山西几件国家文物之一，它的前世今生，告诉我们，古代先民多讲风水，其实"厚德载物"这是天地自然的大道理，大地深厚，负载万物，就是所谓的地灵、钟灵毓秀；人也是"积善之家，必有余庆"。也就是我们现在所说的正能量，信念正，德行正，好运随之而来。

画内与画外

佛语有云：种下什么因，就得什么果，一切皆有因缘果报。

宝宁寺敕赐镇边水陆画，清朝康熙皇帝敕赐"为生民造福"几个大字。

《山西文物精粹》介绍说：

山西北部的右玉县有一座创建于明天顺年间（1457—1464年）的大寺庙，名为宝宁寺。寺内留存有一堂明代的水陆画，共计139幅，均为细绢质地，用淡红的黄色花绫装裱，除几幅大佛像之外，均高约120厘米，宽约60厘米，大多保存完好，画面清晰，是一套弥足珍贵的佛教文物，我们将其合称为宝宁寺水陆画。

据佛教经籍记载，佛祖释迦牟尼的弟子阿难晚上梦到有一个自称面然的饿鬼向他求食，并说3天后阿难将毙命。阿难非常恐惧,向佛申诉,佛于是授给阿难可以使饿鬼得食、自己福寿绵长的经咒,阿难便开设了水陆道场,救度所有饿鬼。这便是水陆道场(又称水陆法会,或者水陆斋会)的起源。水陆道场是一项形式繁杂的佛教活动,按照文献记载,一般要举行七天七夜,设内坛和外坛两部分,借助佛的法力,超度六道众生"使升天界"。在佛教寺院内举行水陆道场时悬挂的一种佛教画就是水陆画。

中国最早的水陆道场是南朝梁武帝为他的王妃郗氏所设。据说,凡被佛法超度过的冤魂孤鬼,都可以"免罪""升天",所以水陆道场盛行不衰。宋代以后,水陆道场流行全国,特别是经过战乱,朝廷和民间经常举行法会超度战争中的亡灵。由于水陆道场盛行,水陆画需求量很大,但是当时的士大夫、文人画家是不屑于画这种画的,所以大批的水陆画均由当时的民间画师绘制。也正因为如此,水陆画更接近民间喜好,反映了真实的百姓生活。

宝宁寺水陆画绝大多数是描写佛教鬼魅、天堂地狱、因果报应的作品,还有少量反映当时战乱、灾荒、病痛、流离等社会生活内容的题材。由于取材于现实生活,这些作品揭露出封建社会的各种矛盾和民不聊生的社会现实,有力地鞭挞了封建统治的残暴。过去每逢农历四月初八日(浴佛节)至初十,宝宁寺的寺佛僧便举行水陆道场,将水陆画悬挂3天,道场结束后便收藏起来。抗战爆发后,水陆画转移到绥远,解放后移交文物管理部门收藏。

这幅《顺济龙王安济夫人诸龙神众》表现了龙王在龙宫中生活的一个侧面。画面中的安济夫人端凝静穆，服饰华丽，俨然一个古代贵妇人形象。而这幅《兵戈盗贼诸孤魂众》则描绘的是身穿铠甲的匪徒杀人抢劫的情形。画面中的匪徒人马精壮恍若官兵，结果男主人被杀，女主人被抢，幼子啼哭，惨不忍睹，封建社会兵匪横行的现实景状被生动地刻画出来。

宝宁寺水陆画继承了中国古代人物画的优秀传统，对人物的美丑善恶等形象刻画细腻生动，人物服饰衣纹流畅，画面布局、结构、意境创造独具匠心，显示出画师高超的艺术造诣。

宝宁寺敕赐镇边水陆画，这原本是宫廷之珍藏，为何来到右玉？水陆画为何藏在敕赐宝宁寺？这堂水陆画在康熙年间、嘉庆年间两次进行过重新装裱，这其中又牵动了多少八旗驻防将士？日本人侵华来到右玉矛头直指水陆画，右玉的开明人士与八路军的指战员又是怎样一种情怀关注水陆画？

层层谜团，重重迷雾，扣人心弦，百转千回，水陆画风云跌宕500年。

"毕在寺"之谜

2002年宝宁寺前大殿进行维修，当拆开原来包裹木柱外的墙体时，发现大厅的木柱的柱础石上有"毕在寺"三个字。明明是宝宁寺，其柱础石上怎么会出现"毕在寺"三个字呢？这"毕在寺"的柱础是建寺之初从别的寺院挪用的吗？可在右卫城原来并没有毕在寺。那莫非这宝宁寺是在"毕在寺"的基础上修建的？还是宝宁寺，原来就叫"毕在寺"，后来更名为"宝宁寺"呢？

在右卫城东街路北的宝宁寺院内曾有一块石碑，碑题为《敕赐宝宁寺记》。碑文为：

大同西路右卫城宝宁寺于景泰乙亥请敕，天顺庚辰盖造，碑文既镌，但未果立。成化甲午秋，予固提督边储来城邸，于寺见碑仆地，询诸住持僧，清晓云，是碑□勒□十五载矣，恒欲立之，微倡帅者，予恐湮其前绩。俾本僧绘图誊文，道其始末，禀诸于钦差分守大同西路御马太监常正钦差游击将军后军□□□府□(都)督佥事谦钦差分守大同西路右卫参将都指挥使李镐□曰是亦胜□□宜□□遂命□□筑址于正□前□□□□□命石工修□□□□□高□合择吉建立以垂不朽。予故庸书此以纪岁月云耳。

大明成化十年秋月吉旦承事郎大同府通判淮南曹□书

根据碑题"敕赐"分析，修筑宝寺是奉皇帝的旨意。如果是皇帝敕赐修，那么又是哪位皇帝的旨意呢？

从碑文开头就是"大同西路右卫城宝宁寺于景泰乙亥请"。说明宝宁寺是于"景泰乙亥"年就"请敕"，"景泰乙亥"是明代宗景泰六年(1455)，景泰是代宗朱祁镇的年号。朱祁钰是英宗的弟弟，因英宗朱祁镇于正统十四年在太监王振的蛊惑下,亲征瓦剌,在土木堡被互剌俘虏,开始"北狩"的流亡生涯。一年之后回京,被"囚禁"南宫,过起了"韬光养晦"的生活。此期间,朱祁钰为什么会敕赐右卫修筑"宝宁寺",不能不说是个"谜"。

再从碑文第二句看"天顺庚辰盖造",说明宝宁寺在景泰乙亥年敕赐修造,但当时并未动工建造,直到"天顺庚辰"才正式动工"盖造"。"天顺庚辰"为英宗朱祁镇复辟后的第四年(1460)。朱祁镇复辟后为什么立即动工修造宝宁寺呢?

要揭开其中秘密,先来看看英宗朱祁镇的"北狩"生涯。

据《明史·英宗纪》记载:"(正统十四年八月)至鹞儿岭,遇伏,全军尽复。辛酉次土木被围,壬戌师溃死者数十万,英国公张辅,泰宁候陈瀛,驸马都尉井源,平分伯陈怀,襄城伯李珍,遂安伯陈埙,修武伯沈荣,都督梁成、王贵,尚书王佐,邝埜学士曹鼎、张益,侍郎丁铉、王永和,副都尉史邓棨等皆死,帝北狩……戊辰帝至大同……辛未帝至威宁海子,甲戌至黑河……"从上述记载可以看出,英宗的所谓"北狩",先是出大同,后到威宁海子,威宁海子即今之凉城县岱海,再到黑河,黑河即和林格尔北,呼市南,当时的黑河一带仍是荒无人烟。

再从《明史·景帝纪》看,正统十四年"冬十月,也先拥上皇(英宗朱祁镇)至大同",景泰元年"三月乙酉瓦剌寇朔州","辛巳瓦剌寇大同","丙申瓦剌寇雁门",五月"乙巳……瓦剌掠河曲代州","戊申瓦剌寇雁门益黄花镇",六月"丙戌也先拥上皇至大同"。从上述记载可以看出,瓦剌俘虏英宗后,英宗的所谓"北狩",一直就在大同以西、黑河以南、雁门以北一带活动,看来英宗的所谓"北狩",被囚禁在右卫城的可能性不是没有的,为了纪念这一"北狩"的流亡生活,特"敕赐"修造"毕在寺"也是极有可能的。"毕"即"跸"也。当然这些未见史籍,这只是个推测而已。

如果不是这个意思,另一个原因,就是按星象分野说。按《山西通志》"按朔平居西北方,分昴毕(这个毕就是毕星的分野),兼金、水二星。"当然这也是臆断,没有明确的记载可考。

至于宝宁寺何时竣工,据 1989 年 7 月右卫翻修大街路面时,在原十字大街发现一块圆形巨石,被人们称为"定中石",在巨石的一个圆洞中发现一块黄色绫子,上面书写着右卫城的八卦方位,最后书写"宝宁寺必竣大明弘治岁次徒维协洽仲夏吉旦曰方保俱宁矣"。按"弘治岁次徒维协洽"推算是弘治十二年,即 1499 年。

根据《敕赐宝宁寺记》碑文最后署名"大明成化十年秋月吉旦承事郎大同府通判淮南曹□书",宝宁寺从"景泰乙亥"敕赐,到"天顺庚辰"动工建造,至"宝宁寺必竣大明弘治岁次",可见,宝宁寺在修建过程中大明江山已是每况愈下,风雨飘摇,这么一个敕赐工程,历时近 50 年。

宝宁寺见证了明朝江山的血雨腥风,宝宁寺经历了边关的刀光剑影,宝宁寺曾是右卫城的文脉所在,宝宁寺蕴藏右玉的古老文明。

敕赐镇边水陆画之谜

在右卫镇宝宁寺内曾珍藏着水陆画一堂。水陆画共计业139幅,均以细绢为底,用淡红和黄色花绫装裱,9幅佛像较大的长145厘米,宽76厘米,其余均高约120厘米,宽约60厘米,据有关专家鉴定为明代文物。

这堂水陆画,有记载清康熙、嘉庆年间装裱情况的3幅,计有道、释人物画共108幅,各种世俗人物画12幅,反映当时社会生活的画13幅。

水陆画是在佛教寺院内举行佛教仪式——水陆道场时悬挂的一种宗教画。

据传,右卫城宝宁寺每年的四月初八(浴佛节)至初十日举行水陆道,水陆画悬挂三天,道场结束后收藏起来。

宝宁寺水陆画是一套珍贵的古代绘画作品。这堂水陆画一直被当地人们奉为"镇边之宝""镇城之宝""镇馆之宝"。这么珍贵的东西,是何朝何代何年何月来到这里? 这里边又隐藏着怎样鲜为人知的秘密? 这一直是个谜。

这堂水陆画有康熙乙酉年(1705)郑祖侨重新装裱时的序。郑序曰:"恒城自驻防以来,凡寺宇古刹,处处焕然,而宝宁寺尤为美备,寺中相传,有敕赐镇边水陆画一堂,妙相庄严,非寻常笔迹所同。但历年已久,而香烛熏绕,金彩每多尘蔽,住持广居立志重新,已非一日。客岁冬募恳将军都统诸大人,以暨八旗诸公捐资攒褙,俾向之尘土封者,今则光彩倍增,辉煌夺目矣……"

嘉庆二十年(1815)唐凯又重裱水陆画,序云:"郡城之宝宁寺,古刹也,有水陆一堂,中绘诸天佛祖……溯其由来,盖敕赐以镇边疆,而为生民造福者也。其笔墨穷形尽相,各极其妙,诚各贤之留遗,非俗师之所能也……"

从两次重裱的序中均称此画为"敕赐镇边水陆画"。如果像有些传说,说此画为康熙西征噶尔丹,胜利归来后赏赐右卫驻军的,康熙西征第一次是康熙二十九年(1690),第二次是康熙三十五年(1696),但到康熙乙酉即四十四年(1705)郑祖侨重裱水陆画序说:"寺中相传,有敕赐镇历水陆画一堂……但历年已久。"如果是康熙所赠,在雍正朝编撰《朔平府志》时仍有记载,郑祖侨也必然要大书特书,决不会说"寺中相传……历年已久……"因此,我认为宝宁寺水陆画为康熙皇帝敕赐是没有根据的。

如不是清朝皇帝所敕赐,那就上推到明朝。如果按山西省博物馆1985年出版的《宝宁寺明代水陆画》画册序言所说的:"明代和北方鞑靼、瓦剌时有纠纷,在大同、宣化一带兵戈不绝。正统十四年(1449)土木之变,英宗被掳北去,京师被围,明廷震动。右玉为明代西北边防重地,宝宁寺正建于天顺四年(1460)。这一年鞑靼又大军进攻,兵锋直至大同右卫。因此这堂水陆画很可能是天顺年间敕赐给宝宁寺,用以'镇边'

的。成画的时间估计也应是在这一时期。"

但我们从《敕赐宝宁寺记》碑文中看,"大同西路右卫城宝宁寺于景泰乙亥请敕,天顺庚辰盖造","景泰乙亥"是明景泰六年(1455),也就是说宝宁寺是景泰六年由皇帝敕赐恩准建造,但正式开工是"天顺庚辰"。"天顺庚辰"是天顺四年(1460)。我们从1989年右卫城翻修大街时推土推出的"宝中石",石中所藏的黄绢上明文书写着"宝宁寺必竣大明弘治岁次徒维协洽仲夏吉旦曰方保俱宁矣"。按这个记载,宝宁寺的竣工应是弘治十二年,即1499年。在寺庙还没有竣工时,皇帝又"敕赐镇边水陆画",理由也不太充分。

那么水陆画应该是哪位皇帝敕赐呢?

据《朔平府志》记载:"嘉靖三十六年冬,俺答汗率众围右卫城,至明年夏,凡八阅月,城中将士军民死守,几陷。暂代总督……兵部尚书杨公博插镇兼程而西,经略右卫。即竣事之后,杨公以本兵而代总督,帝心之简在者也。十六日,奏捷音于朝,上嘉悦,江公而下赏有差。""时户部郎中岳君粹、谢君教,参议史君阙疑,佥事王君汇征,皆分劳兵饷,而副使王君之浩、杨君师震,则相继经理者,首倡忠义,力保孤城,尚副总兵表之功多焉。将官有司,不能备载,列名碑阴,以永后爱。"

从上述记载可见,明嘉靖三十六年右卫城被鞑靼围困八个月之久,而孤城保全,受到嘉靖皇帝的奖赏,修筑牛心诸堡,加强右卫防务,这是有史事闻于朝,议者以为非,兵部尚书杨博不可。上命博出督宣、大军务,博乃征诸镇兵,声言出塞,北伐羽檄,日数十下,俺答闻博至,乃引去。博入城,兵民欢呼震地,守将尚表拒守数月,誓志励众,孤城保全。博上其功,优叙之。王德战死,奏立祠,加恤。参将周现潜通俺答,奏之。自是边人俱砥砺自奋,博因陈善后二十余事……"在嘉靖年巡抚 尚约书写的《平云西碑记》也记述:"俺答……屯营右卫,自丁巳九月,至戊午季春不退……言官具疏以闻,上命兵部左侍郎江公东可查,也有碑记载。但遗憾的是"博因陈善后二十余事",这二十件,是否就有"敕赐镇边水陆画"? 没有明确记载。在《平云西碑记》中,也只题"赏赐有差",没有详细记载赏赐了什么。尽管如此,我也认为"敕赐镇边水陆画",应是嘉靖皇帝,因右卫城保卫战而敕赐较为合乎事理。

珍贵的艺术瑰宝

宝宁寺水陆画从绘画内容上可分为三大类。有描绘释门佛众的,其中佛像9幅。佛像画幅较大,长145厘米,宽76厘米,都是一佛一幅,分别为毗卢舍那佛、卢舍那佛、释迦牟尼佛、宝生佛、阿閦佛、成就佛、阿弥陀佛等。其次为菩萨,也是一菩萨一幅,为文殊菩萨、观音菩萨、普贤菩萨、地藏菩萨等,共14幅。这些佛与菩萨皆为跣足打坐,不同的手势,不同的法器,尽显佛的庄严妙相。一个个形象端凝静穆,温文慈祥,给人以肃然起敬、感化万物的感觉。在佛与菩萨之后便是明王,反映明王的画 10 幅,明王为菩萨的变相,受如来的教令,降龙伏虎,擒妖捉魔。这些明王像怒目圆睁,鬓发高竖,威风凛凛,法力无边,或三头六臂,或呼风唤雨,或腾云驾雾,或赴汤蹈火,手执法器,足踏妖魔,在佛法威力的威慑下,妖魔慑服,野兽温顺。反映罗汉的画 8 幅,这些画描绘了不同人种的罗汉、侍者,有的静坐读书、写经,有的禅定受戒,反映出皈依佛教后,人与动物,和睦相处,人与自然和谐共存的美景。

反映天地诸神的画 65 幅。这些天神长者端庄,丰额曲眉,雍容自若;少者淑媚,婀娜多姿。众神的装束也极华丽,有的头戴宝冠,身缀璎珞,户披锦帛;有的长裙广袖,衣带轻盈,恰似从九霄云天中冉冉降临。水陆画通过祭祀诸如九天后上圣母、五岳、四海诸神,五湖百川龙神,陂池井泉龙神,风雨雷电众神,苗、稼、药、谷神众以及下元水府,太岁太阳等等一切神农,确保社稷安宁,江山永固。

反映鬼王孤魂的 6 幅,阎罗地府,鬼王孤魂是人生中聪明能干恐怖的世界;水陆画通过描绘赤身裸体,面目狰狞的恶鬼,昭示人们一是要珍惜生命,二是要行好向善,生前我积德,死后免遭厄运。

反映世俗人物的画 13 幅,其中帝王嫔妃的 3 幅,官僚将士的 2 幅,比丘道尼的 3 幅,贤儒名流的 1 幅,孝子烈妇的 2 幅,百家九流的 2 幅。

反映平民落难的 12 幅,其内容为饥荒饿殍,弃妻散子,刑场无辜,雇典奴婢,火烧水淹等,通过社会生活的各个层面教育人们珍惜和平。如六道四生一切有情数魂众，通过六道轮回教育人们生时积善，死后升天；如"往古为国之躯一切将士众"，通过法会，为一切陈之将士，超度之灵，使他们魂归故里，早日升天。

水陆画，是一堂融佛、道、儒三教九流各行各业人物的连环画。全画共描绘了大小佛神仙众890多人以及各种动物：有的采用高古游细描手法，描绘细腻，形态逼真，活灵活现；有的采用显意法，或天上人间，或人间地府，上下两层，遥相对应，对比鲜明，直观形象。诚如前人所言："妙法庄严，非寻常笔迹所同。""诚名贤之留遗，非俗师之所能。"

水陆画是研究胆代绘画艺术的宝典，也是了解明代社会、文化、生活及衣冠、服饰的珍贵史料。

神圣庄重的水陆道场

水陆画不是一般的绘画作品，水陆画也不是宝宁寺内普通的藏品。

宝宁寺因有"敕赐镇边水陆画"，每年于农历的四月初八，即浴佛节，举行庄重的水陆道场。右卫镇宝宁寺水陆道场从何朝何代何年何月起举行，已无从考证，但水陆道场直到清末民初还盛行。

水陆道场一般要举行七昼夜，借佛法神力，超度众生使升天界,通过法会以超度殁于兵燹的亡灵。水陆道场分为内坛和外坛,以内坛的活动为主。

内坛的活动内容有:洒净,结界,遣使发符,让上下堂,供上下堂,奉浴,受戒,施食,送圣等。其程序一般是:第一天三更,外坛洒净,用法水遍洒戒坛,使戒坛成为净土;四更,内坛结界,用法力使戒坛与尘俗隔绝,不受外界干扰;五更,遣使发符,上呈佛、菩萨、神道、诸天,下召六道四生,请来赴会,同时大雄宝殿左前方建幡,幡上书"修建法界圣凡水陆普度大斋胜会功德宝幡";第二天四更,请上堂,即悬挂供轴,供养诸佛、菩萨、缘觉、声闻、明王、天龙八部、婆罗门仙、梵王、帝释、二十八天尽空宿曜尊神;五更,奉浴,置浴盆香水,以备上堂诸神沐浴;第三天四更供上堂,正中供毗卢会那佛、释迦牟尼佛、阿弥陀佛、左右供诸神,上供画轴均用黄绫装裱,供像元下,列插牌竿,上书各位各号,下置供桌,桌上陈列香花、灯烛、时果、佳肴,桌前摆设四台,台上分放铜磬、斗鼓、手铃等法器,备主法、正表、副表、斋主四人使用,同时摆放仪轨,经典以备用;五更,请赦,午刻斋僧;第四天三更,请下堂,悬挂五岳河海大地龙神,德合人论、阿修罗众、冥官眷属、地狱众生、幽魂滞魄,无主无依诸鬼神众、法界傍生等轴;第五天四更,诵《信心铭》;五更,供下堂,午刻斋僧;第六天四更,主法亲祝下堂,午前放生;第七日五更,普供上下堂,午刻斋僧,未时迎上下堂到外坛,申时送圣,将应烧醮的文千徐牒一律焚烧,请来的鬼神以礼送去。在这七天当中,前六天每天夜放焰口一台,以备施食,"诸仙致食于流水,鬼至食于净地。施食对象为波罗门仙及地狱饿鬼。第六夜,放五方焰口,全体僧众一律参加,水陆道场进入高峰,第七天,送圣结束法会。

外坛有六个坛场:大坛用二十四僧众,礼拜《梁皇宝忏》。诸经坛七人,讽诵诸经。法华坛七人,诵《妙法莲华经》。净土坛七人,诵阿弥陀佛名号。华严坛二人,阅《大方广佛华严经》。瑜伽坛(即施食坛),为夜间施放焰口之用。另有监坛一人,指挥内外坛一切事宜。

水陆道场,圣洁而庄重,水陆法会肃穆庄严,法会虽是佛门盛会,但引来四面八方善男信女前来参拜,法会内坛,外坛为佛门净土,一般不允许妇女入内。正如清代嘉庆年重裱水陆画的唐凯所说:"郡城之宝宁寺古刹也,有水陆一堂,中绘诸天佛祖,每于岁之浴佛节,森然陈设,焚香顶礼,四方檀那咸毕集而瞻观,溯其由来,盖敕赐以镇边疆而为生民造福也。"

也由于水陆画是敕赐镇边,"为生民造福",因而右玉人一直把水陆画视为"镇城之宝",倍加珍爱。据清康熙年间重裱水陆画的郑祖侨在重裱序言中呈列的捐资重裱水陆画的有镇守右卫、归化的将军揭右,以及八旗官兵近千人。据《宝宁寺溯晋会捐助序》碑文记载:在雍正年间,"水陆两廊之所以费亿斗,吉许诸长者,鼋池趣成,缓急可恃,既而不遗余力矣……各寺僧于每月望九日顶礼……"

水陆画在右玉人的心目中的神圣地位世代传承,因而在几百年的风雨岁月中得以保全,光彩依旧。

文化与绿化

《礼记》上说:"先王之制礼乐也,非以极口腹耳目之欲也,将以教民平好恶而反人道之正也。"意思是说,先王制礼作乐的目的,并不是要满足人们的口腹耳目的欲望,而是教导人们培养出正确的好恶观,返回到人道的正路上来,所以音乐并不是单纯为了嬉耍娱乐,它是教化人们的行为,发扬健康的正能量。

《孝经》上说:"安上治民,莫善于礼,移风易俗,莫善于乐。"

孔子到了一个地方,先不要问这个地方的官员的政绩,社会治理的怎么样,只要听一听这个地方的音乐,就能判断出这个地方的政治民风了。

《论语》上讲:"礼云礼云,玉帛云乎哉?乐云乐云,钟鼓云乎哉?"意思是我们说礼难道就是呈献玉帛这个仪式吗?我们说乐,难道就是一味取笑搞乐吗?

《吕氏春秋》有这样一句话:"乱世之乐与此同。为木革之声,则若雷;为金石之声,则若霆;为丝竹歌舞之声,则若噪。以此骇心气,动耳目,摇荡生则可矣,以此为乐则不乐。故乐愈侈,而民愈郁,国愈乱,主愈卑,则亦失乐之情矣。"也就是说,音乐不要过分地渲染,如雷贯耳,发聋振聩,也不要大喊大叫,故意用一些荒诞怪异的动作与音响搞笑料。

在党的十九大报告中,习近平总书记指出:"中国特色社会主义文化,源自中华民族五千多年文明历史所孕育的中华优秀传统文化,熔铸于党领导人民在革命、建设、改革中创造的革命文化和社会主义先进文化,植根于中国特色社会主义伟大实践。"

招凰引凤——"借姑娘"引进人才搞宣传

1976年,右玉被列入"三北防护林建设体系",这无疑对右玉人是一个极大的鼓舞。

大鼓舞要有大动作,大动作需要大宣传,大发动。大发动,领导想到了文艺宣传,但右玉缺乏这方面的专业人才,怎么办?

招凰引凤——借姑娘。为了加强对右玉绿化事业的宣传,从天镇、阳高借来七八位文艺骨干人才。为此,有人还创作了短篇小说《借姑娘》。

招凰引凤,全县选拔70多人集中培训,培训之后择优录用,右玉县组织了绿化事业的专业宣传队。

土打土闹——因陋就简搞宣传

成立了宣传队没有乐器怎么办?宣传队的工作人员就群

策群力自己想办法,因地制宜,因陋就简,用炉筒子上加一个猪尿包就是渔鼓,用一根拖地的拖布把安上个话筒就是麦克风,用铁丝圈个架子就是乐谱架……

广播局的敞车就是下乡的运输车,打开马槽再搭几块木板就是舞台。

有些山区山大沟深车上不去,宣传队员就推着车走,有时车实在走不了,宣传队员就徒步走。到了村里没有戏台,有时就到集体饲养院的牛圈里演出。演出后,到群众家吃派饭,坐在群众的炕上,拉拉家常,群众快乐,宣传队员也都乐滋滋的。

自编自演——植树人演种树人

文艺宣传就是弘扬正能量,宣传真、善、美,源于生活,高于生活。《礼记》说:"治世之音安以乐,其政和。"

右玉的绿化文艺宣传队,以宣传党和国家的政策,宣传植树造林中涌现的好人好事,以人民喜闻乐见的右玉地方戏道情、二人台的形式,有时也编写一些具有右玉特色的歌曲、表演唱、快板书。歌颂右玉人的歌曲《绿叶赞歌》获得山西省文化厅优秀歌曲二等奖,《家常便饭迎贵客》成为宣传廉政文化的优秀节目,多次参加省、市调演。

右玉的绿化文艺宣传,有力地鼓动了人们的劳动热情。在植树工地劳动之闲暇,看一场文艺表演,大家享受了精神上的娱乐，尤其是那些宣传本地的一些好人好事的节目，对大家就是一个很好的鼓动。

在立足本地，面向农村、面向基层、面向群众搞宣传的同时，还编写了一些校园歌曲，对学生教唱，教唱也是一种教育。

右玉的绿化文艺宣传，对群众是一种宣传鼓动，同时，每逢有领导检查、大型会议，还是用文艺的形式向领导汇报工作的一种方法，如全国林业工作现场会，黄河中上游治理工作会，全国沙棘工作会，演出后深受与会领导和参会人员的好评。

十景与生态

《朔平府志》"山川"曰："天地定位，山泽通气，古者国立山川，以其为神灵所宅，能兴云雨，润万物……至于灵钟秀毓，旋绕回环，足以擅形胜而壮观览者……"

古人的生态观是山泽通气，能兴云雨，灵钟秀毓。

历经了有明一代的烽火狼烟，长城内外牛羊竞牧，古堡烽台升起了农家的炊烟，渴望宁静舒适生活的人们，重新燃起了希望的曙光。右玉的大地出现了又一番景象，人们有心欣赏着自然的雅趣，于是他们打造出右玉"十景"，"十景"也即盛景，人们在自然景观中陶冶着人与自然的和谐。

十景之首"风台览胜","台在城东门外,东北里许,崇冈之原,旧为护城戍楼,上储军器。康熙间郡司马迈建文昌阁、关圣殿、风神祠,中设祀亭,升高览远,山川城邑皆在望焉。云烟万状,雅俗共赏,四时游人络绎不绝,题咏甚多,为一方胜概。"

风神台"旧为护城戍楼,上储军器"。戍楼是明代的产物,试想在那金戈铁马的年代,人们有心思"升高览远"吗?人们在那兵戈相争的岁月惶惶不可终日,诚如明代王世贞诗《战城南》所言:"戈甲委绩,血淹头颅,家家招魂,队队自衰。"只有在太平盛世,才会"四时游人络绎不绝",也有兴在此把酒临风,吟诗作画。

同一座山冈,同一地点,时代不同,作用不同,这还不是《孟子》所言"苟得其养,无物不长"吗?

生态是大自然的恩赐,旅游是人们享受自然的绝佳选择,这些历史的景点不也是今天我们珍惜的景观吗?还是《孟子》的那句话:"苟失其养,无物不消。"

十景之二"绿圃柔茵",圃在城北门外六里,山水之阳,闲原旷野,可数十亩,每初春时,宿草未萌,碧绿交翠,盖近水向阳之地得气独早,藉绿茵,寻芳草,亦胜地也,近为驻防所居,游人罕至其处。

绿圃柔茵,其实就是现在我们说的湿地公园。

之所以称湿地,因周边为沙滩,在沙滩中出现一片绿荫,可谓十分罕见。

根据"近为驻防所居,游人罕至其处"可知,该圃在现今红旗口村附近,红旗口就是满八旗正红旗的驻防地。可见,由于军队驻防,成为禁区,旅游的人也就很少能去欣赏美景。

孔子曰:"无为而物成,是天道也。"在沙漠的围困中能出现"绿圃柔茵"是大自然的造化,但由于驻军,而人们不能享受大自然恩赐的美景,故而孔子主张无为而治。

在右玉南部有个叫马莲滩的地方,因其方圆数十里平旷原野上生长着一丛丛茂盛的马莲,每当盛夏,马莲花开,绿圃、花丛、雨后的水塘如明镜镶嵌其间,真乃人间仙境。之所以有这么一处美景,是村里有一个严加保护的乡规民约。其后,乡规民约没有了,马莲也消失殆尽,可见《论语》"苟失其养,无物不消"确有道理。

十景之三"混元流碧","原在城北二十里樊家窑,混元峰半上,依山傍岩,建玉皇阁,元帝宫,楼殿层叠,磴道盘空,历阶而上,登高眺望,边外在望,中有清泉喷珠流玉,亭台罗列,宛若画图,潺湲而下,穿林绕涧,灌溉田园,树木争茂,花草竞秀,游览其间,曲折回环,边界之内,别有天地。"混元流碧,奇岩峭壁,碧水喷泉,树木争茂,花草竞秀,历经数百年的风雨烟尘,依然是胜迹一处,去年杀虎口旅游区举办了"杏花节",引来四面八方游客,欣赏早春杏花的芳香。

十景之四"兔渚回纹",渚在城北十七里,发源于骆驼山,与马营河汇流出口,沙岸漫衍,平波潆洄,水面风来,山光树影,犹如彩笔临池,溯洄从之,殊有雅致。

在马营河与苍头河交汇的地方，形成一处美景，两水交汇，水速放缓，于是出现了"沙岸漫衍，平波潋洄"的景观。这一景观不仅是满洲贵族光临赏玩的宝地，还是数千年前拓跋鲜卑王公的狩猎骑射演艺场地。

据《山西通志》记载："犊渚，乃右玉北马营河兔渚回纹。"

北魏太祖大蒐虎山，太宗泰常六年射虎于柞山，在"犊渚"大狩的记载。

十景之五"牛心孕璞"，"山在城东南四十五里，牛心堡南，孤峦高耸，顶平底圆，四面望之，远近皆见。上建文昌阁、玉皇殿，中间向北，左、右开黑石二峡，钦厅空洞，若牛晴然，或曰牛心孔窍，冬不积雪，夏不生草，殊为灵异。山下清泉澄澈，潺潺可爱，烟霞环绕，云霭拱翠，风扫境净，一尘不到，为朔郡奇观。"

牛心孕璞，实为火山，据传明嘉靖年一个太监路经此地，见奇峰兀立，不与群山为伍，实乃一方奇山异水，于是决定捐资在山上修建庙宇。

十景之六"雷峰占雨"，峰在城西十里雷公山上。峰迹奇峭，洞道萦回，横雾锁烟，出云街景，变幻千态，苍翠可玩。

"山巅白石凿凿，久旱则其石若焚，将雨则润生如础，土人凭之以占阴晴。"

雷峰占雨，其山奇特之处就是可以预报天气，"久旱则其石若焚，将雨则润生如础"，因此，后来的人们在山下建慈云寺。据传寺中还珍藏着珍贵的贝叶经。

遗憾的是,寺庙于20世纪50年代后期被拆除,该山于21世纪初,以开发为名,开山采石,景观被破坏得支离破碎,十分可惜。

十景之七"圣泽蒸云","泽在威远城西三十里尖山,龙王庙前,从山麓涌出,清冽可鉴,左有天桥,右有龙湾,青山绿树,掩映潆回,遇旱祷雨,得水辄应,因名圣水,一方赖之。"

圣泽蒸云,在右玉西部干石山区,能有如此一处圣景,确实不易,"青山绿树,掩映潆回",虽然龙王庙无影无踪,天桥也不见了踪影,但在清泉的滋润下,绿树繁茂,泉水潺潺,仍然是一处自然生态景观。

十景之八"贺兰插汉",即大南山,"在威远城东北十五里,高出云雾,腰有元洞,中竖孝父碑记。夏生凉飙,冬涌温泉,上有显明三教寺,阴霾蔽空,登临远眺,恍若置身天际,为邑胜景。"

贺兰插汉,是一个集人文景观与自然生态景观的理想的景点,也是一个历史与当今传承有序的景点。尤其是右玉的机关干部连续十几年在山上植树造林,近年来在新城镇广泛募捐对文物古迹进行修缮,使这一古老的遗迹焕发出文化的光彩。

十景之九"曲涧鸣泉","涧在威远城西。涧溪回环,泉水盘绕,广袤可数十里,入其中,苔绿蓼红,鸟飞凫浴,种种不一。好事者,乘天朗气清,景媚花明之日,载酒流觞,居然兰亭

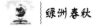

之胜。"

十景之十"锦石呈文","石在威远城南五十里泥沟山,山多文石,石有山水、花木之形,色泽滑润,质理细腻,琢磨成器,华美可珍。"

遗憾的是,曲涧鸣泉,荡然无存,锦石依然"凌落成泥碾作尘",凄守荒垣。

这一切的一切,证实了《孟子》所言:"苟得其养,无物不长,苟失其养,无物不消。"

仁和与和谐

《论语》:"子曰:礼之用,和为贵。"

《乐记第十九》:"乐者,天地之和也。……和,故百物皆化。"

和亲之道纵贯南北——地界晋蒙的右玉,西口古道纵贯南北。西口古道,不仅是兵道、商道,还是和亲道。

据《朔平府志》"山川"记载:"蹄窟岭,在县东五十里,连左云界,上有三峰,相传昭君出塞,道经此岭,有马蹄迹,至今尚存,因名。"在《古迹》中记载:"东古城,在县东南五十里。相传汉王昭君栖迟之迹。"

西汉甘露三年(前51),呼韩邪单于入塞谒见汉宣帝,受到了热情款待。建昭四年(前35年)春正月,呼韩邪单于第三次来汉,自言愿为汉家女婿,与汉和亲,汉元帝将后宫女王嫱赐给呼韩邪。

王嫱,字昭君,南郡秭归(今湖北兴山)人,汉元帝即位时,被选进宫。听到选宫女出塞的消息,她主动"请掖庭令求行",汉元帝批准了王昭君的请求。

在昭君随同呼韩邪单于前往漠北单于庭的途中,为了昭君与呼韩邪一行的安全,汉庭派护卫队护送昭君与呼韩邪一行沿着秦时驰道出塞,就路经右玉,先是在东古城住宿,之后是经蹄窟岭出塞。

隆庆议和——云石堡成为万里长城的融冰点

云石堡如今是右玉县极为平常的小山村,前些年堡里的住户搬到了堡外,近年来堡外的住户,大多数年轻人外出打工,村里多是留守老人。遥望村外,长城隐约在绿荫间,山巅之上的烽火台虽经风摧雨剥,依然精神抖擞,山峦起伏,沟壑纵横,长城古堡、窑洞、老人,更显得山寨的历史沧桑。

据明代隆庆二年进士、万历二十九年任总督宣大山西等处兼右金都御史杨时宁所著《宣大山西三镇图说》记载,云石堡:"本堡设自嘉请三十八年,故土筑也。万历十年,因山高无水,离边尚远,不便市场,故改建于王石匠河,砖包焉。周一里七分,高四丈二尺,设守备官一员,所领旗军五百四十三名,马二十七匹,分边一十四里三分,零市场一处,边墩二十一座,火路墩一十四座,内镇墙等墩。极冲,边外马耳山长沟一带多罗土蛮等部落驻牧。本堡旧堡凭山为险,缓急可守,今改建新堡,密迩市口,防御抚处虽视旧为便,但地势平旷,险非所据,且距威远四十里而遥,孤悬一隅,道路崎岖,转输不便,有警似为可虑。议者谓旧堡亦当存留以便应援,不为无见云。"

另据明嘉靖朝大同巡抚王士琦所著《三云筹俎考》记载:云石堡"于堡外东南高岗之处添筑一台,为孤堡一臂之助,又堡外居人,无关可恃,增筑关厢以备趋辟之所,即今承平亦弭盗之一策矣"。在东南高岗烽台望楼用青石打制的门额上刻"永安重关"四个字。

可见云石堡东南山巅之上的高台为云石堡之左膀右臂,堡东之士堡是为庇佑居民增筑。

提起云石堡,还有新、旧之分。在新云堡之东十里之遥的山岗上有个旧云石堡,堡墙完好,堡内一烽火台高竖其间,据传,该堡因缺水,不便驻守。故搬迁王石匠河筑新堡。从新堡型制上看,西临王石匠河,东靠山,地势险要,宜守难攻,古城堡坐落山岗间,堡外有堡,西堡为砖石结构,南堡墙城砖尚完好。在砖堡之东又有一土堡,两堡之间又有瓮城。

出云石堡西行二里过王石匠河,行几百步便是长城,王石匠河由东而西穿长城而过,形成一条贯通晋蒙的交通要道,在河的北岸,也就是通道的北侧的半山坡上,长城内侧隐约可见一土洞,此乃马市暗道。长城外有一土堡系蒙古人入关时所住,长城内一小堡,此乃贸易入关后安检验收之堡。堡北墙有一高台,乃贸易时官员观望之楼市。小堡之北 50 米处又有城堡一样的土圈囵,人们称之为"马市圈囵",在马市圈囵西边的长城上可见几处高耸起的台基, 据说这是马市望楼。

蜿蜒的长城,高耸的烽台,挺拔的台基,隐约的圈囵,连环的古堡,山岗的敌台,这层层的设防,其间暗示着什么历史秘密呢?

兴趣的驱使,多年的夙愿,总想探个究竟。

拂去历史的尘埃,史海钩沉往昔的故事,再现几百年前的往事。

为方便茶马贸易专门修筑新云石堡

公元 1368 年正月,朱元璋推翻蒙元帝国登上皇帝宝座,国号大明。

蒙元势力退出了政治舞台,退居漠北,但不甘心于失去他们的天堂,伺机图谋复辟。

朱明王朝也深知蒙元势力严重威胁着王朝的安全,不可掉以轻心。为加强北疆边防,抵御北元的进扰,朱元璋实施"天子戍边"的国策,在北部边疆建"九边重镇"。到永乐年间,朱棣登上皇位,还三次亲征蒙元残余势力,以消灭来自北方的威胁。

为了防御来自北方的入侵,明王朝在建"九边重镇"的基础上,又筑万里长城,在长城沿线筑卫城,建屯堡,驻扎重兵,层层设防。

针对明王朝的"天子戍边",蒙元势力也采取了"九子驻牧"的策略。双方对峙,势均力敌。到明英宗时期,发生"土木堡之变",英宗亲征被俘,50万大军全军覆没,国力衰退。到嘉靖年间,蒙元后裔俺答汗崛起,多次临边请求通贡互市。

为了抵御北方鞑靼势力的骚扰,明王朝于正统三年(1438)在右卫与平鲁卫之间修筑威远卫城,在威远卫之西十里,于嘉靖三十八年(1559)筑旧云石堡以屏藩威远。旧云石堡之西便是贯通晋蒙的王石匠河。原来当初建云石堡的目的,是阻击沿王石匠河而入侵的来犯之敌,古堡距通道数十里,敌人入侵时路途遥远不便阻击,入侵后在众多山沟隐蔽很难发现,一旦来犯之敌围攻,旧云石堡四周缺水,不可久守。

弘治十三年(1500)四月二十日鞑靼从王石匠河突袭威远卫,威远守军壮士浴血奋战伤亡2000多人,震惊明廷。嘉靖四十五年(1566)五月十七日,鞑靼大军围攻威远,参将崔世荣及其子出城御敌,死于阵前,宣大总督王浩、总兵孙吴、副总兵张参将,因没有援助威远而分别受处分。血的教训,使明王朝认识到王石匠河乃防务之要冲。于是于万历十年

（1582）在王石匠河重新修筑新云石堡。

据明代杨时宁编著的《宣大山西三镇图说》记载，云石堡："本堡设自嘉靖三十八年，故土筑也。万历十年，因山高无水，离边尚远，不便市场，故改建于王石匠河，砖包焉。周一里七分，高四丈二尺……分边一十四里三分零，市场一处……本堡旧堡凭山为险，缓急可守，今改建新堡，密近市口，防御抚处虽视旧为便，但地势平旷，险非所据……"

从上述记载我们得知，新云石堡就是专门为开设马市，方便管理而修建。

云石堡的马市遗迹保存完好，可谓是一处值得重点保护的历史文化遗存。

那么这些保留在长城上废的城垣遗迹，又铭记着一段怎样的历史记忆呢？

把汉叩关，一石激起千重浪

俺答汗乃草原一代枭雄，登上汗位屡次亲临边镇请求大明王朝准与通贡互市，明廷一一拒绝。叛逃出边的白莲教徒赵全、邱富等怂恿俺答与明廷分庭抗礼，帮其在土默川修"板升"，建"开化府"。俺答也骄奢淫逸，为寻欢作乐，竟把长女哑不害收养的一女子，收娶为妾，人称"三娘子"。这三娘子原已许配那尔多斯部阿尔秃斯王子。阿尔秃斯闻听自己订好的媳妇被俺答收娶为妾,勃然大怒,决定兴师动众找俺答讨个说法。俺答听到消息,也觉不妥,于是就把自己孙子把汉那吉的未婚妻送给阿尔秃斯为妾,以化解此事。

谁想,按下葫芦浮起瓢。把汉那吉原已有两妻,但兀慎部落酋长兔扯金之女,出身名门,容貌出众,乃自己心中一枝花,今天被爷爷送与他人,不禁大骂:"此与禽兽行径何异?先夺人妻,今又夺我妻,我即降南朝,请兵杀此老贼!"

把汉那吉从小失去父亲,一直由祖母一克哈屯抚养,当然也是娇惯任性。九月初四,乘俺答率兵往西海讨伐西番之际,把汉那吉邀了自己的奶娘之夫阿力哥,带了二妻比吉,还有速害铁木格、芒秃、师驮奈、驮驮、拾厂、花只改、颜竹等十人,沿着兔毛河,直向边墙奔来。

隆庆议和,云石变融冰

明廷经廷议,同意了王崇古、方逢时的奏议。在把汉那吉入关后,宣大总督王崇古抓住时机,恩威并重,政策攻心,使俺答俯首臣服,为通贡互市奠定了基础。

当俺答率大军临边索要其孙把汉那吉时,王崇古及时派出懂鞑语的鲍崇德为使者,对俺答郑重宣告说:"天朝待把汉那吉不薄,赵全等至,那吉即夕返矣。"俺答求孙心切,当即对鲍崇德说:"我不为乱,乱由全等。吾孙降汉,此天遣合华夷之好也。若天子幸封我为王,藉威灵长北方诸酋,谁敢不听。誓永守北边,毋敢为患,即不幸死,吾孙当袭封,彼衣食中国,其思背德乎?"当即指派五人为特使,负责款贡事宜。

宣大总督王崇古在处理把汉那吉事件中,处置适当。在鞑靼提出通贡互市请求后,提出自己的主张并以敢作敢为的负责精神向朝廷表达自己的观点及处理办法:

一是对俺答汗封忠顺王,三娘子封忠顺夫人,对其他部落酋长一一加封;二是议贡额;三是议贡期、贡道;四是议定互市市场,其大同应于左卫以北威远边外,也就是云石堡为市。

同时还提出其他有关事宜。

九月十九日,兵部奉旨,封把汉那吉为三品指挥使;封阿力哥正千户,各赐衣一袭。

九月二十三日,大同举行隆重的受封仪式,以500人的军队为仪仗,接把汉那吉进入大同镇城。来到镇城,把汉那吉看到镇城如此威严,官府厅堂,富丽堂皇,高兴地说:"我从今日以后知天朝之尊,我有所归矣。"

此时边外的俺答汗帐,自把汉那吉出走,其祖母一直终日哭哭啼啼,茶饭不思,彻夜不眠。好不容易追回俺答来,一进门便是一顿臭骂:"即使中国要你头,我也会给,我只要我孙子,若你要出兵索要,便是杀我孙子。"俺答汗羞惭难当,不知所措。一向一意孤行的俺答,真是六神无主。

熬到十月初一,俺答一向认为赵全是智多星,让赵全给出主意,赵全说:"中国城堡要紧,只要调集人马围困,攻开几座,不怕不送那吉出来。"于是俺答决定兵分三路,一路由俺答亲自率领,兵临平房卫,派五奴柱为使入城索要爱孙;一路永邵卜入攻云石堡,围困威远卫;一路由长子黄台吉率领陈兵大同边外。俺答摆开了围城索孙的阵势。

大战在即,宣大总督王崇古与巡抚方逢时一方面通知西路沿边严防死守,一方面派出以安东中屯卫指挥应州人鲍崇德以大同旗牌官的名义为使者,来到云石堡关上,俺答也派出五奴柱为使者来到云石堡,各展谋略,商讨和解事宜。

十月的云石堡,堡外秋风瑟瑟,堡内舌枪唇剑,各抒己见。

鲍崇德首先宣示朝廷不仅没有当即杀害把汉一行,还为其一一封官厚赏,只是提出,要朝廷放回把汉那吉,俺答必须交出赵全等叛贼。房方五奴柱回去传达朝廷优待不杀把汉之恩,俺答也悔恨当初听从赵全之计。俺答亲自面见鲍崇德说:"我何爱惜赵全,而不交换我孙?"

云石和谈最终达成协议:俺答何时把叛贼赵全等押送云石,明廷随即放把汉一行出关。

隆庆四年十一月十九日,俺答令部下哈台吉逮捕赵全等叛逃人员。哈台吉、五奴柱早已对赵全等怀恨在心,俺答令下,雷厉风行,昔日仗着俺答的信任颐指气使的赵全一干叛贼,一个个束手就擒,捆绑结实后,哈台吉派自己得力人员押送赵全及其家眷从云石堡入边,转达到威远卫交付大同副总兵麻锦押送大同镇。十二月二十日解送北京,经刑部验明正身,赵全等 8 名首恶押赴市曹枭首,传示九边悬挂。

在赵全等被送上断头台之际,十二月二十日大同右卫兔毛河堡外的兔毛河畔,边内,把汉身着朝廷赏赐的大红纻袍,头戴三品冠带,在火力赤、猛克力的陪同下,大同巡抚方逢时亲自护送其出边关。边外,俺答汗、一克哈屯、三娘子等翘首等孙儿归来。

临出边关,把汉那吉恋恋不舍,回首下马紧握方巡抚的手泪流满面地说:"我受皇上官职,不忍离去,朝廷怎忍心弃我?"方巡抚安慰道:"皇上怎能弃你,你祖父祖母日思夜想,皇上令你前往省亲,此乃人伦大事。你可随时回来。你不忘朝廷,朝廷亦不会负你。"方巡抚最为担心的是阿力哥及其随从回去受到俺答的惩处。使者火力赤、猛克力当面插刀为誓:"愿以我二人家中百口性命担保阿力哥回去不死。"方巡抚这才松开把汉那吉的手让其出边。

边外早已等得望眼欲穿的俺答,远远望见孙儿把汉那吉骑着高头大马,身着皇帝赐的蟒袍,英武光耀地走出关来,先是祖孙相拥痛哭流涕,然后便是朝着关内拜谢再三。

在把汉那吉从云石堡返回鞑靼时,威远副总兵牛相让其子牛伯杰护送出边,正好俺答派人押送叛逃出边的刘五等人入关,牛相想乘机为其子邀功,谎称是其子捕获的人,当押送的人到云石后,提出要千金的酬付,牛相就从军粮中克扣付出,王崇古发现这件事后,对云石堡军备苑宗儒以匿情不报

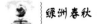

的罪给予处分,对威远副总兵牛相给以撤职处分。

化仇为恩签和约,干戈瞬息变玉帛

俺答汗接了被明廷封为三品官的孙子把汉那吉后,对明廷再三拜谢,欢欢喜喜回到汗帐,乐享天伦。

转眼到了隆庆五年,俺答上表,乞贡请封。当时俺答回到汗帐后,辗转反侧,回想自己的一生,成天东奔西杀,多次临边请贡一无所获,如今身边有了三娘子,美艳佳人陪着,大明王朝抓到孙子不仅不杀,反而封官,体体面面地回来,真是因祸得福,看来人生祸福皆有缘,不可一味苦强求,从此痛改前非洗心革面,遵从三娘子的教诲放下屠刀虔诚敬佛。自己讨要孙子时也曾对天发誓:"方得把汉,诵经谢天地,以打牲为禁。"在签订和约时使者一行七八人也向明廷宣誓:"指天佛以为誓。"看来诚如前些年萨满神仙所言:"若得吉,必入贡南朝。"

入贡南朝成为俺答汗逢凶化吉的人生追求,把汉那吉叩关降明受封,再一次为他实现这一目标提供了以当面陈述己见的条件,因而在见到明边镇官员时一再恳请通贡互市,并表态:"中国可出二边垦田,北部自于碛外畜牧。"

接到俺答汗的表文,宣大总督王崇古当即上奏朝廷:"今俺答与老把都、吉能、永邵卜诸部遣使十八人持番书来,愿相戒不犯边,专通贡开市,以息边民。"同时奏议封俺答汗名号,颁给金印,并封其子侄辈职衔。

隆庆五年二月,朝廷接到王崇古的奏议,三月,隆庆皇帝就批复了奏议,封俺答汗为"顺义王",赐大红五彩纻蟒衣一套,三娘子为"忠顺夫人",吉能为都督同知。

五月,俺答一行到得胜堡边外晾马台受封,隆重的受封仪式让俺答激动万分,当场宣誓说:"中国人马八十万,北虏夷人四十万,你们听着:我虏地新生孩子长成大汉,马驹长成大马,永不犯中国。若有哪家台吉走进边作歹者,将他兵马革去,不着他管事;散夷作歹者,将老婆、孩子、牛、羊、马匹尽数给赏别夷。"

宣誓毕,各路台者面对明廷官员焚纸抛天,以告天地为证,永不违背誓言。

同时议定通贡互市协议十三条:

一、投降人口,若是款贡以前来,各不相论。以后若有虏地走入人口是我真夷连人马送还,若是中国汉人走入,家下有父母兄弟者,每人给恩养钱,分缎四匹、梭布四十匹;如家下无人者,照例将人口送还。

二、中国汉人若来投虏,我们拿住送还,重赏有功夷人;我夷人偷捉汉人一名出边者,罚牛、羊、马一九。

三、夷人杀死人命者,一人罚头畜九九八十一,外骆驼一只,中国汉人打夷人者,照依中国法度偿。

四、中国汉人出边偷盗夷人马匹、牛羊衣物者,拿住送还,照依中国法度处治。

五、夷人打了无干汉人,罚马一匹。

六、夷人不从暗门进入,若偷扒边墙拿住,每一人罚牛、羊、马一九。

七、夷人夺了汉人衣服等件,罚头畜五匹头只。

八、夺了镰刀、斧子一件,罚羊一只,五、四件罚牛一只。

九、打了公差人,罚牛、羊、马匹一九。

十、夺了汉人帽子、手帕大小物件,罚羊一只。

十一、偷了中国马、骡、驴、牛、羊者,每匹只罚头畜三九。

十二、筵宴处所,夷人偷盗家活等件者,罚羊一只。

十三、讲定拨马,若进贡领钦赏,俱准倒骑马骡;若报开大市并将紧急事情,本王与黄台吉各准拨马四匹,其余台吉各准马二匹;若是讨赏卖马者,各骑自己的马匹。

从隆庆四年云石议和,到隆庆五年俺答受封,从此长城内外行人不持弓矢,农牧各乐其业,正所谓"豺狼不嚎,烽燧销傲"。

万历五年,为了加强互市管理,双方又增订五条协议:

一、原分守口夷各照该堡分管地方专巡守做贼生事走去人口,每日早起同该堡通丁各哨界路免致贼人生事;

二、走去人口如守口夷人踏见踪迹即与守口夷使若放进堡内有本王书到即送见;军门、抚院讲说若有阻当者守口官罚缎二匹,水獭一张,梭布六匹,即将人口回与本王;

三、走去人口人主不同守口夷人知道私已进口偷赶牛马

捉人者查实罚马一匹,若原无人口依偷盗论;

四、各城堡采打本植者或上一百出口者许守口夷人引领采打回边完日赏锻二匹,梭布八匹;

五、各台吉若有偷抢进边生事作歹领人马多少每人罚马一匹,有台吉进口罚骆驼一只。

万历十五年七月初四,扯力克嗣封顺义王。三娘子封忠顺夫人后又带领各部落酋长将以前所订条约法度一一重申,明廷也让各衙门通官参与。当时所有当事人有:詹天福、王志宝、安天爵、王国镇、龚喜、炭天福、常孝、麻承训、卡福、王汉登、张安等。

双方对天发誓:永远遵守。

为了加强对马市的管理,还签订《市法五款》:

一曰止许以布货食物相售,非此即系违禁,而将官敢有暗门卖鞍辔者即以通房论罪;

二曰互市之日,镇协等官整搁兵马会通官宣谕虏不许将倒死及不堪之骑充数,凡断舌筋者、割马尾者、刺咽喉者、灌之泥沙者、未岁不习刍豆者,俱勿令入暗门,倘虏狂态如故即一例绝之,稍有不轨设法创惩之;

三曰促市货早运市期速完,使虏不久留以免靡费;

四曰款约一定以后不许增卖一马,增给一赉,必就有开除则新生者方准增给;

五曰初款虏使入口有时有数今纵意出入又先年命使到边诸夷讨赏献牛价费数十金;今次阅视至边因先与通官相约

禁阻而牛马不敢进夷妇亦无至者,盖其道引属通官明甚,凡开市一切事务令彼痛切讲折以后当视额数加减以定通官赏罚。

准款贡云石再次开马市,通贸易森严长城变坦途

从把汉那吉叩关降明,促使大明与鞑靼互派使者在云石堡议和,云石这个边塞城堡成为万里长城的融冰点,为历史上著名的"隆庆议和"开启了序幕。"隆庆议和"实际上是从"云石议和"开始的。从"云石议和"到俺答受封,明长城一线发生了戏剧性的转变。"云石议和",变为"云石融冰"。

在俺答受封仪式上,双方签订了通贡互市十三条协议。协议如何付诸实施?经双方协商,大同、山西都司各开一个口做试点,山西选定水泉营(今偏关县东北靠近朔州的水泉堡乡),大同都司选定威远堡边外,即云石堡外的王石匠河畔。

至今在云石堡村西二里许,通往内蒙古的交通孔道北,长城上可见几处石头垒砌的石头台基,据说那是管理马市的观望楼,在开通马市期间,双方官员高坐楼上,观察市场情况,以防不测。在长城内侧,有一处像城堡一样的墙,人们说那就是马市,当年通贡互市,就是在其内进行交易。只是由于风雨剥蚀,所谓的暗道仅仅隐约可见。当年每当互市时,鞑靼方参与贸易的客商需倒骑着马从暗道通过。

在隆庆五年先在云石、水泉试开马市的基础上,于隆庆

六年(1572)才又在长城沿线陆续增开马市十几处。

云石议和,开通马市,诚如当时宣大总督王崇古所说:"许以贸易,以有易无,则和为可久,而华夷兼利。"通过互市贸易,长城内外出现了少有的安定和平局面。"东自海冶,西尽甘州,延袤五千里,无烽火警","烽火不惊"。

通贡互市使长城内外焕发了生机,退去了战火硝烟,即使原来敌对的双方,也露出了惬意的笑脸。三军晏眠,边围之民,室家相保,农狎之野,商贾夜行。直到明末"六十年来,塞上物阜民安,商贾辐辏,无异于中原",使得"九边生齿日繁,守备日固,田野日辟,商贾日通,边民始知有生之乐"。自此,云西乃至原靠长城庇佑的广大地区"客饷日积于仓廒,禾稼岁登于田野"。岁月的尘埃淹埋了这一段历史,时光的烟雨,使云石堡归隐到枯树荒芜之野。

回望历史的烽火狼烟,或许唤醒今人更加珍爱今天的和平盛世的情感。

云石堡互市给我们的启迪是:事在人为。

有明一代,关于要不要开互市,可谓是风云跌宕,莫衷一是。正统年间开设互市,由于关口的官员盘剥刁难入关款塞的互市使团,导致"土木堡之变",明廷不仅不从中总结经验教训,而是把"土木堡之变"的原因归咎于马市的开设,因而关闭了马市。关闭了马市从而激发了边患剧增,直至发生了"庚戌之变"。明廷无奈,决定再开互市,这时主张罢市的杨继盛也是一介儒生高谈阔论,而没有真知灼见的治国良策,更何况即使有，明廷在宦官专政的体制下不会采纳付诸实施。主张罢马市的杨继盛被下狱定罪处以死刑，正中仇鸾的下怀，他所以主张开设马市，不是从互利互惠、安边强国的立场考虑，而是从一己之利出发，借机大发横财，结果导致马市发生暴乱，再次关闭马市，直到隆庆四年，把汉那吉事件的发生，宣大总督王崇古积极处置，朝廷内阁积极支持，才促成隆庆议和，此时，也正值鞑靼部三娘子也积极争取款贡互市，从中劝导俺答，调停各部落，促成通贡互市顺利进行。

因此，我们简单地认为通贡互市对与不对是无稽之谈，我们通过历史从中悟出一个道理，事在人为。

云石堡作为历史遗迹，原汁原味地保留了下来，可以说是长城一线保存较为完好的马市古迹，因此我认为保护好这一遗迹很有价值。现在马市遗迹不远处有一河道，附近人们经常从这里挖沙，天长日久恐危及遗址，为此，我认为有必要加强保护，诸如在遗迹周围围网保护，以免人畜再次破坏这一文物遗存。

诗曰：

　　万里长城百千关，森严壁垒交通难，
　　通贡互市遂人愿，干戈玉帛南北欢。

　　马市残留碎石砖，茶马文化世代传，
　　民族和谐传家宝，共话长城庆平安。

康熙凯旋，改"胡"为"虎"

康熙三十六年（1698），康熙大帝征讨准格尔部噶尔丹叛乱，胜利归来，驻跸杀胡口，为杀胡口题写"杀虎口"三个金光闪闪的大字，一字之改，标志着中华版图一统。数千年的文明史，在这里印证了一个大写的"和"字，也证实孔子所说的"礼之用，和为贵"。

从昭君出塞和亲，到隆庆议和，在右玉化干戈为玉帛，康熙大帝西征新疆准格尔部噶尔丹叛乱后驻跸杀胡口九龙湾，改"胡"为"虎"，一字之改，标志着中华版图一统，一字之改，标定了这里的地理标志，一个大写的"和"字，民族的和谐，这里是一个和的大熔炉，这里是和的通道、和的桥梁。

在《郊特性第十一》孔子曰："天地合，而后万物兴焉。"在《经解第十六》中说："发号出令而民说，谓之和；上下相亲谓之仁，民不求其所欲而得之，谓之信；除去天地之害，谓之义。义与信，和与仁，霸王之器也。"

从儒家的"礼之用和为贵"，到民间的"家和万事兴"，"和"成为一种文化，"和谐"成为一种生产力。右玉人60多年的绿色接力，就充分证明了这一理论。

教育与文化

在党的十九大报告中,习近平总书记指出:"文化是一个国家、一个民族的灵魂。""中国特色社会主义,源于中华民族五千多年文明历史所孕育的中华优秀传统文化……"

一方水土养一方人,右玉精神的形成,也正是源于传统的文化教育滋养。

《学记》中说:"古之教者,家有塾,党有庠,术有序,国有学。"教育的目的就是:"修身践言,教训正俗。"

又说:"入其国,其教可知也。"可见教育对一个地方的风俗、人情有着至关重要的作用。

右玉虽系边陲要塞,在明代就在这里设卫学,"以教行伍之俊秀者",清代,雍正三年在右玉设朔平府,朔平府设府学,其后又设立玉林书院、恒阳书院。民国年间在右玉设立山西省立第七中学校。

从卫学到府学,从玉林书院、恒阳书院到省立七中。明代从卫学走出进士4人,举人、贡生200多名,武举及武宦近百名。清代从府学及书院走出进士、举人十几名,贡生100多名。兴文重教,对于"教训正俗",培养人才,发挥了重要作用,因此,这里的历史文化底蕴十分丰厚。

"人不学,不知道","人不学,不知义"。从明、清两代,右玉就设立专门的教育机构,一代代杰出人才,脱颖而出。

《帝范》:"《左传》曰:经纬天地曰文。夫天以文而化,地以文而生,人以文而会,国以文而建,王以文而治,天下以文而安。"

"宏风导俗,莫尚于文。"《学记》:"君子欲化民成俗,其必由学乎! 敷教训人莫善于学。"

右玉自古为边塞之地。虽为边塞,但戍守这里的将士深深懂得教育的重要,早在明宣德年间(1426—1436),这里的守臣就上书"请设立学宫,以教行伍之俊秀者"。

边塞教育——行伍俊杰雄边镇

据《大同县志》记载:明弘治年间(1488—1505),在右卫文庙曾有《改建右卫学宫碑》。碑文记述"大同右、玉林二卫,山西行都司迤西极边之城,宣德(1426—1436)间,守臣曾上章,请设立学宫,以教行伍之俊秀者"。由此可见,早在宣德年间,镇守右卫的守臣就曾上书,请在右卫设立学宫,主要是教育守边军士中的"俊秀者"。设立学宫后,右卫人孙祥以本学第子员,领乡荐,登进士,拜给事中,寻升都察院副都御史,是右玉早期教育的佼佼者。

碑文紧接着说:"……后因兵火,而暂革边方学校三十余年。""因兵火",也就是说,宣德之后,到了正统十四年

（1449），发生了"土木堡之变"，因而"暂革边方学校三十余年"。30年之后，也就是到成化年（1465—1487），在巡抚、都御史董方的奏议后，明廷给学校颁发了印信，决定铨选教职员工。经巡抚、监察御史何鉴，参将康永视察，原来学校"规模狭隘，不足以建庙堂，以育贤才也，乃择城内东北隅隙地一所，而改迁之。"

可见，明代在今宝宁寺原址建筑的寺庙、文庙、学宫是成化年间从别处迁来的，学宫原址并不在宝宁寺。另外1995年发现的右卫城"定中石"中所藏黄绢记载就有"宝宁寺必竣大明弘治岁次"，可见宝宁寺从成化年间就开始修建，到弘治年间才竣工。

明代，因各种原因发派到右玉一带的文人学士不在少数。

正统三年六月初九日（1438.6.30）：行在吏部文选司主事吴方告归省祭，特势纵恣，奴役乡人，辱詈有司，受贿赂无算，为县官讦奏。法司论当赎死免官，上命谪戍大同（其实在威远）。

正统四年二月初二日（1439.2.15）：直隶镇江丹徒县知县陈希孟朝觐既辟，潜于崇文门外买妾即去，为御史严敬所劾，法司坐赎罪为民，上命谪戍威远。

正统四年三月二十三日（1439.5.6）：……荆州右卫千户昔广……应斩……所犯系大赦以前……谪戍山西威远卫。

正统五年三月二十一日（1440.4.22）：行在兵部奏："编发

山西威远卫……充军囚人,俱系宣府右卫等卫递送,宜添为事官三员,往彼巡视,毋令沿途已所扰害。"从之。

正统八年六月初二日(1443.6.28):谪监察御史时纪戍威远卫。先是,纪巡按陕西,回经长垣县县丞萧节为之。

明正统年间(1436—1449)起,先后有一批官吏,因政见与当朝不和,被谪戍威远。被谪戍威远的有广西副使、江西人李立;吏部文选司主事、浙江金华人吴方;福建佥事、江西吉水人李左修;翰林院庶吉士、刑部主事、江西吉水人黄瓒;大理寺丞、苏州人仰瞻;刑部主事、广东潮阳人王彰;刑部侍郎、浙江金华人包德怀;监察御史、四川人潘洪;国子监丞、浙江衢州人汪宾;吏部考功司员外郎、苏州人夏瑜。夏瑜谪戍威远后,不愿在城内居住,就到威远西南八里的河湾阳坡处居住,死后就埋葬在村东,从此,这里就被称为"进士湾"。坟前曾有石碑一块,记述夏瑜的生平,可惜后已遗失。

这些被谪戍的人,来到威远后,发挥自己一技之长,积极兴办官学,亲自担任教授,为当地培养出一批杰出人才。如右玉的孙祥,考中进士;大同的郭纪成为"云中三杰"之一;威远的何廷魁,万历辛丑年考取进士,官封辽阳副使,以身殉职,"敕赐忠愍"。当时威远名声大震,人才辈出。他们的业绩《大同府志》《云中志》《朔平府志》都有记载,表彰他们的功德。

《改建右卫学宫碑》碑文内容为:

夫四海之内,地里有远近,土壤有高下。凡聚庐托处者,生齿之众多,习俗之异尚,虽万有不齐,而人性禀赋之善,未始有不同者焉。自古帝王之驭天下,莫不因性之所同,而教导之,使为善也。洪惟我朝,奄有天下,混一区宇,圣圣相承百二十年,于兹倦倦,以安靖斯世,教育群黎为己任,先后一致,无彼此限隔之殊,虽遐陬僻壤,罔不在于薰陶渐染之中。迄今土宇日广,人文丕著,可以上追三代之风,而远迈隋唐之政,是即圣人久于其道,而天下化成之时欤? 大同右、玉林二卫,山西行都司迤西极边之城,宣德间守臣曾上章,请立学设官,以教行伍之俊秀者。后孙祥以本学弟子员,领乡荐,登进士,拜给事中,寻升都察院副都御史,后因兵火而暂革边方学校三十余年,巡抚都御史崞县董公方,奏准铨选教职,隆还印信。时巡按监察御史何公鉴、参将康公永,睹旧学规模狭隘,不足以建庙堂,而育贤才也,乃择城内东北隅隙地一所,而改迁之。巡抚都御史李公敏、参将卢公钦,发官帑财,鸠集工料,逾数年始克有成。正殿、棂星戟门、两庑、神厨、明伦堂、两斋,与夫教官居止之舍咸备,卢公尤增置基址,建讲堂,号房分守。太监陆公睿、参将张公玺、秦公恭,相继置祭器,修理废坠,视昔焕然维新。秦公复议于众曰:"不可无文,以记其学之颠末。"因太学生高景,尝从游予门,卑诣予请文,刻石以垂不朽。予唯学校者,育养俊乂之所;贤才者,辅理治化之原。游斯学者,诚能仰朝廷教育之恩,思诸公作兴之雅,朝夕肆力,考六籍之遗言,求圣贤之奥旨,弃口耳之末,操笃实之行,由科贡跻□仕,俾功名显于当时,垂之竹帛,人将指之曰:"定边人才之盛有如此,顾不伟欤?"予所以历叙,以复求言之意,岂徒专记立学之颠末云乎哉？"

威远文脉——明清传承泽被西口

据《朔平府志》记载：明万历年山西布政樊东漠撰写《改建威远文庙儒学记》，碑文记述"嘉靖间，杨仁以麟经魁晋士，当事者因缘允诸生请，为建学宫于城西北隅""经始于万历之癸卯，越一再岁，至乙巳而告竣"。表彰了当事者"兴学造士"的义举。

碑文内容为：

云中自昔为边郡，雄而名硕桀，代兴不乏。然第皆以武功奋，而文事竟郁塞而未宣。逮于石晋，并论而为夷，侏漓椎结之与侣者，余三百年。天启我高皇帝神圣开基，八□一统，此邦乃复隶于职方。至文皇帝龙飞燕邸，鼎徙自南，户背屏藩，实在畿郊之近，即重关错垒，日以捍御，为兢兢然。诗、书比屋，衿佩雍容，亦何尝不斌斌隽茂哉？

威远，云中支属也。旧未有凲学。嘉靖间，杨仁以麟经魁晋士，当事者因缘允诸生清，为建学宫于城西北隅，而嗣是遂久无振起者。形家浸有后，言乃议更创，而直指黄公报可。余亦窃怂□其成，爰购珉廛于东南胜处，而卜迁焉。经始于万历之癸卯，越一再岁，至乙巳而告竣，事规恢扩，视昔增倍。凡糜金钱若干，则捐自督、抚、按、道与文武疆吏，暨慈方士绅，捐各有差，而地利与人和叶矣。博舍君宗周，偕其弟子员王道平、陈其舜等，方负贞石巫碣，而丐余记之。

余惟学校之所徭来尚矣，而饬为门庭、堂庑，奉以先圣先师，俎豆趋跄，春秋匪懈，此讵直目侈听耸观已乎？杨雄曰："一哄之市，必立之乎；一卷之书，必立之师。"盖所为罗俊乂而斋肃其心，范型其器也。今车书会同，士亡异轨，微辞奥旨，一以孔氏为折衷。夫孔氏之道，昭昭乎揭日月，而塞元黄。四夷之长，慕义向风，不难万里，梯航肆雨，成均而禀教焉。况于尔诸生，耳目濡染于数百里之内者乎？且士患弗立，苟立矣，函夏与裔，徼无论也。彼嵩岳生申，尼山毓孔，其在中州、齐、鲁信有之，乃固有不尽然者，鹳鸰不逾济，而貉及汶，则止，此直为形囿耳。若凤麟生而自异，所至为祥地，乌能限之？故禹也兴于石纽，伊也产于空桑，而由余以戎，陈良以楚，日□以胡，岂问地哉？渥洼以龙名，非龙名于渥□也；荆山以玉显，非玉显于荆山也。然则人重地耶？□重人耶？诸生口勉之，希骥而骥矣，希颜而颜矣。

夫士所以贵宁独，沾沾于一第之为华，盖不朽有三焉，则穆叔之所称，德与功与言是也。以兹英雄用武之区，余风未泯，士生其间，酝酿深矣。彼以之而敌忾奏功者，此以之而输忠励节，文经武纬，维护所用之耳。姑亡远引，即古灵寿之标勋于魏，毕文简之表伐于宋，夫非此邦之彦乎？高山景行，益引而伸，益恢而大，浸假得数士焉出，而为县官效股肱，即令宇内之知有威远也，将从今日始，余亦重有荣籍焉。如仅仅以科名卓荦，为多士薪，则今世之名都巨族，奕叶蝉联，而号为冠盖鸣珂者甚不少，此蕞尔边城，何遽能与角性夫？且非当事者兴学造士意也。是为记。

据《大同县志》记载：明代威远卫属大同府管理体制辖，故朱彝尊撰写《大同府威远卫重修学记》收录《大同县志》。该碑记述了设立学校的重要性，鞭笞了不重视教育、不注重学校的时弊，宣讲了威远"卫故有学，岁久将圮"，教谕王君率领诸生，修理学校，兴学育人的事迹。

碑文内容为：

庠、序、学校之设，非王政之本与！三代盛时，其地自党、遂达国都，莫不有学；其人自天子之元子以及士、庶人子，莫不入于学；其典礼、政令，则自释奠、释菜、习乡、习射、执酱、执酳，以至献首馘、献囚，莫不备举于学。又择君子之儒，仁义忠信、乐善不倦者以为之师，士之人乎学者，俎豆、筐篚、象勺、干籥有其器，鼗鼓、柷揭、笙镛、琴瑟有其音，屈伸俯仰、盘躃缀兆有其度，藏修息游有其所。而师氏以三德三行教国子，司徒以六德、六行、六艺兴之。上无私师，下无私学。此三代之学，所以盛美而大备也。后世学日以驰，典礼政令，听州郡吏专制之于上，不必尽举于学，其仅存不废者，春秋庙祀孔子，释奠释菜而已。为之师者，未必尽择君子之儒，徒然自处学宫，使之不由其诚；教之不尽其才。士亦隐其学而疾其师，视学校为不急之务。由是学宫坐以倾圮，至有终岁不游于学者。呜呼！学校王政之本，至视为不急之务，而听其倾圮，此君子之儒、为人师者所甚忧也。威远卫当大同关塞之冲，士之习于文事者盖寡。自边隅晏安，士始以弦诵相励。而教谕王君复能以仁义忠信之说善谕之。卫故有学，岁久将圮，王君率诸生某等新之，诸生咸乐趋事，堂庑寝筵、樽枦檐桷、戟门、壁池，莫不具饰，不侈不陋，工既竣，向予请记。呜呼！三代之学，其得存于今者仅矣。自夫师之不严，而道不尊，士于是失端本之学，不知顺行以事师长，则无良师为之也。若王君者乐善不倦，可谓知本之君子矣！昔鲁侯既作泮宫，诗人颂之。有曰："无小无大，从公于迈。"又曰："济济多士，克广德心。"至学校之废，郑人刺之，则曰："纵我不住，子宁不来！"诸生能广王君之心，日相与藏修息游，于是讲其德行，习其文艺。孰谓三代之学不可几于今日也哉！

威远卫今隶朔平，然竹垞先生侨寓云中时，犹未分朔平府，故尚称大同也。《县志》非境内者不收，因前明威远卫附于大同考试，是以《明史》以何忠愍为威远人，盖即大同也。设立朔平以后，则不录。

明末，由于明廷与鞑靼议和，威远城也从战火烽烟中变得宁静下来。威远城的城防也变得松弛下来。于是代之而起的就是庙宇的增多。在城东街路北建起了敬奉孔子的文庙。在文庙北建起了崇圣祠，在戟门左右建起了名宦祠、乡贤祠、在文庙正殿后建起了明伦堂、尊经堂。在明伦堂右建起了教授署。这标志着威远由战争防御的军事职能向文化、教育职能的转变。

在右玉城曾有玉林书院。据碑文记载："朔郡自雍正三年，经□中承奏改郡县，设立学校迄今百余年，圣化涵儒，人才蔚起。而合郡书院缺然，士子虽欲问道，而就正无由。其富而有力者，尚可负笈远游；其贫不自给者，未免废书长叹！官斯士者，责不容宽，且屡奉温纶，通谕各直省地方，建立书院，培植人才。此日之秀髦，即他年之桢干，不特增光荣于乡里，亦且有裨益于国家也，在府于去秋由词臣蒙思各员郡守，下车伊始，即议创兴，值岁饥，复又中止，兹商酌同官，各捐廉俸，聘请名儒，为诸生主讲。城东旧有旷□数椽，鸠工庀材，及时修葺，俾生肄业其中。夫读书当先立品，德行为本，而文艺为末。读书首在通经，士不通经，不足致用。诸生风雨晨乐夕，歌咏诗书，必思书院，所以设立之意顺无轻于求售，徒为猎取科名计，而置根底之学于不问，在诸生甘于暴弃，自难圣贤，将何心付圣天之雅化作人之意也乎？爰志颠末，俾后之君子知创始焉。"

府学书院——文人商贾兴晋蒙

玉林书院建于清道光十七年（1837），为朔平府知府张集馨首创。位于朔平府城东北隅（今右卫镇），是当时雁门道一带的最高学府。玉林书院与当时山西省城的晋阳书院、令德书院,太原府城的崇修书院、桐封书院齐名。

据文献记载,玉林书院建筑十分考究,我们不妨由里而外观其全貌:正厅是讲堂,坐于数级石阶之上,青瓦脊檩,飞檐拱券,高大明敞。东、西厢房整齐而对衬。精美的窗棂,双扇红门,均为一色建筑。过厅两廊,各立一面直径四五尺的石鼓,上雕图案精致美观。正厅与过道之间,架有青石栏杆,有拱形金水桥,桥下流水潺潺,鱼翔浅底。石桥四周花飞树茂。过厅对面建有 3 丈余高的牌楼,巍然屹立于通道中央。穿过牌楼,便是书院街门,门楼正中悬挂一块 5 尺见方的匾额,上书"玉林书院"四个金字,刚劲沧桑,远远地映入人们的眼帘,给处于征战中的人们以抚慰,迷茫中的市民以希望。大门门楹上刻写着"昆山片玉,桂林一枝"的对联,取"玉林"二字合成。因右玉为附郭首县,本名玉林而得之。在正厅讲堂的醒目位置刻着"灵秀蕴山川,看此间岭复溪回,定生人物;科名关德行,愿多士金贞玉粹,不仅文章"的佳联。

史料《道咸宦海见闻录》载:"朔郡本沙漠之地,汉、唐迄元、明两千余年,日寻干戈,白草黄沙,弥亘无际。我朝雍正三年,巡抚诺岷奏设郡县,设立学校,文风纰缪,绝无师承。合郡并裁我书院,士子俗读书而无人就正。余首介捐廉 300 两,每年再捐廉 30 两。函商各属,□□商贾献珍,皆以不愿捐廉回复,无米炊,乃难措手。又于郡城绅贾商酌,允为详请议叙,始得制钱千贯,交绅士办理,不经官司吏之手。觅得公廨一所,重新构造,半载落成,名曰'玉林书院'。延请山长,礼派监院。

又查郡中有赃罚闲款千余金,久贮必致乌有,因提归书院,发商生息。加以郡首每年捐廉,作为师生膏火、修缮之费。定正课若干名,附廪若干名。前列奖赏,每课若干,其远处肄业生童,每月官馆课题发交学官转交,课文由都官汇齐送署,通详立案,以昭永久。"

张集馨创建书院,为后人开了先河。清朝历任知府,都为书院捐款重修,提供经费,在咸丰年间,捐款整修玉林书院,更名为"恒阳书院",同治十二年,知府清安又重修玉林书院,交存入当行二千九百银两,每年生息若干,又从杀虎口关税中每年继捐白银一百两,从右卫城当得捐银三十两,以充足书院经费。光绪初年,连年灾荒,列强侵略,国库空虚,经费截留,致使书院一度停办。直到光绪十二年,知府毓铭复又捐款重开书院。民国三年,右卫城绅士王作辅邀集同仁在玉林书院兴办了一所图书馆。1937年(民国二十六年),日本侵略军占领右卫之后,房屋毁坏,无人问津,玉林书院随之变成一片废墟,为后人所感叹唏嘘。

据考证,"玉林书院"自创建至拆毁,前后长达一个世纪,为右玉和雁北各地培养了大量的人才。今天玉林书院虽不复存在,但书院的创建史、发展史都是先辈留给我们的一份值得继承的宝贵遗产,令人追怀!

清政府早在雍正年间,就在右玉设朔平府。道光十七年(1837)知府张集馨亲自首倡捐款筹建书院。书院盖成后张知府为其署名"玉林书院",即取"昆山片玉,桂林一枝"之意,

"愿多士金贞玉粹"。

咸丰年间（1851—1861），"玉林书院"更名为"恒阳书院"。设立书院后，诚如张集馨所言："灵秀蕴山川，看此间岭复溪回，定生人物。"

省立七中——民国才子光耀中华

《学记》曰："宏风导俗，莫尚于文。""敷教训人，莫善于学。"

古代的先民就认识到，宣扬政策，训诲人民，没有比学校教育更好的了。

山西省立第七中学校，创建于1919年春季（即民国八年春），于1937年七七卢沟桥事变后停止办学，历经18年，先后共招收14个班，其中毕业11个班，有3个班约110名学生因日本侵略军占领右玉城学校停办未毕业。山西省立第七中学校为雁北地区特别是右玉县培养了不少有用人才，有不少七中学生成了国民党的高级将领，同时培养了不少爱国将士。特别是抗日战争爆发后，大部分七中学生参加了牺牲救国同盟会，成为晋绥地区抗日的中坚骨干，为建立晋西北抗日根据地作出了巨大的贡献。

根据省档案资料及侯铭久、王炳瀛、宿大春、马智牢、贾守忠、刘子威、李西成等老同志的回忆，略记如下。

一、为啥在右玉设立七中

右玉在清末为朔平府治,辛亥革命后撤销朔平府,归雁门道管辖。到民国初年,右玉由于是交通要冲,手工业、商业、旅店、作坊经济又逐渐繁荣昌盛起来。因当时的绥远属山西管辖,山西去外蒙古、内蒙古做买卖的特别多,右玉成为南来北往的转运站。当时右玉县的经济收入居西雁北之首,特别是税收名列西雁北之前茅。这给创立省立七中提供了经济基础。

民国六年右玉知事陈宗炎(湖北蕲水人),民国七年右玉知事郝文灿,为创立七中先后都给省府申请备案。当时在省府工作的有从英国威尔斯大学毕业的梁济(在英国加入同盟会,属早期同盟会会员),为省参议院实业司司长,兼省实业学校校长。再加上省教育厅厅长与张生义是同学关系,又同时在师范学校任过职。张生义极力活动,理由是原山西省各府相继成立了中学,太原为一中、二中,大同为三中(大同一中,现改为大同师专,位于大同十里店),临汾为四中,宁武为五中,运城为六中。右玉原是朔平府治,也应成立中学。地方政府并能拿出部分经费修建学校,经两年多时间活动,终于批准成立省立第七中学校。后来阳泉也成立中学,为省立八中。

二、学校设置

七中建于右玉城东北隅。原为玉林书院,道光十六年张集馨放任朔平知府,道光二十年(1840年)创办书院,咸丰年间知府清安又重修玉林书院,改名为恒阳书院。有旧房40多间,背靠北城墙,大门向南。

七中修建,由省府拨款1200元(银圆),再加上原存恒阳书院400多两白银,为修建学校的经费,省府直派监工,工程师来县施工,按照预定绘图规格修造。大门为立柱体,上写"山西省立第七中学校"。从大门中间到城墙北为中轴线,两边建造都成对称形,一进大门30米处为校长室、学监室、教师办公室、事务室等为第一排,后面是礼堂,礼堂后为教室,教室共十二座(都是单独教室相互不相连),南面四座,北面四座,东、西各两座。教室后,东为实验室(分生物实验、理化实验),西为图书室。东、西两边为学生宿舍,最后一排为餐厅、伙房等。东、西靠墙处为两座厕所。

三、教职员工

七中第一任校长是张生义(老教师张生得哥哥),清末上山西大学堂西斋毕业。对七中的创立和发展,作出较大贡献。

第二任校长郭岐凤,威远城内人。山西大学堂西斋毕业。

第三任校长高鹏举,朔县人。

第四任校长王之冕，天镇县人。

第一任学监魏绰，左云汉圪塔人。

第二任学监樊润五，右玉人，山西法政学校毕业。

语文教师杨静仁，朔县人。从1919年春到1937年6月，一直担任七中语文科教师。著作较多，曾在课业之余，印有《课余随笔》一书，书中记述右玉风情人物诗词较多，现摘录几首，以供读者赏阅。

咏牛（即右玉南小河石牛）

大石何年制肖牛，安然不动几千秋。

清风拂拂毛将舞，细雨潇潇汗欲流。

草掠唇边难转舌，泉经脚下不低头。

看看日落西山晚，试问谁家槛内收。

肖然矗立百年秋，谁许庖丁善解牛。

应待扶犁耕龙亩，绝无遗恨转江流。

牧童吹笛空骑背，佛座听经不点头。

世上沧桑人何在，夕阳西下影长留。

数理化教师李五成，河北滦县人，北京大学毕业。英语教师特聘梁济担任。英语教师温友谦。梁浚担任《论语》《孟子》课程。数学教师王博施。赵仕俄担任体育教师。语文教师杨品奇，山西忻州人。杨雨封担任事务员。赵海泉在后期担任过音乐、美术教师。

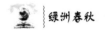

四、毕业、未毕业的学生

王国相，后更名为王裕民，右玉县郭家堡村人。七中一班学生，1924年考入黄埔军校，为山西第一批考入者之一。后为第八战区中将司令，后病逝西安。

朱耀武，原系右玉米庄窝人（现归山阴县），七中一班学生，1924年考入黄埔军校，为国民党高级将官。

朱木美，原属右玉口前村人（现归山阴县），七中一班学生，七中毕业后，1923年考入北师大物理系，后留学法国，归国后为华中工学院电机系主任，在学术上有特殊贡献，1969年病逝于武汉。

耿耀张，右玉县梁家油坊镇十里铺村人，七中一班毕业，1923年考入天津北洋大学，对我国装甲部队有特殊贡献，中华人民共和国成立后一直担任北京工业学校教授，为我国培养大批专门人才，学生遍布海峡两岸。1992年4月病逝。

郭岐，右玉人，七中一班学生，毕业后考入黄埔军校。日本侵略南京时，他担任营长，目睹日本大屠杀，后到武汉编写《南京大屠杀目睹记》一书，后审判战犯时成为有力证据。

朱尽美，朱木美弟弟，七中一班学生，毕业后考入北京大学，专攻美术。

郭英，七中一班学生，右玉人。

苏挺，七中一班学生，内蒙古凉城县郭家窑人。后参加中国共产党,成为抗日将士。

赵连登,别名次瀛,七中一班学生,右玉杀虎口人,后考入朝阳大学。

王斌,七中一班学生,右玉曾子坊村人,后考入太原北方军官学校。

王炳文,七中一班学生,右玉城内人。毕业后考入山西法政学校。

刘治汉,七中二班毕业生,右玉高墙框村人,毕业后考入大学,后任山西医学院教授、主任。

赵英,七中二班毕业,右玉杀虎口人,后考入太原北方军官学校骑兵科。1937年5月参加牺盟会,并组建右玉武装力量。曾任内蒙古乌盟军分区参谋长,1968年逝世于右玉。

耿耀森,七中二班学生,右玉梁家油坊镇十里铺村人,毕业后考入太原某学校。

段谟,右玉县头水泉人,七中毕业后,考入日本早稻田工业大学,学制革业,毕业后正遇日本侵略军入侵右玉,终身务农,不为日伪政权工作,深受当地群众好评。

郭岑,七中一班毕业,右玉人,毕业后考入黄埔军校。

张永恒,右玉威远人,七中毕业,后考入日本东京帝国大学,回国后务农。

张伯友,右玉城内人,七中毕业后,考入日本京都工业大学,学习机械业,后在阎锡山的兵工厂工作。

杨维岳,七中二班学生,右玉杨村人,毕业后考入大学。

王寿堂,七中三班学生,右玉牛心乡施官屯人,毕业后考入太原北方军官学校炮兵科。

宿大春,右玉城内人,满族,原为七中二班学生,后因病退到三班,毕业后考入太原北方军官学校炮兵科,曾任阎锡山军队中校团副。1986年病逝于右玉。

王叔,七中三班学生,右玉杀虎口人,毕业后考入黄埔军校第四期,后不幸死于太原。

王炳恒,七中三班学生,右玉城内人,毕业后考入山西法政大学。

王炳如,右玉郭家窑村人,王国相侄儿,七中毕业后,考入大学。

王炳瀛,七中三班学生,右玉城内人,后为一般职员,病死于右玉城。

乔日成,应县下社新堡人,七中三班学生,未毕业。因与同学斗殴,被开除。后考入太原北方军官学校步科六队学习。解放战争期间,"二战区雁北挺进纵队"新编,乔任少将司令,后盘踞应县与人民解放军为敌,于1946年7月被我军流弹击毙。

李友三,七中三班学生,右玉城内人,中华人民共和国成立后为小学教师。

李西成,七中四班学生,右玉杀虎口人,后考入大学,为大学教授。

于忠,七中四班学生,右玉城内人,回族,后考入保定军校。

贾守忠，七中四班学生，右玉杀虎口人，1937年5月加入牺盟会，为我县早期共产党员，在教育工作中有一定的贡献。1991年病逝于右玉。

赵凯，右玉城内人，七中毕业。1937年10月参加革命工作，1938年加入中国共产党。历任牺盟会游击中队长，察绥支队大队长。1954年任空军后勤部军需第二副部长职务。1983年离休，在天津居住。

耿耀西，七中四班学生，右玉县梁家油坊镇十里铺村人。毕业后考入大学，为大学教授。

樊向翰，七中四班学生，右玉厂湾人。

马霖耀，七中四班学生，右玉县李达窑乡大坡村人，毕业后考入黄埔军校第四期。

韩建清，七中八班学生，右玉城内人。后为傅作义十二战区青年总部负责人。

马昀，七中八班学生，右玉城内人。1937年5月参加革命工作，曾任昆明财办副主任，1981年离休，在昆明居住。

马克，七中十一班学生，右玉城内人，回族。1937年参加革命工作，1960年为大校，后为军级干部。现离休，在甘肃兰州居住。

朱明，右玉城内人，七中学生。1937年11月参加革命工作，1946年10月任右玉县委副书记，后在中央马列学院工作。"文化大革命"受挫折，政策落实后为河南周口地区宣传部顾问,1983年离休。

麻成,七中九班学生,右玉城内人,回族,1937年5月参加革命,曾任过我民主政府区长。

王经邦,七中九班学生,右玉城内人,1937年参加革命工作,现离休,在昆明。

郝玉毕,右玉城内人,七中毕业,考入山西工业学校。

孙伟,右玉城内人,七中毕业,考入太原学兵团第三期。

杨明正,原名杨明箴,七中十三班学生,右玉城内人,1937年参加工作,抗日战争期间任过大仁县委书记,西雁北组织科科长等职,后南下任四川省煤炭部副部长等职,现离休。

七中学生还有:裴英(一班)、田苗(三班)、刘英(四班)、黄述祖(七班)、崔尚斌(七班)、李秀枝(七班)、米峰(九班)、韩贵(九班)、刘继汉(九班)、寇制恒(九班)、许子成(九班)、马智牢(十班)、马守仁(十班)、王经述(十班)、胡廷亮(十班)、赵钰(十班)、贾鉴义(十二班)、王炳度(十二班)、李树年(十二班)、陈效良(十二班)、王琛(十一班)、袁子勤(十二班)、张仁济(十二班)、赵鸿儒(十二班)、李鸿儒(十一班)、姚振江(十二班)、赵义广(十二班)、黄念祖(十二班)、张日新(十三班)、范秉义(十三班)、靳荣生(十三班)、王恒(十三班)、高俊(十三班)、王业(十三班)、耿忠(十三班)、张宦(十三班)、王与功(十三班)、赵丰茂(十三班)、田子勤(十四班)、杜文(十四班)、贾克仁、冯遵训(十四班)、贾瑞(十四班)、马忠（十四班）、贾鉴澈、张儒、周效文等。

五、七中创建的历史作用

七中从 1919 年春季创办以后，历经沧桑十八年，在校学生 700 多人。学校制度严格，学生接见家长必须学监批准，食宿都在校内，确实培养出大批有用人才。

1924 年黄埔军校成立，山西上第一期的仅仅 10 人（其中有徐向前元帅），右玉就有 2 人，而且都是七中一班毕业的学生。七中毕业出国留学的有 70 多人，后担任教授、专家的有 100 多人。

1937 年 5 月，牺盟会特派员傅生麟、韩燕如，在七中组织童子军，后来都成为抗日战争的中坚骨干。七中学生赵英、赵凯、王经述、杨明正、朱明、王经邦、马昀、马克、贾守忠、贾克仁、苏挺等积极参加抗日，右玉成为晋西北抗日中心。大批的知识分子加入革命队伍，对组织发展抗日力量起到推波助澜的作用。

当然七中学生中也有民族败类，如乔日成等，与人民为敌，落得可耻下场。

历史的经验证明，要想改变一方落后面貌，就得抓教育，抓人才培养，七中办学的历史经验再一次证明。当时右玉各种环境并不比现在好，但比左云、平鲁、山阴，甚至朔县还富裕，当时我们是富县，他们是穷县。右玉成了西雁北的文化政治中心,成了培养人才的摇篮。

中华人民共和国成立后的右玉领导人,也深深懂得这一道理,在右玉的绿色发展中更加注重了学校教育的重要性。

法治与环保

早在两千多年前,荀子就提出:"君人者,隆礼尊贤而王,重法爱民而霸。"商鞅也主张:"圣人为国也,观俗立法则治。"

2013年5月24日,习近平总书记在中央政治局第六次集体学习时指出:"只有实行最严格的制度,最严密的法治,才能为生态文明建设提供可靠的保障……生态文明建设需要构建必要的制度规范,首先是生态法制建设,建构相关的政策制度,确立和完善配套机制。强调要用法治的方式建立领导干部责任追究制度……"

历览中国数千年的文明史,每一次大的社会变革,必然要有相应的法律的保障。

右玉之所以能山川遍地都是树,多少年来一直传承着一个三分植树,七分管护的传统。管护,主要是教育群众植树,爱树,护树。此外,运用法律的手段,为林木的发展保驾护航,也是十分重要的环节。

我国古代法家慎到认为:"法,非从天下,非从地生,发于人间,合乎人心而已。"也就是历史上一直坚持的"合情合理合法"的统治观念。

绿色警戒——男人不能砍树,女人不能"有肚(超生)"

20 世纪 70 年代后期,右玉被列入"三北防护林建设体系",右玉植树造林的速度加快,右玉的林地面积迅速加大,林木的保护迫在眉睫。县委书记常禄亲自起草护林爱树公告,让右玉县人民政府印发全县各公社、生产大队。1981 年 1 月,县人民政府正式成立护林防火指挥部,各公社成立护林防火领导组,制定了赏罚严明的护林防火细则。全县配备专职护林员 51 人,各生产大队配备兼职护林员 300 多人。

事也凑巧,就在县政府护林爱树公告刚刚发出不久,县食品公司的仓库保管员因家庭闹矛盾,到野外的沙棘林抽烟解闷,烟头复燃引发 2 亩沙棘林被烧,护林防火指挥部让公安局侦破此案,侦察员发现是食品公司仓库保管员,此人平时一贯奉公守法,工作认真负责,只是因家庭矛盾,一时疏忽,不慎引起火灾,公司为其求情,商业局领导出面说情,怎么办?是顺情私了,还是秉公执法?经斟酌再三,公安机关认为县政府公告刚出,我们就徇情私了,以后再有此类事该怎么办?最后经公、检、法再三研究,还是"大义灭亲",对引发火灾的仓库保管员绳之以法。此事对全县起到震慑性的效果,于是一传十,十传百,传开了:"男人不能砍树,女人不能有肚(超计划生育)。"

免而无耻——打教结合，遵纪守法兴林木

孔子曰："道之以政，齐之以刑，民免而无耻。"这昭示人们，用政令制度约束人们，他触犯了法律，就给他以刑罚的处罚，这样会导致人们因为惧怕处罚而免于去做坏事。滥砍滥伐的事可以减少，但人们没有羞耻之心，甚至还会想方设法地避免法律的制裁。

20世纪80年代初，县政府印发了《幼林禁牧手册》和《禁牧处罚条例》，全县各公社的干部、牛羊官、护林员人手一册，结合《中华人民共和国森林法》一同宣传贯彻。

1987年全县查获偷砍伐案件17起，处理32人，罚收毁坏林木赔偿费13800元，罚栽树1.1万株。

1988年各公社护林防火领导组查收毁林罚款3856元。

对一些典型案例，全县集中进行公处公判，通过典型案例的惩处，教育广大群众，同时对遵纪守法的牛、羊倌和认真负责的护林防火人员进行表彰。对于一些模范的护林员用文艺演唱的形式宣传表扬，对于植树护林的先进模范编出了《绿化功臣》一书进行表彰。

坚持经常——政教结合，护林爱树成风化

孟子曰："善政，不如善教得民也。善政，民畏之；善教，民

爱之。"实行生产责任制后,高墙框、杨千河两乡一些农村出现了砍伐沙棘、梧柏以扩大耕地的问题,发现问题后,县委常委会立即召开会议,安排发出《中共右玉县委右玉县人民政府关于对高墙框、杨千河两个乡由于管护不力造成柠条林地被损坏问题的通报》,以县委、县政府红头文件下发全县。责令两个乡的党委书记分别向县委、县政府做出深刻检查,对有关责任人分别给予批评教育和经济上的处罚。

1997年12月县人民政府下发《右玉县人民政府关于严禁乱砍滥伐沙棘、杨柳的紧急通知》,在全县范围内集中打击乱砍滥伐灌木的行动。

鼓励群众承包荒山坡,一些人认为,承包荒山荒坡就可以砍伐原有林木了。

针对一些地方牲畜啃毁林木的问题,1998年8月县政府下发《右玉县人民政府关于进一步加强畜牧管理、保护林草植被的若干规定》。《规定》对林草、植被的建设、保护、利用以及荒山荒坡的承包等问题做出了详细的规定,使全县的林草植被管理走上了规范化的道路。

1998年9月,县政府又制定《关于停止全县集体林木采伐的通告》。《通告》要求,全县所有集体林木(包括沙棘、柠条、梧柳)等各种天然林,一律停止采伐及开发性开垦。

对一些屡禁不止的,坚持依法治林。

从1996年至1999年,全县坚持依法治林,开展了打击偷砍滥伐林木的专项治理,打掉3个毁林团伙,查处各类林业行政案件 67 起，公开审理和惩处各类毁林不法分子 59 名,震慑了犯罪分子,处理了毁林违纪党员 38 名,追回木材 200 多立方米,挽回经济损失 6.6 万元,在全县刹住了滥伐林木的歪风。

老子在《道德经》中说:"慎终如始,则无败事。"

右玉之所以能在这干旱少雨的土地上种树，种一坡，活一坡，种一山，绿一山,三分植树,七分管护,这是一个重要原因。右玉人把这植树,爱树,护树,从始至终地坚持下来。

进入新的世纪，右玉的领导认为我们右玉是贫困县,脱贫攻坚是首要任务,抓经济,搞开发,但决不能以破坏生态环境为代价。

2001 年 1 月,中共右玉县委召开十届三次全体会议,会议专门做出了《中共右玉县委关于加强生态环境保护的决定》。《决定》明确要求:一、严禁乱砍滥伐,停止林木采伐审批。二、严禁毁林,毁草,开荒地,破坏生态植被。三、严禁违法违纪猎捕野生动物,破坏生态平衡。四、严格责任追究制度。

《决定》明确规定"从 2001 年 1 月 1 日起,三年内停止我县境内各种林木采伐活动,有关部门一律不得办理林木采伐手续"等 13 项具体措施。

《决定》明确指出:"要在全社会掀起宣传教育新高潮,深入贯彻落实《森林法》《水土保持法》《草原管理法》以及《野生动物保护法》等有关生态保护法律、法规,大力倡导保护生态光荣,破坏生态可耻,形成人人保护生态环境的良好风尚。对在生态环境保护中做出较大贡献的以及检举揭发破坏生态环境行为的,县委要给予大力表彰奖励。严格落实林木管护责任制,按照行政和业务部门两条线逐级签订林木管护责任状,将林木管护的责任落实到具体单位和个人头上。同时,县政府与林业主管部门依据责任状的规定,定期检查林木管护,严格考核兑现。对违反有关规定,破坏森林资源的不法行为,执法部门加大打击力度,有关法律、法规对当事人给予重处重罚,情节严重的要依法追究刑事责任。同时,还要求对案件发生地的乡、村主要领导、分管领导、业务主管部门领导及管护人员给予相应的处理。"

县委书记经常引用冯玉祥将军的《植树诗》"老冯驻徐州,大树绿油油,谁砍我的树,我砍谁的头",一时传为佳话,诚勉全县干部群众自觉爱树护树。

孔子曰:"尊五美,屏四恶,斯可以从政矣。"

对模范执行法律法规的给予表彰奖励,对于仍不听告诫敢于顶风作案的予以严惩。

2001 年 6 月,对查证属实的辛堡梁、威远南河湾、杨村后山几起偷砍滥伐案,集中进行宣判,有效地遏制了偷砍行为。

植树,爱树,护树,像爱护自己的子女一样,爱护每一棵树,每一株草,这种护树的传统一以贯之,便是积树成林,才有树的山,林的海。

赵向东担任县委书记后,提出建设富而美的新右玉。

政府要绿,农民要富,如何做到民富、县美?加强自然生态环境的保护是首要的任务。重申《右玉县关于加强全县生态环境建设和保护的决定》《右玉县关于全面停止天然林采伐的通知》《右玉县关于全县推行牲畜舍饲圈养的决定》等地方性的法规,同时,三管齐下加强林木管护:

一是采取多种形式,加强护林防火宣传。

二是配齐人员装备,加强重点林区防护巡查,成立县、乡两级护林防火应急分队,配备消防车辆,通信设备,风力灭火器设备。

三是健全管护监督组织,严格考核,加大惩处力度。全县成立专门的天然林保护工程管护监督组,乡镇设立管护站,村成立管护组,层层签订《林木管护合同书》,全县共查处各类林业案件 80 起,行政罚款 5.4 万元。

回顾右玉 60 多年的绿色发展,右玉之所以有青山绿水,法律的保护是不可缺失的。

长城与生态

伐木筑城——城堡崛起,树毁林亡

2006 年,中国民俗家协会授予右玉县"中国古堡之乡"的美誉。伫立古堡、烽台,追思往昔的岁月,右玉之所以古堡连环,烽台林立,从赵武灵王"胡服骑射"在此筑善无城,汉代的中陵古城、沃阳古城,唐代的静边城,明代是右玉筑城建台的高峰期。长城的头道边、二道边、右卫城、威远卫城和长城军堡,内地的屯堡,用于商贸的商堡、路堡,遍地的烽火台,这是怎么筑起来的呢? 每筑一座城堡要砍伐大片大片的树木。试想这样连年不断地砍伐,这里还能长起树木,还能形成树林吗?

诚如《孟子》所言:"故苟得其养,无物不长;苟失其养,无物不消。""虽有天下易生之物也,一日暴之,十日寒之,未能生者也。"

放火烧荒——雁门关外野人家

明王朝也正是这样,因为大量的放火烧荒,自然生态失去平衡,致使边境地区鼠疫蔓延,瘟疫流行,戍边的将士纷纷染病,以至明代很多边寨、村庄没有兵丁,出现了"万户萧疏鬼唱歌"的景象。

天诛地灭——不是危言耸听

据《畿辅通志》记载,康熙皇帝有长城诗一首:

万里经营到海涯,纷纷调发逐浮夸。

当年费尽生民力,天下何曾属尔家。

长城的是非功过,各有说辞,康熙作为一位有作为有建树的帝王,认定从秦始皇到朱元璋,"纷纷调发",苦心经营,修筑长城,以保天下,只会是劳民伤财。

《孟子》曰:"域民不以封疆之界,固国不以山溪之险,威天下不以兵军之利,得道多助,失道寡助。"

作为中原与草原、农耕与游牧界定线的长城,原本就属自然生态脆弱地区。长城经过的地区,大都在北纬40度左右。这些地带多属高寒、干旱地区。有明一代,不断修筑长城,并在长城一线不断地修城筑堡,真可谓是屯堡连环,烽台林立,长城的防御系统加强了,然而,这里的自然生态却遭受了毁灭性的破坏。这还不算,更有甚者,明王朝还有一条政策,使这里的自然生态更是雪上加霜,那就是放火烧荒。

明王朝为了防御游牧民族南下,年复一年地实施放火烧荒。

明初洪武年间,就对临边戍守的将士敕谕:"即今秋深,草木枯槁,正当烧荒,以使瞭望。""且哨且行,出于境外或二三百里,或四五百里,分将野草林木焚烧尽绝,使贼马不得久牧,边防易为瞭守。""事毕,仍将拨过官军姓名并烧过地方里数造册奏缴,以凭查明。"

到明太宗朱棣做了皇帝,迁都北京(永乐十八年,公元1420年)。从永乐八年至二十二年,为了歼灭蒙古贵族的复辟势力,先后五次率几十万大军亲征漠北,直至第五次亲征,因劳累过度猝死于榆木川。

据《明宣宗实录》记载:宣德七年(1432)九月初二镇守山

西都督金事李谦奏称:"偏头关外,地临黄河,皆边境冲要之处,草木茂盛,或有寇盗往来,难于瞭望,请如大同、宣府例,至冬初发兵烧荒。"

看来此时放火烧荒已成惯例,逐段效仿,普及长城沿线。

据《明英宗实录》记载:正统五(1440)年三月初八日行在都察院右金都御史卢睿奏:"大同、宣府俱临极边,每岁秋深调拨军马出境烧荒。近年以来,瓦剌使臣从大同入贡,官军堤备,至十月才住,或遇雨雪,又须延待。宜于八月终使臣未到之前,烧荒为便。"上曰:"事贵从宜,命总兵镇守等官议行。"

正统年间,瓦剌兴起,不断派出使团,要求通贡市。明王朝迫于无奈,表面同意瓦剌入贡,但内心还是戒备森严,责令沿边将士严防死守,为了不发生意外,提前放火烧荒,以备不测。

瓦剌使团频频到访,且人数不断增加,造成冲突时有发生,明廷也不敢稍有懈怠。

据《明英守实录》记载:正统七年十二月二十四日(1443.1.24)"翰林院编修徐珵言五事:一、国之武备,莫先于治兵,要使国兵足以制边兵,边兵足以制夷狄可也。我朝太宗皇帝建都北京,镇压北虏,乘冬遣将出塞烧荒哨瞭。今宜于每年九月尽敕坐营将官巡边,分为三路,一出宣府以抵赤城独石,一出大同以抵万全,一出山海以抵辽东,各出塞三五百里烧荒哨瞭,如遇贼寇出没,即相机剿杀。每岁冬出春归,休息一月,仍于教场操练。如此,则京军皆见习边情,临敌不惧,虏寇慑服,无敢窥边……"把放火烧荒作为操练兵马的主要任务,时间放长,烧荒面积扩大。

正统十四年,"土木堡之变"发生。英宗皇帝被瓦剌劫持"北狩",奸臣喜宁仰伏瓦剌势力,要挟明廷。正统十四年十二月二十日(1450.1.3)大同左卫总旗夏回生上章奏称,欲擒喜宁,请派壮士数十人出境烧荒,潜劫贼营。明廷同意夏回生的奏议,对敢于出境放火烧荒的壮士还给加官晋爵。

放火烧荒,作为防御手段,优者奖,劣者罚。据《明宪宗实录》记载:成化十八年(1482)七月初六日分守大同右卫监丞杨雄,右参将卢钦,守备都指挥张安、曹绅等以烧荒失机,分守左卫右监丞邹玉以私役守役墩台军,俱坐罪,狱久未结。至是兵部以请。命雄、玉与钦戴罪杀贼,余逮问如律。

到万历年间,"大同边墙东起西阳河,西至丫角山,延袤六百余里,倾圮无存。且大同地参胡境,长沙漫碛……边土沙松,立见糜散,墙高则速颓,岸深则善倾……"

尽管如此,明廷还是一如既往放火烧荒,据《明神宗实录》记载,万历四十年(1612)七月二十五日兵部言:"边外烧荒,一以断虏之驻牧,一以便我之瞭望,著为定例已久。……在宣、大、山西三镇,仍照常樵采,以备饲马烧造之用,毕日,各将拨过军目、烧过地方远近里数,积过草木多寡数奏报。"

有明一代,连续不断地修城筑堡,连续不断地放火烧荒,连续不断的烽火狼烟,不但使外长城内外"长沙漫碛",就是内长城内外,自然生态也遭严重的破坏。

据《明世宗实录》记载:嘉靖三十八年(1559)二月二十一日山西雁门关、北楼口、大石、小石等处山深木茂,为平型、紫荆关外蔽,伐木有禁,令典甚严,然奸民犹时时盗伐不止。会大同以修营房,檄采北楼山木。巡抚都御史葛缙闻之,乃上言:"北楼一带系燕晋咽喉,先年虏犯阜平,越紫荆,由喜峰以窥真定,皆从此入。今豪民伐木通道侵成祸本,而其地多辖大同,自分彼此,乞下明旨禁之,今后悉按治豪民以法;其该镇修造亦不得辄伐北楼山木。"

从上述记载中我们可以得知,在大明王朝的二百七十七年间,为了抵御来自北方元人后裔的反抗,实施一系列的措施方略,诸如天子戍边,设九边重镇,陈兵一百六十多万,修城筑堡建设庞大完备的长城防御体系,放火烧荒,妄图在长城一线,制造不易人以及动植物生存的"真空地带"。

据《明穆宗实录》记载,隆庆元年(1567)八月初四日,总督宣大山西侍郎王之元诰奏说:"言烧荒以宁边圉。言烧荒不早不远,无以控虏,宜及秋深草枯时督卒出塞三五百里之外,分道并力,毋事虚文。"

明廷一味实行"烧荒",就连明廷官员也深感欠妥。据《明穆宗实录》记载,隆庆四年十二月二十一日(1571.1.16),宣大山西总督都察院右都御史、太子少保、兵部尚书王崇古上奏说:"俺答得孙后遣使来谢且乞表式请封。但言吉囊,大把都未与盟,疑有诈,臣未之许。……今俺答与老把都、吉能、永邵卜诸部各遣使十八人,持番文来,言诸酋感圣朝大恩,愿相戒不犯边,专通贡开市,以息边民。第诸边将士习烧荒、工搌巢,恐妨大信,愿明禁约以结盟好,惟陛下与诸臣计之。"隆庆皇帝和其他大臣商议后认为王崇古有偏见,还是固执己见,一如既往。明王朝的一切努力,都是以破坏自然生态为代价,企图营造一个高不可攀越、宽不可逾涉的"天堑""鸿沟"。白居易有诗曰:"离离原上草,一岁一枯荣。野火烧不尽,春风吹又生。"尽管这些原上草有一岁一枯荣的本能,也难耐年复一年连片连山的通天大火,最终不能一岁一枯荣。历史雄辩地证实,明王朝尽管营造了举世瞩目的被今世人们誉为民族之魂的万里长城,人间奇迹,但是,历史也告诉人们,明王朝在营造这一人间奇迹的同时,也断送了朱家王朝的命运。

"以铜为镜可以正衣冠,以人为镜可以知得失,以史为镜可以知兴替。"

明王朝以破坏自然生态为代价创造了人间奇迹——万里长城。长城被誉为中华民族的脊梁、灵魂、瑰宝。如何珍视这一瑰宝,仍然值得当今人们反思。古人以自然生态为代价,创造了这一瑰宝。这一瑰宝所处的地理环境大多数依然是童山秃岭,依然是"朔风千里惊""平沙北流水"。在风雨剥蚀下,长城的身影日见萎缩。为此,我认为保护长城的根本,就是改善长城沿线的自然生态。我们在开发长城历史文化的同时,把长城一带的自然生态列为专项,长久以往地加大这方面的资金投入,营造一个"绿色长城",还长城于日丽风和、林茂草丰的一个自然环境,再创一个"当今世界殊"的人间奇迹。

青山与金山

习近平总书记在十九大报告中指出:"我们要建设的现代化是人与自然和谐共生的现代化,既要创造更多物质财富和精神财富以满足人民日益增长的美好生活需要,也要提供更多优质生态产品以满足人民日益增长的优美生态环境需要。"

右玉人经过六十多年的艰苦奋斗,在风沙肆虐的黄土丘陵上辛勤耕耘,才将一个"不毛之地"变为"塞上绿洲","塞上绿洲"的美誉来之不易,是右玉人民用心血与汗水浇灌出来的,因此我们一定要加倍珍惜。

孟子有言:"牛山之木尝美矣……其所以放其良心者,亦犹斧斤之于木也,旦旦而伐之,可以为美乎?"右玉的自然生态原本就十分脆弱,如果我们不加珍惜,一旦失去了它,再要恢复那就十分困难了。

绿水青山——右玉人心血与汗水的结晶

如今每当夏秋季节,右玉的山川大地就是一幅五彩缤纷的山水画。

抚今思昔,这幅山水画真是来之不易啊。它是饱含着多少人的心血,又是世代右玉人用流淌的泪水、汗水,用他们那双粗笨的大手，一锹一锹，一笔一笔精心描绘出来的。它是在斗转星移的时光，经过岁月的风尘，风、霜、雨、雪的洗涤，陶冶出岁月的年轮，浸染着时代的风采，它如同藏民的唐卡、绿色的玛尼，附载着众多的信念与虔诚，这是右玉人用心灵描绘的憧憬。

绿水青山——右玉精神的物质载体

面对"一年一场风，从春刮到冬"，"白天点油灯，黑夜土堵门"，"十山九无头，洪水往北流"，黄沙漫漫、支离破碎的右玉大地，右玉人以"不信春风唤不回"的坚强信念，以愚公移山的意志，艰苦奋斗，百折不挠，不断实践，不断探索。

从 20 世纪 50 年代起，"哪里能活哪里栽，先让局部绿起来"，到 60 年代"哪里有风，那里栽，要把风沙锁起来"。

从 70 年代"哪里有空那里栽，再把窟窿补起来"，到 80 年代"适地适树合理栽，再把三松引进来"。

从 90 年代"乔灌混交集体栽，绿屏障建起来"，再到 21 世纪初"退耕还林上生态，山川遍地靓起来"。

右玉人把"不毛之地"变为"塞上绿洲""生态家园"，这堪称前无古人的"绿色接力""绿色长征"，右玉人创造的一个奇迹。

右玉人多年的坚持不懈地奋斗证实："世界上的事情是干出来的，不干半点马克思主义也没有。"一切难题，只有在实干中才能破解、一切机遇,只有在实干中才能把握,一切愿景,只有在实干中才能实现,要做到知行合一。既需要高瞻远瞩、深谋远虑的顶层设计,更需要踏石留印、抓铁有痕的实干精神和不达目的不罢休的坚韧毅力。

诚如习近平总书记所言:"右玉精神体现的是全心全意为人民服务,是迎难而上,艰苦奋斗,是久久为功,利在长远。"

绿水青山——人与自然和谐共生的美好愿景

"生态兴则文明兴,生态衰则文明衰""环境就是民生,青山就是美丽,蓝天也是幸福"。老子在《道德经》中说:"天得一以清,地得一以宁,神得一以灵,谷得一以盈,万物得一以生。"人与天地万物和谐,这就是今天我们所说的人类命运共同体。只有建立人与自然之间的良好的和谐关系,尊重客观规律,维护自然生态平衡,才能获及可持续发展的生产力,右玉人60多年的绿色追求也正是探索了一条科学发展的生态文明之路。右玉人的实践,在践行着人与大自然由不和谐到和谐的漫长的过程,也诠释着什么叫久久为功,人类的美好愿景就在自己坚持不懈的实践中。

老子把自然置于高于一切的最崇高的位置上,他在《道德经》中说:"人法地,地法天,天法道,道法自然。"大自然精神的精髓是和谐,谁亲近自然,谁就更贴近合理。大自然是和谐的,可是人类常常是反自然的,高速度、快节奏的发展、生活,使人们的情绪越来越浮躁,有些人误认为,人类的舒适就是与大自然的隔绝,人类要满足自己的过度奢欲,必然要争相掠夺自然资源。

习近平总书记在十九大报告中指出:"人与自然是生命共同体,人类必须尊重自然、顺应自然、保护自然。人类只有遵循自然规律才能有效防止在开发利用自然上走弯路,人类对大自然的伤害最终会伤及人类自身,这是无法抗拒的规律。"

也正是从这个意义上讲:绿水青山就是金山银山。

2012年党的十八大首提"美丽中国"、将生态文明纳入"五位一体总体布局以来,习近平在各类场合有关生态的讲话、论述、批示超过60多次,"绿水青山就是金山银山","山水林田就是个生命共同体"。

"绿水青山就是金山银山"也就是"我们追求人与自然的和谐,坚持经济与社会的和谐,通俗地讲,就是既要绿水青山,又要金山银山"。习近平多次阐述这一理念:"我们既要金山银山,也要绿水青山,宁要绿水青山,不要金山银山,而且绿水青山就是金山银山。"

进入21世纪,世界银行按"可持续发展"的思路制定出一套新的计算各国财富的方法。计算的结果,早先那些按国民生产总值排在前列的国家位置靠后,而一些自然资源丰富的国家排在了前头。

自然环境也就是绿水青山,那清清的河水,那清新的空气,那宽敞悠闲的田园……成了人们追求的"金山银山"。

右玉人60多年的追求,用心血与汗水浇灌了"绿水青山",这正在成为我们理想中的"金山银山",因此,我们一定要倍加珍惜。如有的人借开发之名,在雷公山、桦林山开山取石,既破坏了长城景观,又破坏了自然生态,更有甚者,把十几年前山上植的云杉、油松移到大路旁,结果把活树栽成了死树,在山上留下了深深的树坑……

孟子曰:"苟得其养,无物不长,苟失其养,无物不消。"

靠山吃山,这是多少年来人们的生活习俗。留得青山在,不怕没柴烧。

绿水青山——"生命共同体"的理论内核

绿水青山就是金山银山,是马克思主义中国化在人与自然和谐发展方面的集中体现。

在党的十九大报告中,习近平总书记指出:"坚持人与自然和谐共生,建设生态文明是中华民族永续发展的千年大计,必须树立和践行绿水青山就是金山银山的理念,坚持节约资源和保护环境的基本国策,像对待生命一样对待生态环境,统筹山水林田湖草系统治理,实行严格的生态环境保护制度,形成绿色发展方式和生活方式,坚定生产发展,生活富裕,生态良好的文明发展道路,建设美的中国,为人民创造良好生产、生活环境,为全球生态安全作出贡献。"

靠山吃山,更要养山。古人说的好,坐吃山空。

习近平总书记在十九大报告中指出:"人与自然是生命共同体,人类必须尊重自然,顺应自然,保护自然。人类只有遵循自然规律才能有效防止在开发利用自然上走弯路,人类对大自然的伤害最终会伤及人类自身,这是无法抗拒的规律。"

诚如古人所言:"苟失其养,万物自消"。靠山吃山,更要养山。

习近平总书记在十九大报告中指出:"我们要建设的现代化是人与自然和谐共生的现代化,既要创造更多物质财富和精神财富以满足人民日益增长的美好生活需要,也要提供更多优质生态产品以满足人民日益增长的优美生态环境需要。"

生产优质生态产品,这是养山的目的,我们只有养山,山才可以为人类提供优质生态产品。

养山,就"要实施重要生态系统保护和修复重大工程,优化生态安全屏障体系,构建生态廊道和生物多样性保护网络,提升生态系统质量和稳定性,完成生态保护红线、永久基本农田、城镇开发边界三条控制划定工作。开展国土绿化行动,推进荒漠化、石漠化、水土流失综合治理,强化湿地保护和恢复……"

青山金山——从生态文化走向生态文明

"可持续发展"如今已成为全球共识,一个新兴的科学领域,生态文化,应时而生,方兴未艾。

以促进人与自然和谐共生为核心的生态文化,已走进了我们的生活,渗透并融入经济、政治、文化和社会建设的各个领域和全过程。

右玉人60多年的实践,正是探索了一条生态文明之路,右玉人在探索生态文明之路的过程中,也在践行着一种生态文化。生态文化其实就在我们的生活之中。

原本贫瘠荒凉的土地,现在郁郁葱葱的林木,原本雁过不落脚、兔过不拉屎的荒漠沙滩,现如今,天鹅或翱翔于碧空蓝天,或游弋于碧波湖面,野鸭、鸿雁……还有各种颜色的候鸟嬉戏丛林之间。

还有久违了的野鹿、狍子、獾、狐狸、狼、刺猬,在此安家落户。随着自然生态的好转,一些珍稀的植物包括药材生长良好,羊肚菌、香菇等野生菌不仅成为人们餐桌上的美味佳肴,还成为人们经济收入的重要来源。

所有这一切证实了孔子所言:"苟得其养,无物不长。"随之而来的是,来自四面八方的游人。

在党的十九大报告中,习近平总书记指出:"文化是一个国家、一个民族的灵魂。文化兴国运兴,文化强民族强。"

生态文化,这是右玉文化的地域特色。生态文化是培植生态文明的根基。右玉人60多年不懈努力,闯出了一条生态文明之路。右玉人在践行生态文明的实践中,又丰富了生态文化的时代内涵。

中央美院把右玉作为写生基地,右玉艺术粮仓的创办,又招引来了各地美术、摄影爱好者。

一些影视团体着眼右玉,打造反映生态文化的艺术精品,好多右玉人参与其中,让生活融入生态文明,用文化凝聚力量。随着国家、省、市政策的倾斜,右玉生态旅游业的创建,生态文化产业的发展方兴未艾。

一个山川秀美、生态休闲、文化繁荣、经济发达的新右玉,成为万里长城的一颗耀眼的明珠。

事业与人生

《中庸》曰:"惟天下至诚,为能尽其性;能尽其性,则能尽人之性;能尽人之性,则能尽物之性;能尽物之性,则可以赞天地之化育……"

在党的十九大报告中,习近平总书记指出:"青年兴则国家兴,青年强则国家强。青年一代有理想、有本领、有担当,国家就有前途,民族就有希望。中国梦是历史的、现实的,也是未来的;是我们这一代的,更是青年一代的。中华民族伟大复兴的中国梦终将在一代代青年的接力奋斗中变为现实。全党要关心和爱护青年,为他们实现人生出彩搭建舞台。广大群众要坚定理想信念,志存高远,脚踏实地,勇做时代的弄潮儿,在实现中国梦的生动实践中放飞青春梦想,在为人民利益的不懈奋斗中书写人生华章!"

如今的青年人,如何确立正确的人生观、事业观?

有的人认为右玉人因种树,耽误了人生,荒废了事业。请看看曹满的人生与事业。

曹满,是右玉南部山区农民的儿子,右玉是个贫困县,曹满的家庭是个贫困农家,他考上了省城学校,可以留在省城工作,但他选择了右玉。回到右玉,他本可以留在县局工作,但他选择沙棘。沙棘,右玉人叫它"酸刺圪针",过去是个没有用的东西,只能生火用,但在曹满坚持不懈的努力下,沙棘实现凤凰涅槃式的重生,被人们誉为"维C之王""圣果"……

人尽其才,地尽其力,物尽其用。曹满,以开发沙棘作为自己的事业,沙棘成就了曹满的人生,沙棘成就了曹满的事业。人生怎么样?事业怎么选择?路在脚下。

存心养性——惟天下至诚,为能尽其性

一个土生土长的山里娃,放弃了留在省城工作千载难逢的机会,回到右玉,把人生最宝贵的青春年华,奉献给沙棘调

查研究和沙棘的开发利用,对沙棘从热爱到痴迷,用比别人多十二分的艰辛和努力,让改良沙棘红满右玉,让沙棘产饮品畅销全国,让这满山遍野的沙棘林不仅绿了大地,更造福了父老乡亲,他就是右玉沙棘大王——曹满。

沙棘是一种广泛生长在我国西北地区的灌木植物,是耐瘠薄、适应幅度宽的先锋树种,尽管过去无人重视,乱加砍伐,但这种野生植物凭借它特有的生物功能和生命力,顽强生存下来。由于它强大的生态功能,优越的生长环境,防洪护岸,保持水土,改善土地理化性能,有多重的经济价值。还有个惊人的发现,生长过沙棘的土地用来种土豆,无须施肥,增产一倍,甚至连种几年地力不衰。在沙棘丛中栽杨树,生长速度增长一倍。沙棘浑身是宝,不仅可肥田,也是牛羊的上等饲料。营养丰富,是食品工业的新秀,医药、保健作用是其他果品不能替代的。

沙棘,确实是林业的一大瑰宝。

然而,三十来年前,沙棘的作用还远远没有被人们所认识。

在右玉,看到满山遍野的沙棘,人们自然就想到曹满,因为曹满是让沙棘品种改良、让沙棘发挥最大效益,植根右玉、造福后代的领军人物,把人生最宝贵的 34 年青春年华,都献给了沙棘的研发和开发利用,为右玉沙棘事业的发展作出了积极重大的贡献。

曹满,右玉高家堡乡杨家后山人,1965 年出生在这个贫穷偏僻的小山村。自记事起,出门就是大黄风,黄沙遍地。从小就有个夙愿,长大后学本领改造这恶劣的环境。母亲就靠烧酸刺(沙棘)熬和子饭,养活着儿女长大,盼望着有朝一日他们能走出大山,端个铁饭碗,为曹家改门换户,光宗耀祖。

懂事、聪明、好学的曹满没有辜负父母的殷切希望,1981年中考,取得了优异的成绩,能够填报卫校、煤校、水利学校等各种学校等,可曹满就没有多看别的学校一眼,毫不犹豫就填报了山西省林业学院。父母当然有说不出的高兴,邻居们也都夸曹满有出息。

1984 年,由于曹满在学校品学兼优,快毕业时省林业科研站来学校要人,校领导推荐了曹满,这可是千载难逢的好机会,许多同学都投来羡慕的目光,可曹满一点也高兴不起来,想起家乡右玉穷山恶水少粮吃的光景,黄沙漫天光秃秃的面貌,这个山里娃难受极了。静悄悄的夜晚,宿舍的同学们都进入香甜的梦乡,他辗转反侧怎么也睡不着,想起了爷爷常和他说的"狗不嫌家贫,儿不嫌母丑"这句话,想起了自己小时候的理想,想起了中学毕业时老师语重心长的一番话,"同学们,当你们学有所成时,不要忘记了贫穷落后的家乡母亲眼巴巴等着你们,来用你们所学的知识建设、美化家乡、改变家乡面貌……"第二天,他找到校长,表明自己坚决的态度:"我是右玉农民的儿子,家乡母亲用瘦土薄地养育了我,培养了我,我明知家乡贫穷落后,条件和省城没法比,可我一定要用所学的林业知识,建设家乡、绿化家乡、装扮家乡!"

曹满回来了！怀揣着朦胧的梦想，如愿以偿被分到县林业局工作。他不像其他年轻人一样爱玩好耍，领导看到曹满是个上进的青年，就安排他写材料，风不吹，雨不淋，白白净净。林业局的办公室虽算不上富丽堂皇，对乡下的青年来说也挺有点"谱气"。积极向上的曹满参加了民兵组织，并光荣地加入了中国共产党。

在简陋的宿舍里，昏暗的灯光下，如饥似渴学习林业知识，不知熬过多少不眠之夜，摇曳的灯光闪烁出一簇簇理想之光，照亮他心灵的荒野。他不愿碌碌无为度过一生，他要用汗水挖掘埋藏心底的潜能，用所学知识开辟一条奋发有为的人生之路，为改变家乡面貌做些事情。

1985年，针对右玉特殊的地理条件和地上的物种，县里成立了沙棘研究所。曹满二话没说，辞掉多少人羡慕的"坐办公室"工作，和领导请示要去研究所，理由是所学专业还没有用的地方呢。曹满的话让局长感到很意外，从这个小伙子坚毅的目光中看到了沙棘的希望，高兴地答应了他的请求，鼓励他："年轻人，好好干，咱右玉沙棘调查研究全靠你了。"

母亲问他："沙棘是啥？"他说："就是咱们烧火用的酸刺。""啊？沙棘就是酸刺？有啥值得研究的？我和你父亲和酸刺打了一辈子交道，还不是个穷？一辈子烧圪针，就是落下个满手是刺，你研究它有啥用？""妈，您不知道沙棘还有多少用处，我会让沙棘给右玉人带来意想不到的好处的。""别人是削尖脑袋往办公室钻，你倒好，好不容易考个学校，坐了办公室,却又往野地跑。""妈,我进研究所就是让沙棘不光是只能当柴烧,要发挥它别的作用。"

母亲知道儿子的执拗,认准的事十头牛也拉不回来,也就不说啥了。

自强不息——天行健,君子以自强不息

右玉沙棘研究所成立之初,只有曹满和郭振兴两个人,郭振兴是老清华大学生,林业局退休后返聘回来和曹满搞这个项目。

于是这一老一少骑着县里给特意买的公用自行车,背着简陋的仪器,踏上了漫长而又艰难的调研之路,这一走再也没有回过头,一直走到现在。

风里来,雨里去,调查野生树种、结果量、病虫害、水土保持效益、雌雄株的比例、沙棘的前景,因为这是塞北边塞小县唯一的水果资源。

他们开展的第一项工作,就是深入全县的山坡沟峁调查。每次十天半月,走时背上干粮,带上防身工具,深一脚,浅一脚行进在深山老林之间。饿了啃口干粮,渴了喝口河水,困了就蜷缩在山上的破草棚或烂窑洞里待一会儿。足迹遍布大半个右玉,采集了上百个种源,为开展科研试验取得了第一手资料。

当时研究所有个任务,每半个月采集一次野生沙棘样

本,送北京林业研究所,用来化验营养成分,从 9 月份采集到次年 1 月份,周期很长。采集的地方是在右玉海拔最高的曹洪山,高达 1987 米。提前一天骑自行车住到右玉城,第二天早上骑车到赵家窑村,把自行车寄放村民家,再步行 15 里,才能到达曹洪山。曹满在陡峭的山上扶着已花甲之年的郭振兴,艰难地向上攀登。沙棘长在最高最陡的地方,年轻的曹满像只猴子,抠着石头缝,剪下来丢给郭振兴,再攥着杂草往上爬继续寻找沙棘。一上山就是一天,渴了,攥个雪团子吃;累了,找个比较平缓的雪窝就地躺会儿,西北风一吹,冻得直哆嗦,手冻得发僵不听使唤。忍着饥饿,忍着疲乏,忍着寒冷,采一回样就像红军长征爬一次雪山。

俗话说,"上山容易下山难",这话一点不假。下山时背着一背沙棘,积了雪的山上很滑,一不留神就会掉下山去。上山时手脚并用,下山时有时候坐地下往下溜,四脚朝天,一步步挪动着,如履薄冰、小心翼翼。为了防止掉下去,只能抓着杂草甚至沙棘,手被扎得鲜血直流。

由于曹洪山海拔高,10 月份山上就积了厚厚的雪,山下还没有雪,下得山来,身上的雪化了,凛冽的寒风一吹,衣服硬邦邦的,走起路来哗啦啦响,像是穿上了将士出征的铠甲。

好不容易下得山来,顾不得饥肠辘辘,顾不上筋疲力尽,背着沙棘再步行 15 里回到赵家窑村,用自行车驮上,马不停蹄再赶回县城,再辗转大同乘火车,往北京林科院送采集样品,因为采集的小样只有两天的保质期。

20世纪80年代的山西,交通不发达,交通工具只有火车,从右玉到北京还没有直达的,辗转到大同,从大同再到北京,当时别说卧铺了,就是买个硬座也比登天还难。曹满把装样品的4个纸箱分两组用绳子捆绑起来,瘦弱的他担着摞起来比他还高的纸箱,在拥挤的人流里,艰难地挤上火车,努力寻找着能够放他的纸箱和他立脚的地方,太累了靠在别人的座下睡会儿。上下车时,由于他的扁担和纸箱常常会碰着周围的人,常常遭受白眼和谩骂,可他明白,来北京是为了沙棘的研究,就默默忍了。

好不容易挤下火车了,再继续挤公交,换公交,往中国林科院物理生化所走。

皱巴巴的衣服、乱糟糟的头发、熬得发红的眼睛、担着沉甸甸的沙棘、踉踉跄跄的脚步,路人对他投来异样的眼光。这个山里娃对外面精彩的世界很好奇,望着首都的车水马龙、高楼大厦、灯火辉煌、熙熙攘攘的人群都白白净净,想起故乡右玉的贫穷落后和恶劣的环境,想起家乡人因为四季黄风不住,被吹成清一色的黑红脸……这一切深深刺痛了他的心,眼泪吧嗒吧嗒掉了下来,为了家乡的沙棘品种改良,为了父老乡亲能把沙棘变成钱,能过上好日子,再苦再累也得做好这份工作。想到这里,曹满咬咬牙大步向前走去。

1987年,右玉沙棘研究所和山西农科院合作,在威远镇成立了"七五沙棘攻关研究所",主要是调研生态改造、人工种植、无性繁殖、良种选育等项目,曹满担任所长。他这回如鱼得水了,出去沙棘窝,回来研究所,开始了两点一线忙碌的工作。

由于科研所人员少,调研任务重,没有星期日,更没有节假日，常常是迎着晨曦来，顶着满天星回。1987年1月17日,快过年了,曹满还在忙研究所的事,加完班一出门发现很晚了,才想起家里还有一大堆事要做,自行车骑得飞快,与迎面而来的拉货汽车撞上了,自行车被碾得粉碎,人飞到汽车大盖上,又重重摔到地下,一动不动昏迷过去了,后被送到医院,经检查没大碍,软组织受伤,昏迷三小时,醒过来后还召集一些朋友,喝酒庆贺,感谢老天爷给他第二次生命。老百姓称他"两世人",他还幽默地说,"阎王爷看我沙棘研究没完成,不收我,送回我是为继续搞沙棘研究,右玉人还等我研究结果呢"。

1991年,由于曹满在沙棘研究所作出的突出贡献,仅仅25岁能干的曹满被选为威远镇副镇长，这是多少人梦寐以求的事啊! 可曹满放不下他的沙棘,离开沙棘抓心挠肝难受。干了不到二年,曹满找领导要辞去这个职务,要求再回沙棘研究所搞沙棘研究。朋友们都说他:"踏上仕途路,就踏上了飞黄腾达的高台。你傻啊! 凭你的能力,很快就能干到镇长,干到县里,千载难逢的机会你自己要丢掉? 这一走,你还再有当官的机会吗?"曹满轻描淡写地说:"我学林爱林,用我的专业知识为改变家乡尽力,是我一生的追求,人这一生得为有价值的理想而奋斗,我既然走上了研究沙棘的路,就准备走下去。"

是啊！不经历风雨，哪能见彩虹。

1988 年，右玉沙棘研究所与北京林业大学合作，扩大规模，补充人员，在威远镇正式建所。12 月份，担任所长的曹满向县里借了辆双排座工具车，去北京拉设备，当天的气温零下 30 摄氏度，颠簸不平的土路上，运煤车很多，傍晚都堵在半路上一动不动了。前不着村，后不着店，没个吃饭地方，都饥肠辘辘。外面寒风呼呼吹着，车子薄薄的一层铁皮，密封不严，油钱是凑的，舍不得打着车取暖，曹满和他的伙伴们只能蜷缩在车上不时搓着手，跺着脚，寒风刺骨，身体没了知觉，直打哆嗦，用颤抖的手指碰碰鼻梁，已然是麻木一片，多么难熬的寒冬之夜啊！分分秒秒盼着天明。

右玉到北京走了整整两天一夜，车上的人，耳朵、手脚都冻得生疮化脓了。

在磨炼中成长，在逆境中崛起。寒来暑往，甘苦自知。

1990 年，曹满在威远沙棘研究所，县里打来电话说省里来了技术人员，让他接。他担心客人久等，骑自行车飞快往县城赶，下坡时，坡道长，闸失灵了，车子飞快地往前冲，耳朵旁风呼呼响着，就用脚磨着后轮子，希望缓冲一下自行车惯力，慌乱中，脚被绞进轮子里，车子摔倒在马路边水沟里，曹满的腰摔坏了，十来天没起了床，去医院一检查是腰椎间盘突出，从此腰落下毛病了，做了几次手术也不见好，这些年求医问药没再间断过，饱受了腰痛的折磨。

一个人,一件事,整整做了 34 年,用废寝忘食、兢兢业业、如醉如痴、欲罢不能,这些成语来形容,一点也不夸张。

人的精力是有限的,曹满的时间都给了沙棘,妻子多少次吃起了沙棘的醋,每次拌嘴都会气呼呼地说:"你和你的沙棘过去吧! 家里有老有少,都让我一个人管。"在气头上话虽这么说,可勤劳贤惠的妻子赵美玲理解丈夫的事业,丈夫的事业是属于全右玉的,关系到改善环境,向沙棘要经济效益的大事,并不是只属于这个小家,她把家打理得有条不紊,暖意融融,让曹满专心搞他的沙棘研究。

别人出差,会给家人带回礼物,而曹满出差只带回沙棘研究的书,如饥似渴学习,从书本上寻找让沙棘造福百姓的秘籍。

坤厚载物,品物咸亨

矢志不渝,甘苦自知,用半生的精力研究沙棘。细数多少个不眠之夜,成天认真比对上万份材料信息。寒来暑往,实验室灯火闪耀他的执着;斗转星移,茁壮着他对沙棘的挚爱和痴情。天道酬勤,历经酸甜苦辣,艰辛曲折,终于见到成功的曙光。这段探索沙棘真味的艰难岁月,使他从一名林业技术员成为一名让沙棘遍布右玉起了很大作用的沙棘王。

他研究培育,创造了奇迹,作出了不容置疑的贡献,创建了心中的伊甸园。

十年寒暑,十年辛苦,十年的科研在心头,十年的呕心沥血让曹满破茧成蝶。

结合所学知识,提出沙棘用途很广的新建解,县委书记袁浩基给予肯定和赞同,随即成立了当时全国唯一的县级沙棘研究所,曹满作为科研骨干并负责技术这个主要阵地。

县委、县政府接受了曹满关于沙棘品种改良和把沙棘作为经济林大面积种植的建议,并在全县推广。

十年辛苦铸一剑。

曹满的科技成果如润物细无声的春雨,滋润着山川沟壑,催开一地之花,结出满山遍野蜜一样的红果。

一分耕耘 一分收获。

右玉拓荒者辛勤地耕耘,右玉沙棘的开发利用研究取得了卓越的成效,焕发出勃勃生机,引来了无数嘉宾塞上行。截至 1995 年,共有中央、省、市各级领导和国家部委负责人、国内外知名专家学者近 600 余人次来右玉考察、研究、交流经验。很大一部分都要归功于曹满辛苦调研的成果。

功夫不负有心人。

1986 年 9 月 4 日,全国政协副主席、水电部部长、中国工程院院士钱正英来右玉,视察了沙棘林、威远沙棘研究所。看了曹满及工作人员的沙棘研究报告,回去向国务院总理打了报告,从此右玉的沙棘开发利用引起了党中央、国务院的高度重视。

1986 年 10 月 3 日,美国联邦农业水利部泥沙考察组工程师加利·那尼克博士一行四人,来右玉考察水保和沙棘种植情况。对曹满提出的"放宽林距,林中植沙棘"的办法大加赞赏。

1989年10月9日,林业部鉴定委员会对曹满编写的《右玉野生沙棘改造技术的研究》进行鉴定。一致认为:右玉野生沙棘改造技术措施简单易行,达到国内同类研究造林水平,建议在类似条件的沙棘改造中加以推广。

上级对他劳动成果的肯定和重视,像是给曹满打上了一剂强效兴奋剂,他干劲更足了。

1990年,曹满因在"七五"期间沙棘的开发利用工作中贡献突出,受到全国沙棘办的表彰和奖励。由他参与完成的"沙棘遗传改良传统研究"项目获国家科技进步一等奖,并颁发国家科技进步奖证书;参与合作的"沙棘改造技术研究"项目,因创造出带状间伐改造、疏伐改造等科学方法,使右玉野生沙棘产果量提高7倍,为此获得了林业部科技进步三等奖。

村里人靠卖沙棘果都致富了,家里劳力多的一家就能收获上千斤沙棘果,卖给饮料厂就是上万元,原来穷得娶不过媳妇的光棍,手里有了钱,周边的姑娘动了心,主动上门了。曹满听了沙棘媳妇的故事,心里甭提多高兴了。

1995年全县野生沙棘果亩产从当初的30公斤到200公斤,现在又到了960公斤。这沉甸甸的果实里倾注了曹满多少汗水心血啊!

在改良沙棘育种方面,曹满下了大辛苦,使他留下了难忘的记忆。这个外表粗犷的男人心像个女人般细腻,像侍弄婴儿般小心翼翼,观察、记载,对待沙棘种子就像是对待价格不菲的名贵药片。多少个日日夜夜的精心照顾,经过无数次失败,几年的心血没有白流,终于取得了成功。采用清水泡穗、草帘覆盖等方法,培养出我国第一代大果无刺沙棘,此项科研成果填补了国内空白。

有志者 事竟成! 荒山不负有心人!

一个小小的沙棘研究所,为右玉拿回许多金字招牌。

人们都说沙棘是他的生命,种子是他的孩子。

不管是曹满走过的不平凡的沙棘路还是育种取得的成就,证明他对沙棘的生命守望,堪称这个领域的奇迹。

国内不少专家前来右玉考察研究,一致认为右玉脱贫致富的希望在沙棘开发上。

由他研究编写的《沙棘病虫草害名录》填补了省内空白,获山西省科技进步二等奖。

他的4篇沙棘科研论文被收入第一、二届国际沙棘论文集;1篇沙棘科研论文被收入第十九届国际昆虫学术论文集。

1990年12月被全国水资源与水土保持工作领导小组沙棘办公室授予"在'七五'间沙棘开发利用工作中贡献突出"奖。

2007年7月,荣获第四届"山西省青年科技奖","山西省青年科研推广革新专家"称号,并获得"山西省五一劳动奖章"。

……

曹满的家里,他凭自己半生不懈的努力荣获的奖状摞起来半人高。

谦尊而光——能尽人之性,则能尽物之性

曹满热爱他的事业,爱得义无反顾。

沙棘人曹满,像右玉的沙棘花一样在家乡绽放自己的青春年华。晶莹如玉般的果实在曹满呕心沥血的感召下,向右玉人奉献了一个又一个惊喜,小沙棘成了大气候,沙棘资源转变为了经济优势。

风华正茂的曹满有自己的追求,一颗梦想的种子在脑海萌动、憧憬,伟大的事业在心间澎湃。他要从生他养他的土地上飞起,干出一番事业,让这块土地受益,让农民受益。

火红的沙棘,火红的人。

沙棘种起来了,漫山遍野,沙棘研究也进入顶峰时期。曹满却又在思量着一个更大的颗题,即进入沙棘产业的开发利用时代。

曹满到处搜集资料,打听外面关于沙棘的信息,得知外面的沙棘饮品已经五花八门了,曹满坐不住了,想出去看看。先后到辽宁、河北、内蒙古的赤峰、呼市、包头和青海、河南等

地考察,如一名虔诚的信徒,跋山涉水,走遍了大半个中国,求取真经,寻找适合右玉沙棘开发利用的良方。

1993年1月份,曹满得知中科院西北高原生物物理研究所的杨海荣教授研制出沙棘油项目,沙棘油营养价值很高,同时也有很高的药用价值,对癌症有辅助治疗作用,而且已生产加工出来了,销售情况非常好。

这个信息如雷贯耳,他坐不住了,准备马上去西宁跑一趟。这回媳妇生气了,抹着眼泪说:"自从嫁到你家里,你陪你的沙棘时间比陪我多多了。你一年到头忙沙棘,心里只有沙棘,对家不管不顾,快过年了,你却又要出去。"曹满耐心解释着:"我是县里选拔的沙棘研究技术员,我的责任大着呢,右玉的沙棘不是只能烧火和扎篱笆墙,乡亲们眼巴巴等着从它身上榨油呢,我想让父老乡亲靠这满山遍野的沙棘过上好日子。"

妻子的怨言和劝说都阻挡不住曹满迫切见到杨教授的行动,家人知道他的秉性,明白拦不住,要是这件事不落实,他过年也过不踏实,只能安顿他早去早回。

这次去西宁,满载而归,杨教授被曹满的精神所感动,提供了所有资料,并一口答应会给予技术指导,还有对曹满的鼓励。当他兴冲冲到火车站买返程票时,才发现正赶上春运,车票十来天前就卖完了。售票员告诉他,除非有退票的。听了此话,曹满失望地退到一边。眼看就要过年了,身上的钱也快花完了,那时候没手机电话,一走就杳无音讯了,他知道家里人担心他的安危。他焦急地在火车站徘徊,不敢住店,裹个棉大衣,吃不下,睡不着,一会就问问售票员看有没有退票的。得知他的情况后,工作人员给他买了张很难得的站台票。火车上挤得水泄不通,整整站了两天。回到家已经腊月二十八了,胡子拉碴,眼睛血红,满嘴血泡,媳妇心疼得直掉眼泪,"你是为了沙棘,自己的命也不要了"。

1995 年 3 月,在县委、县政府的大力支持下,曹满开始筹建沙棘油厂,一过年,马上动手,厂名为"长城沙棘油厂",县里选曹满为主要负责人。

万事开头难。

他常鼓励员工说,现在的困难就是未来的希望。

他不顾腰刚做完手术,忙里忙外。没有资金,到处筹借,一切都是从零开始,厂房是租的,设备是自己按图纸加工、自己安装,自己调试投产……一个月没顾得上回家,日夜盯在车间,累了蹲在墙角迷糊一会儿,呕心沥血,昼夜奋战。厂子建好了,曹满的人消瘦了,眼窝深了,头发像喜鹊窝,胡子拉碴,唯独不变的是那挺拔的身子和坚定不言败的信念。

终于第一瓶沙棘油问世了,沙棘只能当柴烧的历史结束了!

他像钻取人类第一颗火种那样兴奋,让小沙棘变成药用价值兼营养品的梦想变为现实了!他用执着的双手拥抱着一道希望之光。

开始销售非常艰难,资金短缺,带领工人用最原始的方式做宣传,油印机印出来再到处散发,火车上,大街小巷,交流会上,曾去过壶口柯受良飞越黄河的现场……这就是纯朴的黄土地造就的男子汉曹满的让沙棘造福农民的艰辛的开拓之路。

随后又参与创办了"久伴"沙棘饮品有限责任公司,所生产的沙棘系列产品也上市了,可销售不畅。

曹满常说,市场是前线,前线失守,后方的日子不会安稳。市场反馈回来的信息如此棘手,曹满坐不住了。

挑战就是原动力。

怀着一腔热血,他辞别了家人,背上样品,脸上挂着小儿子甜甜的吻,揣着母亲、妻子的叮咛上路了,跋山涉水,不厌其烦宣传推荐自己的产品。遭遇了多少白眼、冷遇,但他不在乎,一个月磨破一双胶鞋,用最初级的推销手段硬生生地在呼市、太原以及陕西等地挖掘出一块块绿地,开辟出来之不易的市场。

很快,问题又出来了,由于资金链断了,没钱收购原材料了。有人提议先向农民赊欠着,曹满急了:"我研究沙棘,开发沙棘,是为老百姓谋利益,他们家里都眼巴巴等着用钱,我宁肯去求人,也不能给乡亲们打白条。农民太不容易了,办不好企业就觉得对不住他们,对不住他们期盼的眼神,在许多农民眼中,咱这沙棘厂是他们赖以致富,挣脱贫困的希望所在。"

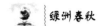
真爱编织乡亲情结。

乡亲的感情是朴素的,朴素的东西是最美的。

人生的许多成功,来自无数艰辛的磨炼和对稍纵即逝的机遇的把握。

为了创办这些沙棘系列产品企业竭尽全力,但让曹满没有想到的是,贫困山区要想创建个产品牌子是何等艰难!几个企业运行过一段时间后,依然走不出土打土闹的小圈子,不满足于现状的曹满又一次陷入深思之中。

机会永远是留给有准备的人的。

执着孕育机遇,奋斗成就大业。

撒下种子,必将开出灿烂的花朵。

曹满几次把自己的资料、提案送到领导的办公桌上,和县领导说他酝酿很久的想法:想让小沙棘成大气候,一定得走合资的路。

1998年2月,县委书记靳瑞林带领有曹满等科技人员多达六次赴北京汇源果汁集团总公司商谈来右玉建厂事宜,早有准备的曹满细致条理地介绍了右玉的沙棘优势,技术指导和销售市场,还有右玉沙棘研究所的研究成果。

精诚所至,金石为开。

北京汇源果汁集团总公司总裁朱新礼亲自率领有关人员三次来右玉实地考察。

朱新礼看中了右玉的沙棘,也相中了沙棘界鼎鼎大名的沙棘人曹满。

1998 年 11 月 30 日，这是右玉沙棘开发利用史上最难忘的日子。北京汇源果汁集团总公司与右玉县正式签订了成立北京汇源果汁饮料集团右玉分公司的合同,决定合作开发右玉的沙棘资源。

慧眼识珠的朱新礼聘请曹满为北京汇源饮料食品集团右玉有限责任公司副总经理。

汇源右玉分公司的成立,不仅使高品位的沙棘饮品走向全国,而且有力地促进了右玉农民增收和社会就业,成为右玉财政增收的一大支柱产业。

2006 年曹满被总公司调到北京做技术指导。

2007 年 3 月 29 日,北京汇源集团董事长朱新礼一行再次来到右玉,对右玉的沙棘资源做了详细的了解,他说:"要依托右玉丰富的沙棘资源,进一步扩大沙棘种植规模,实行合作双赢,使右玉的经济和汇源取得又好又快的发展。"

在北京总公司主管销售的曹满又主动请缨回右玉,他说我是右玉人民的儿子,我的根在右玉,我离不开这里。朱新礼对曹满这个合作伙伴大加赞赏,肯定了曹满的贡献和成绩,委任曹满为总经理。

选厂址时,曹满建议用旧厂址,可以资源再用,不要轻易占用农民的命根子——耕地,朱新礼采纳了曹满的建议。2007 年 4 月 10 日,北京汇源集团公司投资 2 亿元人民币,新上沙棘深加工、果汁饮料项目。

曹满自进汇源以来一直不负众望,严把技术、质量关,把公司干得风生水起,这回朱新礼又把总经理这个重任交给曹满,让曹满这颗"星星"终于在浩瀚宇宙中找到一个属于自己的坐标。也是这个沙棘迷大显身手的时候了。

至 2008 年底,累计实现销售 2.94 亿元,上缴税金 2660 万元。每年消化 3000 多吨沙棘,农民收入翻番,取得了很大的社会效益。

2009 年曹满又被调到北京汇源负责新项目,这个高天厚土的儿子,时时想着自己的责任与担当。他"身在曹营心在汉",对右玉的沙棘满是魂牵梦绕的牵挂和挥之不去的惦念。热土的情感、乡亲的依恋,让他晚上如睡针毡。听不到乡音,看不到沙棘,曹满心乱如麻,繁华现代化的大都市留不住这个执拗的沙棘人,曹满又一次从北京总公司辞职回到右玉沙棘研究所。

北京汇源集团右玉有限责任公司让沙棘真正成为右玉改造生态、农民脱贫、国民医药保健的功臣。

曹满这个引路人功不可没。

2011 年 10 月,曹满又招商引资,再度创业,创办了山西塞上绿洲饮料食品有限公司,担任董事长。

2016 年 7 月,引资创办了山西汇源献果生物科技有限公司,并为企业做技术服务。

在他留下的一串串闪耀着奋斗火花的足迹上,是找不到休止符的。

曹满的梦想在他不懈的努力下变为现实,用他的汗水心血浇灌出满山遍野火红的沙棘。

善建不拔——修之于乡,其德乃长

曹满,一个普普通通的对沙棘如此挚爱的人,一次次靠近,让人一次次仰望。

曹满,在少年时一颗梦想的种子在脑海萌动、憧憬;青年时伟大的事业在心间澎湃,用自己的半生追求。他从右玉飞起,干出了一番沙棘事业,让土地受了益,让农民得了利。

有人说,曹满为了沙棘,耽误了职称,耽误了当官的机会,而他自己说:"我 30 多年前报考林校的初衷就是要改变家乡面貌,为此我无怨无悔。"

在右玉小南山上的丰碑里,曹满的名字镌刻在林业功臣名单里。而曹满则是靠科学技术让"荒山披上绿衣裳",把昔日"兔子不拉屎"的荒山野岭改造成沙棘铺满的经济林,让山里人"靠山吃山"摘掉穷帽子、过上幸福的好日子成为活生生的现实。

30 多年来,他硬是把"学问"做到了荒坡秃岭,把"课堂"搬到了田间地头,把"论文"写到了右玉的山沟坡梁,被广大老百姓誉为"科技财神"。从此,他完成了一个专家教授或者学者真正意义上的"植根"和"深扎",在右玉制造了一个"科技助飞"的神话和传奇。

没有沙棘林,就没有塞上绿洲,是沙棘让塞上绿洲充满魅力。

沙棘,是贫困山区人民向命运抗争的象征。

"我愿意做成右玉的一簇沙棘,把根永远扎在这里。"

曹满没有能成为沙棘,他的思想境界,他的精神意志,他的艰苦奋斗,他的创新观念,他的励志故事,已经成为一座让我们崇敬的大山,巍峨,壮观,绚烂,风采卓然,解读不尽。他是用心血汗水染绿了荒山野岭。为了右玉人的生存和尊严,还有幸福和美好,挺身而出,敢于发出"沙棘,我要让你成为右玉的幸福树"的呐喊并践行诺言!

他开口闭口就是沙棘。

在他看来,人们对沙棘的需求,就像埋藏在地壳深层的岩浆,在不久的将来会轰然爆发。

火红的沙棘,火红的人。

作为汇源献果掌门人的曹满侃侃而谈他的沙棘追梦理想。

采黄金的,淘走了黄金,把污染抛向江河;采煤的,用煤换成钞票,给大地留下千疮百孔。而曹满本着改善生态环境为父老乡亲谋利益的理念,站稳脚跟,打造了国际名牌,完美地诠释了以生态建设为本的内涵。

曹满 34 年不断地研究探索,最近又有了惊人的发现:高温加工导致沙棘营养成分破坏,营养成分只能利用 30%,提倡用冷冻干燥技术,并向同仁们疾呼,立即制止野蛮开发、粗糙加工,提升资源利用率,减少资源浪费。

曹满对沙棘前途充满信心。他拿出资料让我看,国家科研机构把沙棘作为战略研究课题,让沙棘造福人类。

在层层叠叠碧林深处,聆听曹满字字珠玑的发展构想,我的思绪亦如遍野摇曳的沙棘一样澎湃不已。

进入知天命的他说:"我前半生研究开发利用沙棘,后半生还继续努力,为了大地铺满绿装,为了依然贫穷的乡亲们早日走出困境。大地母亲养我生命,我要报你繁荣。"没有豪言壮语,没有惊天动地,却让我感动震撼。

是曹满把沙棘植成梧桐树,才引来金凤凰。与沙棘34年的情缘,不懈的追求,曹满让地尽其力,物尽其用,人尽其才。

心有多大,梦想就有多大。

从毛头小伙子到知天命的年龄,曹满把岁月写在荒山野岭中,愿追梦人永远年轻,有情怀的人走得更远。

愿智慧与责任并存的曹满,在打造沙棘惠民的大路上,越走越远,越走越矫健。这次飞跃,已经褪去了当初的稚嫩,宛如涅槃的凤凰,振翅高飞。

右玉有曹满,他日沙棘会别样红!

善无辉煌八百年

——厚重的历史文化积淀

战国赵武灵王设雁门郡,筑善无城。

秦汉陪伴了雁门重镇,善无辉煌八百年。

公元前 325—前 293 年,赵武灵王为建"四达之国",实施"胡服骑射",代道大通,建雁门(今右玉、云中、九原)三郡,雁门郡郡治善无,善无即今右卫镇城地带,管辖山西北部的神池、宁武以北即朔州、大同市域以及内蒙古南部的凉城、和林地区。

雁门郡郡治善无城,历经秦(秦始皇三十六郡之一)、西汉,郅都、李广为雁门太守,威镇漠北,名垂史册。善无筑就镇城灵魂,忠勇彰显城堡精神。东汉雁门郡南迁,定襄郡来治,直到东魏,善无辉煌 800 年,为雁门重镇,雄居塞上。

善无在哪里?

据《山西通志》记载,秦置雁门郡……郡治善无,即今府东(朔平府即右卫城)东南五十里之古城。紧接着在注释中说:善无即今府治(即右卫城)。

《水经注》说:"中陵川水,其水又西北,右合一水,水出东山,北俗谓之贷敢山,水又受名焉……其水流注于中陵水,中陵水又西北流经善无故城西。"

《一统志》说:"善无城在右玉县南,按:贷敢山即牛心山,在县东四十五里……《十三州志》善无县南七十五里有中陵城,正合。老东古城在县东五十里,相传汉明妃居此……"这里是说《一统志》说的东古城即左云县西南东古城村。善无城与中陵城相距七十五里,与记载相符,也与实际相符。从记载可以肯定善无城就在右卫城,这是毋庸置疑的。

风雨兴衰八百年

现在的右卫镇城,是明洪武二十五年(1392)修筑的定边卫城,永乐元年定边卫迁走,永乐七年迁大同右卫军驻守,正统十四年(1449)将长城外的玉林卫并入右卫,合称右玉林卫。明代修筑的右卫城,是在唐代静边军城城址上修筑的,唐代修筑静边军城之前,这里就已经有一座古老的城址,最早是赵武灵王修筑的雁门郡治善无城,时在公元前307年。

战国时期,赵武灵王"胡服骑射",在此(右玉)修筑善无城,设雁门郡。历经秦、汉延及北魏、东魏,善无城辉煌屹立于中国北方,800多年的时光流逝,800多年的风雨历程,善无城演绎了哪些历史故事?我们扒开历史尘埃,沿着历史时光隧道来探究这里的往事……

无为而治——赵武灵王"胡服骑射"的政治纲领

华夏与夷狄关系的处理一直是中华民族治国理念的首要问题。中华文化由于地域的不同，人们的生存、生活方式形成不同的风格特性。基本上是两大板块，一块是以黄河、长江流域为主线的华夏民族以农耕为主的民族多元文化；一块是以游牧为主的草原多元文化。

著名历史学家苏秉琦先生在《晋文化颂》一诗中这样说：

华山玫瑰燕山龙，大青山下斝与瓮。

汾河湾旁磬和鼓，夏商周及晋文公。

苏先生是从考古学和文物发现的角度说的。

我们着重从民族观上探究草原与中原两个板块文化的异同。

我们先看一段历史故事。据《国语·周语上》，祭公谏穆王征犬戎。穆王将征犬戎，祭公谋父谏曰："不可。先王耀德不观兵。夫兵戢而时动，动则威，观则玩，玩则无震。是故周文公之《颂》曰：'载戢干戈，载櫜弓矢。我求懿德，肆于时夏，允王保之。'先王之于民也，懋正其德而厚其性，阜其财求而利其器用，明利害之乡，以文修之，使务利而避害，怀德而畏威，故能保世以滋大。

"昔我先世后稷，以服事虞、夏。及夏之衰也，弃稷不务，我先王不窋用失其官，而自窜于戎、狄之间，不敢怠业，时序其德，纂修其绪，修其训典，朝夕恪勤，守以敦笃，奉以忠信，奕世载德，不忝前人。至于武王，昭前之光明而加之以慈和，事神保民，莫弗欣喜。商王帝辛，大恶于民。庶民不忍，欣戴武王，以致戎于商牧。是先王非务武也，勤恤民隐而除其害也。

"夫先王之制：邦内甸服，邦外侯服，侯、卫宾服，蛮、夷要服，戎、狄荒服。甸服者祭，侯服者祀，宾服者享，要服者贡，荒服者王。日祭、月祀、时享、岁贡、终王，先王之训也。有不祭则修意，有不祀则修言，有不享则修文，有不贡则修名，有不王则修德，序成而有不至则修刑。于是乎有刑不祭，伐不祀，征不享，让不贡，告不王。于是乎有刑罚之辟，有攻伐之兵，有征讨之备，有威让之令，有文告之辞。布令陈辞而又不至，则增修于德而无勤民于远，是以近无不听，远无不服。

"王不听，遂征之，得四白狼、四白鹿以归。自是荒服者不至。"

故事讲述古人对如何正确处理与戎狄的关系的认识。

关于善无的话题

赵武灵王"胡服骑射"设雁门郡，郡治善无，善无遗址在右卫镇。

从战国到西汉，以善无为代表的雁门郡形成了独具特色的雁门文化。

善无是雁门郡首府，"善无"是赵武灵王治国理念的反映，是赵武灵王处理民族关系的总则，也是那个时代哲学思

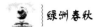

想的高度概括。

疆以戎索——赵武灵王"胡服骑射"的前沿阵地

晋国的开国君主唐叔虞的治国方针是:启以夏政,疆以戎索。

疆以戎索,就是对北方戎狄民族采取比较宽厚的包容的政策。

延及晋悼公时,悼公接受魏绛的建议,实施和戎的政策,史称"魏绛和戎"。

1.晋与戎狄的和亲

随着宗法制的崩溃,夏、戎民族的频繁交往,晋与戎狄除政治上的联盟,发展到婚姻上的联姻。

晋献公的六位夫人中四位是戎女,其中狐姬生子晋文公。其后,狄女季隗、叔隗先后嫁与晋文公重耳和晋大夫赵衰。之后翟(狄)女嫁赵简子,生赵襄子,西戎女崆峒氏嫁赵襄子。晋景公姊嫁赤狄之子潞子婴儿,赵简子之女嫁北狄代君。这种和亲、通婚、联姻,就表明晋、赵与戎狄之间政治上的联盟。

2.三家分晋与赵袭晋制

公元前 403 年,赵、魏、韩三家分晋,开启了战国时代的序幕。

三家分晋,赵国的疆域面积最大,从地理位置上讲,魏国为"天下之胸膛",韩国为"天下之咽喉",赵国为"四战之国"。

公元前 408 年,赵烈侯是被周正式册封的第一位国君。

赵衰、赵盾父子是赵氏集团的奠基人。赵鞅、赵毋恤父子把赵氏在晋国的发展推向顶峰。

赵襄子在位 51 年,为赵国的稳定发展奠定了基础。赵国的治国理念当然承袭了晋国的基本国策。

公元前 307 年,赵武灵王赵雍登上帝位,东邻齐,南为韩、魏,西为秦、林胡,北为楼烦、东胡,东北为燕,长期处在诸侯压境,胡马南掠,强秦虎视,四面受敌的险恶形势中。

3.赵武灵王治国的方略

赵武灵王迫于四面临敌的局面,确立赵国的"四战之国"由中央之国成为"四达之国"的治国方略。

其一,确立实现"四达之国"的理论基础,从赵武灵王与商鞅的对话可以窥见:

商鞅曰:圣人苟可以强国,不法其故,苟可以利民,不循其礼。

赵武灵王曰:圣人苟可以利其民,不一其用,果可以便其事,不同其礼。

商鞅曰:治世不一道,便国不法古,汤、武不循古而王,夏、殷不易礼而亡,反古者不可非,而循礼者不足多。

赵武灵曰:礼世不一其道,便国不必法古。圣人之兴也,不相袭而王,夏、殷之衰也,不易礼而灭,然则反古未可非,而循礼未足多也。

确立了只要利国利民,必须进行变革维新的治国理念。

其二,实施实现"四达之国"的第一步通"代道"。通"代道"第一步就是灭中山。

武灵王二十年(前306)王略中山地至宁霞(今河北石家庄西北)、华阳(今河北曲阳恒山)、鸱之塞(今河北唐县西北),直到"代道"大通。

其三,"胡服骑射"以强兵。

赵武灵王"胡服骑射",据《战国策》记载,"王破原阳以为骑道"。原阳在哪里?一说在大同西北,而内蒙古的学者认为是右玉之北30里处的和林县八拜乡,这也证实"胡服骑射"的演练场在雁门郡。"胡服骑射""计胡狄之利""启胡狄之乡""利用胡人教化胡人",实现强国富民的目的,历史证明赵武灵王是伟大的政治家、军事家。

其四,筑长城、固国基以强国。

赵武灵王消灭中山之后,乘胜向西北打败了林胡、楼烦,从代地直达九原,建起了关塞,设置云中郡、雁门郡、代郡,并在沿边地区修筑了长城,实施移民实边的政策。

据《史记·匈奴列传》记载:"赵武灵王亦变俗胡服,习骑射,北破林胡、楼烦。筑长城,自代并阴山下,至高阙为塞,而置云中、雁门、代郡。"

雁门在哪里?为什么要设雁门郡?

雁门郡,据《山西历史地名录》记载:雁门郡,战国赵武灵王置,秦时治所在善无。《中国古今地名大词典》说"善无县,汉置"。为什么要在右玉筑善无城设雁门郡?

这里首先要澄清雁门郡与雁门山。雁门郡不在雁门山地带。

赵武灵王所以设雁门郡,是为了确保邯郸通往九原的道路畅通。善无(即今右卫镇城)其北便是"参合陉",数水交汇,绾毂南北,自古倚为要塞,在这里设郡,则整个大同盆地尽在其保护的范围。而雁门山或雁门关在大同盆地南部,在此设关则整个大同盆地拱手让出,这便是宋对辽的格局。

在善无设雁门郡,其北 100 公里是云中郡,其东南 200 公里是代郡,雁门郡处其中,左右呼应,内外援助。因此,历史学家提出的"雁门文化圈"或"雁门文化",应是恒山以西,雁门关以北,大同、朔州两个市区范围的文化现象,而这个文化圈在战国时赵武灵王的"胡服骑射",到秦、西汉时期的政治、军事中心则是雁门郡郡治善无,也即右玉。现在好多人认为雁门郡就是雁门关,这是一个历史的误解。

善无—右玉—雁门郡以其独特的地理位置决定其在历史上的作用,雁门"外壮大同之藩卫,内固太原之锁钥,根柢三关,咽喉全晋"。

历史证明,以雁门郡为主的雁门文化是图强称霸的雁门文化,以雁门关为主的雁门文化是屈辱求和的雁门文化。同为雁门,雁门郡与雁门关虽一字之差,但精神实质却相差甚远。

至于雁门郡的首府善无,则更是众说纷纭。

善无是那个时代的印记，是赵武灵王治国理念的体现，是处理民族关系的集中反映，是古代圣贤先辈的智慧的集中反映。

代道大通——争霸称雄的重要通道驿站

公元前二三百年，中国社会处在战国时期。这一时期周王室失去掌控权威，而诸侯国争雄称霸。韩、赵、魏三家分晋之后，各国争相变法图强。

赵国是三晋中地理位置靠北的一个国家，它的东是齐鲁，西是强秦，北是燕与东胡。

公元前325—前293年，赵武灵王登上赵国的政治舞台。这位雄才大略的国君，看着自己国家常常被齐、秦东西夹击，尤其是秦国不是攻城易地，便是杀戮百姓，一次大将被俘，死亡八万多人。国家安危，使赵武灵王忧心忡忡。

如何走上富强之路？赵武灵王大胆改革，这就是著名的"胡服骑射"。

周赧王九年（前306）赵武灵王开始"胡服骑射"，一路向西，攻克中山，占领丹丘。到周赧王十五年，经过六年征战，赵武灵王扩地北至燕、代，西至云中（今内蒙古托克托）、九原（今内蒙古包头地区），"辟地千里"。据《史记·匈奴列传》记载："赵武灵王亦变俗胡服，习骑射，北破林胡、楼烦。筑长城，自代并阴山下，至高阙为塞，而置云中、雁门、代郡。"

赵武灵王之所以"胡服骑射",主要目的就是打通西北胡地,从雁门、云中、九原径直南下,从背后突然袭击秦国。

赵武灵王为何选择善无(右卫镇)为雁门郡治所在地?

据史籍记载,雁门,因雁门山而名,用赵武灵王的话说就是"今吾欲继襄主之迹,开胡翟(狄)之乡……用力少而功多,可以毋尽百姓之劳而序往古之勋"。"开胡翟之乡"于是"代道大通"。

雁门山即今雁门关山脉,为何当时不把雁门郡设在雁门关地带而选在右卫城呢?如果选择在雁门关地区设雁门郡,雁北广大地区就会被林胡、匈奴占领,而赵武灵王西向出兵的通道就会被阻断。而右卫城其北有崇山峻岭绵延横亘,中有中陵川水蜿蜒北流西归黄河。这样从代(河北蔚县)到善无(雁门)再到云中(黄河东岸的托克托)再到九原(黄河北的包头地区),就是一条天然通道。而善无(右卫镇城)其北20里便是参合口(今之杀虎口),战可守,攻可出,这当然是理想的门户关隘。这就是"参合道"。于是善无筑城,设雁门郡,这才是真正意义的雁门门户。

善无——赵武灵王治国理念的体现

据《山西历史地名录》:"雁门郡,战国时赵武灵王置,秦时治所在善无。"赵武灵王大约在公元前307年筑善无城。

据《史记·匈奴列传》记载:"赵武灵王亦变俗胡服,习骑射,北破林胡、楼烦。筑长城,自代并阴山下,至高阙为塞,而置云中(今内蒙古托克托)、雁门(今右玉)、代郡(今河北蔚县)。"

赵武灵王胡服骑射,开疆拓土置雁门等三个郡,雁门郡郡治善无。赵武灵王为什么要给雁门郡郡治城池起名"善无"?"善无",与胡服骑射同样是赵武灵王治国理念的体现。

为了弄清这个问题,我们把时光退回到两千多年的战国时期,沿着历史演变的脉搏,探究所以筑善无城的前因后果。

善无也是右玉这块土地上最早出现的城堡,我们先从地理因素分析:

右玉地处中原与草原,农耕文明与游牧文明的交汇处。按照历史学家地域文化的理论,右玉是处于中原古文化与北方古文化交合的枢纽地区,也是雁门文化与大青山文化的衔接部。因此,善无文化是两个板块两种地域文化影响的结果。

其次,我们从民族历史的演变过程来分析:

据《史记》记载:黄帝"北逐荤粥",《墨子》有"尧北教乎八狄"的记载。早在上古炎黄时代,北方少数民族的先祖就成为与中原部族对立依存共生共长的势力。

春秋战国时代,晋国以及赵国,处于"戎狄与之邻""戎狄之民实环之"的状况,鉴于这种形势,晋国早在开国君主唐叔虞西周初年封到晋国时,周王朝就为其制定了"启以夏政,疆以戎索"的治国方针。

后来,景悼公即位(前507)后,采纳大夫魏绛的意见实施"和戎"的策略。和戎有五利,使晋国得以有 30 多年的和平发展。唐代诗人杜甫有诗赞道:"廉颇仍走敌,魏绛已和戎",吴融亦赞:"百年徒有伊川叹,五利宁无魏绛功"。

公元前 307 年,赵武灵王即位的第十九年,开始实施"胡服骑射"的改革。

赵武灵王所谓的"胡服骑射",是包括"骑射"文化与"胡服"文化即军事文化与服饰文化而二位一体的双重历史性变革。其实赵武灵王的富国强兵的治国理念,远不止这些。在"易胡服,习骑射"的同时,与之相配套的治国理念就集中体现在他"北破林胡、楼烦。筑长城,自代并阴山下,至高阙为塞,而置云中、雁门、代郡"的过程中,也体现在这些地区的城堡的命名之中。

雁门郡郡治命名为"善无",云中郡后改名为"定襄",定襄郡治成乐。我们就从善无、定襄、成乐三个城堡的命名说起。

善无、成乐、定襄命名的时代精神:

春秋战国时期,是奴隶制向封建制过渡的历史大转折时期。周王朝的政治趋于崩溃,支撑宗法奴隶制的周礼受到全面冲击,呈现出"礼崩乐坏"、诸侯纷争的战乱局面。面对这种局势,如何对待传统的宗法制度,是继续维护周礼,坚持礼治,还是冲破周礼,变法图强?

赵武灵王的策略是,兼而有之,一方面继续维护周礼,于是建"成乐"城,继续打起维护周王朝的大一统旗子,故而取孔子在《论语》中"立于礼,成于乐"的理念命名之。至于"定襄",据《山西历史地名录》,当时这些地方为什么叫作定襄呢?按古代谥法'辟地为襄,辟地有德',开疆辟土有德曰襄,于是命名为定襄城,表明赵国虽然要开疆辟土,扩大疆域面积,但不仅仅是靠武力征服,吸取历史经验,还要坚持德治,以德化育北部边疆地区。

至于"善无",作为雁门郡郡治,则采取老子《道德经》中主张的"无为而治"的治理理念,"为无为,则无不治""善行,无辙迹","我无为而民自化,我好静而民自正,我无事而民自富,我无欲而民自朴"。

因此,赵武灵王的变革图强不仅仅只是"胡服骑射","胡服骑射"是军事上的变革,与之相配套的政治思想上的治理理念则体现在"定襄""成乐""善无"的命名之中。

赵武灵王的遗骨已深埋于历史的尘埃之下,"胡服骑射"的故事,在中华文明史籍中被人们视为经典而载入。善无、成乐、定襄三座城堡也已深埋于历史的尘埃中,但它折射出的古代贤哲的治理理念,依然值得我们深思。

道常无为——古代圣哲先贤百家争鸣的最强音

右玉地处中原与草原、农耕文明与游牧文明的交汇处。史家称之为"三晋屏藩""中原门户"。

如何对付北方的少数民族,《史记》有黄帝"北逐荤粥",

《墨子》有"尧北教乎八狄"。

早在西周至春秋战国时期,晋国或三晋国家尤其是晋国和赵国处于"戎狄与之邻","戎狄之民实环之"的形势。鉴于这种地理形势,晋国从开国君主唐叔虞被封到晋地,周王室为其制定的治国方略就是"启以夏政,疆以戎索",就是对其北方的戎狄民族采取比较宽厚包容的政策。

进入春秋时代,晋国传到晋悼公(前569),如何对付北方的戎狄,悼公采纳了部下魏绛的意见,与北部诸戎"和盟",史称"魏绛和戎"。

实践证明和戎五利,即:"戎狄荐居,贵货易土,土可贾焉,一也;边鄙不耸,民狎其野,稼人成功,二也;戎狄事晋,四邻振动,诸侯威怀,三也;以德绥戎,师徒不勤,甲兵不顿,四也;鉴于后羿,而用德度,远至迩安,五也。"

晋悼公听从魏绛的建议,与戎狄的关系大为改观,感慨地说:"夫和戎狄国之福也!"又说:"自吾用魏绛,九合诸侯,合戎、狄,魏子之力也。"因此后人杜甫有诗曰:"廉颇仍走敌,魏绛已和戎。"吴融亦赞曰:"百年徒有伊川叹,五利宁无魏绛功。"

在列国纷争、群雄并起战国时期,赵国东有强齐,西有强秦,南有魏国。赵国唯有向北发展。赵国在赵简子时嫁女于代君,为代王夫人,简子死,襄子继位,杀掉其姐夫代王,吞灭代国。

中山是赵的北部障碍,中山曾与魏联合,侵占赵的土地,赵武灵王图强首先对准中山这个"心腹之患"。在消灭中山之后,进而北上占领林胡、楼烦。

收拾代国,消灭中山,占领林胡、楼烦,这仅仅是扫清外围,还不足以图强称霸,赵国图强称霸真正的主攻方向是秦,赵与秦的较量,赵武灵王在他上任的第十九个年头(前307)开始实施"胡服骑射"的改革,其实"胡服骑射"是手段,目的则是打通通往秦的通道,为攻秦做准备。

赵武灵王"灭中山,迁其王于肤施(今陕西延安),起灵寿,北地方从,代道大通"(《史记·赵世家》)。

这里的"代道大通",就是从赵国都城邯郸北越滹沱河,经中山都城灵寿(今河北灵寿)北上恒山,经代地,沿阴山西向河套,这就是其所谓的"代道"。

要保证代道的通畅,赵武灵王在代道上设置雁门、云中二郡。雁门辖境相当于今山西北部的神池、五寨、宁武以北,今天的大同、朔州,以及内蒙古南部的集宁、和林地区。雁门郡的郡治就在今右玉县的右卫城,原名为善无。据《山西历史地名录》记载:"雁门郡,战国时赵武灵王置,秦时治所在善无。""西汉置善无县,为雁门郡治,兼右中陵县。"

其一,地域相通,有着割舍不断的渊源。

早在炎黄尧舜时期,就有尧"北教乎八狄"的记载。即对戎狄民族及其文化采取比较宽厚包容的政策。游牧文明与农耕文明,两个文明、两种文化或因碰撞而征战讨伐,或因生活的需要在经济、社会上友好往来,甚至于还为政治、军事的联盟而采取婚缘上的交亲。

春秋时期的晋献公六位夫人，有四位就是戎女。

从此，晋国多有君臣或娶戎女为室，或以女出嫁戎狄首领。于是华戎通婚的婚姻关系，对民族语言、生活习俗，发生了重大影响。

晋文公重耳流亡之时，在白狄（居陕北延安地区）舅家避难12年。

三家分晋后，赵国的赵简子、赵襄子父子就是华戎通婚的产儿。

由此可以推断，赵武灵王设雁门郡，同时筑善无城为雁门郡治所在地，秦、汉一直沿袭下来。

那么赵武灵王设雁门郡筑郡治城为何命名为善无？

有人解释说：善无，就是善到此就没有了，是民族敌视的产物，我认为此说不妥。其理由为：

其一，从当时时代背景分析。此前的"魏绛和戎"，晋悼公感慨地赞叹说："夫和戎狄，国之福也！"与戎狄议和这是国家的福气，而不是祸害。

其二，赵武灵王"胡服骑射"是在诸子百家争鸣的基础上，明确治国图强的治理之道的基础上的行动。

道家，以老子、庄子为代表的体现在《道德经》以及《庄子》的清静无为思想；

儒家也以孟子为代表的"春秋"明大义，仁义礼智；

墨子的平等兼爱；

法家以荀子为代表的隆礼重法,礼、法并用;

韩非更是主张严明法制,变法图强,明确提出"事在四方,要在中央,圣人执要,四方来效"。

在这一时期,三晋大地上形成了以法家为主体,法治与礼治相济相辅的思想文化体系。他们认为礼义廉耻,国之四维,主张"善治国""善用兵"。赵武灵王之所以实施"胡服骑射",也是遵从法家的思想文化,"安民之本在于择交","计胡狄之利","启戎狄之乡"。国君只有"无为"才能"无不为"。

先从老子论道说起。

在周王朝处于礼崩乐坏的衰微之际,原来为周王室管理书籍的官员老子(李聃),悄然离开洛阳,骑着他的青牛,一路西行,准备过他的隐退生涯。当他行到函谷关时,被守关的将领尹喜挽留下来,请教他有关治理国家的策略,老子盛情难却,写下了5000多字的《道德经》。纵观老子的《道德经》,虽然是讲道与德的议题,但在讲到治国乃至修身的理念时,重点是阐述了有与无、善与恶的。老子讲到善,有两个含义,一是善良的善,一个是善于的善;至于无,则更深奥,但主要是主张无为而治。

在讲善时,最脍炙人口的就是"上善若水"。这里"上善"是名词,紧接着讲"水善利万物而不争……""水善"的"善"又是讲"善于",作动词,后面一连讲了几个善,"居善地,心善渊,与善仁,言善信,正善治,事善能,动善时"。

在下篇《道经》第四十九章又讲到"善者吾善之,不善者吾亦善之,善德"。按德与善合在一起讲,讲善就得德,有德就得行善。在其后的第六十五章讲"古之善为道者……"第六十六章进而以事喻理,"江海之所以能为百谷王者,以其善下之也",第六十八章又回到正题上,"故善为士者不武,善战者不怒,善胜敌者不与,善用人者为之下……"一连串几个善都是讲方法,要善于,直到七十九章继续讲:"和大怨,必有余怨,安可以为善?……天道无亲,常与善人。"讲如何做尽善尽美,那就是按自然规律办事。从头到尾,一以贯之,何为善何为美。至于"无",《道德经》第一章,便开宗明义,"无名,天地之始,有名,万物之母"。先讲大道理,第三章"为无为,则无不治",执行无为的政策,天下就会太平。第十一章"三十辐共一毂,当其无",以事喻理,"无之以为用"。第四十八章讲"无为而无不为",第五十七章进一步讲"以正治国,以奇用兵,以无事取天下。……我无为而民自化……我无事而民自富,我无欲而民自朴"。

纵观老子的《道德经》,虽然看似讲道与德,但在讲到如何遵从道、如何弘扬德时,则从始至终是讲善与无的。因此,我认为善与无是古代贤哲经典的哲理命题。

赵武灵王作为审时度势的时代人物,他是明察各国兴衰、得失的治国理念的,对孔子的"仁者爱人",老子的"无为而治""道常无为,而无不为"等治理理念也是心知肚明的。集法家思想大成的韩非,当时是有影响的思想家,他更明确指出:"道法自然",确立"以道为常,以法为本",阐明了"事在四方,要在中央;圣人执要,四方来效"。

其四,从赵武灵王和商鞅的对话也可以窥测赵武灵王的治国图强思路:

商鞅曰:"圣人苟可以强国,不法其故;苟可以利民,不循其礼。"

赵武灵王曰:"圣人苟可以利其民,不一其用,果可以便其事,不同其礼。"

商鞅曰:"治世不一道,便国不法古。汤、武不循古而王,夏、殷不易礼而亡。反古者未可非,而循礼者未足多。"

周赧王十九年(前316),赵攻中山,扩地北至燕代,西至云中(托克托)、九原(包头西北);赵武灵王"胡服骑射","计胡狄之利""启胡狄之乡",是为了实现建设"四达之国"的目的。

赵惠文王三年(前296):"灭中山,迁其王于肤施,东起灵寿,北地方从,代道大通。"

"代道":从邯郸北越滹沱河,经灵寿,达北岳恒山,再经代地,直达阴山;破楼烦、林胡,置云中雁门二郡,雁门郡"因雁门山而得名,辖境相当于今山西西北神池、五寨、宁武等地到内蒙古一部分地区。

综上所述,"善无"不是善到此为止,也不是到此没有好人的民族歧视。而恰恰相反,善无作为赵武灵王"胡服骑射"伟大变革的前沿重镇,是其变革图强治国图强治理理念的体现,是诸子"百家争鸣"思变图治的最强者,是民族和谐融洽的实证,是首善之城,是古代贤哲聪明才智的结晶,是尘埋于尘埃之下的历史明珠, 其历史意义和现实意义是不可估量的。

随着人们认知的提高,"善无"必将焕发璀璨夺目的光彩。

戎狄的存在对中原确实构成威胁。"戎狄与之邻,又远于王室,王灵不及,拜戎不暇。只能坚持奉行'疆以戎索'的治国方略,重在与戎狄修好。"春秋时期,晋国从武公、献公时起,虽想扩张,也只是吞并周边一些华夏小国,对戎狄"惧之而已"。采取过"御狄"的战略,"文公五年(前632),晋侯作三行以御狄",八年(前629)"作五军,以御狄",但仅仅是防御而已。实践证明和戎才是上策。

《中庸第三十一》:"诚者,天之道也;诚之者,人之道也。""诚之者,择善而固执之者也。"

"唯天下至诚……可以赞天地之化育,则可以与天地参矣。"

"至诚之道……善必先知之,不善必先知之。故至诚如神。"

紧接着又说:"诚者,自成也……诚者,物之终始,不诚无物。"

"故至诚无息,不息则久,久则征,征则悠远,悠远则博厚,博厚则高明。博厚,所以载物也……博厚配地,高明配天,悠久无疆。如此者,不见而章,不动而变,无为而成。"无为而治,无为而成。因此,要图江山永固,一定要做到善无。善无的前提是至诚。

从晋悼公"魏绛和戎",历经秦汉,汉高祖对匈奴"和亲",这不是个人的喜好问题,而是历史的、民族的选择。直到汉元帝演绎了"昭君出塞"与呼韩邪单于和亲。

王莽篡位后,改雁门为填狄,改中陵为遮害,以此推断善无就是无善。我认为,王莽篡位倒行逆施仅短短的十几年,就退出历史舞台。王莽倒行逆施十载而亡,也是历史的否定,而善无屹立塞上,从"胡服骑射"到"北魏京畿",威镇漠北八百年,实践也证实只有善无才能善有,这就是历史的辩证法。

秦汉雁门郡郡治善无

欲有须无——与匈奴势力"有"与"无"的较量

据《山西历史地名录》记载:"雁门郡,战国时赵武灵王置,秦时治所在善无。"右玉县,西汉置善无县,为雁门郡治。

据《中国古今地名大词典》记载:"善无县,汉置,后汉灵帝末废。"

秦:公元前221—前206年,只19年。

西汉:公元前206—公元25年,共231年,东汉公元26年—公元189年,共164年,先后共395年。

秦始皇统一六国后,分全国为三十六郡,雁门郡就是其北方的重要边防重地,理所当然,善无城也就成为其北方重镇。

秦灭六国后,环视天下,唯有北方匈奴是威胁,是秦政权安危的心头大患,于是秦始皇派大将蒙恬带领几十万大军驻守云中(辖今内蒙古土默特右旗以东,大青山以南,卓资山以西,黄河以北地)、雁门(辖今山西偏关、宁武以北,恒山以西,内蒙古黄旗海、岱海以南地)、代(辖今河北怀安、蔚县以西,阳高、浑源以东的内外长城以外的东洋河流域),修筑万里长城。

秦末汉初,雄居长城之外的匈奴在冒顿单于的统领下,趁中原战乱之机,东败东胡,西逐月氏,北征丁零,南并楼烦、白羊,重新占领河套地区,对汉王朝的北方边境形成了严重的威胁。

为了消除边防之患,汉高祖七年,即公元前 200 年,秋天,刘邦亲率 30 万大军征讨匈奴势力,却被匈奴冒顿单于的 40 万大军包围在大同东部的白登山上,史称"白登之围"。"白登之围"的事实教训了刘邦,在有与无、得与失的严重的关头,只有善于无,才能更好地有。使他意识到西汉还不具备武力反击匈奴的力量,只好接受娄敬的"和亲"建议,暂时妥协,开始了汉匈和亲。

时光又过了 60 多年,到了西汉元光年间,汉武帝为了一洗先祖的屈辱,再次解决北部匈奴势力,决定在雁门郡的马邑城,设置诱饵,引诱匈奴进入埋伏,一举歼灭匈奴势力。匈奴入边后发现异常,主动退出,这被史家称为"马邑之谋"的行动败露后,汉匈关系剑拔弩张。围绕着"善无"的"马邑之谋",不仅没有得到应有的有,危险收获更多的无。

汉武帝经过几年的调整积蓄,于公元前127年(也即元朔二年)、公元前121年(元狩二年)、公元前119年(元狩四年)三次出击匈奴,给漠北匈奴贵族以致命打击,从根本上解除了匈奴对西汉的威胁。

汉与匈奴在北部边疆"善无"重镇,经过"有"与"无"、"得"与"失"的反复多次较量,汉王朝才走入了"汉武盛世"。

善无古城,"东汉雁门郡南徙后,为定襄郡治"。

刘秀于更始三年(公元25年)称帝,东汉政权建立。

东汉王朝在与北方匈奴势力的角逐中,雁门及北方重地时"有"时"无",时"无"时"有",善无古城在汉政权与匈奴及北方乌桓、鲜卑少数民族之间转换,不定期地"城头变换大王旗"。

善无城,从公元前307年赵武灵王"胡服骑射"时筑城设雁门郡,历经秦、汉、北魏、东魏,直到北齐取代东魏的公元550年,先后共计857年。

800多年风雨历程,800多年的王朝更替,800多年的兴衰演变,善无古城已融入了历史的尘埃,但作为一个历史文明的印记,它永载史册,它像一切文物古迹一样,拂拭去历史的尘埃,焕发出历史的璀璨夺目的光芒。

在历史上，"善无"不愧为首善之城。我们应当传承这一文化。

驰道驿站——秦代的雁门郡右卫城

据《山西历史地名录》记载："雁门郡，战国时赵武灵王置，秦时治所在善无（右卫）。""秦置太原、上党、河东、雁门、代等郡。"

秦始皇统一六国，把全国分为36郡，雁门郡就是其中之一，雁门郡的郡治就在善无（右卫）。

为了防备匈奴的袭扰，秦始皇派大将蒙恬率30万大军北击匈奴，同时征集民夫在原秦、赵、燕修筑长城的基础上，修筑了一条西起临洮，东至辽东的万里长城。

为了调兵遣将的快速，从都城咸阳到九原修筑"直道"，即运输兵士及物资的专线，为出巡以及兵丁增援、粮草运送，修筑了咸阳东出过黄河连接太原、代郡、雁门、云中、九原的驰道。

《史记·集解》引应劭曰："驰道，天子道也。道若今之中道然。""筑垣墙如街巷。""于驰道外筑墙，天子于中行，外人不见。""广五十步，三丈而树，厚筑其外，隐以金椎，树以青松。"

为了加强和巩固统治，秦始皇"亲巡天下，周览四方"。秦始皇曾5次出巡，第四次出巡曾经雁门郡（右卫），据《史记》记载："始皇巡北边，从上郡入。"公元前215年，秦始皇从咸阳东行至碣石(今河北昌黎北)刻石记功,又经右北平(今天津市蓟州区)、上谷(今河北怀来东南)、雁门(今右玉县右卫城)、云中(今内蒙古托克托)、上郡(今陕西榆林)返回咸阳。说明秦始皇第四次巡游曾到过右卫。

还有说,秦始皇在第五次东巡行经沙丘(今河北巨鹿)平台时病逝,为防止尸体腐烂,拉运尸体的车队又继续北上代郡(河北蔚县),然后西行雁门郡(右卫),经由云中到九原,南下咸阳。

雁门郡善无(右卫),作为秦驰道上的一个主要驿站,也是草原、中原的咽喉要道。善无又是秦36郡之一的首府。其历史价值永载史册。

威镇漠北——汉代的雁门郡

汉代的雁门郡郡治善无城,因处于中原与草原的交通要道,因而它的军事防卫任务是首要的。

据《山西通志》记载,汉高祖二年春"匈奴入雁门,太守冯敬战死"。六年,"骁骑将军李广出雁门"。元朔六年,"将军卫青出雁门"。

作为雁门郡郡治的善无城是汉代讨伐匈奴的前沿阵地,也是匈奴侵扰汉地的首选之地。善无城的残垣断壁就是那时岁月风光的印记。

汉代,雁门郡郡治善无城是通塞中路的重要驿站,通塞路就是秦时的驰道。因而既是出兵的兵道,也是和亲的通道。

据《朔平府志》记载:"东古城,在县东南五十里,相传王昭君栖迟之迹。"

"蹄窟岭,在县东五十里,连左云边界。正有三峰,相传昭君出塞,道经此岭,有马蹄迹,至今尚存,因名。"

雁门郡的郡治善无城,作为通塞中路的重要驿站,王昭君出塞和亲必然经此,汉王朝为了确保昭君及呼韩邪单于的安全,还通告沿途七郡派 2000 骑护送出境。

辟地有德——东汉时的善无(右卫)

据《山西历史地名录》记载:"雁门郡,东汉时移治阴馆。""定襄郡,东汉建武二十七年(51)移至善无县(右卫)。郡辖善无、桐过、武成、骆、中陵等县。"

按照张守节《史记正义》讲,"辟地为襄""辟地有德,襄。"

东汉时期的定襄郡,已经不安定了,据《朔平府志》记载:"光武帝并省郡国,亦为十三州,省定襄,移其民于西河……居乌桓于塞内。"这一时期善无城被乌桓族居住。后太尉赵熹画边防长久之规,请复缘边诸郡,复置五原、定襄……灵帝末北部大扰,上郡、朔方、五原、定襄、云中五郡,建安二十年省入冀州。直至三国时期,中原角逐,无暇顾及北部,这一时期作为定襄郡治的善无,也处于风雨飘摇中。

战国赵武灵王"胡服骑射",设雁门郡筑善无城,秦、西汉置雁门郡,东汉置定襄郡,北魏京畿之地,东魏置善无郡,唐筑静边城,明洪武年间筑定边卫,永乐年间改大同右卫,清雍正年间设朔平府。右卫古城为长城沿线传承有序的历史文化名城。

忠诚与成城
——家训乡风说麻家

著名学者余秋雨先生说:"文化是什么?是精神价值和生活方式的共同体。"

文化是一个人,一个民族永不泯灭的灵魂。文化是有坚韧的生命力的。所谓坚韧就是贯穿其中的灵魂命脉,精神价值。如塞翁,就不是指单一的某一个人,而是一个共同的生命体,以及他们的人生观。

右玉从秦汉到明清一直是古代战场,2006 年被中国民俗家协会命名为"古堡之乡"。古堡是戍守的地方,戍边将士守土有责,众志成城。汉代这里是雁门郡的郡治所在地,雁门郡太守郅都当年蒙冤离开这里时,用木头雕刻了自己的偶像,树立在雁门郡以北匈奴来往的道旁,为汉尽忠戍守。

文化具有牢固的凝聚力。

所谓凝聚力,也就是在一定的生活方式影响下的价值取向。

这里万里长城横亘,边塞城堡星罗棋布,这体现着一个从古至今的理念,众志成城。忠是灵魂是核心,为尽忠,就是凝聚众人的核心,众志成城就是凝聚力的表现。

据历史文献记载,右玉的风土人情是:

《汉书》:质直野朴;

《图书编》:质直淳厚;

《一统志》:俗尚武艺,风声习气,自昔而然;

《云中志》:士人劲直,率矜名节,饬廉隅,犹存忠厚之风;忠勇尚义,质朴淳厚的品质,戍守边防守土有责,众志成城的团结精神,构成了右玉人的文化灵魂。

"九边门阀"——麻家将

如何传承优秀的家风? 如何看待传统的乡规家训? 优秀的传统文化如何传承? 如何建设我们共同的精神家园? 如何从传统的乡风民俗中汲取精神的滋养?"右玉精神"是在怎样的一方水土中产生? 我们在怎样弘扬优秀的家规里约?

麻氏家训:施不报之恩,行众便之途。

在《明史》卷二百三十八《列传》第一百二十六页有如下记载:"自俺答款宣、大,蓟门设守固,而辽独被兵,成梁(李成梁,辽东险山参将)遂擅战功,至剖符受封,震耀一时,倘亦有天幸钦? 麻贵宣力东西,勋阀可称。两家子弟,多历要镇,是以时论以李、麻并列,然,列载拥麾,世传将种……语曰将门有将……""历麻氏多将才,人以方铁岭李氏,曰'东李西麻'。"

在《朔平府志》"坊表"一节中,明、清两代在右卫镇城树牌立坊的当数麻家。

父子元戎坊——明代万历总兵麻禄、麻贵;

四代一品坊——明代万历总兵麻全、麻政、麻禄、麻贵;

五代一品坊——明代万历、天启总兵麻全、麻政、麻禄、麻贵、麻承恩;

忠节双全坊——明代天启总兵麻承恩;

镇海元戎坊——清代顺治镇江麻振扬;

进士坊——明正德丁丑科麻瑝。

为什么要给他们树立牌坊?

在"坊表"一节是这样说的:"古之有德者,言可坊,行可表。坊,方也。表,标也。邑有名贤,即其所居之方,标于榜,表厥宅里,以宠异之。"

党的十九大提出,倡导富强、民主、文明、和谐,倡导自由、平等、公正、法制,倡导爱国、敬业、诚信、友善,培养和践行社会主义核心价值观,倡导良好的社会风气,是实现中华民族伟大复兴中国梦的战略任务。

为了实现这一战略任务,各地开展了弘扬传统美德活动,进行家教家训、乡风民俗、杰出人物事迹的典型教育。

历史就是一部厚重的教科书,在这部教科书中有很多内容在现今依然闪烁着时代的光芒。

在右玉,麻家将的事迹就值得我们很好地宣讲。

麻家一门出了 30 多位将军、总兵,他们用自己的鲜血与生命赢得了"九边门阀"的美誉,诠释了什么是守土有责,什么叫众志成城。

麻禄:砥砺誓众,保卫家园

麻禄,嘉靖中期任右卫指挥使。嘉靖三十六年的初冬,鞑靼部首领俺答率 2 万余人马突破长城防线,攻毁太原以北,对大同地区的 70 多座城堡进行抢掠,之后准备从杀虎口出边,当行到右卫城,俺答部属还嫌所掠财物不够丰盛,于是就决定围攻右卫城,满以为右卫城唾手可得,取得财物心满意足地返回营地享用。然而右卫城的防卫无懈可击,俺答碰了个硬钉子。俺答不甘心,心想,我二万余众竟攻不下一个右卫城,多没面子,于是吃了秤砣铁了心,决定硬干一场。

俺答重新部署兵力,其儿子在东门外,其义子托托在北门外,俺答在西门外,决定三路大军分进合击,攻下右卫,即使攻不下,也要把右卫城军民困死在城里。

在俺答大军的围困下,参将周现派人私通俺答,默许给予好处,愿为内应,献城以降。周现的行为更加助长了俺答的嚣张气焰,攻城愈猛。正当右卫城黑云压城城欲摧的关键时刻,身为右卫指挥使的麻禄,挺身而出,登高而呼:"乡亲们!城在家在,城破家亡,今天我们只有一拼到底,方能保家保命!我麻家誓与右卫共存亡!"在麻禄的鼓励下,副将王德也大呼:"各位将士,松山公(麻禄别号)精忠保家卫国,我们报效祖国、保卫家园的时候到了！我们誓与右卫城共存亡！"之后，麻禄"砥砺誓众，以奋士气"，把府库的粮食分发给缺粮的居民，把兵库的武器分发给城中的精壮青年。麻禄把自己的子侄儿男召集起来，分工负责，各挡一面，日夜轮替，严防死守，绝不松懈。在激战中，副将王德英勇献身，力战而死。在被困的日子里，麻禄先后派出12人冲出包围圈到大同镇报信，然而只有一人成功到达大同，通报了右卫被困的消息。

为了突破敌人的包围圈，原本在家休养的老将尚表，冒死冲出重重包围，把大同镇增援右卫的粮饷运进城中，这更加激励了城中军民的斗志。

在指挥使麻禄的指挥下，麻家子弟和守城将士奋勇斗敌，从嘉靖三十六年的初冬起，孤城坚守八个月之久，上演了一场众志成城的右卫城保卫战。

右卫城孤城坚守八个月，消息传到京城，嘉靖皇帝十分震惊，严肃处理了救援不及时的有关人员，派兵部尚书调集各路大军增援右卫，俺答闻讯，急忙率各部撤出边外。"虏见坚守如石，宵遁"。在最艰难的时期，城中军民没有粮食吃，麻禄决定杀了战马让军民充饥，战马杀完了，就挖地下的老鼠，网天上的鸦鹊，军民们没有柴炭生火煮水做饭，城中居民就拆了自家的闲房，把木料用于生火做饭。眼看城中粮尽食绝，军民生命受威胁，但大家坚抱斗志，互相鼓励支撑，终于取得右卫城保卫战大捷。这是明朝边防史上的奇迹。

嘉靖皇帝嘉奖右卫城保卫战的有功人员，并敕赐在右卫城建造忠义坊,旌表右卫军民。

对私通俺答的参将进行惩处。指挥使麻禄,以及其儿子麻锦、麻富、麻贵等受到朝廷的嘉奖。

右卫城保卫战,给了麻家将崭露头角的机会,麻禄的忠勇仁义也为麻家起了很好的示范教育作用,也使右卫忠勇仁义、众志成城的乡风民俗得以传承弘扬。

麻家为什么会出现父子元戎、五代一品,这不仅仅是靠武力军功,而是传统美德的体现与传承。

麻富、麻承恩:尽忠尽孝,父子传承

麻富,是麻禄的二儿子,生于嘉靖十四年(1535)九月二十二日,卒于嘉靖三十九年(1560)七月二十七日,享年二十六岁。

嘉靖庚申(1560)年,北虏大举入侵陕西水坡寺,身为指挥使的麻富带领军士与入犯之敌浴血奋战,大战几个回合,将敌击退,大汗淋漓,脱掉甲胄纳凉,不料风寒侵入肌骨,一病不起。麻富病卧在床,母亲整天陪侍,煎汤熬药,"衣不释体,夜不交睫",同时烧香祈祷,愿儿早日康复。几经医治无效,麻富知道自己病入膏肓,不久人世,想到自己不能陪侍父母以尽孝心,看着身心憔悴的母亲的身影,含着热泪对母亲说:"儿再不能与兄弟共同侍奉父母,再不能为国出力,儿虽死有罪,留下九岁之孤儿麻承恩,还得多多依靠母亲您,将他抚养成人,教他精忠报国。"说罢带着无限的遗憾离开了人世。麻富在自己生命垂危之际,想到的是为国尽忠,为父母尽孝。麻富去世后,留下媳妇王氏年仅20岁,母亲刘氏与儿媳王氏互敬互勉,精心呵护麻承恩。麻承恩子承父志,时刻听从祖母、母亲的训导,随从伯伯叔叔参军后,奋勇争先,屡建功勋,到万历三十五年,麻承恩升任镇守昌平、宣府、延绥、大同四镇总兵官,右都督同知,因其功勋卓著,祖母刘夫人、母亲王夫人都被诰封为一品太夫人。母亲王氏被官方树立牌坊,旌表其坊曰"忠节双全"。

诚如墓志铭所赞:"裹革疆场之谓忠,茹苦不变之谓节,显亲扬名之谓孝","于此可以观慈,亦可观孝矣。"

麻富,王氏,麻承恩,做到了忠、孝、节俱全。

麻富、王氏、麻承恩,父子、母子间,用血与泪谱写了人生忠、孝、慈、节的人生伦理道德的生命赞歌。

麻贵:厚德积福,施不报之德,行众便之途

据《朔平府志·人物志》记载:"麻贵,总兵麻禄三子。万历间,由指挥援宁夏,平番贼,历升延绥总兵。万历二十二年秋,套人十万入宁夏,贵率师乘虚捣其庐帐,多所斩获。复战于下马关,胜之。次年春,攻常乐,贵有疾,闻警辄起曰:'疾未即死,岂以爱身而废封疆重寄哉!'连夜出师,俘获甚众。八月复入,又穷追之,转战至叶家岔,斩其渠帅。贵念套人屡至,非大

创之不可,二十四年,遂分军为九,自以大军独当一面,刻期入套,套人莫之所备,遂大胜之。驼马军器,俘获不可胜计。捷闻,晋秩,荫一子。二十五年,倭酋平秀吉寇朝鲜。改为备倭大将军,率兵二万,随总督邢玠望鸭绿进发,竟掩釜山,复屯宜城,东接庆州,西抗全罗。朝鲜合营由天安、全州而下,遂报大捷。晋秩右都督颁师。年逾七旬,复起提督辽阳,威名益著,八十告老,晋秩,赐蟒玉。卒,赐祭葬。子弟多为名将,布列要地,人称'东李西麻'。"

关于麻贵在《明史》"人物传"中也有记载,记载主要记述麻贵的战绩军功,用这些记述评价麻贵,我认为略显偏颇。

还有的记述则宣扬麻贵一生斩首五千余,或曰"杀人如麻"就是说麻贵,这样评述,我认为大谬特谬!

麻贵由舍人从军,征战在长城沿线的要镇重关,守卫着大明的边防线,当日本军国扩张侵占朝鲜后,明廷委任其为备倭大将军援朝抗倭,大捷班师,晋秩右都督。麻贵一生七次受到皇帝的嘉奖,年近八旬,告老还乡,皇帝又赐蟒袍玉带,去世后,皇帝以国礼祭葬。

朝廷为麻家在右卫建造"五代一品坊",麻贵是集大成者。我认为"五代一品"不仅仅是对麻贵的军功的评价,也是对麻大将军人品的评价。

麻贵从一介舍人官至都督,成为一品大员,不简单。

麻贵身经百战,浴血疆场,八十告老,寿终正寝,不简单。

麻贵一生受到皇帝的七次奖赏,蟒袍玉带,赐国葬礼,不简单。

麻贵贵为朝廷命官,告老还乡,与乡亲在故里颐养天年,乐享天年,不简单。

几个不简单源自麻贵对传统中华文化、伦理道德的修养,集仁、勇、忠、义、诚、信于一身。

所谓忠,当俺答围困右卫城时,麻贵尚属热血青年,为了保卫家园,他就勇敢地投入了保家卫国的战斗中,由于表现突出,得到提升。特别是万历二十三年,麻贵还在家中养病,身为绥延总兵的他闻有敌情,猛地从病床上跳起来,说:"疾未即死,岂以爱身而废封疆重寄哉!"他把保境安邦,视为自己崇高的职责,自己身体有病算不了什么!

所谓仁,麻公带兵打仗,十分关爱部下,在他驻防的地方,军民和谐,海晏河清。麻贵在万历十九年被阅视弹劾,谪戍宁夏,万历二十年宁夏暴发哱拜叛乱,哱拜勾结河套的鞑靼部落首领攻克银川,占领陕西,气焰十分嚣张,明廷为之震惊,朝廷廷议由谁带兵去平叛,大家一致认为非麻贵不可,于是命麻贵火速带兵平息叛乱,麻贵毫无怨言,翻身上马,直奔平叛最前线。久仰麻贵英名的哱拜和河套部落首领欲以封王,拥戴麻贵当他们的首领为诱饵,让麻贵反叛,麻贵严词拒绝,严惩叛逆。

所谓义,在抗倭援朝期间,在蔚山战斗中,因主帅杨镐错误地决策,做出败逃性的撤退,致使明军伤亡惨重,当朝廷惩处杨镐时,麻贵主动承担责任,并不争功诿过。

所谓勇,每逢战斗,麻大将军总是身先士卒,攻难克艰的任务总是留给自己。

谈到为人处世,麻公经常说:纯洁的孝道需出自内心,朋友的爱心是人性所致,周济亲戚姻房,惠及子孙后代,友谊的交往要淳厚,崇尚谦卑以自养,抚爱孤立无援的人群,行走方便大众的坦途,给予不求回报的恩德,这些道理不要挂在嘴上,要贯穿到自己平时的言行中。麻公为人谦和,从不夸夸其谈,宣扬自己的功绩,也从不揭发他人的短处。

出征朝鲜凯旋,万历皇帝在京城午门接见了他,之后又要用王公乘坐的车送他到下榻之处,麻公婉言拒绝,说:"我还是骑着马到朋友们家,和他们一起,乐游山水,畅谈人生吧。朋友的情谊比什么都重要。"

麻公是这样说的,也是这样做的。身为屡立战功、功勋卓著大将军,又是朝廷一品大员,他经常回到自己的家乡,与德为邻,垂范乡里。虽然时光跨越了400多年,我仿佛看到在右卫城的街头巷口,一位慈祥的白发老将军与街坊邻里促膝谈心的身影。

麻振扬:立业种德,镇海元戎,桑梓情怀

据《朔平府志·人物志》记载:"麻振扬,右卫人,游击麻昆之子(麻锦的孙子)。顺治元年,以参将随豫王征剿潼关,历升怀庆、甘肃、宁波、象山等处副总兵,俱有政绩。后升江南京口

右路总兵。其勇略智谋,一时无双……年老乞归,恩准休致,荫二子。居乡数年,惠及里族,修建祠宇桥梁,不可胜纪。"

在右卫镇城曾有"镇海元戎坊",就是为麻振扬而树的。

麻振扬是麻锦的孙子,据《朔平府志》记载:"麻锦,麻禄长子,历任宣府、宁武总兵,忠勇超世,先任本卫参将,值寇围困八月,孤城几陷,锦率兵护卫,设粮赈饥,因以无危,时称良将。"

麻家从明代的"五代一品",传到清朝的麻振扬,已是六代一品。他们何以能跨越明、清两朝数代传承?除了他们的"忠勇超世",武艺高强外,主要的缘由是麻家好的家风的传承,这就是人脉。

麻振扬,官至"江南京口右路总兵","镇海元戎",退休后完全可以在江南的苏、杭颐养天年,但是他选择了桑梓之地右卫城,回到故土右卫城,经明末清初战乱,古城满目颓废,百废待兴,回乡后,他倡导乡里的士绅乡贤乐善好施,维修祠庙,修建桥梁。

在右卫城的寺庙、道旁,遗留下来的残碑断碣的字里行间,随处可见麻家事迹。

麻家跨越明、清两朝,成就"两朝六代一品,一门三十六将军"。诚可谓是积善有余庆,积德家方兴。众志可成城,首善方是根。

往事如过眼烟云,历史的尘埃,沉埋了多少英灵忠骨,不朽的是他们的灵魂,他们用生命传承的中华民族的传统美德,永远闪烁着不朽的光芒,他是我们治家、强国、富民的宝贵精神财富。

红色与绿色

孔子曰:"众生必死,死必归土……骨肉毙于下阴为野土,其气发扬于上为昭明……此百物之精也,神之著也。"

为了主义和信仰,精神不灭,民族永续。

烽火长城话抗战——红色基因鱼水情

在苦难的旧社会,天灾人祸,右玉人生活在水深火热之中。民国二十二年(1933)全县有 19.7%的农户没有土地,有45%的农民衣不遮体、食不果腹。

地处晋西北晋蒙交界的右玉,明代的万里长城横亘东西。1937 年日寇在卢沟桥借机挑衅,一个蛇吞象的阴谋开启了。这里在抗日战争、解放战争时期,既是晋绥根据地的重要组成部分,又是党中央晋绥分局联系大青山根据地的一个重要枢纽。

民族危亡,人民蒙难,救民于水火,是那个时代的最强音。共产党、八路军率领着为国捐躯、英勇献身的英雄儿女,奔赴第一线。

长城,是中华民族历史文化的积累,是中华民族尊严的象征,是中华民族的脊梁,精神灵魂。

长征,则是那个时代,中华民族的精英,在国恨家仇面前,大义凛然,在心灵圣火的驱动下,燃烧了的热血涌动。

毛主席长征到达陕北说:"不到长城非好汉。"

1937年10月完成了二万五千里长征的健儿们,来到了长城脚下的右玉。

长征与长城在此交汇,此时长征健儿用热血燃烧了长城,浇铸了烽火长城。

燃烧信念——血火浇铸长城

国破山河碎,风雨暗神州。"七七事变",激发了国人的革命激情。就在右玉这块土地上,当时可谓是"五色杂呈":蒋介石的国军,人称白军;阎锡山的晋军,着蓝色的衣服,人称蓝军;从东北撤退回来,流浪在右玉的东北军穿灰色的衣服,人称灰军;投靠日本人的汉奸,人称假"皇"军;还有乘国难当头,借机抢掠的"土匪",因为他们黑夜出动,人称"黑军"。

八路军120师来到右玉,人称"红军",120师雁北支队在队长宋时轮的率领下,在右玉南山开辟了洪涛山敌后抗日根据地,帮助地方组建党的组织、行政组织、武装组织。由于当时条件差,军队没有装备,因此人们说武工队是"半截子机枪没托托,三颗手榴弹没线线,队员手提木不浪,队长手拿铁片片"。抗日战争时期,八路军120师东渡黄河挥师北上,一些长征后的红军指战员怀着民族大义，在此创建抗日根据地,组织发动人民群众与日寇侵略者浴血奋战,用血与火浇铸了烽火长城。

为了信仰和信念,长征中他们跨越 15 个省,翻越了 20 多座终年积雪的山脉,渡过 30 多条汹涌险峻的峡谷大江,走过了人迹罕至的湿地沼泽,天上有敌机狂轰滥炸,地上有敌人围追堵截,平均每三天就有一场激烈的战斗,平均每天急行军 50 公里以上,他们用生命和鲜血,创造了人类的精神奇迹。

长征体现的是:把全国人民和中华民族的根本利益看得高于一切,坚定的革命理想和信念,坚信正义事业必胜的精神;为了救国救民,不怕任何艰难险阻,不惜付出一切牺牲的精神;坚持独立自主,实事求是,一切从实际出发的精神;顾全大局、严守纪律、紧密团结的精神;紧紧依靠人民群众,同人民群众生死相依、患难与共、艰苦奋斗的精神。

长城,是中华民族的脊梁,中华民族的精神文化之魂,两个万里的交汇,在抗日的烽火中,可谓是凤凰涅槃,浴火重生。

右玉人也就是在右玉这块土地上,把长城精神与长征精神融会发挥,融入右玉这块土地,形成了红色文化,升华为右玉精神。

厚重的历史积淀成文化,文化的滋养升华为一种精神。

——这就是"右玉精神"。

红军在完成二万五千里长征后，1937 年 10 月，八路军 120 师雁北支队、警备六团，奉命挺进右玉，以右玉南山、西山、东山为据点，与邻近山区结合，开辟了和（林）、右（玉）、清（水河），右（玉）、山（阴）、怀（仁），左（云）、右（玉）、凉（城）敌后抗日根据地。

1938 年 5 月 14 日，毛主席指示 120 师"以平绥路以北沿大青山脉建立游击根据地甚关重要"。

7 月下旬，中央军委电令八路军 120 师和晋西北省委："派主力一部，挺进绥蒙地区，开辟大青山抗日根据地，并巩固雁北走廊。"这里的走廊，就是指右玉。右玉成了晋绥的枢纽、桥梁与通道。

也就是这时，也就在右玉，走过万里长征的红军与万里长城相会。

烽火铸就信仰，热血凝聚意志，播下信念的种子，信仰化为凝聚力。

民族的希望在于信念的传承，信念是民族的灵魂。

1937 年 10 月，八路军 120 师挺进右玉组建雁北支队和警备六团。1937 年 10 月 22 日，中共中央北方局电示贺龙、关向应及华北各地党组织，根据党中央、毛主席的战略部署，关于在敌后建立政权和发展党组织的精神，着手在各敌后抗日根据地内建立党的组织。先后创建右玉南山、西山、东山三块敌后抗日根据地，先后组建了中共和右清县委、右山朔怀县委、左右凉县委。

右玉的各级党组织发动人民群众配合 120 师六支队、警备六团粉碎了日伪军对根据地的 16 次大"扫荡"。

八路军 120 师雁北支队、警备六团在长期的革命斗争中,与党组织委派的各县委书记协同配合。这些县委书记怀着赤诚的信念,决心救民于水深火热之中,与人民一道浴血奋战。其间,在中共晋绥边区党委"依托雁北,发展绥远工作"的号召下,开展"四项动员",右玉的三个根据地完成公粮 5000 石,捐献银圆 10.5 万元,做军鞋 9600 双,发展党员 1240 多人。右玉人民积极支前、奋勇参战,有 2000 多人英勇献身。捐钱、捐粮及军用物资不计其数,使右玉成为具有革命传统的红色沃土。

从 1937 年到 1945 年,先后有 17 人担任过县委书记,解放战争时期,有 6 位县委书记,共计 23 人。其间有胡一新、陈一华、任一川、宇洪四位县委书记牺牲。

胡一新,内蒙古丰镇人,早期参加革命,曾任中共清水河县委书记,八路军 120 师警备六团六支队政委,转战于右玉县。

陈一华,原名陈凯,四川省宣汉县南华坝村人。1911 年生,1932 年 12 月参加中国工农红军,次年加入中国共产党。由八路军 120 师军法处副处长担任中共左右凉县委书记,在指挥骑兵中队突围中,为掩护战友,光荣牺牲,年仅 28 岁。

宇洪,原名吴进堂,山西沁县人,1936 年参加革命并入党。1941 年任中共右南县委书记,5 月 8 日在三区窑子头被敌包围,在突围中光荣牺牲。

任一川,1943年6月任中共右玉县委书记,在战斗中负伤,11月1日,在夏家窑养伤,被日伪军包围,在一连击毙数个伪军后,以枪自尽,时年30岁。

其间和他们一起浴血奋战牺牲的还有:杜维远,陕西米脂人,老红军,1938年任独立六支队指导员;刘永顺,陕西关中人,老红军,九团一营教导员;毛永恩,陕西神木人,老红军,任六支队连长;李林,印尼华侨;右玉县大队大队长李明。

姚家窑村在妇女主任姚存鱼的带领下,39名妇女一次就献军鞋80多双。姚存鱼在儿子白先钟光荣牺牲后,在自家办起了"家庭医院",负责抗战中负伤人员的医疗救护。刘家村在杨永英(现名林秀)、谷敏的带领下组织起了11人的女子抗日自卫队。云石堡的姚功等300多富户一次就献出白洋(银圆)5000多元,土布200匹,羊毛500斤。右卫城的商号踊跃捐钱献物,有的把自己的店铺门板都拆下来让部队搭了桥,当担架用。

在解放战争时期,在解放右玉城的战斗中,独立三旅九团参谋长罗天泽、营长黄光福、王树楷等120名指战员英勇献身。

在解放战争中,右玉人民一如既往,发扬革命传统,奋勇支前。全县设立5个粮站征集军队用的粮草、胡油、菜蔬、军鞋。全县建6个伤兵转运站、5个野战医院,抬担架、护送伤病员,基本上是全民总动员,全民参战。

1948 年为支援绥包战役，全县 4 次动员 1206 名青年入伍从军，支前民工 255500 个、畜工 73175 个，组建 850 副担架，4250 个劳力，还有 560 个民工，520 人组成运输队，筹粮 2000 石，250 辆大车，还有 730 个民工负责本县道路的交通。建立右玉城、杀虎口、威远、下窑、腊家村，梁家油坊 6 个伤兵转运站，在右玉城、杀虎口、高家堡、威远建立了野战医院，组建 100 余名铁、木匠赶制云梯、马掌、棺材等，集粮 9000 石，胡油 1.6 万斤，食盐 2 万斤，煤炭 58 万斤，柴草 65 万斤，军鞋 28000 双，支前民工 233351 个、畜工 70415 个。

说到共产党、八路军与右玉人民的情谊，还得说说苗树森。

鱼水情谊——落红不是无情物

苗树森，河北霸县人，1916 年生，1938 年入党，曾任八路军 120 师连指导员，左云、右玉县长，晋绥野战军团政委，中华人民共和国成立后任建筑工程部副部长、国家建委顾问。

1986 年去世后，遗嘱是把骨灰撒在右玉。本来可以安葬在北京八宝山，他为什么选择了右玉？ 回报右玉人民的养育之恩，这是他久已有之的心愿。

苗树森 1938 年 3 月任右玉抗日民主政府县长，7 月，战斗中负伤，组织安排到兴旺庄张二家养伤。7 月 22 日，日伪汉奸袭击离兴旺庄十几里的后庄窝。为了苗县长的安全,组织决定让其转移到东山夏家窑村。第二天,果然盘踞在右卫城的百余名日伪军包围兴旺庄,把全村老百姓集中起来,扬言"如不交出八路军干部,就要血洗全村!"这时张二站出来说:"八路军干部是我送走的,与别人无关。"随后,日军气急败坏逼问把八路军干部送到了哪里,张二说,"我不知道",活活被日寇打死。

苗县长转移到东山夏家窑,安排到谷金娥家养伤。为了苗县长的安全,谷金娥机智地把他藏到村后山沟的窑洞内,并派孩子们为其站岗放哨。日伪密探经常到夏家窑村一带,沿村挨门逐户打探,谷金娥都从容应对。一个月后组织将苗县长转移,派该村一个叫段成孩的把苗县长送走。后来日伪军得知情况,痛打段成孩,并将其杀害。为了感恩,苗树森在北京工作期间还把两家人接到家中好生款待。1986年,苗树森病故后把骨灰撒在右玉夏家窑这块热土,回报右玉。这仅仅是一包骨灰吗?不!这是一个革命领导干部对人民的赤诚之心。

新中国成立后,60多年来,右玉县委、县政府的领导们继承革命传统,不忘先烈遗志,带领全县人民开展了植树造林,改造山河,持续不断地绿色接力。庞汉杰、杨爱云、常禄三位县委书记由于积劳成疾,不到60岁就病逝在工作岗位。

从1937年到2017年,时光跨越了80个年头。其间,右玉县委共经历了42个县委书记。革命战争时期,这些领导人与人民浴血奋战结下了深厚的革命情谊。诚如古人所言：唯大德能聚众力。中华人民共和国成立后，在历届县委、县政府的带领下，右玉人民开展旷日持久的绿色接力，艰苦奋斗，百折不挠，使"不毛之地"变为"塞上绿洲"，进而成为生态乐园。右玉翻天覆地的变化告诉我们：信念是希望的种子，信念增进了情谊，情谊延伸为忠诚，忠诚凝聚了力量，力量孕育了精神。只有共产党能够救中国，坚信在中国共产党的带领下，祖国的明天更辉煌。

风云跌宕八十年，红绿传承酬信念。

血浸黄土旗更红，汗涤蓝天山益绿。

烽火铸就信仰、热血凝聚友谊，播下信念的种子，信仰化为凝聚力。

民族的希望在于信念的传承，信念是民族的灵魂。

红色滋润了沃土，红色凝聚了人心，红色为绿色发展注入了生命的基因，绿色是红色延续与升华，红与绿在古长城下的右玉，交相辉映，绽放出闪烁着时代光芒的右玉精神。

也正是由于血与火凝聚的红色基因，中华人民共和国成立初期的那些县委书记、县长们，牢记革命传统，争取更大光荣。

人民群众也为他们的诚义所感动，这才有了领导全心全意、人民一心一意的凝心聚力。

民族的利益高于一切的信念，救民于水火可以牺牲一切的大无畏精神，长征精神与长城精神在抗日的烽火烈焰中升华,右玉人品格在烽火长城中铸就。播下一种观念,收获一种行为,播下一种行为,收获一种习惯,播下一种习惯,收获一种性格,播下一种性格,收获一种命运。

凝心与聚力

《尚书》:"唯大德能聚群力。"

《孟子》卷之七:"善教,民爱之。""善教得民心。"

《道德经》第五十章:"道生之,德畜之,物形之,势成之。"

大德凝心——感恩化作无穷力

《孟子·公孙丑》:"以德服人者,中心悦而诚服也。"种德修身,事业之基,中华人民共和国成立初期,人民高唱"共产党像太阳,照到哪里哪里亮","没有共产党就没有新中国","东方红,太阳升,中国出了个毛泽东,毛泽东爱人民,他是人民的大救星……"无论是革命战争时期,还是社会主义建设时期,毛主席曾不止一次地感叹:人民! 只有人民! 才是历史的创造者。他把人民比作"铜墙铁壁",认为只有群众才是真的英雄,共产党和人民群众的紧密联系,就像"土地和种子""鱼和水"一样,是不可分离的。抗日战争、解放战争时期他说:"我们共产党人好比种子,人民好比土地,我们到了一个地方,就要同那里的人民结合起来,在人民中间生根、开花。"

革命胜利后,他又将党群关系比作"鱼水"关系。

人民对共产党和毛主席的感激之情是发自心底的,由衷的。是共产党、毛主席使我们翻身得解放,是共产党、毛主席使我们懂得了人生尊严,我们当家作主,有了发言权。

"三套黄牛,一套马,组织起来劳动生产力量大",互助组,合作化,人民享受到了和谐友爱的人际关系,村里的人们敲锣打鼓扭着秧歌,到植树工地,欢庆合作化,之后便是热火朝天的劳动竞赛。

集体化,人民公社化,为把农民组织起来奠定了基础,诚如毛主席所说:人民群众一旦掌握了真理,就会变成无穷的力量。

集体化也为统一调动劳动创造了条件,为了集中围歼荒漠,右玉县委、县政府先后对老虎坪、杀场洼、辛堡梁、杨村梁集中劳力,农村的人们都是端锅带灶,带上米、面、行李,在附近安营扎寨,植树造林,劳动的工地欢声笑语,劳动的竞赛热火朝天。奖一块白毛巾,奖一张铁锹,对人们就是很大的鼓舞。

所谓凝心,首先要有核心,"领导我们事业的核心力量是中国共产党"。作为党组织的各级组织机构,县委、党委、党支部就要发挥核心作用,这个核心不是念念报、讲讲话,而是要带头苦干、实干。为了更好地发挥核心作用,于是就各级树标兵,榜样的力量是无穷的,诸如50年代的盘石岭,60年代的北辛窑,70年代的消息屯……

所以能凝心，就是强有力的思想政治工作，为了加强对青少年的思想政治工作，县中学还派了"红旗"班主任。

所以能凝心，就是各行各业的向心力，不能各自为政，坚持服从中心，服务大局，在右玉就是每逢植树季节，党、政、军、民、学、工、农、商、学、兵，一个中心，都要参加全民义务植树。

以信仰充实生命，以意志创造奇迹。

那是一个激情燃烧的时代，"苦不苦，想想红军两万五；累不累，看看革命老前辈"。苦大家一样的苦，累大家一样的累，在植树的工地，汗水净化了心灵，人与人没有贫富之间的攀比，没有高低贵贱之分，大家一起艰苦奋斗，都是那么纯真与自信，"我们走在大路上，意气风发斗志昂扬"是那个时代的主旋律。所以凝心，缘于他们的事业心与责任心。

何以聚力？《诗》曰："天生烝民，有物有则。民之秉彝，好是懿德。"

《老子》三十三章："胜人者有力……强行者有志。不失其所者久。"

右玉人之所以能凝心聚力，形成众志成城的合力，坚持不懈植树造林搞绿化，这个合力源于：劳动者尽其力，也就是甩开膀子，流大汗促大干，就是广大劳动人民心情舒畅，劳动光荣的荣誉感，当家作主人的责任感，再不受奴役的感恩之心，各尽所能，多劳多得的获得感，使他们浑身有使不完的劲儿。

种树创业——林场聚集了右玉
植树造林绿化事业的主力军

右玉国有林场,创建于 20 世纪 50 年代初期。

50 年代初期,右玉种树一没有树苗,二没有技术。于是县委、县政府就从桑干河流域请来胡应岗担任技术员(后来的国营林场场长),同时从桑干河运树苗。先在麻家滩办起了苗圃。60 年代初,正式办起了国有林场。国有林场的规模不断扩大,人员不断增多,退伍、转业军人来了,专业技术人员来了,一些城市的知识青年来了。来自五湖四海的人员怎么管理? 当然最有效的办法就是军事化。

70 年代县委决定派牛永清、张润保担任国有林场场长,两位从军队转业的领导,思谋如何把这支"杂牌军"训练成正规军。于是他们一是先从组织建制抓起,实行连队建制,连队既是生产管理组织,也是军事组织;二是思想政治工作,抓人先抓思想,抓思想先抓学习、教育;三是激励机制,表彰先进,批评后进。

60 年代国有林场的机械队是机械化种树的主力,右玉大片林地种植就靠机械队。机械队从早到晚是很辛苦,一些人就开始叫苦怕累,要求提高生活待遇。场领导了解情况后,就亲自挂帅,亲自督战,跟班作业,既保质保量完成了任务,又不造成生活上的铺张浪费,赢得了全县人民的赞誉。

职工猛增到 300 多人,场领导实行林、牧、副、加各业综合发展,这就是利用当年种树的土地大力种植粮食、油料等作物,发展畜牧业、副业、加工业,粮油实现自给有余。

国有林场随着历史车轮的前进,林地面积不断扩大,30万亩,40万亩,50万亩……

林场面积扩大,林地遍布于右玉的山山洼洼,种植、剪枝、管护、更新,都需要人,经年累月,职工们分布在各个作业点上,线长面广,场领导像放风筝一样,既要风筝放飞,又要不断线。实行定期巡查,同时每逢节假日还把大家集中回来,除汇报、研究工作外,还给大家献上精神大餐——让场里的文艺宣传队献上精彩的文艺节目。为了与当地人民群众实行联管联防,文艺宣传队还常到各乡村宣传演出。国有林场成为全县的"文明单位"。

十年树木,百年树人。右玉的国有林场,优先树人,其次树木。由于在实践中历练,林场的一些工作人员日后走向了其他工作岗位,还成了县级部门的领导或骨干,有的人入伍参军还成了部队的领导。

砺志育人——应州湾农垦兵团是右玉植树造林绿化事业的突击队

1964年为了安排城市青年就业,上级安排在应州湾设置水土保持大队。应州湾在马营河上游,属于重点治理区域,雁北地区在这里设置了水文观察站、植物保护技术研究站,水保大队安置在这里,具体实施流域水土保持工作。

水保大队来的是大同、右玉的城市初、高中毕业生，为了加强管理，雁北地区从右玉县抽调精干的管理干部。这些城里来的学生娃娃，在家娇生惯养，多数是衣来伸手饭来张口，如何管理这些人，确实是件头痛事。水保大队队长闫振群是军人出身，在部队曾任营教导员，此人办事果断、雷厉风行。而对这些柔弱书生，他可是煞费苦心。行伍出身的他，当然想到了军事化管理，于是整个水保大队200多人实行军事化管理，按连、排、班，分级组织管理，连队管组织生产劳动，专门设置政工干部开展思想教育工作。军事化的组织，军事化的训练，军事化的行动，做的还是农民的事，开渠、打坝、挖坑、植树，风吹、日晒、寒冷、乏困，多少人因思念家里的亲人，多少人因劳累难耐，而掉下了伤心的眼泪。军队是不时兴眼泪的，第二天一早，起床哨声一响，擦掉眼泪，整装出发。

治理了河滩，再治理荒坡，治理了荒垣，再治理荒山。不知经过了多少个春夏秋冬，这个农垦兵团销声匿迹了，有的人归并到国有林场，继续植树，有的人转移到其他岗位。

如今农垦兵团淡出了人们的记忆，但应州湾松柏成荫，应州湾周围的山坡上绿树繁茂，应州湾的山川大地就是绿色丰碑，它铭记着闫振群、付拴庆和他的农垦兵团。他们来的时候这里是荒滩，他们离开这里的时候这里是森林。人民没有忘记，大地没有忘记，树木的年轮，是永远抹不掉的铭记！

人尽其才——德者才之主

智者尽其才。如何做到地尽其力,人尽其才?这就要看领导艺术。

张沁文,1958年毕业于南京林业大学,在学校大鸣大放时因有"右倾言论"被分配到右玉"限制使用"。

右玉植树造林,需要科学规划,技术指导,但右玉当时的干部队伍缺少这样的人才,县委书记马禄元了解到张沁文有这方面的专业技术,《语林》有言:"黄金累千,不如一贤士",就大胆地变"限制使用"为放手使用,并自己亲自带队到马营河流域测绘地理水文,制定规划,绘制蓝图。后来县委第一书记庞汉杰也看准张沁文是个人才,但因"右倾"问题,找不上对象,他就亲自为张沁文说媒,因其对象没有正式工作,时任右玉县长的解润就亲自为其对象找单位安排工作。

领导的诚心重用与放手使用让张沁文深受感动,因此他常常是白天顶风冒雪搞测绘,晚上通宵达旦制方案。

也正是在张沁文的带动下,右玉的一些科技人才被大胆放手使用,发挥其专业特长,他们使右玉的林业走上了科学发展的路,直至多少年后人们提起他们说:右玉的发展,科技人才功不可没。

信人己诚，交心贵在诚心——
孔雀东北飞的云南姑娘余晓兰

1989 年，跟随从部队复员的丈夫来到了贫穷、荒凉的山西右玉县南崔家窑村，看到婆家穷困的家景，大胆泼辣的余晓兰不后悔、不埋怨，和丈夫一起去城里租房做起了生意，磨豆腐，杀猪卖肉，卖云南小吃，种蘑菇……

1992 年右玉县委、县政府发出鼓励农民开发治理"四荒"的号召，余晓兰得知消息后，把这几年做生意挣的钱全拿出来，承包了南崔家窑村 4000 亩荒山坡和门前的乱石滩。当时不少人为她捏把汗，光秃秃千百年的荒山连草也不长，咋治理？

余晓兰没有犹豫，扛起铁锹和丈夫一起开始了艰难的治荒持久战。退耕还林后，又把承包的荒山逐渐扩大到近 1 万亩。

村前的那块乱石滩，杂草丛生，遍是沙石，村南的那座山更是有名的"鬼见愁"，但余晓兰没有被困难吓倒，和丈夫起早贪黑，挖山不止。

吃尽苦头的余晓兰最伤心的是，辛苦种植的果树挂上了果的喜悦，很快被水果市场的萧条和品种问题而冲击得无影无踪了。

最要命的是不仅土质差，沙石多，而且干旱少雨，种下的树必须浇水才可能成活,可挑水上山谈何容易?夫妇二人硬是以蚂蚁啃骨头的精神,每天往返40趟挑水上山,瘦弱的余晓兰担着水艰难地行走在陡峭的山坡,一次一不小心从山上滚了下来,摔伤脊柱。

回到娘家养伤时,当亲人们看到面前憔悴不堪的余晓兰时,都唏嘘不已。就在她最痛苦、最无奈、最矛盾的时候,她收到赵向东县长的慰问信和1500元钱,让她好好养伤,这让她激动得流下热泪。

余晓兰回来了,在艰难的日子里,政府为她排忧解难,协调贷款,帮助渡过难关。她的干劲更足了。就这样,饥一顿饱一顿,不顾春寒料峭、秋霜彻骨,披星戴月、年复一年。

功夫不负有心人,愚公精神能感天。

经过20年的治理,乱石滩慢慢绿了起来,如今5万多株果树已挂果, 还办起了苗圃;1万多亩荒山已全部是绿涛涌动,果香四溢,俨然世外桃源。这不能不说是个奇迹。

这是余晓兰夫妇辛勤劳动的结晶。

余晓兰治荒的行动影响带动了周围村民,村民也掀起了承包荒山的热潮。

她热情为村民提供资料传授经验技术。

这位从南国飞来的燕子用自己辛勤的汗水浇灌郁郁葱葱的南崔家窑,曾经的乱石滩,如今变成花果园,也换来赞誉无数,家里的荣誉墙上奖状满满,柜子上奖杯金光灿灿。最显眼的是2004年朔州军分区给这位了不起的军嫂发的奖,建军七十七周年纪念奖杯,2005 年颁发的建军七十八周年纪念奖杯。

所谓凝心,领导要与人民交心,交心才能知心。

正所谓:二人同心,其利断金。余晓兰,一个云南姑娘,之所以能"孔雀东北飞"扎根右玉治荒山,也正是缘于在她犹豫彷徨之时,时任右玉县长的赵向东一封感人肺腑的信。

也正是由于那些领导的责任心,主动与人民群众谈心、交心,才激发了一颗又一颗被感动的心,也才有了他们有的人甘于寂寞,几十年如一日,凄守荒山,也才使有的人扎根右玉,放飞青春,也才有多少人挥汗如雨,一代传一代的艰苦奋斗治荒山……

《中庸》言:"故至诚无息,不息则久,……悠久所以成物也。"文与化,在本质上是两个不同的概念,文是文字,文明,化是传教、衍化,化民为俗,永续传承,"文以载道,文以化人"。

国歌唱道:"起来,不愿做奴隶的人们,把我们的血肉筑成我们新的长城……"

右玉人,饱受风沙肆虐,自然灾害的折磨,中华人民共和国成立后的右玉人,不愿成为自然的奴隶,不向命运低头,振奋精神向大自然抗争,用自己的双手,营造绿色长城。当然营造绿色长城不像古代修筑长城那样惨烈,然而也是历尽艰辛。

以文化人,体现在右玉人 60 多年坚持不懈的绿色追梦

中,之所以升华为右玉精神,这主要体现在:

一是坚定的信念,信念是事业之基。《学记》曰:"君子欲化民成俗,其必由学乎!""宏风导俗,莫尚于文。"《易经》曰:"天行健,君子以自强不息。"《易经》要求人们以天地为准则,确立人生规范,以宇宙恒久无穷而又秩序井然的精神,劝勉人生应自强不息,造福社会。

右玉自然条件差,年平均气温只有 3.6 度,年均降雨量 360 毫米,无霜期不足 100 天。中华人民共和国成立初期,干旱的坡梁地,严重沙化,在"一年一场风"的吹袭下,沙化面积达 75%,而比较下湿的河湾地水土流失严重,在"洪水向北流"的冲刷下水土流失面积达 70%,大量土地成为"不毛之地"。面对严酷的自然灾害,右玉人不悲观,不气馁,在县委、县政府的带领下,以不信春风唤不回的坚定信念,在"不毛之地"植树造林。淳朴的农民相信"天无绝人之路""人定胜天"。北辛窑 90 多岁的老支书伊小秃,1956 年到阳高大泉山学习,临别时高进才送他 7 株树苗,回村后他把这 7 株树苗截成 7 寸长的树秧,开始育苗,年复一年不断地扩大,硬是在村北长城脚下,种起了防风林。后来别的村也在长城下种树,树连一村,一年接一年就连成了 100 多里长 500 多米宽的长城防风林带。

二是坚持耕耘。人常说:"一分耕耘,一分收获。"在右玉这块干涸的土地上是十分耕耘,一分收获。但右玉人想,皇天不负苦心人,冬天过后是春天,没有不下雨的老天爷。在右卫镇东三里有个头水泉,这个村的北面就是黄沙洼,今年 68 岁的王明花说:"我从记事起就跟着大人们到黄沙洼植树,后来我成了村干部,带领人们到黄沙洼植树,现在我已花甲年,看着人们在黄沙洼植树。"

三是铁杵磨绣针,功到自然成。这个故事在民间广为流传,古代故事,右玉人认准这个理,干活做事,不怕慢,只怕站。盘石岭是右玉有名的山大沟深石头多的村庄,1956 年在下乡干部的组织带领下,刨开石头种下树,封沟育林,成为全县山区绿化的样板。

四是吃得苦中苦,方知苦中甜。庄稼人也叫受苦人,庄户人一是不怕吃苦,二是能吃得下苦,三是认准只有吃得下苦,才能享受甜,才知道什么是甜,才懂得甜是来之不易的。

五是舍得付出,乐于奉献。九里没风,伏里没雨,老天是这样,人也是这样。只有付出了,才能有收获,不劳而获,是不可能的。也正是这样,才形成了觉悟加义务的右玉精神。

担当与政绩——绿色接力在担当

《帝范》:"《左传》曰:经纬天地曰文。夫天以文为化,地以文而生,人以文而会,国以文而建,王以文而治,天下以文而安。"

忠贞为党,赤诚为民

——人民忧患心中记,不为名利,为民利

中华人民共和国成立后,张荣怀、王矩坤,怀着赤诚感恩的心,舍小家,为大家,子女不认亲妈认奶妈。

张荣怀:右玉要想富,就得多植树。

王矩坤:生产自救,以工代赈,玉米换树。

新中国成立后,之前曾与人民群众一同为抗击日寇侵略者浴血奋战,经历了解放战争、土地改革,走上了县委书记岗位的张荣怀、王矩坤怀着对共产党的感激之情,因为他们之前也是穷苦人民的一员。走上领导岗位后,他们满怀对人民群众的赤诚之心,胸前佩戴者"为人民服务"的佩章,牢记人民群众的甘苦,先群众之忧而忧。全县4.5万口人的吃饭问题,他们深感自己的责任大于天。如何解决4.5万人的吃饭,为此他们昼思夜想。当时的他们真是舍小家为大家,个人的名利置之度外。他们的子女在县城周边的村庄找"奶娘",托给别人抚养,自己全身心投入为人民服务的工作之中。

他们奔走于群众之中,住在农家,吃在农家,与农民群众共谋发展大计。右玉有句民谚:"十山九无头,洪水往北流,富贵无三代,清官不到头。"张荣怀说:"我们是共产党的县委书记,带领人民奔富路,不仅要清廉,还要艰苦奋斗。"正是缘于此,张荣怀才确立了"右玉要想富,就得风沙住。要想风沙住,

必须多植树"的思路,提出"带领人民植树,党员干部先带头"。

1952年王矩坤担任右玉县委书记,一到任,在县人民代表大会上提出:不向老天低头,要战天斗地,就得感天动地。人民代表先带头,植树造林锁住风沙。为了调动群众多植树造林的积极性,实行"以工代赈,生产自救",把国家拨给右玉救灾的80万斤玉米,谁植树给谁。植一亩树给十七斤玉米。既解决了群众的吃粮问题,又促进了植树造林。农民高兴地说:"种下杨柳树,领回'金皇后'。"

他们为了右玉人民,为了右玉的工作,结识了许多的农民穷朋友,而他们自己的孩子由于长期寄养给农村奶娘而不认识他们。他们的言行可谓是代表共产党的形象:领导种德,人民种树。

张荣怀、王矩坤,他们在右玉人民极度艰难时期,与右玉人民同甘共苦,体现了他们的情怀:

一是坚定的信仰与忠诚的信念。

二是他们对共产党始终怀有感恩的心,"精忠报国"。

三是用他们纯朴的阶级情感教育干部,教育人民。

四是他们廉洁奉公,平易近人的公仆形象,受到了人民的尊重。

五是扶贫济困,爱憎分明,敢于担当,敢于奉献的吃苦耐劳精神。

忠贞奉献——不讲职务讲奉献,精诚团结渡难关

马禄元,庞汉杰:职务不在乎先后,奉献务必争先。

孙淑凯(庞汉杰夫人):松籽情怀。

马禄元:甘肃取经,天公撒草(指亲自坐上直升机播植牧草)。

马禄元、庞汉杰是 20 世纪 50 年代后期任右玉县委书记的。

马禄元 1956 年 4 月担任右玉县委书记,1957 年 7 月上级又安排庞汉杰担任右玉县委第一书记。

马禄元原本县委书记,干得好好的,这上级又安排来了第一书记。

马禄元没有向组织提出,既然来了第一书记,我这个县委书记是不是调到其他地方,而是说,谁第一谁第二无所谓,职务高低有分工,负责奉献不分先后,为人民服务不分第一第二,多一个人就多一分力量。他在晚年把自己人生的感悟整理出《锦言集萃》一书,他说:"名利淡如水,事业重如山","民为衣食父母,官是人民公仆","清正公德勤为官,温良恭俭让处世","好事理须相让,错事不推责任"。"靠山吃山要养山,荒山变成金不换",这就是他们的政绩观,靠山吃山更要养山,"坐吃山空",养山才能使荒山变成金山银山。

庞汉杰,祖籍沁源,1960 年正是我国三年困难时期。一

次他老伴孙淑凯回去探亲,临走时哥嫂给她带了红枣、核桃好让孩子们度过饥荒,但是孙淑凯不带这些,要带松树籽,哥嫂不解地问为什么,她说:"右玉的荒地太多太多,如果松树能成活,那就太好了,让右玉大地遍地长满松树多美呀!"哥嫂就给她带了些好的松树籽。回到右玉,她就让公公种试验田,试着培育松树苗。庞汉杰,真是一人在右玉任县委书记,全家人为右玉操心。

庞汉杰书记为右玉日夜操劳,积劳成疾,患上了肠胃炎。考虑到他身体的原因,上级决定给他调一个条件好一点的县担任县委书记。谈话后,庞汉杰考虑再三说:"与其还在基层工作,我还是在右玉为好。右玉虽说条件差,困难大,但那里的人民太好了,那里还有我未竟的事业。"庞书记不走了,马书记更是真诚挽留,两人紧紧握着手,在县委生活会上坦诚交心。之后带领县委一班人,骑自行车到高墙框西坪种下了"同心林"。

在县委一班人践行全心全意为人民服务宗旨感召下,那个年代,右玉人种植了长城防风林带,绿化了马营河流域,在黄沙洼、辛堡梁、杨村梁、李洪河、增子坊种起了几个万亩林区。

1958 年,为了加快右玉的林草发展,马禄元去甘肃天水学习,并带回草木樨在右玉试种。雁北行署和空军部队联系,安二飞机进行飞播牧草。飞机飞播安全系数不高,风险大。马禄元自告奋勇登上飞机,为右玉播种牧草。后来马禄元说起此事,风趣地说:"古有神话'天女散花',我给他搞了一次'天公播草'。只要右玉人能尽快富裕,咱担点风险怕什么!"

1963年10月,全国水土流失重点地区水土保持工作会上,右玉县作了《坚持不懈植树造林,矢志不渝锁风固沙》的典型发言,谭震林副总理表彰了右玉。在会议简报中说:"全国所有县都应该像右玉的县委书记、县长那样,不畏艰难,持续不断地植树种草,绿化河山,把全国水土保持工作推向新的阶段。"

古人说,修身种德是事业之基。在右玉,种树就是种德。政绩不在报告里,而是树立在右玉广袤大地上的条条林带。那一株株挺拔的小老树,就是雄辩的证言。他们化民为俗,使右玉人的生命价值转化为生态价值,升华为精神价值。

马禄元、庞汉杰,还有县长解润,他们志同道合,在履行自己的职责中,坚持以人为本,相信群众,依靠群众,发动群众的群众路线,坚持不断探索科学发展,总结出了"穿鞋、戴帽、扎腰带"的综合治理经验,尊重知识,尊重人才,坚持大胆起用人才的干部路线,使一些科技人才脱颖而出。坚持典型示范,手中有典型,胸中有全局,亲自培育出盘石岭、北辛窑等一批先进典型。他们以自己的行为诠释了职位不是索取的筹码,职位体现的是担当,在困难时期,用山药蔓、荞麦叶、荞麦皮加工的代食品,他们先尝试过,然后在群众中推广。"六二压"先压缩自己的亲属,下乡徒步走,每项工作他们自己先进行试验,然后全县推广。

坚持廉洁奉公、以身作则，营造出一个说实话、干实事的政治生态和一支敢打硬拼的干部队伍和好的作风。

事业为重——肩担道义真忘我，心有群众树常绿。
十大流域摆战场，大干"三北"举红旗

杨爱云，十大流域摆战场，四大盆地做文章。

干部参加劳动，推土、拉车，县委书记驾辕。

常禄：五侯山上的丰碑，进入"三北"，飞鸽牌的干部要干永久牌的事。临终遗嘱右玉要护好树。

1971 年 5 月杨爱云担任县委书记。军人出身的杨爱云，干事雷厉风行。他有句口号禅："掏老话，当干部就要干工作，当领导就要敢担当。"就是对群众要说老实话，说了算，定了干。事关人民群众的事，就是我们的大事。他上任伊始，提出"十大流域摆战场，四大盆地做文章"，治理右玉大地的综合方案。"大种大养"，让农民尽快富起来。县委常委包流域，坐镇指挥到工地。水是一条龙，先从头上行。为了治理苍头河，决定修常门铺水库。水库建成可以扩大水浇地 13 万亩。水库开工，杨爱云带领县委领导一班人，一起参加拉土垫坝的劳动，一干就是十几天。为了工作上方便，发挥县城对周边经济的带动作用，杨爱云征得上级部门的批准，决定把县城从右卫镇搬迁到现在的新城镇。这在当时一个贫困县谈何容易，杨爱云说："当领导就得敢担当，对人民有利的事，千难万难也要干。这也怕,那也怕,说到底就是怕掉了自己的'乌纱帽'。为人民群众干事业就得豁出去。"很快,一个新县城建起来了,同时还保住了一个历史文化古城。全县形成了人人植树,家家养兔,出以公心、一往无前调整种植结构,摸索出"林草上山,粮下滩湾"的两条腿走路的方针,在山西省推广。

1975 年 11 月,常禄担任右玉县委书记。到右玉转了一圈,常禄盘算了几天,右玉尽管植了这么多年树,但还有 80 万亩荒山荒坡。常禄暗下决心,"啃骨头",绿化荒山!

打铁先得自身硬,常禄对干部们说:"咱们飞鸽牌的干部,要干永久牌的事!前几年植树把容易成活的地植了,那叫吃肉,现在肉吃完了,就剩下骨头了,啃骨头,就得下硬功夫。""飞鸽牌的干部,要干永久牌的事",为了培养技术人员,他决定县办林校;为了宣传鼓动群众,他决定县里成立林业文艺宣传队;为了带动群众,他决定县级机关干部春、秋两季义务植树;为了解决苗木困难,他决定全县大办苗圃,县办,公社办,农村办,学校办,企事业单位有条件的都要办苗圃;为了带动机关干部,他带领自己的妻子、子女上植树工地,中午带干粮与群众一样吃在工地、劳动在工地。他留给右玉人的形象就是在荒山野郊挥锹植树,这就是右玉人民心目中的丰碑。

1978 年,右玉被列入国家"三北防护林"工程重点县。为此,常禄兴奋得几个夜晚难以入睡,他说,上级的支持,是对我们过去工作的肯定,但更多的是鼓励和鞭策。我们更应奋力争赶。1982年7月，《山西日报》头版刊登了长篇通讯《心有群众树常绿》的报道。

80年代后期，周边地区的煤窑，遍地开花，经济指标迅速增长，植树造林不在主要考核指标之列，因此当时流行着一句话："农业上去戴红花，其他上去没人夸"。常禄既是安慰自己，也是安抚自己这一班人："咱不求戴花不戴花，也不谋有人夸没人夸，咱对得起人民群众心里就踏实了。"此时，右玉也有人动摇了，眼看着周边地区靠挖煤，一家家的"万元户"，一幢幢的楼房拔地起，右玉一味植树，怎么不换换"脑子"？经过几番大辩论，认为换"脑子"也要因地制宜，"换脑子"也不能急功近利，"换脑子"也不能竭泽而渔。由于过度操劳，积劳成疾，常禄病逝于工作岗位上。病重时，他嘱托右玉干部说："树是右玉人的命根子，说给人们要保护树木。"古人说，树是有灵气的，我说树是有灵魂的。灵魂是什么？这就是右玉人的生活方式和精神价值。

自我加压——自加压力须奋起，创新目标猛冲刺。
绿化达标里程碑，经典工程靓起来

1992年率先在山西实现绿化达标，全党动员，全民参战，层层签订责任状，自加压力，黄牌警告，绿票定音。

1989年1月，山西省委、省政府将右玉列入了1992年首批实现基本绿化县之一。全县在三年内完成大片造林

10.54万亩。四旁植树80万株,高标准绿化村庄、园区50个,率先在全省实现基本绿化,有压力吗?有。压力大不大?很大。县委书记、县长向省委、省政府立下了"军令状",完不成任务自动降职降级。

经几天的大讨论,县委、县政府提出"全党动员、全民动手,拼死拼活,背水一战,保证按期实现绿化达标"的口号。

全县召开党员干部动员大会,分解任务。县委、县政府列出倒计时责任牌。各级定期召开会议,查进度,查质量。

全县实行"五个一",即:

一、正局级以上领导,每人负责一块造林基地,保质保量限期完成。

二、县政府对各乡镇、县级各大口,签订造林责任状。

三、县级机关干部、职工每人抵押一个月工资作为所种苗木成活率抵押金。

四、为各大口领导建立责任碑。

五、对完不成造林任务的实行"一票否决",不评模,不调资,不提级。组织干部、职工开展义务植树劳动竞赛,建立植树考勤表,同时全县开展树典型,评功臣活动,全县评选出百名林业功臣。决定县领导不入选功臣名录——县领导不能自封功臣。领导不参加评功臣,但完不成任务的要担当责任,那就是"绿票定音,黄牌警告"。年终检查,实地实树,实地实数,质量不能含糊,数量不能马虎,评为后进的"黄牌警告"。乡镇定为黄牌警告的,首先问责包乡的县领导;县领导要在党组织生活会上做检讨。

1992 年 7 月，经上级部门检查验收，右玉实现基本绿化。全国 28 个省市林业局长在右玉召开现场会，全国林业改革座谈在右玉召开。山西省人民政府授予右玉"山西省基本绿化县"的光荣称号，并树立为全省林业战线十面红旗之一。但右玉并没有在荣誉簿上停步不前，而是再接再厉，在全线铺开了"绿色通道工程"。

1992 年，为了增加林业经济效益，县里决定成立压板厂。1994 年引进日资与日本新和通商株式会合资加速发展林业经济。木材需求量的增大，诱发了私砍滥伐林木的毁林事件。大量的砍伐，十几年种下的树木就会毁于一旦，权衡利弊，最后还是痛下决心，关闭压板厂，诚可谓是割腕疗疾。

拼搏奋进——廉政更要勤政，政绩源于担当。
人退林进抓生态，村村通路民受惠

世纪之交，三大战略，百村万人大移民，人退林进。苦战百日，率先在全县实现"村村通"，生态富民。

世纪之交，高厚担任右玉县委书记，赵向东担任县长。

通过对右玉 50 多年绿色接力的反思，认识到传承不能墨守成规，创新才有出路，创新就得敢担当。经过反复的讨论，提出实施"三大战略"的发展思路，实施人退（即移民搬迁）林进，还林还草，开通"百里绿化通道"。2003 年大干 100

天率先在全省实现"村村通",即村村通水泥路。有了目标就有了路。

政治路线确定之后,干部就是决定的因素。要想实施"三大战略",就需要全体党员干部振作精神。于是县委做出了《改进干部作风的决定》,明确任务,明确职责,层层压担子。高厚的说法是:要干部廉洁,就得严管理,要干部勤政,就是压担子,这就是以勤政促廉政。

为了加强林木管护,县委出台了《关于加强生态环境保护的决定》,高厚还响亮地提出:"谁砍树的头,我砍谁的头。"

这里的"头",不是人头的"头",而是要在谁的头上问责,严惩。

百村万人大移民,人退林进,退出了大片的青山绿水,"百里绿色通道"开通了山区秀美风光。

2004年赵向东接任县委书记,不是更弦改张,而是继续完善高厚在任时提出的"三大战略",坚持不懈抓生态,走着"生态农业,生态工业,生态旅游"科学的可持续发展之路。

高厚、赵向东离开右玉多少年了,每当人们行走在乡村的绿色通道,或是行走于移民村的街道上,在人们谈及"走出大山,走出贫困,走向富裕,走向文明"的言语中,高厚、赵向东是他们最怀念的人。

真是:金杯银杯,不如群众的口碑,金奖银奖,不如群众的夸奖。

种树先育人，育人重育德
作风感化成民风，民风升华铸精神

右玉人种树就是种精神。

右玉人多年的绿化追梦，在右玉形成了一个共识：树是右玉人的生存之根，生命之树。

右玉的领导为了生命之树常青，奉献了他们的忠诚。他们以为人民服务为根本宗旨，以树为中心，为绿增彩添色。他们廉洁奉公，形成了无声的感召力。有人说：播下一种观念，收获一种行为，播下一种行为，收获一种习惯，播下一种习惯，收获一种性格，播下一种性格，收获一种命运。种瓜得瓜，这是传统的价值观。前人植树，后人乘凉，这也正是右玉领导、右玉人的政绩观。厚德载物，造福社会，造福子孙，只求耕耘，不问收获。实践证明：思路决定出路，作风决定成败。俗话说：十年树木，百年树人。在右玉县：树木中树人，树人中树木。领导干部的无私奉献，化民为俗，形成了攻坚克难的凝聚力。人民是历史的创造者，人心齐泰山移。在右玉多年来形成了党风正，民风纯，上下一心干事业的良好的政治生态，作用于改造山河的建设上，营造出良好的自然生态，右玉的大地就是一座座丰碑，铭记着为它奉献的人们的政绩。

重温右玉县委书记们的政绩观，有四点启示：

一是：常言道一分耕耘一分收获，而右玉却是十分耕耘，

一分收获,右玉的人们常常是:只讲耕耘,不问收获;

二是:俗话说十年树木,百年树人,而在右玉是六十年树木,六十年树人,在树木中树人,在树人中树木。

三是:右玉人的绿色发展之路历经坎坷,可谓是十难九阻,百折不挠;

四是:人常说三分植树,七分管护。在右玉,更多的是十分植树,十分管护。

耕耘与收获

《易经》曰:坤厚载物,德合无疆。

耕耘荒漠挽春风

种瓜得瓜,种豆得豆,这是传统的农民文明的观念。

佛说:"只求耕耘,不计收获。"

毛主席说:"长征是宣言书,长征是宣传队,长征是播种机。"

2010 年 7 月 30 日至 31 日,刘云山同志在右玉考察后在《人民日报》发表署名文章《右玉县委书记们的政绩观》,文章指出:"其实,种树也是在种精神。右玉种树,收获的不仅是青山绿水,更是宝贵的精神财富。"

右玉人 60 多年的坚持耕耘,告诉我们什么是坚持不懈,百折不挠。

百折不挠——曹国权情怀

《论语·尧曰第二十》："子曰：君子惠而不费，劳而不怨。"

在右玉的南部山区有个曹家村，曹家村有个曹国权，他是个地地道道的农民，中华人民共和国成立前他房无一间地无一垄，只好给地主、富农拦牛放羊。土改时，他分得了土地，有了自己的土地，他甩开膀子在自己的土地上耕耘，一部分土地种粮食作物，自己食用，一部分土地则种了树。几年后，他种的树长成了树林。正在这时，赶上了合作化，他的树也归了合作社集体所有，后来，集体给他留下几株自留树，其他的树集体使用了木材。20世纪50年代，为了调动农民的劳动积极性，给他留了几亩自留地，他又在自留地里种了树。过了几年，赶上了人民公社化，人民公社"一大二公"，他的树又归了集体，集体使用木材时又伐了他的树。1962年，落实政策，搞退赔，给他又分了树地，他又开始种树，不几年又赶上"农业学大寨"，农村里搞"一并五不要"，即合并核算单位，不要自留地，不要自留树……他的树再一次归公，被砍伐盖了"大寨房"。之后，搞政策纠偏，又归还他一部分树地，他又种起了树。直到农村实行包产到户，鼓励农民承包荒山荒坡，他干脆选择了承包村东的河沟，并要在沟旁建房，种树，村里一些好心人劝他说："你这是为啥哩，你种了几次树，都被归了公，你自己连儿子也没有,这是图个啥?"曹老汉听了,不以为然地说:"我没儿子,曹村人有的是儿子,只要对大家有用,总比没用强。"

承包了村东的河沟,曹老汉在沟沿上建了房,并和老伴住到野外的房里,白天种树,晚上以树为伴。为了美化环境,他还种了杏树等果树花草,直到生命终结。

觉悟加义务——右玉干部的事业观

右玉人 60 多年的坚持耕耘,告诉我们什么是天下兴亡,匹夫有责。

《孟子·尽心上》:"墨子兼爱,摩顶放踵,利天下为之。"20世纪 50 年代,右玉列入黄河中上游治理工程。右玉的水土流失面积达 73%,右玉的沙化面积达 76%,为了减少黄河的泥沙沉积,要求地处黄河中上游的地区,搞防护工程,于是右玉小河小沟都筑坝修建小水库,在河道的两旁种植防护林。右玉人心里明白,我们受风沙的侵害,我们担当,但决不能危害他人,只要黄河能变清,只要首都北京无沙尘,我们就要豁出来大干一场。全县经过十几年的奋战,建起两座大、中型水库,200 多座小型水塘、水库。全县种植防风林带 13 条,总面积 100 多万亩。

右玉人 60 多年的坚持耕耘,告诉了我们什么是"有木石心,具云水趣"。

古人讲:凡是培养道德磨炼人性的人,必须具有木石般坚定的意志,凡是要做成一番事业,要求人们有一种行云流水般的胸怀。

右玉的机关干部参加集体生产劳动,这是老传统,20世纪50年代初期,就带头参加右玉西大河、下堡河湾的植树造林。

1952年4月15日,为了响应毛主席提出的"增加生产,厉行节约,支援中国人民志愿军"的号召,干部带头开展春季造林突击日活动,138名县区干部加入农村组织,宣传劳动竞赛。

1956年,县委、县政府召开植树誓师大会,落实团中央在延安召开的北方五省区造林大会精神,县直机关明确造林基地。

1958年3月根治马营河流域战役开启,机关、学校齐出动。

1960年,为了度过困难时期,根据中共中央《关于干部参加集体劳动的指示》,县委做出《关于下放干部劳动历练的决定》,全县两批下放96名干部到基层参加集体生产劳动。

1975年县委发出《关于干部参加集体生产劳动的决定》,要求每年县级干部不少于100天,公社干部不少于200天。

1982年3月18日《山西日报》发表《右玉县县级机关干部义务植树30年》的文章,文中说:"右玉县县级机关从

1952年起坚持义务植树,30年营造大片林9039亩……按现有干部、职工计算,平均每人营造大片林7.5亩"。

1987年,右玉县人民政府公布《关于开展全民义务植树运动实施细则》。

1992年,右玉向省委、省政府立下军令状,率先在全省实现绿化达标,机关、行政事业单位层层签订责任状。

每个系统一座山,一个单位一片林。第一次种植的树苗,县里统一买,浇水管护由各单位自己负责,第一年检查验收亩数、株数,第二年验成活率,如有死树,各单位出钱买树苗,进行补植。单位的造林基地发放林权证,与其说是林权证,还不如说是责任状,每块造林基地,都树立责任碑,单位负责人的名字、树种、亩数、四至一一标明。

长期以来,人们把这种做法总结为"觉悟加义务"。

其实,在实行义务植树的过程中,劳动的汗水,洗涤了人们的杂念,植树基地塑造了人们的责任心、集体主义观念。领导和同志们一起劳动,缩小了职务上的差距,拉近了情感,单位增进了和谐。

几十年的坚持,右玉的机关干部、职工造林基地累计达30多万亩,这不仅仅是几块普通的林木,而是右玉机关干部职工心血与汗水的积累,是"觉悟加义务"的见证,也为右玉精神铭记着浓墨重彩的一笔。

传承与创新

《大学》曰："苟日新,日日新,又日新。"

攻坚克难——矛盾就是问题,右玉60多年的绿色发展,靠的是坚持不变的精神,也就是艰苦奋斗、苦干实干的精神,靠的是不断探索,不断创新,解决了一个又一个的矛盾,克服了一个又一个的困难,遵循着波浪式前进、螺旋式上升的事物发展的规律。

矛盾无时不有,无处不在,更何况右玉原本就资源匮乏,经济、文化并不发达,要办成一件事,更是困难重重。

我们的古代先民数千年就懂得我们是农业大国,民以食为天,食以粮为先。可右玉干旱风沙,土地贫瘠,种上一坡,产量甚少。单一种粮,越种越荒,于是得出的结论是:右玉要想富,就得风沙住,要想风沙住,就得多植树。

种树,不能生产出粮食,于是就想出了"以工代赈"。"以工代赈"可谓是两有利,双得益,农民种一亩树能得到17.5斤玉米,有粮吃了,种树就可以防风固沙,减少自然灾害,以粮换树,也可以说是以短补长,种下树,为右玉的长期发展奠定了基础。

早在2000多年前,《孟子》中就说:"牛山之木尝美矣,以其郊于大国也,斧斤伐之,可以为美乎?是其日夜之所息,雨露之所润,非无萌蘖之生焉,牛羊又从而牧之,是以若彼濯濯也。人见其濯濯也,以为未尝有材焉,此岂山之性也哉?"

20世纪60年代,右玉大面积的牧坡种了树,这时一些村庄的牛、羊倌,因牛、羊进入树地而被罚,多次被罚之后,一些牛、羊倌再也忍受不下去了,于是他们甩掉手中的牧鞭,干脆不干了。牛、羊倌不干,这直接关系着群众的利益,当时的情况是:"养猪养鸡换油盐,养牛养羊能卖钱。"牛、羊倌不放牧,这等于断群众的财路,直接伤害群众的利益,怎么办? 结论是:林草间作。

1958年7月30日全国水土保持流动现场会在甘肃省天水市召开。右玉县委书记看到天水地区大面积种植草苜蓿而获得成功,深受启发。于是他就从天水买了20斤草苜蓿籽,如获至宝,背到行李里。他想,古有唐僧西天取经,今天我也像唐僧一样,背着"仙草"——草苜蓿,如能在右玉种植推广再苦再累也值得。回到右玉他马不停蹄把这20斤草苜蓿分送到北岭梁上的盆儿洼和南部的郝家村试种。

第二年草苜蓿试种成功,第三年全县推广盆儿洼、郝家村的经验大面积种植草苜蓿。

1961年8月14日《山西时政》刊登马禄元撰写的《种草苜蓿好处多》,文章说:"大量种植草苜蓿,不仅解决水土流失而且也是改良土壤,促进粮食增产的有效措施,还能解决饲草和烧柴不足,对地广人稀、土质瘠薄的黄土丘陵区大办农业、大办粮食、发展畜牧业具有重大意义"。

"种起灵芝草(草苜蓿),栽起梧桐树(小白杨),养起金马驹(养驴),喂起黑财神(养猪)",右玉人在希望的田野上,笑逐颜开。

1968年7月雁北地区在右玉召开草苜蓿现场会。

20世纪70年代,鉴于右玉传统农业广种薄收,"种一梁收一缸","养了老娘,不够种垧",县里提出革广种薄收的命,首先就要革莜麦的命。因为右玉人习惯于吃莜面,右玉三件宝,"山药、莜面、大皮袄",种一亩莜麦,最多也就收上一百斤。可是"革莜麦的命"一提出,引起了人们的强烈不满,"革莜麦的命就等于打我们的饭碗子"。群众不满意,基层有情绪,怎么办?

县委、县政府几经研究,提出了"林草上山,粮下滩湾"的"两条腿走路"方针。

"两条腿走路","林草上山,粮下滩湾",即在滩湾改河造地,建设丰产高产田,林草间作,林草上山,既可肥田,又可畜牧,真是两全其美。

在此基础上,时任县委书记的杨爱云提出"十大流域摆战场,四大盆地做文章""大种大养",山、水、田、林、路综合治理。

1970年7月山西省军区司令员、省革委会副主任谢振华肯定了右玉坚持"两条腿走路"的方针,要在山西西部地区大力推广右玉的经验。

老子《道德经》:"天下难事,必作于易;天下大事,必作于细。"

1978 年右玉被列入"三北"防护林体系建设工程重点县之一,右玉的领导忧心忡忡,"我们只有一个地球",怎样保护好我们赖以生存的地球,是全人类共同面临的艰巨而紧迫的任务。

天下大事,必作于细。

进入"三北"要做大文章,大文章需要大手笔,大手笔也得一笔一画来。打破原来春、秋两季植树造林的传统,实施夏季植树。夏季植树,就从管山林场调回一批落叶松树苗,又细又小,像一根香一样,于是县级机关带头在贾家窑山试种,带泥浆,用长锹牙开一个缝种下去,要求不窝根,浇水踩实。能种活吗?多数人持怀疑态度,几十年后的这里竟是一片落叶松林。

进入"三北",植树造林的工作量大了,需要苗木也多了,苗木怎么办?自己办苗圃!县委、县政府发出《中共右玉县委、右玉县人民政府关于掀起全民大办苗圃的高潮,圆满完成"三北"防护林建设体系任务的通知》。于是县级机关办苗圃,各公社、各生产大队,厂矿、学校、粮站,一切能利用的空闲地都办苗圃。

苗圃成了右玉最靓丽的风景点。

1980 年 8 月山西省人民政府在右玉召开西山防护林建设会议,时任山西省林业厅厅长的刘清泉,赋《塞上曲》诗赞右玉:

一群杨柳治风沙,有人寻处好人家。

黄河澄清指日望,塞上绿洲满目花。

孟子说:一个人的修养要做到"富贵不能淫,贫贱不能移"。

习近平总书记在谈到右玉精神时说:"右玉精神体现的是全心全意为人民服务,是迎难而上、艰苦奋斗,是久久为功,利在长远。"

久久为功,就不能急功近利;久久为功,就要求人们办事创业,不能为眼前的利益、个人的升迁得失而改变初衷,就要耐得住诱惑,耐得住寂寞,耐得住奚落。

20 世纪 80 年代,改革开放,解放思想,周边地区的一些县区抓住时机,发展自己,小煤矿遍地开挖,很快使一些原本贫困的人富了起来,下煤矿时赶着骡子拉小平车,回村后换成了大汽车,一些原来的荒山沟,层层高楼拔地起,原来住破窑洞的人家,住进了别墅式的豪华舒适的"皇家园"。

在周边地区"要想富,挖黑库(开煤矿)"富起来的人们的诱惑下,一些原本安分守己的右玉人,眼红了,心动了,再也不想扛着铁锹植树了,人家能开煤矿,我们也有煤,为什么不开? 右玉的领导思想不解放,我们为啥硬要吊死在这一棵树上? 一连串的疑问责难,右玉该怎么办?

右玉的领导陷入了两难抉择。改弦更张挖煤,咱煤炭资源也不好,多少年植树造林的传统戛然而止? 经过反复的论证,认为我们的发展主攻方向不能变,在保证主攻方向的同时,发展其他产业,增加经济创收,改善农民生活。

1980 年 4 月 1 日《人民日报》发表署名文章《造林带来大变化——右玉由"不毛之地"成为"塞上绿洲"》。

1980 年 9 月 20 日至 25 日"三北"造林治沙现场会议在雁北地区召开,林业部、国家农委领导及与会人员来右玉现场参观,充分肯定了右玉治理沙化的成绩及经验。

1981 年 8 月 25 日,右玉县人民政府发布《关于保护森林发展林业的布告》。

1982 年 2 月右玉县人民政府发布《关于开展全民义务植树运动的决定》,同时成立右玉县绿化委员会,加强了对植树造林的领导。

《山西日报》发表文章介绍右玉县县级机关干部 30 年义务植树的事迹,同时刊登表扬右玉县委书记常禄的文章《营造"塞上绿洲"的带头人——记省林业模范、右玉县委书记常禄》。

1983 年林业部造林司向右玉发出贺信,对右玉县在"三北"防护林建设工程树立了样板的举动表示祝贺,并希望右玉再接再厉,切实巩固造林成果,提高林业质量,争取林业建设的更大成绩。

树木与树人

树木树人共砥砺，重在树人成风化

俗话说："十年树木，百年树人。"

我们古代先哲孔子说："故人情者，圣王之田也。修礼以耕之，陈义以种之，讲学以耨之，本仁以聚之，播乐以安之。故礼也者，义之实也"。

他们把对人的教养，比之以种田，晓喻人们树人如同种田一样。

在右玉，60多年坚持不懈植树造林，领导一任接一任，一届传一届，人民一代又一代，说起来是植树的传承，实际上是精神的传承。

坚守操履——淡泊明志为人民

中华人民共和国成立初期，干部们常说"不能白吃人民的小米"。

人民共和国成立之初，百废待兴，经济困难，国家财政不给干部们发工资开支，每月45斤小米。当时最流行的一句话就是："我们不能白吃人民的小米。"

因为这些干部知道小米是农民辛辛苦苦种出来的，虽然每月只有45斤,但他们知道,这些小米是来之不易的,"谁知盘中餐,粒粒皆辛苦"的道理他们心知肚明。每月45斤小米,但他们工作从不敷衍塞责,他们对未来社会前景充满信心,每到一处就召开群众会议,宣传未来社会的前景:"楼上楼下,电灯电话,点灯不用油,耕地不用牛。"也有一些消极悲观的人说:"点灯不用油——瞎摸,耕地不用牛——人拉。"但他们总是耐心说服教育群众,想念共产党的领导,想念社会主义,我们的困难是暂时的,只要我们上下齐心合力,没有克服不了的困难。每逢遇到困难,他们就会说:"苦不苦,想想红军长征二万五。""难不难,想想红军打垮胡宗南。"

知恩报恩——耕耘大地显忠贞

农民说:"我们不能白吃'金皇后'(国家拨给的玉米)。"

20世纪50年代初,人缺口粮,畜缺草,这是右玉的第一大困难。古人说:吃饭大如天。1954年,国家为了解决右玉人的口粮问题,下拨给右玉"金皇后"玉米17万斤。怎么办?是坐吃山空吃救济,还是自己动手?农民说:"我们也有两只手,不能白吃'金皇后'。"县委、县政府制定了"以工代赈,生产自救"的政策,在老虎坪、辛堡梁、杨村梁规划了几块林地。

全县推广马营河的做法,开展对农民的集体主义、爱国主义教育,在植树工地展开劳动竞赛,1954年全县种大片林7427亩,零星树54195株,封山育林812.5亩,育苗133.3亩,全县成立护林小组 18 个,99 人,加强了林木管护。

党员说:"共产党员就要模范带头。"

领导我们事业的核心力量是中国共产党。为了保持党组织的先进性,县委始终坚持党的思想理论教育,县委党校是党员教育的阵地,在教育的同时,开展批评与自我批评,整风。学习是经常性的。共产党的基层党组织是中流砥柱,"火车跑得快,全靠车头带""村看村,户看户,群众看的党支部"。60 多年,在右玉大地涌现出伊小秃、毛永宽等无数的优秀党员带头人。

共青团:青年就是先锋队。

青年是社会最活跃的元素,共青团是先进的青年组织,绿化祖国青年先行。1956 年,团中央在陕北延安召开了晋、冀、陕、甘、内蒙古北方五省区植树造林绿化祖国动员大会。大会后,右玉县在县城北门外的黄沙滩上,召开了有社会各界参加的植树造林动员大会。大会后共青团带头在北门外的荒沙滩上建起青年造林基地,再立碑以记之。

之后,全县各区、乡,首先由青年带头展开劳动竞赛。在全县的评比中,威远区获得"劳动竞赛红旗",威远的青年代表郭日增从县委书记手中接过红旗,扛着红旗,徒步 50 多里,回到威远,路途中受到沿途各村人们的啧啧称赞。也正是由于在学校植树造林,劳动锻炼,使一大批青年养成了吃苦耐劳的优良品德,日后,他们参军,如许孜、宿小荣、刘宝珍等成为部队领导,在地方,涌现出像赵生荣、王建国、张林等优

秀干部。

思路与出路

行成于思毁于随，路在脚下靠思路

政治路线确实之后，干部就是决定的因素。

中央的大政方针是管全局的，至于一个市、一个县，条件不同，基础不同，这就要求市委书记、县委书记一定要因地制宜地制定自己的发展方针，这其中县委书记的思路就成为一个区县的发展出路。从这个意义上说，领导的思路就是人民的出路。

从中华人民共和国成立初，县委书记张荣怀在调查研究的基础上就确立了"右玉要想富，就得风沙住，要想风沙住，就得多植树"的思路。

"植树锁风沙"的思路，指导了右玉 60 多年的发展。

忍痛割爱——发展不能毁了事业之基

2015 年 6 月 30 日，习近平总书记在会见全国优秀县委书记时指出："要做发展的开路人，勇于担当，奋发有为，适应和引领经济发展新常态，把握和顺应深化改革新进程，回应人民群众新期待，坚持从实际出发，带领群众一起做好经济社会发展工作,特别是要打好扶贫开发攻坚战,让老百姓生活越来越好,真正做到为官一生,造福一方。"

担当就是勇敢地担责任,担当就是要大胆发挥人的主观能力作用,在不同的时期,为了人民的利益,为了事业的发展,敢于拼搏,敢于奋进。

其实不同时期,调整发展思路,也显示出县委、县政府的才能。20世纪90年代,右玉大面积地植树造林,而林业收入却停留在10%左右,为了增加林业的经济收入,县委、县政府决定成立压板厂,利用树枝,变木加工木板。压板厂的成立,使一些废木材树枝得以利用,作为林业经济也算是一项不错的项目。土法加工,规模上不去,当然经济效益也低微。

1994年5月,日本新和株式会社考察团一行6人,由会长新保源四郎带队来到右玉,对右玉康达公司压板厂进行考察,并签订合作意向书。6月6日双方正式签订合同,合资成立山西新和建材有限公司,利用残枝废树为原料加工压板,日方投资174万元人民币,占股份的25%,右玉投资522万人民币,占股份的75%,1994年9月9日,山新和建材有限公司正式投产运营。压板厂的工作效率提高了,所需的原材料加大了,诱发了一些农民乱砍滥伐树木到压板厂换现钱的欲望。没有买卖就没有盗伐,人们开始担忧起来,照此下去,用不了多久,右玉的这点老资本就被砍光了,怎么办?县委、县政府研究来研究去,我们不能为了经济上收入,而毁了生态资源。只好割肘断腕,忍痛割爱,决定压板厂关闭。

林进人退——自然和谐上生态

50多年的植树造林、防风固沙,进入新的世纪自然生态建设提上了右玉县委的议事日程,全新的名词,全新的概念,全新的进程。

自然生态的建设,先由109虎山线至右卫段的百里生态走廊开启,在这条贯穿南北的交通主干道上,两侧1公里的范围内退耕还林还草,建设生态示范带。

在生态走廊沿线营造生态园,即小南山森林公园,贾家窑山生态园,苍头河湿地公园,大南山森林公园,辛堡梁生态园,四道岭森林公园,牛心山生态园……

原来的一些自然林地,建亭建园建景,向着"林中有城,城中有园,林荫大道,绿树环绕,动物花卉,飞禽走兽"的自然生态景观走,右玉的"小老树"凤凰涅槃,浴火重生,"小老树"成了生态园的大景观。

在"生态走廊"的基础上,2003年右玉县提出率先在山西全省实现"村村通",即村村通水泥(油)路。县委、县政府提出"全党动员,全民动手,苦干100天,实现村村通水泥(油)路"的口号。

这口号不是空喊的,进军号吹响,县领导表态说:"为人民办事就不怕担风险,为人民办大事就要担大风险,有条件上,没条件,创造条件也要上。"

组织部门提出"一线看实绩,火线用干部,能者上,庸者下",100 天,600 公里,村村通,山里人看到了大世面,右玉人看到了右玉的前景,右玉的发展真是一步一层天。

文化搭台,生态旅游

"天下顺治在民富,天下和静在民乐。"

2004 年赵向东由右玉县长成为县委书记。县委书记的思路关系一个县的发展,他提出"建设富而美的新右玉"。如何富,如何美,他进而概括为:"营林、种草上规模,景区、景点抓提升,道路绿化有特色,项目造林出精品,苗圃建设增后劲,小流域治理树典型,围栏封育抓管护"的实施办法。

打造生态旅游基地,形成"畜牧旅游联生态,富美绿洲靓起来"的生态建设,人居环境经济效益协调发展。

2003 年,兴建杀虎口绿化生态旅游区。

2004 年投资 150 万兴建博物馆,让历史上的"死宝"变"活宝",明清仿古一条街,右玉县委、县政府将此作为"右玉县爱国主义教育基地"。

2004 年 12 月、2005 年 1 月,先后两次邀请国家顶级专家和学者在右玉召开生态旅游开发论证会。

2005 年 6 月 27 日,在北京国际饭店召开"首届中国·右玉生态健身旅游节新闻发布会",7 月 16 日开幕,来自全国各地的大学生自行车越野赛,林荫道上越野长跑,长城烽火台男女接力赛……

县城的广场大型团体操,长城古堡的篝火晚会,整个绿洲洋溢着山欢水笑,青春绽放于气氛之中。

2006年8月,《山西晚报》与右玉联合举办了"晋商与西口文化论坛"。来自全国各地的100多名专家、学者,齐集右玉就西口与晋商文化进行高层研讨。

专家们一致认为西口文化是一种具有显著地方历史文化特征的地域文化,研究、开发西口文化具有重要的现实意义,杀虎口这一文化品牌,对右玉发展以生态绿化为基础,以西口文化为支撑的特色生态旅游具有鲜明的地域特色,必将对右玉的旅游业发展起到巨大的拉动作用。论坛结束后,出版了《纵论西口——晋商与西口文化论坛论文集》一书。

2006年10月16日《山西晚报》和内蒙古《北方新报》与右玉联合推出大型联合采访活动——"重走西口路"大型采访行动,采访活动沿着西口之路,使友谊传晋蒙,重温老乡情。

2007年9月全国汽车短道接力赛。

2008年冰雪旅游节。

右玉人过去想也不敢想,想也想不到,昔日的残城破堡,枯树老枝,冰天雪地,竟然成了旅游文化、旅游资源,真是:事在人为,人在思想。

《锦言》与笃行——县委书记马禄元风范长存

《论语·子张第十九》,子夏曰:"博学而笃志,切问而近思,仁在其中矣。"宋代杨时曰:"学不博者不能守约,志不笃者不能力行。"

马禄元,1956年4月,担任右玉县委书记,直到1966年,在右玉工作历时十年,退休后,用6年的心血,总结自己的人生感言,编著了《锦言集萃》一书。作者在后记中说:"这部锦言集分学习、励志、创业、修身、处事、树德、践行、治家、健身九个方面,每个方面又分为四言、五言、六言、七言四个部分。"

山西省委原书记李立功为其写《序言》:

锦言是我国劳动人民在社会实践中创造的一种语言精华,大部是名言警句,也有少量谚语,广泛流传于民间,为广大群众所喜爱。锦言的特点是文字精练,语言生动,通俗易懂,朗朗上口,自然朴实,丰富知识,陶冶情趣,修身养性,健康生活,积极向上,很有裨益。

这部锦言集是作者历经六载,呕心沥血,精心编著而成。它内容丰富,语言精当,给人启迪,发人深省。可供人们日常交流、讲演和写作时便捷查找,借鉴引用,是一本老少咸宜、开卷有益、很适用的好书。

作者马禄元是一位早年投身革命的老同志。我和他早在半个世纪前相识。一九五六年秋,我当时任团省委副书记,参加了省委、省政府组织的赴老区慰问团,来到了右玉县。马禄元同志时任县委书记,刚刚二十九岁,朝气蓬勃,沉稳坚毅。右玉人民在党的领导下,自力更生,艰苦奋斗,植树造林,改变山河的精神给我留下了深刻的印象,也使我受到了极大的教育。马禄元同志从一九五六年起到一九六六年一直在右玉工作,历时十年,是右玉县历任县委书记中在右玉工作时间最长的。他不计名利,甘于奉献,不畏艰苦,勤政务实,为右玉的发展做出了不懈的努力,对于"右玉精神"的形成,做出了突出的贡献。更为令人感动的是,他离休后,依然老骥伏枥,壮心不已,乐观向上,勤奋学习,尽管年逾八旬,但坚韧不拔,笔耕不辍,几度春秋,撰成此书,何等艰辛,何等不易。

因为这是一本好书,也因作者的精神深深感动了我,所以欣然提笔,写下了上面的话。

是为序。

马老集 80 多年的人生阅历,总结出 20 多万字的《锦言》。《锦言》是他的学习心得,也是他人生准则,至理名言,发自肺腑。他言行一致,不忘初心,工作时是这样,担任县委书记是这样,不担任县委书记也是这样,退休后,依然是这样,绝不是台上一个样,台下又一个样,当县委书记一个样,不当县委书记又一个样,工作时一个样,退休后便牢骚满腹。拜读《锦言》,追忆往昔的印象,从如下四个方面解读。

学以致用——学、用、修

《锦言》开篇就是学习篇,其实马老的日常生活也是把学习放在首位。参加工作后,也正是由于其学习优秀,才调到当时的雁北地委工作。他是 1956 年 4 月从雁北地委到右玉担任县委书记的。担任县委书记后,他更是把学习当作首要任务,正如《锦言》所说:"人贵有志,学贵有恒",他每天早早起床,先学习一小时,这是"雷打不动"的,作为县委书记,不仅他自学抓得紧,对机关干部的学习,也亲自抓,每天早晨五点起床到文补校学习文化,定期在县委党校学习理论、时事、政策,"学而时习之",学以思,思能精。在右玉他悟出一个道理"山靠绿化,人靠文化"。对子女,他的养育之道就是"学习须勤奋,进步在个人"。

右玉县是个老、少、边、穷地区,经济、文化比较落后,工作中,他坚持,"致富先治愚,治愚办教育"。

他担任右玉县委书记期间,经常把学校的校长请到自己的办公室了解学校情况,商谈教育工作。当时的右玉中学在山西全省也是名列前茅的。

直到退休,他坚持学习,坚持学习书法,用毛笔抄写毛主席诗词。

慈孝传家——孝、俭、慈

百善孝为先,在《孝经》"广至德"章中,子曰:"君子之教以孝也,非家至而日见之也。教以孝,所以敬天下之为人父者也;教以悌,所以敬天下之为人兄者也;教以臣,所以敬天下之为人君者也。《诗》云:'恺悌君子,民之父母。'"

《锦言》"治家篇"说:"千经万义,孝敬为先",马老是这样说的,也是这样做的。马老是个孝子。他的父亲是个聋哑人,母亲去世后,把父亲一个人留在老家农村,这是他于心不忍的,于是他就把父亲从老家接到右玉。在右玉,他们一家四五口人住的是只有不足60平方米的3间小平房,他就让老人和孩子们住在一起。老人家衣着整洁,马老有时还为老父亲洗澡、洗脚,孩子们对爷爷也十分孝顺,家里有好吃的,先让爷爷吃,一家人和睦相处,连邻居们都啧啧称赞。

《锦言》"治家篇"说:"克勤克俭成伟业,任劳任怨振家室"。克勤克俭,谨言慎行,是马老一生谨遵严守的人生信条。诚如《孝经》第一章所言"夫孝,始于事亲,中于事君,终于立身"。马老不吃荤,一次下乡,听说是县委书记要在农民家吃派饭,农户就用羊尾巴油给熬稀粥,饭盛到碗里,他一闻有羊膻味,就放下了,女主人还以为是马书记嫌没有肉,再三解释,不是不给吃,是自家实在没有。马老解释说:"我不是嫌你不给我吃肉,而是我天生不吃肉。"听了马老的解释,女主人坚持要给重做不放羊尾油的稀饭,马老再三谢绝了,只好饿着肚子和社员一起下地劳动,并嘱托午饭不用放腥荤。

他不仅自己俭,就连家人也严格要求,"俭开福源,奢起贫瘠""要想日子好,节俭又勤劳"。

言行一致——调、实、先

《锦言》"修身篇"讲:"人生万里路,走好每一步"。

"实践出真知,科学重实践"。在工作中,他注重调查研究,"没有调查就没有发言权",深入基层,深入群众,坚持调查研究,这是他的工作原则。尊重事实,坚持实事求是。每搞一项工作,他都坚持亲自调研,先树典型,以示范推动全局。

在调查研究之后,便心中有了底,他常说的一句话就是:"手中有典型,胸中有全局。"

他在右玉县委工作期间,要求树立先进,以推动自上而下的工作。1956年贯彻延安会议精神植树造林,就先在盘石岭搞试点,然后推动全县的工作。

廉洁奉公——谦、和、严

《锦言》"待人处事"多次讲到"谦","谦虚为美德增色,知识令蓬门增辉""谦虚谨慎事竟成""成由谦虚败由奢""礼让谦逊可积德,修善积德可延年"。

谦以律己,和以待人,这是马老处世为人的准则。

1956年,马老担任中共右玉县委书记。1956年上级又派庞汉杰担任中共右玉县委第一书记。马老对此事并没有向上级提出自己的意见，也没有对庞汉杰的到来表现出不满，而是和谐相处，他们说："右玉的条件差，工作量大，咱俩谁第一谁第二无所谓，对人民群众负责，各项工作争第一，这是咱应尽的职责。"

1960年，庞汉杰由于右玉的干旱严冬患了严重的鼻窦炎病和神经衰弱症，组织为了照顾他的身体，谈话调他到浑源县工作，在马禄元的一再挽留下，庞汉杰决定不去浑源，继续留在右玉，同心协力扭转右玉的贫困面貌，带领右玉人民植树造林锁风沙。庞汉杰不走了，他与马禄元两人彻夜促膝谈心之后，又召开了县委扩大会，表示一如既往，抓好工作，为此会后他们俩带领县委一班人骑着自行车到高墙框的苍头河畔种下了"同心林"以示纪念。

"兄弟同心，其利断金。"庞汉杰、马禄元协力同心干好工作，他们"言为人师，行为世范"，在右玉营造了一个上下和谐干事业的环境。对工作，高标准，严要求，右玉的工作大有起色。

1963年10月23日至11月5日，在北京召开的"全国水土流失重点地区水土保持工作会议"上，右玉县人"坚持不懈植树造林，矢志不渝锁风沙"的典型发言，受到了谭震林副总理的表扬。

发言人讲道："从建国以来，右玉每年春、秋两季坚持不懈地植树造林锁风沙，每到植树季节，县委书记、县长都带头扛上铁锹背上树秧，步行到野外植树劳动。在野地吃的是炒面，喝的是沟泉水……冒着看不见人影的大黄风，大干半个月,每个人脸被晒成黑铁片,每个人嘴唇都是血裂,手上磨起了老茧,就这样年复一年的带领群众苦干实干……"谭震林插话说:"你们参加会议的都听到了吗? 如果全国2000多个县的县委书记和县长都能像右玉这样干,我们国家的面貌不愁变不了。"

发言人讲道:"多年来,右玉县委书记从王矩坤、马禄元到庞汉杰,带领县委一班人自觉参加每天早晨雷打不动的两小时学文化、学理论活动,下乡工作中抽空完成文化教员布置的作业,下乡回来,每人都主动交了作业。一年下乡三个月,自背行李,在老乡家里住宿,和群众同吃同住同劳动。"谭副总理讲话:"你们听到了没有? 右玉领导干部的学习精神、吃苦精神值得我们学习。"

慎终留得《锦言》集,追远泽被绿洲地。

言行一致,始终如一,说起来容易,真正做到确实不容易。有的人,人前一个样,人后又一个样,台上一个样,台下又一个样,在位一个样,没了位子,又一个样,在位时一个样,退了休又一个样。马老即使在"文革"中遭受残酷的批斗,他也能正确对待。真是:

　　风云跌宕任西东,世事纷纷古与今。
　　不毛何以林成海,呕心沥血数此翁。

后 记

　　右玉人历经 60 多年的艰辛，凝练了被世人认可的右玉精神，右玉精神是右玉人心血与汗水的结晶。

　　从 2006 年起，新闻媒体不断地宣传报道右玉，一些文艺团体从艺术的角度把右玉搬上影视舞台，右玉也邀请一些专家教授光临，写出了不少学术论文，右玉出现了"百家争鸣"的好景象。右玉为什么会产生右玉精神？如何理解右玉精神？遗憾的是，为右玉呕心沥血筹谋过的一些老领导相继去世，在右玉工作过、了解右玉的一些同志又各奔东西。我作为一个土生土长的右玉人，有回顾总结右玉精神的义务，于是试探着探讨、研究这些问题。然而由于自己水平有限，也只能是一些一己之见，偏颇及不足之处，敬请不吝赐教。

王德功